カーター・ディクスン

私ことケン・ブレークは，友人ディーンに幽霊屋敷で一晩明かしてくれと頼まれ，マスターズ警部を伴って黒死荘へ出かけた。そのかみ猛威を振るった黒死病に因む名を持つ屋敷では降霊会が開かれようとしていたが，あろうことか術者ダーワースは血の海と化した石室で無惨にことされていた。庭に建つ石室は厳重に戸締りされており，周囲に足跡はない。そして，死者の傍らにはロンドン博物館から盗まれた曰くつきの短剣が。関係者の証言を集めるも埒が明かず，フェザートン少佐と私は陸軍省の偉物に出馬を乞う。J・D・カーの五指に入る傑作との誉れ高い，ヘンリ・メリヴェール卿初登場作品。

登場人物

ディーン・ハリディ……………黒死荘の現当主
ジェームズ・ハリディ…………ディーンの兄（故人）
アン・ベニング…………………ディーンの伯母
マリオン・ラティマー…………ディーンの婚約者
テッド・ラティマー……………マリオンの弟
ウィリアム・フェザートン……退役少佐
ロジャー・ダーワース…………心霊学者
グレンダ・ダーワース…………その妻
ジョゼフ・デニス………………霊媒
メランダ・スウィーニー………ジョゼフの後見人
ハンフリー・マスターズ………スコットランド・ヤード首席警部
バート・マクドネル……………巡査部長
ヘンリ・メリヴェール卿………陸軍省情報部長
ケン・ブレーク…………………本編の語り手

黒死荘の殺人

カーター・ディクスン
南條竹則・高沢治訳

創元推理文庫

THE PLAGUE COURT MURDERS

by

Carter Dickson

1934

目次

黒死荘の殺人

序

『黒死荘の殺人』は、ジョン・ディクスン・カー（またの名をカーター・ディクスン）の真骨頂が発揮された幽霊屋敷譚である。

カーの幽霊話好きは、生涯を通じて変わることがなかった。十五歳の時に書いた論文が最近見つかったが、その中で彼は次のように述べている。

「このような話を好むのは、まったく自然なことである。我々は恐怖を味わうのが好きだし、無意識のうちに、誰でもいいから怖がらせてみろと挑発してもいるのだ……科学や常識が賢《さか》しら顔で何と諫《いさ》めようとも、我々は夜ごと、ポオを——キプリングを——あるいはマリオン・クロフォードを手にして、寝ずの行を決め込む。枕許の読書灯からこぼれる円《まる》い灯りのすぐ外では、我々の想像から生まれた魑魅魍魎《ちみもうりょう》が嘲りの舌を出し、幽霊話を粉砕しようとする科学や常識を挑発しているのだ」

ポオとキプリングは超自然を扱った物語（もちろんそれだけではないが）の歴史で、大家と認められているが、F・マリオン・クロフォードは、現在、ほとんど忘れ去られた感がある。しかしながら、カーは、彼の短編を称賛し、中でも「泣きさけぶどくろ」については、出だしの数行を好んで引用した。

これまで何度、あいつの泣き声を耳にしたことか。わしは臆病な人間ではなし、ものの影におびえるような男じゃない。幽霊なんか、この世にあるとは信じておらん。もっともあれが幽霊だとすれば、話はべつになってくるが——ところで、あいつだ。あいつの正体は、このわしにもわからぬが、わしを憎んでおることはまちがいない。ルーク・プラットを憎みおるように、わしのことも憎んでおるんだ。だからああして、わしにむかって、泣きわめくのさ。（宇野利泰訳）

『黒死荘の殺人』が世に出た四年後、カーは、世間に知られた幽霊と小説に登場する幽霊とを扱った「……そして夜中に聞こえる奇怪な物音」という一文を書いた。その中で超自然の出来事を取り扱った重要な小説家について論じているのだが、一読カーの広範な読書体験がわかる。彼が独立した項を設けて述べている作家だけを取り出しても、W・F・ハーベイ、M・R・ジェイムズ、L・P・ハートリー、アーサー・コナン・ドイル、J・シェリダン・レ・ファニュ、ブラム・ストーカー、E・F・ベンスン、マーガレット・アーウィン、アルジャーノン・ブラックウッドが挙げられる。

カーが最初の頃に書いた作品のうち、少なくとも四つが幽霊を扱ったものである。一つ例を挙げると、ハイスクール在学中に書いた『鬼火』では、既に、カーの揺るぎない興味の対象だった二つのもの、即ち超自然と歴史ロマンスとの邂逅《かいこう》が見られる。一九二二年秋、大学進学のための予備校に進んだ後も、彼は同種の話を書き続けた。一つはクリスマスの幽霊話、一つは歴史恐怖小説と呼んでもいいような作品、そして三つ目は、思いもよらぬやり方で、幽霊・ユーモア・飲酒を組み合わせた話である。要するに、若きジョン・ディクスン・カーは、やがて推理小説に惹かれていくのと同じくらい強く、幽霊話に惹かれていたのだ。

ハヴァフォード・カレッジ在学中に、ジョン・ディクスン・カーは、〈カー的統合〉とでも呼べるような試みを始めた。超自然的雰囲気、一見して不可能な出来事、論理的推理、三つのほぼ完璧な統合である。一九二六年十二月から一九二八年六月の間、学内誌〈ハヴァフォーディアン〉のために書いたいくつかの短編（一九八〇年に『幽霊射手』『黒い塔の恐怖』に再録）で、カーはフランス警察犯罪捜査課のアンリ・バンコランに、鍵が掛かり、監視の目があった部屋で行なわれた、殺人と人間消失の謎を解決させている。いずれの作品でも、カーはまず、解決が超自然的なものでしかありえないことを匂わす。例えば「山羊の影」で、ジョン・ランダーヴォーン卿はバンコランにこんな話をする。「これから述べるのは、君が魔法を信じておるのでもなければ、きっと鼻白むような話だぞ」また、「四号車室の殺人」は次の書き出しで始まる。「幽霊が出るとの噂があった、ディエップ－パリ間の夜行列車〈ブルー・アロー〉で殺人があった」しかしながら、どの話の結末でも、不可能状況は、人間がいかにも人間らしい理由で創出したものだということが、バンコランによって説明される。幽霊は退散し、魔法は霧消する――そして、次の話が始まり、新たな謎への扉が開かれるのだ。

カーが〈ハヴァフォーディアン〉のために書いた最後の作品は、「グラン・ギニョール」という中編小説で、やはりアンリ・バンコランを探偵に起用している。これに大幅な加筆をしたものが、一九三〇年の二月に出版されたカーの処女長編『夜歩く』である。それまでの短編と同じく、この長編小説も、不可能殺人――ここでは、絶えず人の目で見張られていた部屋で行なわれた凄惨な首切り殺人――が、悪霊と手を結んだ何者かによってなされたに違いないと示唆された状況から始まる。容疑者についても、「夜な夜な、爪から血を滴らせた異形の獣へと変身する夜怪」であるように思われる。『夜歩く』の後にも、カーは続けて三つの奇怪な事件をバンコランに扱わせていて、そのうちの一つ、『髑髏城』(一九三一年)は、ライン河畔の幽霊城を舞台にしている。

やがてカーは、バンコランを使い続けるのに飽きるのだが、恐怖と戦慄の物語に飽くことはなかった。『毒のたわむれ』(一九三二年)にも、幽霊屋敷に近い状態の家が登場する。事件は、アメリカ、カーの生まれ故郷であるペンシルバニア州ユニオンタウンにほど遠くないだだっ広い地所で展開される。カリグラの彫像に付いていたと思しき手が、胴体を離れて這い回るのを何人もの人物が目撃する。しかし、これについてはあまりはっきりした解明はなされず、話の焦点も幽霊にはない。幽霊屋敷にさらに一歩近づいた作品が、ギデオン・フェル博士初登場の長編、亡霊の跋扈《ばっこ》する監獄を舞台にした『魔女の隠れ家』(一九三三年)である。一方、同じ年に、カー・ディクスンの名義で『弓弦城殺人事件』が出版されている。探偵役に任じられたのは「いつもほろ酔い加減の」老人、ジョン・ゴーント卿で、カー作品の登場人物の中でも異彩を放つ人物だが、残念なことに、作品からは大急ぎで書いた跡が窺える。同作品を一気呵成に書き上げていた一九三二年の終わり頃というのは、新婚の花嫁を携えてイギリスに渡る費用を工面するのに汲々としていた時期だった。『毒のたわむれ』の場合と同じように、この作品にも、丁寧に書けば傑出した幽霊話になったと思われる要素が多い。出入りを見張られていた部屋で行なわれた殺人は、動き回る甲冑によってなされたかもしれないのだ。しかし、カーはその雰囲気を押し通すことを早々に諦め、不可能犯罪に対する解決は『夜歩く』の焼き直しでしかない。

以上くどくどと述べたのは、一九三四年に世に出た『黒死荘の殺人』が、ヘンリ・メリヴェール卿初登場の長編というばかりでなく、カーが幽霊屋敷譚を最後まで書き切った初めての作品であるということを言いたいからである。〈黒死荘〉のような薄気味悪い因縁話のある屋敷ならばどこでも群れをなして憑いていそうな、ありきたりの幽霊を配するのではなく、カーは話の中心に、当時流行《はや》りの思想だった心霊主義を据えている。一八四八年のフォックス姉妹を嚆矢《こうし》に、心霊主義者は霊媒であると称し（時には、他の者を霊媒に用いることもあったが）自分は死者の霊を生者と交信させることができると主張していた。

カーが降霊術に興味を持つようになったのは、一九二二年に行なわれたコナン・ドイルのアメリカ講演旅行がきっかけだった。ドイルは第一次大戦で息子を失っており、妻を霊媒として、死後の世界、ドイルがやや調子の狂った様子で〈サマーランド〉と呼んだ世界で、息子と話ができたと信じていた。ドイルはまた、心霊写真、はては妖精写真までも、その信憑性を熱心に擁護した。十五歳の時、カーは地元紙に、ドイルの見解を否定する記事を五つ書いている。「シャーロック・ホームズを生み出し、彼に、小説に登場する他のどんな探偵をも凌駕する鋭い知性を与えた天才が、座興の手品ごときに手もなく騙されるということがありうるのだろうか？　しかし多くの者がありうると考えているのだ」続けてカーは、望む効果をあげるためにインチキ霊媒師が用いるさまざまなやり方を、詳細に説明している。彼は、倫理面での理由だけでなく、審美的観点からも降霊術には異を唱えていた。カーは述べる――過去の時代の偉大な人物たちは、「この世に舞い戻ってタンバリンを鳴らしたり、罪もない家具に打擲《ちょうちゃく》を加えたりするのを潔しとしない」だろう。死者が生者と交信できると信じる者の多くは、愛する者との死別を経験して日が浅く、そのため超自然的なものを受容しやすい心の状態にある。「失った者を取り戻せるかもしれないという望みが彼らに作用し、愛する者の手が頬を優しく撫でるのを感じたり、心地よい声がそっと秘密を耳打ちするのを聞いてしまったりするのだ」――カーの言葉は、ドイル自身にもきっと当てはまるだろうし、『黒死荘の殺人』のレディ・ベニングにも当てはまるだろう。数年後、カーは、降霊術の詐術を暴いたハリー・フーディニの著作『心霊の間の奇術師』を読み、同書で述べられているトリックのいくつかを、自分の作品の筋立てに利用している。読者がこれからお読みになる作品もその一つである。

カーは雰囲気描写を効果的に用いて読者を恐怖の体験へと導き、その後で、常識による解決を持ち込み、恐怖を追い払った。〈黒死荘〉を描写する言葉は、往昔《おうせき》のゴシック恐怖小説を思い出させる。

……すっかり頭が呆け、老残の身といった外見だが、分厚い軒蛇腹《のきじゃばら》にキューピッドと薔薇と葡萄がおぞましい陽気さを見せて彫られている様は、愚者の頭に花の額冠でも飾ったようだ。〈中略〉

……大きな暖炉の中には申し訳ばかりの火がくすぶっていた。マントルピースの上では、背の高い燭台に載った六本の蠟燭が一列に並んで燃えている。湿っぽい空気の中で揺らめくその灯影《ほかげ》が、かつては紫と金で綾なされた壁紙の朽ちた残片を照らしていた。

部屋には先客が二人いた――いずれも女性である。そのせいか、あたりには魔女の妖気めいた不気味な雰囲気が漂っていた。

しかしながら、カーは時々、筆を抑え表現を控えめにする。ポオ以降おびただしく出現した幽霊物語の作家の中で、カーは、モンタギュウ・ローズ・ジェイムズを最も称揚していたらしく、ありふれたものを用いて恐怖を仄《ほの》めかす彼の手法を『黒死荘の殺人』で拝借している。カーは「……そして夜中に聞こえる奇怪な物音」の中で、ジェイムズの作品には「けばけばしい色彩の感情的刺激がない。洗練された趣味の持ち主のために書かれている。ジェイムズ博士は、力ずくで脅したり、派手な形容詞で攻め立てたりしない。恐怖は、曲がり角から突然誰かの顔が覗くように、何気なく訪れる」と述べている。『黒死荘の殺人』の中で最も恐ろしいイメージ、それ自体はありふれたものでありながら超自然的恐怖を暗示する表象、と言えば、首を奇妙な角度に曲げた後ろ向きの男の姿だろう。

この作品には、皮肉屋で冷静なハンフリー・マスターズ警部が登場する。カーの最初のプランでは、彼を唯一の探偵として活躍させるつもりだったとも考えられる。マスターズの奮闘が物語の前半で目立っているため、本書が初めてペーパーバックで出版された時（一九四一年、エイヴォンブックス）、版元は表紙に〈マスターズ警部ミステリ〉と銘打ったほどだ。しかし、最初のプランがどのようなものだったにせよ、カーは結局マスターズに解決を任せなかった。常識がすべての恐怖を粉砕すると期待して読み進めた読者は、一転、マスターズの有する降霊術トリックの知識では不十分であると気づかされ、ここにヘンリ・メリヴェール――尽きせぬ猥談の名手で、世間の奴ら（特にマスターズなのかもしれない）が自分をへこまそうとしていると絶えずぼやき、世俗的な楽しみを謳歌するH・M――の登場と相成《あいな》る。彼の経歴は、最も華々しい活躍の一つである『ユダの窓』IPL版の序文で紹介されているが、H・Mには気取ったところが一切なく、そのおかげで、黒死荘の事件、そしてその後のいくつもの事件で、彼が登場すると健全な雰囲気が醸成されるのだということを、ここでは指摘しておきたい。

『黒死荘の殺人』の冒頭に、ディーン・ハリディが、語り手のケン・ブレークに「幽霊屋敷でひと晩明かしてほしい」と頼み、ブレークが「内心これは面白くなりそうだ」と期待するくだりがある。ほかならぬこのやり取りを書いた数年後に、ジョン・ディクスン・カーは、友人である作家のJ・B・プリーストリーから、彼の持ち家の幽霊屋敷でひと晩明かしてほしいと頼まれる。やはり「これは面白くなりそうだ」と期待したのだが、不気味なことなど何も起こらず、大いに失望した、というオチがついた。しかし、読者諸氏よ、本書の次の頁からは、不気味な出来事には事欠かない。失望することはまったくないだろう。

ダグラス・G・グリーン
ヴァージニア州、ノーフォークにて
一九八九年十二月

I

黒死荘

メリヴェール卿といえば、陸軍省の一室で机に両足をでんと乗せてふんぞり返り、頭も回るが舌も負けじと喧《かまびす》しい巨漢としてお馴染みだが、先日来、「あの黒死荘の殺人事件の顛末を書こうという感心な奴はおらんのか」としきりにぼやいていた。だが、それにだって、自分の名前に箔を付けようという魂胆が見え隠れしていた。今となっては昔の名声にも翳りが見え、所属の部局はもはや「防諜部」とは呼ばれず「陸軍情報部」と名前変わりし、仕事といえば、ネルソン提督記念碑を写真に撮ることの方がまだスリルがありそうなものになってしまっていた。

　卿だってそうでしょうが、私も警察とは何のつながりもないし、卿の下で働くのを辞めてもう何年にもなります、変な義理を押しつけられるのは真っ平ご免ですよ、と私は釘を刺しておいた。二人の畏友《いゆう》マスターズ——現在スコットランド・ヤード犯罪捜査部《CID》の首席警部だ——だって、きっといい顔はしないだろう。その結果、私が書くかほかの誰かに書かせるかを決めようじゃないかという言葉に巧みに乗せられた私は、恨みっこなしのポーカー勝負をする羽目になっていた。ほかの誰か、が誰のことだったかは覚えていないが、メリヴェール卿御大《おんたい》でなかったことだけは確かだ。

そもそも私がこの事件と関わりを持つようになったのは、一九三〇年九月六日のことだ。そぼ降る雨の晩、ディーン・ハリディがノーツ・アンド・クロシッズ・クラブの喫煙室にやってきて、驚くべき話を始めたのがきっかけだった。ここで声を大にして言っておきたいのだが、もし、彼の兄ジェームズに顕著に見て取れる、一族の血脈に流れる忌まわしい病的体質がディーンになかったら、そしてカナダに住んでいた数年間に発作を起こしたかのように繰り返した深酒がなかったら、彼はあれほど危険な精神状態に陥ることはなかったはずだ。クラブで時おり見かける彼は、線は細いが身のこなしには活力がみなぎり、砂色の口ひげを生やし、年齢に似合わぬ老け顔に赤みがかった髪、がっしりした広い額の下には皮肉そうな目が光っていた。しかし、見る者はみな、否応なくそこに影を、過去の水底《みなそこ》から突き出た埋《うず》み木のようなものを認めるのだ。そういえば一度こんなことがあった。みなが例によって遠慮のない世間話に興じていた時、誰かが狂気に関する最新の学術用語について長広舌を振るったところ、ハリディが突然責めるような調子で口を挟んだ。「君にはわからないだろうな、兄のジェームズはね――」と言いかけて、哄笑《じっこん》に後を濁したのだ。

私は仮にも昵懇《じっこん》と言える仲になる少し前から彼のことを知っていた。クラブの喫煙室でするのはとりとめもない世間話で、身の上話に踏み込むこともなかったので、ハリディについて私が知っていることといえば、ハリディの伯母に当たるベニング卿未亡人と懇意だった姉から吹き込まれたことがすべてだった。

姉の話では、彼は茶の輸入商の次男坊で、父親は、爵位を下さるという申し出を一蹴し、我が社の古い歴史を考えれば、かような申し出をお受けするわけには参らぬ、と嘯《うそぶ》くこともできるほどの金満家だった。父老人は、頰ひげ豊かな、七面鳥と見まがう鼻の持ち主で、商売仲間には情け容赦ない態度で知られていたものの、息子たちにはかなり甘かった。しかしながら、ハリディ家の事実上の当主は、その姉、ベニング夫人だった。

息子ディーンは、若いながら有為《うい》転変の見本のような男だった。第一次大戦前は平凡なケンブリッジ大生だったが、戦争が勃発すると、世間によくある例だが、のらくら者が突如立派な兵士になって周りを驚かせた。やがて殊勲章と体内に残った榴散弾の破片をみやげに除隊すると、今度は放蕩三昧の暮らしを始めた。そのうち厄介事が持ち上がる。怪しげな美女に手を出し、婚約不履行で訴えられたのだ。家族は恐れおののき、身持ちの悪いのは他所《よそ》で苦労させれば直る、というおめでたいイギリス流楽天主義によって、ディーンはカナダへ遠島となった。

やがて老父が亡くなり、兄ジェームズが〈ハリディ・アンド・サン商会〉を継ぐ。ジェームズはベニング夫人の大のお気に入りで、その寵愛を一身に受け、夫人は何かにつけて、ジェームズはああだこうだ、物腰穏やかでいながら謹厳実直、正確無比のお手本だと大げさに褒めそやした……ところが、実はこの男、堕落しきった偽善者で、商用と称して旅に出ると、あちこちの売春宿で二週間も酔い潰れた後、髪に綺麗に櫛目を入れ何食わぬ顔でランカスター・ゲートの自宅に戻り、どうも最近体調がすぐれない、と溜め息をついてみせたりしていた。私は、この兄の方ともまったく知らない仲ではなかった。いつもにこにこ愛想はいいが、落ち着きがなく、一つところに腰を据えていられない男だった。このようなことも、当の本人が「良心」

と呼んだものが最初から欠けていたなら、仔細はなかったかもしれない。やがて彼はその良心の手中に落ち、ある晩帰宅すると、我が身にピストルの弾を撃ち込んだ。

ベニング夫人の嘆きようは尋常ではなかった。彼女はディーンを毛嫌いしていたし、ジェームズが死んだのは、目には見えない因果の糸でつながってディーンに原因がある、と考えていた節もある。しかし、こうなっては、ディーンを九年間の流刑から呼び戻し家長とする以外に採るべき道はなかった。

ディーンはすっかり真面目な男になっていたが、おどけ振りは健在で、それが彼を、一緒にいて楽しい――時には危険でもある――相手にしていた。知らない土地で揉まれ、半ば閉じ気味の目には寛容の光を宿すようになっていたが、生き生きと明るく、気の置けないざっくばらんな性格は、ランカスター・ゲートの眠ったような雰囲気を大いにかき乱したに違いない。にやりとした時の笑顔は人を逸らさず、ビールと探偵小説とポーカーに目がなかった。ともあれ、帰ってきた放蕩息子としては万事順調に思えたが、彼はその実、孤独を感じていたのではないだろうか。

そうこうするうち、彼にある問題が生じた。それはまったく思いもよらぬことだった。なぜなら私は、彼がめでたく婚約する運びになったと少し前に姉から聞いていたからだ――ちなみに、相手がマリオン・ラティマーであると聞くと、姉はその日の午後を費やし、素早くターザンもどきの精力を発揮し、先方の家系をつぶさに調べた。系図の枝葉の先の先まで調べ上げると、姉は腕組みして残忍な笑みを浮かべ、不吉めいた面持ちでカナリアの籠を見つめて御託宣を下した。この話が無事に運べばいいけれど、と。

懸念されることが生じていたのは確かだった。どこにいても当人が持つ雰囲気を強く感じさせる人間がいるものだが、ハリデイもその類で、クラブではいつもと変わらずにいたものの、私たちは彼に心配事があることを感じずにはいられなかった。もちろん、わざわざ口にする者はいなかったが。ハリデイは私たちに鋭い一瞥をくれると、いつも愉快な仲間として振る舞おうとするのだが、やがて表情に困惑を覗かせ始めるのだった。笑い声にも調子の狂った響きが現れ、必要もないのに笑うことが多かった。カードゲームをしていても心ここにあらず、時々カードを切りこぼしてはテーブルに落とした。そうした愉快とは言えない状態が一、二週間続いたと思うと、間もなく彼はぱったりとクラブに姿を見せなくなった。

ある晩のこと、私はクラブで夕食を済ませ、喫煙室でコーヒーを注文し、一人ぼんやり坐っていた。誰の顔を見ても生気に乏しく、来る日も来る日も判で押したように繰り返される都会の慌ただしさが、よくもまあ我が身の無意味さに愛想が尽きて活動を止めてしまわないもんだと不思議に思う、あの倦怠の泥沼に沈み込んでいた。雨がしとしと降る晩で、広々とした茶の革張りの喫煙室に人影はない。暖炉のそばに坐り、読むでもなくぼんやり新聞の活字を追っていると、そこへディーン・ハリデイがひょっこり入ってきた。

私はやや居ずまいを正した。彼の歩き方に気になるものがあったからだ。彼は、話し出すのをためらい、あたりを見回すと、また立ち止まった。そして「やあ、ブレーク」と言っただけで、少し離れた席に坐ってしまった。

沈黙は二重に気まずいものだった。彼が何を考えているのかは態度や雰囲気に滲み出ていて、見つめている暖炉の火よりも明らかだった。私に頼みたいことがあるのに、言い出せないでいるのだ。靴やズボンの裾には遠くから歩いてきたらしい泥はねがある。指に挟んだ煙草の火が消えてしまったのにも気づいていないようだ。引き気味の顎先、突き出た額、がっしりした口許にも普段のユーモアはかけらもなかった。

私は音を立てて新聞をめくった。後になって思い返すと、第一面の下にある『……で奇怪な盗難』という小さな見出しを目に留めていた気がする。だが私はその時記事を読まなかったし、それ以上気にも留めなかった。

ハリディは大きく息を吸い込むと、いきなり顔を上げて切り出した。

「ブレーク、僕は君のことを、冷静な物の見方ができる男だと踏んでいるんだが……」

「だったら、遠慮なく話してくれてもよさそうなもんじゃないか」私は水を向けた。

「ああ」彼は椅子にもたれて、私の顔を見据えた。「くだらないことばかり喋る馬鹿な男だとか、世迷《よまい》言を並べ立てる婆さんみたいだとか思われるんじゃないかと心配だった。そうでなきゃ――」私が首を横に振ると、彼はそれを遮った。「待ってくれ、ブレーク。ちょっと待ってくれ。打ち明ける前に聞いておきたいんだ。君にすればきっと馬鹿みたいな話だけど、僕の助けになってくれるかな？　実は君に……」

「話してみたまえ」

「幽霊屋敷でひと晩明かしてほしいんだ」

「それのどこが馬鹿みたいなことなんだ？」私は、退屈が消し飛びつつあるのを努めて隠しながら訊いた。内心これは面白くなりそうだと思ったことを、相手も察したようだ。

彼はやっと少し笑ってくれた。「よかった。どうやら取り越し苦労だったよ。君に頭がおかしいと思われるのが嫌でね。それだけが心配だった。僕はあんな罰《ばち》当たりなことには、今も昔も興味がない。あの二人が元に戻るのかそうでないのか、僕にはわからない。わかっているのは、今のままでいたら、大げさに言うんじゃないぜ、二人の人間が破滅しちまうってことなんだ」

彼は今や落ち着きを取り戻し、暖炉の火を見つめながら、放心したような声で話していた。

「半年前は愚にもつかないことだと思ったんだ。伯母のアンがあちこちの霊媒に通っていたのは僕も知っていた。マリオンを口説いて一緒に連れていったことも承知していたさ。ちくしょう、こんなひどいことになるなんて、あの時には見抜けなかった」彼は椅子の中で体を動かした。「せいぜい玉突き遊び《バガテル》かジグソーパズルのような他愛ない気晴らしだろうと高を括っていたんだ。少なくともマリオンの方は、あんなものにのめり込むはずがないと思っていた……」そこで彼は顔を上げた。「肝心なことを訊き忘れていた。どうだい、ブレーク。君はあの手のものを信じているのか？」

私は、満足のいく証拠でもあれば受け入れるにやぶさかではないが、いまだそんなものにはお目にかかったことがない、と答えた。

「満足のいく証拠？」彼は考え込むように言った。「それはいったいどんな代物だろうな」短い茶色の髪が額にかかり、目はやり場のない怒りに熱く燃えて、口許はきつく結ばれている。

「あの男はインチキだと僕は思う。それは間違いない。だけどね、あの呪われた家に僕は行ってみたんだ。たった一人で。僕のほかには誰もいなかったはずだし、誰も僕が行くのを知らなかった。それなのに……

いいかい、ブレーク。君がどうしても知りたいと言うのなら、僕は洗いざらい話すさ。君を目隠し鬼にしたまま歩かせたくはないからな。だけど、今は何も訊かないでいてくれるとありがたい。今夜、ロンドンのある屋敷に僕と一緒に行ってほしいんだ。そこで何か見るなり聞くなりしたかを教えてほしい。そして、見聞きするようなら、それが自然の理に則《のっと》って説明できるかどうか教えてほしいんだ。屋敷に入ることには何の問題もない。実は、うちの持ち家なんだ……どうだい、行ってくれるか？」

「ああ。で、何か仕掛けがあると睨んでるんだな？」

ハリディは首を振った。「わからない。でも承知してくれて感謝の言葉もないよ。君だってこんな経験は初めてだろう？　古い空き屋敷の怪異……ああ、もう少し顔が広ければと悔やまれるよ。そうすりゃいかさまに詳しい誰かを引っ張っていくのに……何がおかしいんだ？」

「強いやつを一杯引っかけるんだな。笑ったんじゃない。打ってつけの人間がいることに思い当たったのさ。君に異存がなければの話だけれど――」

「どうして異存があると思うんだ？」

「スコットランド・ヤードの警部なんだよ」

ハリディの顔が強張った。「冗談はよしてくれ。よりによって警察に出張ってほしくはない。悪かった、この話は忘れてくれ。マリオンが知ったら許してくれないよ」

「いや、役職を離れての話さ、もちろん。マスターズはこういうことを道楽にしているんだ」

マスターズのことを考えると、再び笑みが浮かんだ。冷静沈着なマスターズ。幽霊狩人マスターズ。タフな偉丈夫のくせに垢抜けたところもあり、いかさまカード師のように如才なく、奇術師フーディニも顔負けの皮肉屋[*1]。第一次大戦後、イギリスを心霊ブームが席捲した際、部長刑事だった彼は、インチキ霊媒の摘発を主な仕事にしていた。それ以来、その方面への興味が高じて——本人は弁解しきりだが——ついには道楽の域に達した。ハムステッドのささやかな自宅にしつらえた工房では、喝采する子供たち相手に室内奇術の新工夫をこしらえ、本人はすっかりご満悦だ。

ハリディにあらまし説明すると、最初はこめかみの髪をいじりながら顔を曇らせていた彼も、紅潮し真面目くさった顔を、乗り気の様子でこちらに向けた。

「そうか、なあブレーク、その人つかまるかい？　断っておくが、今回は霊媒相手じゃないんだぜ。どうやら幽霊屋敷らしいんだ……」

「誰なんだ、そんなことを言ってるのは？」

しばらく沈黙があった。窓の外で車の警笛がけたたましく交錯するのが聞こえてきた。

「かく言う僕さ」彼は静かに言った。「その警部さんとやらに連絡はつくかい？」

「電話してみるよ」私は新聞をポケットに突っ込み立ち上がった。「でも、行き先ぐらいは教えてやらないと——」
「遠慮は要らないさ。何を話しても構わ——あ、ちょっと待ってくれ！　その人はロンドンの幽霊に詳しいんだな？」ハリディの口調は薄気味悪かった。「じゃあ『黒死荘』と伝えてくれ。それでわかるだろうさ」

黒死荘！　ロビーへ電話をかけに行きながら、覚束ない記憶が騒ぐのを感じたが、それが何かは、はっきり思い出せなかった。

マスターズのゆったりとした太い声が、受話器の向こうで快くさわやかに響いた。

「やあ、あなたでしたか！　そちらこそご機嫌いかがです？　久しくお見限りですな。ところで、何か気がかりなことでもありましたかな？」

「大いに」私はお決まりの挨拶を交わした後、本題に入った。「これから幽霊退治に行ってもらいたいんだ。今夜、都合がよければだけど」

「ほう！」マスターズは芝居の誘いを受けたほどにも驚いていなかった。「見事急所を衝《つ》かれましたな。都合はつけるとして……いったいどんな話なんです？　行き先は？」

「『黒死荘』と伝えろとしか言われてないんだ。何のことか僕にはさっぱりだけど」

少し間があって、ヒューッと口笛を吹く音が電話越しにはっきり聞こえた。

「黒死荘ですか！　何を握っているんです？」マスターズは鋭く尋ねた。今やその声は驚くほど職業臭くなっていた。「ロンドン博物館の事件と何か関係でも？」

「何の話かさっぱりわからないよ、マスターズ。ロンドン博物館と何の関係があるんだい？

僕は、友人から今夜幽霊屋敷の調査をしようと誘われて、できれば幽霊退治の経験豊かな人に同道してもらいたいと言われただけなんだ。これからすぐ来てもらえるなら、知っていることは何でも話すよ。でもいったい、ロンドン博物館の事件というのは――」

また少し逡巡があって、マスターズはその間ツッツッと小刻みに舌を鳴らした。「今日の新聞を読みました？　まだ？　目を通してごらんなさい。ロンドン博物館の事件の記事を見つけたら、私が何を言っているのかわかりますよ。我々は、『後ろ姿の痩せた男』というのは想像の産物だろうと考えました。でもね、そうじゃないかもしれない……ええ、地下鉄で行きます。ノーツ・アンド・クロシッズ・クラブ、でしたよね？――わかりました！　じゃあ一時間ほどで行きます。ブレークさん、私はこの事件が気に入らない。まったく気に入らないんです。では後ほど」

電話にコインが落ちる音が響いて、消えた。

2 痩せた男の噂、そして調査開始

一時間後に、マスターズ様が応接室でお待ちですとボーイが知らせてくれた時、ハリディと私は、見落としていた朝刊の記事についてまだ話し合っていた。それは『現代の奇談——第十二回』と題された連載だった。

ロンドン博物館で奇怪な盗難
「死刑囚監房」から凶器紛失
「後ろ姿の痩せた男」の正体は?

セント・ジェームズ、ステイブル・ヤード、ランカスターハウス内のロンドン博物館で昨日午後またもや記念品蒐集狂による陳列品の盗難があった。今回の状況は極めて異常かつ謎を孕《はら》んだもので、いっそう憂慮すべき事態となっている。

この著名な博物館の地階には、ソープ制作の旧ロンドン市街の模型が展示されているが、多くの展示品には血と悪行の歴史が刻まれている。

館内の大きな一室はほぼ監獄の遺品の陳列にあてられ、旧ニューゲート監獄の死刑囚監房から運んだ鉄格子と木材で作った実物大模型が置かれている。一方の壁に展示されている短剣には標示札がなく、ただ収蔵品目録にのみ「荒物の短剣。刃渡り約八インチ。柄《つか》の細工は粗い。骨製の握りにLPの刻字あり」[*2]と記されていた。その短剣が、昨日の午後三時から四時の間に消えたのである。犯人は不明。

　記者は現場に赴いたが、死刑囚監房の、実物を克明に彷彿させる様子には一驚を喫したと告白しなければならない。全体が陰惨で、天井は低く、わずかな光が入るのみ。一九〇三年にニューゲートから移された鉄格子の扉は錆びたボルトのはまった堅牢なもの。手枷、足枷、錆び朽ちた鍵や錠、鉄の檻、拷問道具があちこちに見られ、一方の壁には数世紀にわたる死刑執行令状や、処刑の様子を扱って当時人気のあったブロードサイド・バラッド[*3]が小綺麗な額に入れて掲げられていた。それらは黒枠つきで、油染みた活字で印刷され、今にも処刑しようとする瞬間を描いたぞっとする木版画が添えられ、結びの文句だけは「国王陛下万歳」と畏《かしこ》まっている。

　一隅にある死刑囚監房は子供向きとは言えない。そこに染みついた本物の獄房臭についてはあえて語らない。饐《す》え朽ちた穴倉から伝わる紛れもない恐怖と絶望についても同じである。ただ、この房を覗き込んだ途端目に飛び込んでくる、ぼろぼろの獄衣を纏い今にもベッドから起き上がろうとしている皺だらけの顔の蠟人形を作った芸術家の腕前には、ひと言賛辞を呈しておきたい。

　しかし、以上のことは、十一年間ここで守衛を務める巡査部長上がりのパーカー氏にとってはどうでもいいことである。彼は次のように語った。

「午後の三時頃でした。昨日は無料公開日だったので子供が大勢いました。それが大挙して部屋から部屋を回るんですからうるさくてたまりません。私は監房から少し離れた窓際に坐って、新聞を読んでいました。霧のかかったどんよりした日で、思い出す限り周りに人はいませんでした」

その時、元巡査部長パーカー氏は、虫の知らせとでも呼ぶしかない胸騒ぎがして顔を上げた。もちろん、誰もいるはずはないと思いながら。

「ところが、そこの監房の扉の前に一人の紳士が立っていました。背中をこちらに向けて、中を覗き込んでいたのです。今言えるのは、その男がひどく痩せていて、黒っぽい服を着ていたということとくらいです。首をゆっくりと、ぎこちなく動かす様子が、房の中をよく見たいけれど首が自由に動かない、という感じでした。足音がしなかったのでいつの間に入ってきたのか不審に思いましたが、ああ、もう一方の出入口から来たんだな、と考え、新聞に戻りました。しかし、妙な胸騒ぎは消えません。それで、自分の気が済むならと思って、また子供たちが押しかけてくる前に、房を調べに行ったんです。

最初見た時は異状はないようでした。それからハッと気づきました。ナイフが——蠟人形の上の壁に掛かっていたナイフがなくなっていました。さっきの男は影も形もなくなっていたので、そいつが盗んだのだと思って、その旨報告しました」

館長リチャード・ミード＝ブラウン卿は、後にこう語った。

「貴紙の特別欄を通じて、貴重な文化財に対するかような野蛮行為を根絶するために、広く一般市民への協力の呼びかけが果たされることを確信しております」

リチャード卿によると、件《くだん》の短剣はJ・G・ハリディ氏の寄贈にかかるもので、氏の所有する土地から一九〇四年に掘り出されたと収蔵品目録に記載されている。一六六三年から六五年までタイバーンの絞刑吏だったルイス・プレージの所有品と推定できるが、その真贋には疑問があり、公表は控えられていた。

犯人の手がかりは一切なく、ヴァイン・ストリート署のマクドネル巡査部長が捜査の任に当たっている。


以上は、新聞記者が気の乗らない日に安い稿料で書いた、その場凌ぎの軽業めいた記事とも言えよう。私はマスターズに電話をかけた後、ロビーで立ったまま記事を読み、ハリディに読ませたものかと思案した。

結局、喫煙室に戻った私は新聞を渡し、読みふけるハリディの顔つきを見守った。

「しっかりしろ!」と私が言ったのは、彼の顔色が次第に変わって、小さな染みが浮き出てきたからだった。彼はふらふらと立ち上がり、私をしばらく見つめ、手にした新聞を暖炉の火の中へ投げ込んだ。

「ああ、大丈夫さ。心配は要らない。かえって気が楽になった。だって——これは人間の仕業だろう? 僕が心配していたのはもっと別のことさ。この盗難の背後には、きっとダーワースという霊媒がいる。彼の企みがどんなものだろうが、少なくとも人間のすることだ。だが、この記事が仄《ほの》めかしているのは、荒唐無稽な出鱈目だ。こいつは何が言いたいんだ? ルイス・プレージが自分の短剣を取り戻しにこの世に舞い戻ったってのか?」

「じきにマスターズが来る。僕たちに事の次第を少しは話しておく方がいいと思わないか?」

ハリディは口許を固く結んだ。「いや駄目だ。君は約束したんだから、それを守ってくれ。今は話したくない。あの忌まわしい場所へ行く途中で、僕は自宅に寄ってある物を取ってくる。それを見れば事のあらましはわかる。でも今はまだ見せたくないんだ……こんな話があるんだが、君はどう思う? 低次の世界の霊魂、まあ悪霊と言ってもいいだろうな、それはいつも人を付け狙い、狡賢《ずる》く立ち回っている。この死者の悪霊は、ちょうど家に取り憑くように、生きた人間に取り憑いて、弱い頭の持ち主を自在に操る機会を絶えず窺っている、というんだ。君は、プレージの奴が取り憑いて操るなんて考えられるか……?」

彼はそこで言葉を止めた。私は今でも彼が、嘲るような奇妙な笑みを浮かべ、しかし赤みがかった茶色の目には烈《はげ》しい凝視を宿したまま、暖炉の火に照らされて立っている姿を思い浮かべることができる。

「冗談はよせ」私はきつく言い放った。「支離滅裂だぞ。取り憑く? いったい何にだい?」

「僕にだよ」ハリディは静かに言った。

私は、君に必要なのは幽霊退治の専門家じゃなく神経病の専門医だぞ、と叱りつけ、襟首を摑んでバーへ連れていき、彼がウィスキーを二杯あおるのを見届けた。彼は大人しく言いなりになって、そのうち皮肉めいた陽気な態度が戻ってきた。新聞記事に話が戻った時には、悠揚迫らぬ楽しそうな、昔のままの彼に戻ったようだった。

それでも、マスターズの姿が目に入るとほっとした気分になった。マスターズは応接室に立っていた。大柄で恰幅がよく、穏和だが油断のない顔つきで、地味な黒っぽいコート姿、祝賀の日の旗行列が通るのを見ているかのように山高帽を胸に抱えていた。白髪交じりの髪を丁寧に撫でつけて薄い部分を隠している。最後に会った時からすると顎の肉はたるみ、表情にも老いが窺えたが、目には若々しい光があった。マスターズの重い足取りや鋭い目配りには、ほんのわずか警察を感じさせるところがあったが、我々が大衆の庇護者に結びつけて考える、穿鑿《せんさく》するような不快な様子は微塵《みじん》もなかった。彼のことを実際的で信頼に足る人物だと見て取ったハリディが、警戒を解き安心するのがわかった。

「ああ、あなたですね」互いの紹介が済むとマスターズは切り出した。「幽霊退治を依頼されたのは」ラジオの取り付けを頼まれたかのような口調だった。そしてにこにこしながら言う。「ブレークさんからお話があったでしょうが、私は前から幽霊退治に興味がありまして。で、この黒死荘ですが」

「どうやら、よくご存じのようですね」とハリディは言った。

「いやあ」マスターズは小首を傾《かし》げた。「どうでしょう、頼りないもんです。確か百年ほど前にお宅の持ち物になったんでしたな。あなたのお祖父《じい》様が一八七〇年代まで住んでおられて、突然屋敷を出ていかれてからは戻ろうとはなさらなかった……それ以来、ご家族にとっては厄介な代物ですな。何しろ売ることも貸すこともできないんですから。おまけに税金はうんと持っていかれる！　お気の毒ですなあ」マスターズの口調が、もの柔らかだが有無を言わせぬ説得調になってきた。「さあ、ハリディさん、どうです？　私が及ばずながらお力になれるとあなたは認めてくれた。ですからあなたも私に力を貸してくださると踏んでいるんですよ。もちろん、極めて非公式にですよ。どうです？」

「場合によりけりですね。でもそれくらいのことならお約束しても構わないでしょう」

「結構、結構。今日の新聞はもうお読みになってますな？」

「ああ！」ハリディはにやにやしながら小声で言った。「『ルイス・プレージ舞い戻る』あれですね？」

マスターズ警部は穏やかに微笑み返し、声を落とした。「単刀直入にお訊きしますが、あなたの知っている人で、もちろん生きている人間ですよ、あの短剣を盗み出すことに興味のありそうな人がいますか？　私はそれが知りたいのです、ハリディさん。どうです？」

「なるほど、さすがに鋭いですね」ハリディはテーブルの端に腰を掛けて思案にふけっていたが、向き直って、何やら閃いた様子でマスターズを見た。「では、質問には質問で答えさせてもらいましょう、警部さん。あなたはロジャー・ダーワースなる人物を知っていますか？」

訊かれた方は顔の筋肉一つ動かさなかったが、その質問に満足した様子だった。

「どうやら、あなたはご存じらしい、ハリディさん」

「ええ、知っています。伯母のレディ・ベニングほどじゃないですけどね。それから、僕の婚約者マリオン・ラティマーや彼女の弟、それにフェザートン老人ほどにはね。彼らはグループを作っています。僕は断固反ダーワースなんですが、多勢に無勢、まともな議論になりません。にっこり笑って、あなたにはわからないんです、でお終いですよ」彼は煙草に火を点け、マッチを乱暴に振って消した。その顔は冷笑に醜く歪んでいた。「常々不思議に思っているんです、スコットランド・ヤードは彼のことを知っているのかって。何なら赤毛の弟子の方でもいいですが」

　二人は視線を交わして、無言の語らいを続けた。やがてマスターズは、慎重に言葉を選んで答えた。「ダーワース氏には犯罪に関する嫌疑は一切かかっていません。綺麗なもんです。私は彼に会ったことがあるんですよ。ひどく愛想のいい紳士でした。大げさにひけらかしたり、ことさら人に取り入ろうという様子もありません。私の言おうとしていることはおわかりだと思いますが……」

「わかります」ハリディは頷く。「実際アン伯母なんて、夢中になっている時は、あのいかさま師を『聖者さまのよう』だなんて言ってますから」

「そうでしょうな」マスターズは頷き返した。「お訊きしたいのですが、その、微妙な質問でお気に障ったらご容赦願います。あなたから見て二人のご婦人は、何というか……ホヘヘハイですかな？」

「――おめでたい、ですか？」ハリディはマスターズの喉の奥の方から聞こえたくぐもった音を解釈して訊き返した。「とんでもない！　まるで逆ですよ。伯母は見かけこそ御《ぎょ》しやすそうなおばあちゃんですが、どうしてどうして、筋金入りのしっかり者です。マリオンだって、そう、あの通りの女ですよ」

「おっしゃる通りでしょうな」マスターズは再び頷いた。

クラブのボーイがつかまえてくれたタクシーに乗り込み、ハリディがパーク・レーンの住所を運転手に告げた時、ビッグ・ベンが半を打った。ハリディは家に寄って取ってくる物があると言った。外は肌寒く、雨はまだやまない。暗い通りはこぼれる灯りを映してところどころ眩しく光っていた。

ほどなく車は、パーク・レーンの落ち着いた雰囲気の中にそびえ立つ、白い石造りで緑色と白銅色のアメリカ風装飾が際立つ真新しいマンション——有り体《てい》に言って、現代風の本棚に見えなくもない——の表に停まった。私は車を降り、ハリディが用を済ませる間、電灯の明るく点《とも》る張り出し屋根の下をぶらぶらした。暗いハイド・パークから横なぐりの雨が吹きつけてくる。相応しい表現かどうかわからないが、道行く人々の顔には現実味が感じられなかった。思わず知らず、新聞で読んだ生々しく露骨な描写に影響されていた。後ろ姿の痩せた男が、死刑囚監房を覗き込み、ゆっくり首を動かしている姿。守衛がその人物を「紳士」と呼んでいるのが余計に不気味だった。ハリディに後ろから肩を叩かれた時には、思わず跳び上がりそうになった。彼は麻紐で括った平べったい茶色の紙包みを私に寄越した。

「今はまだ開けないでくれ。ルイス・プレージについて、嘘も本当もごちゃ混ぜでいろんなことが書いてある」そう言ってハリディはどんな天候でも愛用している薄手の防水コートのボタンをかけ、帽子を斜め目深にかぶると、にやりとしながら、私に強力な懐中電灯を貸してくれた。マスターズは自分のを持ってきていた。ハリディが乗り込んで私の隣に坐った時、サイドポケットに硬い物が当たった。懐中電灯だと当たりをつけたが、実はリヴォルヴァーだった。

賑やかなウェスト・エンドでなら薄気味悪い話も気楽に話せるが、周囲の灯りがまばらになると、正直なところ、私も不安になってきた。タイヤが濡れた路面にもの憂げな音を立て、車は滑るように進んでいく。黙ったままでいることに我慢できなくなってきた。

「ルイス・プレージについてはだんまりを決め込むつもりなんだろう、マスターズ？　でも、新聞の記事からおおよそ見当はつくね」

マスターズは低く唸っただけだったが、ハリディが先を促した。「それで？」

「月並みだと言われそうだな。ルイスは絞刑吏で、世間から恐れられていた。短剣はきっと、ほら、ロープを切って下ろす時に使った物だろうね。その、自分がもてなす相手の受刑者をだけど……出だしとしては悪くないだろう？」

ハリディはにべもなく答えた。「君は、どちらについても間違っているな。そんな単純で月並みな話だったらいっそありがたかったよ——それにしても、いったい恐怖の正体とは何だろうな？　不用意にドアを開けた時のように、突然出くわすあの感情が何なのか知りたいものだ。胃のあたりがキュッと冷たくなって、そいつに触れられるのから逃れるために、とにかくどこでもいいから走って逃げたくなる。だけど体がどろどろの塊《かたまり》になったようで足がうまく動かない、そして——」

「ほう！」マスターズが隅の方から嗄《しわが》れ声を投げた。「まるで見てきたような話しぶりですな」

「見たんです」

「ああ、そうでしたか。で、そいつは何をしていました、ハリディさん？」

「何も。窓際に立ってこっちを見ていただけです……ルイス・ブレージの話だったね、ブレーク。彼は絞刑吏じゃないさ。そんな度胸のある男じゃなかったんだ。囚人があまりに長くロープにぶら下がってぐるぐる回りながらもがき苦しんでいる時なんかは、刑吏の命令で足ぐらい引っ張っただろうけど。彼は、刑吏の下役みたいなものだった。引き回しの重罪人が、臓腑をえぐられ、さらに八つ裂きにされる時などは、その——刑具、と言えばいいかな——を押さえたりしていたんだ。その後で汚物を洗い流したりね」

私は喉がからからになった感覚に襲われた。ハリディは私に顔を向けた。

「短剣についても君のは見当外れだな。あれは短剣じゃない。少なくとも、最後までそんな使われ方はされていなかった。ルイスが絞刑吏の仕事に使うために工夫して作ったものだ。新聞記事では、刃については触れていなかったね。刃身は筒状なんだ。鉛筆ぐらいの太さで、先が尖っている。要するに、アイスピックや千枚通しみたいなものさ。それを何に使ったかわかるかい？」

「いいや」

その時タクシーがスピードを落として停まった。そこにハリディの笑い声が重なる。運転手は、ガラスの仕切りを押しのけ、こちらを向いた。「だんな、ニューゲート・ストリートの角ですが、どうします？」

我々は料金を払い、車を降りてその場を見回した。建物はみな、夢の中で経験するように、見上げるばかりに高く歪んで見える。はるか後方にホルボーン高架橋のぼんやりとした灯りが浮かび、聞こえるものといえば、夜の車のかすかな警笛と寂しい雨音だけだった。ハリディは先頭に立ち、ギルップール・ストリートを歩き始めた。ギルップールを外れたなと思う頃には、我々は、両側を煉瓦塀に挟まれた、じめじめした狭い小路を歩いていた。

「閉所恐怖症」という変な名前で呼ばれているが、人は狭い場所に閉じ込められていると、せめて何に囲まれているのかくらいは知りたいと思うものだ。誰かの話し声が聞こえるような気になることもあるが、今がまさにそれだった。高い煉瓦塀のトンネルの中で、ハリディが突然足を止める——彼が先頭、私がその後に続き、マスターズがしんがりを務めていたが、三人が三人とも、自分たちの足音の反響に驚き立ち止まってしまった。

すぐにハリディが懐中電灯を点け、私たちは再び歩き出した。その光が照らし出したのは、薄汚れた煉瓦塀と舗道の水たまりだけだった。不意に頭上の庇《ひさし》から雨だれが水たまりの一つに落ちて、ぴちょんと音を立てる。やがて前方に、凝った作りの鉄扉が大きく開いているのが見えてきた。三人とも、なぜか足音を忍ばせていた。目の前の荒涼とした屋敷には、どんな音も吸い取ってしまう寂然《せきぜん》とした沈黙があったからかもしれない。何かに急《せ》かされるように、我々は足を速め、高い煉瓦塀の内側《なか》に入った。その何かは我々をさらに内奥へとおびき寄せ、戯れる相手にしようとしていた。屋敷はというと、少なくとも目に入る限りでは、白っぽい大きな石を積み上げたもので、あちこち風雨に曝《さら》され黒ずんでいた。すっかり頭が呆け、老残の身といった外見だが、分厚い軒蛇腹《のきじゃばら》にキューピッドと薔薇と葡萄がおぞましい陽気さを見せて彫られている様は、愚者の頭に花の額冠でも飾ったようだ。窓は鎧戸の下りているところもあれば、外から板を打ち付けただけのところもある。

屋敷の裏手は広い庭で高い塀がめぐらされていた。そこは一面ぬかるんで、ところどころに道具が捨て置かれている。裏庭のずっと奥に一棟ぽつねんと、小さな建物が月明かりに照らされていた。頑丈な石造りで、朽ちかけた燻製小屋のようにも見える。小さな窓にはどれも鉄格子がはまっている。荒れ果てた庭で目につくものはその小屋とすぐそばに生えている捻《ね》じ曲がった木だけだった。

ハリディに続いて、我々は雑草だらけの煉瓦道を、彫刻を施した玄関ポーチへと歩いていった。玄関扉は高さ十フィート以上あり、錆び朽ちたノッカーが横木からぶら下がっている。案内役のハリディの懐中電灯の光が扉を照らすと、樫板のあちこちが湿気を含んで膨らんでいるのが見えた。老い朽ちた黒死荘に、物好きな連中が彫り込んだイニシャルが至る所にあった。

「ドアが開いている」ハリディが言った。

その時、家の中で悲鳴が上がった。

この常軌を逸した事件に関わって何度となく血も凍る恐怖に出くわしたが、これほどうろたえたことはこの後にもなかった。その悲鳴は、正真正銘人間の声だった。それでいて、よぼよぼの魔女のような古屋敷そのものが、ハリディに触れられたのに驚いて悲鳴を上げたように聞こえたのだ。マスターズは息を弾ませ、私の前に飛び出したが、ドアを開けたのは先を制したハリディだった。

玄関を入るとそこは黴《かび》臭いホールで、左手の部屋の入口から灯りが漏れていた。その灯りにハリディの顔が浮かび、悄然としながらも意を決した様子が窺える。目は部屋の中をキッと睨んでいた。彼は声を荒らげることもなく静かに訊いた。

「いったいここで何が始まっているんだ?」

3　四人の信徒

　その時何が見えると予期していたのか、自分でもわからない。何か悪魔じみたもの、ひょっとするとロンドン博物館の後ろ姿の痩せた男の、くるっとこちらを向いた姿が目に飛び込んでくると覚悟していたのかもしれない。しかし、今回その姿を拝むことは免れた。

　マスターズと私はハリディの両脇を挟むように戸口に立ったため、中からは、ご本尊の脇を固めて脇侍菩薩《きょうじぼさつ》が二体現れたような間の抜けた姿に見えたに違いない。一方我々の目に映ったのは、広々とした天井の高い部屋だった。かつての豪奢が偲ばれるが、今は醜く朽ち、穴倉のような臭いが鼻を衝《つ》く。壁の腰板は剝がれ石の下地がむき出しで、元は白繻子《しゅす》張りだったと思われる壁の上部は、黒ずんだ布が剝がれて垂れ下がり、蜘蛛の巣だらけになっている。マントルピースだけが昔のままだった。汚れたり一部欠けたりしているものの、見事な薄彫りの渦巻き細工が施されている。大きな暖炉の中には申し訳ばかりの火がくすぶっていた。マントルピースの上では、背の高い燭台に載った六本の蠟燭が一列に並んで燃えている。湿っぽい空気の中で揺らめくその灯影《ほかげ》が、かつては紫と金で綾なされた壁紙の朽ちた残片を照らしていた。

　部屋には先客が二人いた――いずれも女性である。そのせいか、あたりには魔女の妖気めいた不気味な雰囲気が漂っていた。一人は暖炉のそばに腰掛け、椅子から腰を浮かしかけている。

もう一人は二十代半ばの女性で、こちらをさっと振り向いたところだった。屋敷正面に面した、鎧戸の下りた高窓の縁に片手を乗せている。

「おやっ！　マリオンじゃないか――」

すると女性からは緊張した声が返ってきた。澄んで心地よい響きの声だが、興奮してわずかに上ずっている。

「じゃあ――あなたなの、ディーン？　本当にあなたなの？」

見ればすぐにわかることを尋ねるのに随分な物言いだと、不思議に思った。もちろん字面通りのことを彼女が言おうとしていればだが。ハリディにはどうやら字面以上の意味があったようだ。

「もちろんだよ」ハリディは噛みつかんばかりの声で言った。「何だと思ったんだ？　僕は僕のままさ。ルイス・プレージじゃないぜ、今のところはね」

ハリディが部屋に足を踏み入れたので、我々二人も後に続いた。奇妙なことに、部屋の敷居をまたいだ途端、玄関ホールで感じた、息の詰まるような圧迫感が、すうっと軽くなるのがわかった。三人ともそそくさと部屋に入り、マリオンに視線を向けた。

マリオン・ラティマーは、蠟燭の灯りの中に、身動きせず、ピンと張り詰めた姿で立っていた。足許にできた黒い影が小刻みに震えているように見える。彼女は、どちらかというと冷たい感じのする痩せた古典的な美女で、それがややもすると、彼女の顔立ちにも体つきにもぎすぎすした印象を与えていた。暗い金髪をウェーブにしてやや面長な顔の頭部にぴたりと撫でつけている。深い青色の目は、何かに心奪われたように靄《もや》がかかり、覗き込む者の心をかき乱す。鼻は小さく、引き結んだ口許には感受性と意志の強さが窺われた。足が悪いかのように体を捻《ひね》ったまま立っていて、痩せぎすの身を包む茶のツイードのコートのポケットに片手を突っ込み、我々の方を見たまま、窓の縁を離れたもう一方の手でコートの襟を掴んで首にぎゅっと巻き付けた。その手は美しく、細く、しなやかだった。

「そうね。もちろん、そうだわ……」彼女は呟くように言って、笑顔を作ろうとした。片手で前髪をかき上げ、またコートの襟を掴む。「庭で物音がしたような気がしたの。鎧戸の隙間から外を見たら、ほんの一瞬あなたの顔が闇の中で明るく照らされて見えたの。悲鳴を上げるなんて馬鹿なことをしちゃったわ。でも、どうしてここへ？――どうして……」

彼女からは何かの影響が感じられた。抑圧された感情か、それとも霊的なものを求める者の緊張か。婚期を逸したり人から疎んじられたりする原因となるような、周りの者をまごつかせる性質。しかしそれは、彼女にあっては生き生きとした特徴となって、目許や体つき、角張った顎の線に表れていた。人の心をかき乱す女性。私にはそんな言葉しか思いつかない。

「あなたはここへ来てはいけなかったのよ。危険なの――今夜は」

すると、暖炉の方から、抑揚のない、静かな声がした。

「そう、危険だね」

我々は声のする方を見た。勢い上がらずくすぶり続ける炉火のそばで、老婦人が微笑んでいた。随分めかし込んでいる。白髪はボンド・ストリートの美容師が入念に仕上げ、黒ずみ肉のたるんだ喉首には黒いビロードを巻いていた。小さな顔は蠟細工の造花を思わせ、大変な厚化粧で、目尻を除けば皺一つない。その目は優しいだけでなく、厳しさを感じさせた。微笑んではいるものの、片足で床をゆっくりと叩いており、我々の闖入《ちんにゅう》に狼狽しているのは明らかだった。宝石で飾った両の手を椅子の腕木に力なく置いていたが、何かの手真似をするように、捻《ねじ》ったり、ひっくり返したりを繰り返していた。彼女は呼吸を整えようとしていた。ヴァトー[*4]の描く侯爵夫人を思い浮かべてもらえるだろうか。レディ・アン・ベニングは、極めて現代的で機智に富んでいながら、めかし込んだ挙げ句、そのような宮廷婦人を彷彿させるに至っていた。鼻が大きすぎるところも似ている。

　再び、彼女は抑揚のない声で静かに言った。

「ディーン、どうしてここに来たんだい？　ご一緒しているのはどなた？」

　か細い声だった。習い性《せい》となった人当たりのよさにもかかわらず、探りを入れるような響きがあり、私は身震いしそうになった。黒い目がハリディの顔からひとときも離れず、機械的な微笑みを張り付けたように浮かべている様子には何とも気味の悪いものがあった。

　ハリディは体をしゃんとさせ、勇を鼓して言った。

「お気づきかどうか存じませんが、ここは僕の家ですよ」彼女は、おそらくいつもそうなのだろうが、今もハリディを守勢に立たせていた。この言葉にも、彼女は夢見るように微笑むだけだった。「ここへ来るのにあなたの許可は必要ないでしょう、伯母さん。お二人は僕の友人です」

「お前から紹介なさい」

ハリディは我々を、まずベニング夫人、そしてミス・ラティマーに紹介した。湿気臭い穴倉のような部屋で、頼りない蠟燭の灯りとあたり一面を覆う蜘蛛の巣の中、型通りの紹介をするのだから、酔狂な話である。おまけに二人は――マントルピースを背にして立つ冷たい感じの若く美しい女性も、赤い絹のケープを羽織って頷く侯爵夫人然とした爬虫類を思わせる老婦人も――我々に敵意を抱いていた。我々はいろいろな意味で招かれざる客なのだ。二人には、自己催眠とも言える一種の亢進状態が見られた。かつて体験し今また再現を望む、ある途方もない霊的経験を、はやる気持ちを抑え、熱心に待っている最中なのだ。私は横目でマスターズを盗み見たが、ふだんと変わらぬ穏やかな表情を崩していなかった。ベニング夫人は目を開けた。

「あらあら」彼女は私に向かって小さな声で言った。「それじゃあ、あなたはアガサ・ブレークの弟さんなのね。アガサは素敵な方よ。あのカナリアたちもお見事」そこで声の調子が変わった。「そちらの方は存じ上げないわね……ところでお前、なぜここに来たの？」

「なぜここに来た？」ハリディは鸚鵡《おうむ》返しに言った。声が嗄《しわが》れていた。彼はやり場のない怒りと闘っていて、片方の手をマリオン・ラティマーに向けて突き出した。「なぜかって？　自分を――自分たちを見ればわかるでしょう！　僕はこんなわけのわからないことを我慢するのはもう真っ平です。僕は、ごく正常かつ正気の人間です。その僕に、ここで何を望み、なぜこの馬鹿げたことをやめさせようとするのかと尋ねるんですか。よろしい、話しましょう。僕たちはおぞましい幽霊屋敷を調査しに来たんです。いまいましいインチキ幽霊を捕まえて、二度と現れないよう木っ端微塵《みじん》にするためにね。必ずですよ！」

その声は大音声《だいおんじょう》となって反響した。マリオン・ラティマーの顔からは血の気が失せていた。

やがてあたりが再び静まり返ると彼女は口を開いた。

「霊に逆らわないで、ディーン。お願いだから、霊に逆らわないで」

小柄な老婦人の方は、相も変わらず開いた手を腕木に乗せ、指を引きつったように動かし、目を半ば閉じ、頷くだけだった。

「お前は命令されて来たわけだね？」

「僕がここに来たのは、自由意志によってです」

「悪霊祓《ばら》いでもするつもりなのかい？」

「そう呼びたければご勝手に」ハリディは険しい表情を浮かべた。「そうです、そのために来たんです。待てよ、まさか——まさか、伯母さんたちもそのためにいると言うんじゃないでしょうね」

「私たちはお前を愛しているんだよ」

いっとき、沈黙があたりを支配した。暖炉の火がパチパチと青い小さな炎を立て、雨が柔らかな足音を響かせながら屋敷を抜けていくのが聞こえた。屋敷のどこともわからぬ場所で、雨だれが落ちては谺《こだま》を返す。ベニング夫人は、何とも表現しようのない甘ったるい声で続けた。

「ここにいれば、お前は何も怖いことはないんだよ。あの連中だってこの部屋には入ってこれないんだから。でも、ここを離れるとどうかしら？　きっとあの連中に取り憑かれますよ。

お前の兄さんのジェームズはそうだったわ。それでピストル自殺をしたのよ」

ハリディは、低く落ち着いた真面目な声でこう言っただけだった。「アン伯母さん、あなたは僕の気を狂わせたいんですか？」

「私たちは可愛いお前を助けようとしているのよ」

「それはそれは。ご親切痛み入ります」

ハリディの声は耳障りで、またもや場を気まずいものにしてしまった。彼が一同を見渡すと、誰の顔も石のようになっていた。

「私はジェームズを愛していたわ」ベニング夫人の顔に突如として深い皺が刻まれた。「あの子は強かった。でも悪霊にはかなわなかった。今度はお前の番というわけよ。お前はジェームズの弟で、まだ生きているから。ジェームズがそう言ったの。このままではあの子は……いい、あの子に安息を与えるためにやるのよ。お前のためじゃない、ジェームズのため。悪霊祓いが済まないうちは、お前ばかりかジェームズにだって安らかな眠りは来ないから。

お前は今夜ここへ来てしまった。ひょっとするとそれでよかったのかもしれないわね。円座の中は安全だわ。でも、今日はルイス・プレージの命日だから、油断はならない。今ダーワースさんはお休み中だけど、真夜中には一人で裏庭の石室に籠り、明け方にはすっかり清められているはずだわ。お弟子のジョゼフだって石室には入れないの。ジョゼフには強い霊力があるけど、あくまでも霊的なものを受容する力で、斥《しりぞ》ける知識はないのよ。私たちはここで待ちます。円座を組みましょう、たとえ悪霊を近寄れなくする力しかなくても。私たちにはそれが精一杯よ」

ハリディは婚約者を見た。

「君たちはダーワースと三人でここへ来たのか？」

マリオンは微笑んだ。ハリディのことをいくぶん怖がってはいるものの、一緒にいることでほっとしているようだ。彼女はそばに寄って、ハリディの腕を取った。

「ねえ、いいこと、あなた」――文字通り呪われた家で、我々が耳にした初めての人間らしい声だった――「あなたは元気づけの薬なのよ。あなたがそんな風に話すのを聞いていると、ええ、まさにその話し方よ、何もかもうまくいくと思えるの。自分が怖いと思わなければ、怖いものなんて何もないって……」

「だけどあの霊媒は――」

マリオンは摑んだ彼の腕を揺すった。「ディーン、何度言わせる気？　ダーワースさんは霊媒じゃないの！　心霊学者よ。霊現象よりも、その原因に関心があるの」彼女は私とマスターズに向き直った。疲れが色濃く見えたが、努めて明るく快活に振る舞い、からかうように言った。「ディーンよりあなた方のほうがお詳しいんでしょう。ジョゼフのような霊媒とダーワースさんのような心霊学者との違いをディーンに教えてやってくださいな」

マスターズは、億劫そうに重心を移した。無表情のまま、お世辞を嬉しがる様子さえなく、手にした山高帽をくるくる回す。しかし、彼をよく知っている私は、ゆったりと忍耐強い、慎重な声の調子に、おかしな響きを聞き取った。

「ふむ、そうですな、お嬢さん。大した知識は持ち合わせていませんが、ダーワース氏はこれまで実演をしたことは一度もありませんな。ご自分で、ということですが」

「あの方をご存じでいらっしゃるの？」マリオンは急《せ》き込んで尋ねた。

「いや、その、お嬢さん。そうとは言えませんな。失敬、話の腰を折ったようです。お話の続きをどうぞ」

　マリオンが怪訝そうにマスターズを見たので、私は気が気でなかった。彼は、『私は警官です』と大書したプラカードを首からぶら下げているのも同じだった。彼女は正体に気づいたのではないか？　彼女の冷静ですばしっこい目がマスターズの顔に注がれた。しかし、何か思いついたにせよ、それにはこだわらなかった。

「ねえディーン、さっきも言おうとしたんだけど、私たちと一緒にいるのはダーワースさんとジョゼフだけじゃないわよ。ほかに人がいなくても、気にしなきゃいけないわけじゃないんだけど……」（いったいどうしたことだろう？　ハリディは何か呟くとぐいと顔を上げ、一方のマリオンは、いくらか快活にツンとした様子で彼を見つめ、ハリディをうろたえさせようとしていた）「別に気にしなきゃいけないわけじゃないんだけど」マリオンは繰り返して、肩をそびやかした。「でも、とにかく、テッドと少佐にもここに来てもらったの」

「ほう、君の弟さん、おまけにフェザートン少佐もね。こりゃ驚いた！」

「テッドは、あの、信じています。どうかそのつもりでね」

「そりゃあ姉の君が信じているからだろう。でもテッドが信じているのは本当だろうな。僕も彼ぐらいの時には同じような経験をしたよ。どんなにしっかりした英国人だって、その手のことに免疫はないものさ。神秘主義、吊り香炉、我が身を包む神の愛と栄光――どうやら、彼のいたオックスフォードでは事態はいっそうひどかったらしいな」そこでひと息つくと、「ところで二人はどこにいるんだい？　まさか『神霊の放射』なんて無茶な業に挑戦して消えちまったというわけじゃないだろう？」

「二人とも石室にいるわ。ダーワースさんがお籠りをするので、火をおこしに行ったの」マリオンは努めて明るく話そうとした。「ここの火だってテッドがおこしたのよ。ほら、あまり上手とは言えないでしょう？――あら、どうしたの？」

ハリディが部屋の中を勢いよく歩いたので、蠟燭の火が揺れた。彼は言った。「おっと、それで思い出した。あなた方は屋敷を見に来たんでしたね。それから、庭にあるあの邪悪の源もね……」

「あなた、あそこへ行くんじゃないでしょう？」

砂色の眉が吊り上がった。「もちろん行くつもりさ。実は昨夜も行ったんだぜ」

「馬鹿につける薬はないものだね」ベニング夫人は目を閉じたまま、甘ったるい声で穏やかに言った。「その子にそのつもりがなくても、私たちで護るから。行かせておやり。ダーワースさんも護ってくださるよ」

「さあ行こう、ブレーク」ハリディは素早く顎で促した。

マリオンが、止めようと一瞬覚束ない動きを見せた時、物をこするかひっかくような音が聞こえた。それはベニング夫人の指環が椅子の腕木をこする音だったが、壁の後ろで鼠が爪を立てているように不気味に聞こえた。夫人の小さく上品な顔は、夢見るような表情のままハリディに向けられていた。その時、私は彼女がハリディをどれだけ憎んでいるかがわかった。

「ダーワースさんの邪魔をするんじゃないよ。そろそろ時間だから」

ハリディは懐中電灯を取り、先に立ってホールへ出た。キイキイ鳴る大きなドアはノブが落ちていたので、ハリディはノブ穴に指を突っ込んで閉めた。我々三人は湿ってまとわりつくような闇の中に立ち、おのおの懐中電灯を照らした。ハリディが懐中電灯でまず私の顔を、次いでマスターズの顔を照らした。

「魔女よ、失《う》せろ！」彼は努めておどけた調子で言った。「さて、ご感想は？　僕が経験してきたこの六か月をどう思います？」

自分に向けられた光に目を瞬かせて、マスターズは再び山高帽を頭に載せた。彼は慎重に言葉を選んだ。「そうですな、ハリディさん。我々を盗み聞きされる心配のない場所へ連れていっていただけるなら、お話しできるかもしれません。今はせめてこう言わせてください。私はここに来られただけで感謝の言葉もないくらいです」

懐中電灯の光が逸れた時に、私はマスターズがにっこりしたのを見た。懐中電灯の光でわかる限り、ホールは、居間よりも荒廃がひどかった。床に敷き詰めた板石の上にかつては模様のついた板を張ってあったと思しいが、居間の腰板同様、ずっと前に剝がされていた。この部屋は殺風景な四角い穴倉とでも言うべき状態で、突き当たりの奥に大きな階段があり、左右にそれぞれ三つの大きな扉があった。鼠が懐中電灯の光の中を横切る。そいつが床を進んで階段の近くに逃げ込む音が聞こえた。マスターズが、懐中電灯であちこちを照らしながら、どんどん進んでいく。ハリディと私はできるだけ音を立てないように後に続いた。ハリディは私に小声で言った。「また感じないか?」私は頷いた。彼の言葉に合点がいった。得体の知れない何かが周りで凝り固まり、我々にじわじわと迫っていた。水中にいて、ちょっと長く潜りすぎたなと思うと、急にこのままもう水面に顔を出すことができないのではないかという恐怖に襲われることがあるが、あれによく似た感じだった。

「おーい、離れちゃ駄目ですよ」マスターズが少し先の階段あたりでうろうろしているのを見て、ハリディが言った。マスターズが階段横の腰板の前で急に立ち止まり、床をじっと見ているのがわかると、我々は急に不安になった。前方に投げかけられた光で、マスターズの山高帽とがっしりした両の肩がシルエットになっている。彼は屈み込み、片膝を床についた。すぐに低い唸り声が聞こえた。

階段横の床石に黒い染みが付いていて、周辺のわずかな範囲だけ、埃が払われている。マスターズが手を伸ばして階段下に設けられた低い物置の小さな板戸を押すと、中で鼠が慌てて走り回るのが聞こえた。二、三匹が外へ飛び出し、一匹はマスターズの靴の上を走っていったが、彼は跪《ひざまず》いた姿勢を崩さなかった。マスターズが懐中電灯で狭く汚い物置の中を照らすと、靴が片方、光をぎらりと反射するのが見えた。

マスターズはじっと目を凝らしていた。黴《かび》臭い空気に息が詰まりそうだ。警部はぶっきらぼうに言った。

「何でもありません。気持ちのいいものじゃないですが。猫です」

「猫？」

「ええ。喉をかき切られています」

ハリディは後ろへ跳び退《の》いた。私はマスターズの肩越しに物置の中を照らした。誰かが、あるいは何かが、人目につかぬように突っ込んだのだろう。死んで間がなく、仰向けになっているので、喉が切り裂かれているのがわかる。断末魔の苦悶に身を突っ張らせた黒猫が、今は丸く縮み、硬直して埃まみれになっていた。閉じきっていない目が、靴のボタンのようだ。死骸の周りに何やらうごめいているものがある。

「ブレークさん、この屋敷には悪魔のようなものがいるという説に、私も与《くみ》したくなってきましたよ」マスターズは、顎を撫でながら言った。

嫌悪を隠しもせず、彼は再び板戸を閉め、立ち上がった。

「いったい誰が――？」ハリディが肩越しに振り返って言った。

「ああ、それです！　いったい誰が、そしてなぜ？　ことさら残虐さを狙っての行為なのか？それとも何かわけがあってのことか？　ねえ、ブレークさん、どう思います？」

「僕は今、謎の人物ダーワースのことを考えていたんです。確か彼のことを話してくれると言いましたよね？　それはそうと、彼は今どこにいるんです？」

「しいっ！」マスターズが不意に片手を上げ、小声で制した。

話し声と足音が近づいてくる。人間の声だが、石造家屋の入り組んだ迷路に反響して、壁から声が飛び出し耳のすぐ後ろで囁いているように聞こえる。ぶっきらぼうに呟く声が、切れ切れに聞き取れた。

「――馬鹿げたことに肩入れするな……それでも同じことじゃ……大間抜けに見える……何かの……」

「その通り、その通りですって！」もう一方の声は、低く、快活で、興奮していた。「でもどうしてそんな感じがするんです？　いいですか、僕が神経をやられて騙されたり催眠術にかかったりする、生っちょろい耽美派に見えますか？　あなたの心配は根も葉もないことです。汝自身を信ぜよ！　我々は、現代心理学を受け入れたんですよ……」

　足音はホールの奥の低い拱道《アーチ》の先から聞こえてきた。誰かが手で風除けをしながら蠟燭の灯《ひ》りを持って近づいてくる。それに照らされて、床が煉瓦敷きになった漆喰塗りの廊下の一部が見える。やがて人影が一つホールに入ってきて我々に気づいた。その人影ははっとして身を退いたので、後ろから来た人影にぶつかってしまった。距離はかなりあったが、驚いて身を強張らせる様子が手に取るようにわかった。手に持つ蠟燭の上、大きく開いた口と白い歯が見え、「あっ……」という呟きが漏れた。その声に、ハリディはかすかに毒気を含んだ素っ気ない声で応じた。「びっくりするなよ、テッド。僕だよ」

　相手は蠟燭を持ち直し、こちらを見定めた。若い男だった。蠟燭の炎の上に、念入りに結んだイートン校のタイ、頼りなげな顎の線、生えかけの金色の口ひげ、角張った顔の輪郭が次々に浮かんだ。上着も帽子もびしょ濡れである。その男が、抗議するように言った。

「そんな風に人を脅かすのはいい趣味じゃないな、ディーン。困るんだよ、こんなところをうろついたりされちゃ。それに——えーと——」息が上がって、ヒューと漏れる音がした。

「この連中は何者じゃ？」背後から追いついた男が言った。我々は新たに増えた顔ぶれを確かめようと懐中電灯の光を向けた。男は「まぶしいじゃろうが！」と怒鳴り散らし、しきりに目をしばたたいたので、我々は急いで灯りを下げた。この二人の背後に、赤い髪の痩せた小さな影が立っていた。

「こんばんは、フェザートン少佐」ハリディが挨拶した。「びっくりなさらなくてもいいですよ。どうやら僕には、人に会うたびに相手をウサギみたいに跳び上がらせる、あまりありがたくない癖があるらしい」声の調子を高くして続ける。「顔のせいですかね？　そこまで僕の顔を怖がった人は今までいないんですけど。ところがみんな、ダーワースと話をした途端——」

「馬鹿を言うな、わしが驚くものか」と相手は応酬した。「わしは、そのいまいましい悪鬼のような面構えが気に入っておるくらいだ。わしが驚いただと？　誰の前でも同じことを言ってやるが、わしは公正な人間でありたいと思っておる。わしが旧弊な人間だからといって——つまり、ここにいるからといって、動機を悪《あ》しざまに言われたり、馬鹿にされたりするいわれはない」そして少佐はエヘンと咳払いした。

　暗闇に響くその声は、虚空から発せられたタイムズ紙への投稿の手紙のように聞こえた。太鼓腹の少佐の体が少し後ろに傾《かし》いだ。ちらと見えた顔の一部——地図のように浮き出た頬の静脈、死人のような目――からは、一八八〇年代にさんざん鳴らした威勢のいい伊達男が、今やくたびれた巨体をコルセットさながらの夜会服に押し込んで絞り上げている姿をたやすく想像できた。「こんなことをしていたら、またリウマチが騒ぎ出すじゃろうな」彼は弱々しく、言い訳めいた抗議の言葉を口にした。「ベニング夫人に頼まれたら、名誉を重んじる男として断るわけにもいかんしな」

「そんなことはないですよ」ハリディは、やや見当外れな文句を口にすると、息を大きく吸い込んだ。「今しがたベニング夫人に会いました。僕たちを幽霊退治のお仲間に入れてください。まず、石室を見に行こうかと思ってるんです」

「とんでもない」とテッド・ラティマーが言った。

若者の顔には狂信的な表情があった。筋肉が勝手に動いたかのように、口許には引きつった笑いが浮かんでいる。「駄目と言ったら駄目です！　ダーワースさんを石室にご案内したら引き揚げてほしいと言われたばかりです。ダーワースさんは徹夜の勤行《ごんぎょう》を始めました。あなたは行かない方がいい。今は危険です。連中はもうすぐ現れます。それに」――姉によく似た、細く角張った、熱を帯びた顔が腕時計を覗き込んだ――「十二時を五分過ぎました」

「くそっ」マスターズが言った。そのような言葉が彼の口から出るとは意外だった。彼が一歩踏み出すと、ホールの奥へと続く腐った床板が軋んだ。そのあたりは床板が敷石から剝がれずに残っていた。緊迫した瞬間につまらないことばかりをぼんやりと意識することがあるものだが、その時も、残りの床板はきっと立派な樫板だろうと思ったのを覚えている。甲を油まみれにしたテッド・ラティマーの汚い手が袖口からにゅっと突き出ていたこと、蠟燭の光がかすかに届く後方の暗がりで、生気の乏しい赤毛の若者が髪を触ったり顔を撫でたりと、言いようのない不気味なパントマイムを演じていたことも覚えている。

その若者の方を、テッド・ラティマーが振り向いた。蠟燭の炎がかすかな音を立てて揺らめきながら空を動く。すると、若者の動きが突然止まった。

「居間へ行った方がよくないか？」テッドは尋ねた。「あそこなら安全だし、悪霊も手を出せない。どうだ？」

「そうですね」生気の乏しい声が答えた。「とにかく、そう聞いています。僕はまだ悪霊を見たことないですけど」

この若者がジョゼフだった。立派に名前負けしているのは措《お》くとしても、鈍そうなそばかすだらけの顔は目の前で起こっていることに何の関心もなさそうだった。蠟燭が揺らめきながら再び弧を描いて元の位置に戻り、彼はまた影になった。

「どうします？」とテッドはフェザートン少佐に訊いた。

「途方もないことじゃな！」少佐は突然、脈絡のないことを口走った。

ハリディが歩き出し、マスターズが後に続く。「行こう、ブレーク」ハリディが声をかけてきた。「あの場所を見てこよう」

「霊はもう出現しているんですよ！」テッドが叫んだ。「霊は邪魔されるのを嫌います。集まってきていて危険なんです」

フェザートン少佐は、君たちが行くと言うなら、自分には、紳士としてまたスポーツマンとして、君たちに付き添って安全な行動を取るよう教導する義務がある、と言った。ハリディは急に立ち止まると、当てつけがましく敬礼のポーズを取り、大声で笑った。しかし、少佐の言葉には構わず、テッド・ラティマーは厳しい表情でむんずと少佐の腕を取り、少佐は引きずられて居間の方へ向かった。こうして一同退場の図となった。少佐は体を揺すりながら威厳たっぷりに。テッドはそそくさと。ジョゼフは言われるままに、しかし落ち着いた様子でゆっくりと。我々の懐中電灯はしばらく珍妙な小行列の足許を照らしていたが、やがて漆黒の闇が我々を呑み込み、私は狭い漆喰塗りの廊下に向き直った。その先は雨の降りしきる戸外へ通じている。

「危ない！」突然マスターズが叫び、飛び出してハリディをぐいと引っ張った。

闇の中から何かが落ちてきた。次いで、地面に当たり割れる音。誰かの懐中電灯が跳ね飛んで見えなくなった。大きな衝撃音に耳がガンガンしたが、テッド・ラティマーが蠟燭を掲げ、目を見開いて引き返してくるのが見えた。

4 祭司のおののき

私が照らす懐中電灯の光の輪の中で、ハリディは床に尻餅をつき、両手を後ろについて体を支えながら、呆然としていた。もう一つの光——マスターズの懐中電灯は、ハリディをちらりと照らしたのち、サーチライトのように天井へと向けられた。それから、階段、手すり、頭上の踊り場を順に照らしたが、どこにも人影はなかった。

マスターズは戻ってきた三人の方を向いて、重々しく言った。「誰にも怪我はありません。あなた方は居間へ行ってください。急いだ方がいいでしょう。ご婦人方が怯えていたら、私たちも五分で戻りますと伝えてください」

三人は異を唱えることなく踵《きびす》を返し、居間に入る。ドアが軋みながら閉まった。

マスターズがクスクス笑う。

「やられました。手慣れたもんです、まったく」警部は大いに寛容なところを見せた。「古臭い、手垢のついた子供騙しの手ですよ。噂をすれば何とやら、馬脚を現しましたな……ご安心ください、ハリディさん。尻尾を摑みました。かねがねインチキだろうとは思っていたんですが、これではっきりしました」

「ちょっと待ってください」ハリディは帽子をかぶり直しながら言った。「いったい何が起こったんです?」声には落ち着きが戻っていたが、肩のあたりがぴくぴく動き、視線は床の上をさまよっていた。「あのへんに立っていたら、何かが当たって懐中電灯が手から落ちたんです。持ち方が緩かったのかな」——彼は、坐ったまま再現しようとした——「手首が痺れている。何かが飛んできて床に落ちたんだ。ドスンと。おかしな話だけど、何も見当たらないな。験《げん》直しに一杯やる必要がありそうだ」

マスターズは笑いながら懐中電灯を床に向けた。ハリディの坐り込んでいる二、三フィート前方に、かけらが散らばっていた。厚手の容器だから粉々にはならず、三分の一は原形を留めていた。灰色の石でできていて、年を経て黒ずんでいる。長辺約三フィート、高さ十インチほどの細長い箱形容器で、植木鉢に使われていたのだろう。笑いがやみ、マスターズは真顔になって見つめていた。

「頭に当たったら、オレンジみたいにぐしゃぐしゃになるところでしたな……本当に幸運でした。むろん、あなたを狙ったわけではないでしょう。彼らもそのつもりではなかったはずです。でも、あと一フィートか二フィート左に寄っていたら……」

「彼ら?」立ち上がりながら、ハリディは訊き返した。「まさかあなたは——」

「もちろん、ダーワースと弟子のジョゼフですよ。彼らは悪霊の力を見せつけようとしたんです。悪霊がいよいよ手に負えないほど勢力を増し、あなたが石室に行くと言い張るものだから、我々にあれを投げつけた、そう思わせたかったんですな。相手は誰でもよかったんです……そう。上をご覧なさい。もうちょっと上です。そう、階段のてっぺん、階段の上の踊り場から落ちてきたんですよ……」

　ハリディの膝は、本人が思っていたほどには力が戻っていなかった。彼は、無様《ぶざま》に膝からくずおれて床に沈んだが、やがて怒りの感情にも助けられて立ち上がった。

「ダーワース？　あの豚野郎が――」彼は踊り場を指した。「あそこに立って――落とした？」

「落ち着いて、ハリディさん。声はできるだけ抑えてください。ダーワースはあの二人が石室に置いてきたと言うんですから、それは確かでしょうな。踊り場には誰もいなかった。弟子のジョゼフの仕業ですよ」

「マスターズ、それは違うと思うよ」私は口を挟んだ。「僕の懐中電灯がずっと彼に当たっていたんだ。たまたまだけど。それに、彼にできたはずが――」

　警部はうんうんと頷いた。忍耐強さのお手本のように。「なるほど。でも、あれはトリックですよ。私は学があるわけじゃありませんが」警部は、法廷で証言に立ったかのように、大げさな身振りで説明を始めた。「このトリックは……そう、かなり古いものでして、一六四九年にジャイルズ・シャープがウッドストック・パレスで、一七七二年にはアン・ロビンソンがヴォクスホールで使っています。みんな私のファイルにあります。大英博物館に親切な人がいて、いろいろ教えてくれるんです。連中が、咄嗟の間にどんな風にあの芸当をやるのかお話ししましょう。でも、その前に」

　彼は、執事のように几帳面な物腰で、ズボンの後ろポケットから砲金製の小瓶を取り出した。安物だが、入念に磨いてある。「これを少しやりなさい、ハリディさん。私はあまりいける口じゃないんですが、こういう事件と取り組む時には携行するんです。役に立ちますよ。人様のために、ということですが。家内の友人で、ケンジントンに住む霊媒のところへ足繁く通っている女性がいるんですが——」

ハリディは階段にもたれてにやりとした。顔色はまだ青いものの、大きな重しが外れたかのようで、いくらか元気を取り戻していた。

「やってみろ、豚野郎！」彼は、踊り場の方を睨《ね》め上げて突然叫んだ。「やれよ、ちくしょう。もう一個投げてみろ！」握り拳を振り上げる。「トリックとわかったからには、お前が何をしようと平気だ——ひょっとしたらと思ったが、もう騙されないぞ。警部、ありがとう。あなたの奥さんのお友達ほどにはやられていませんが、今のは本当に危機一髪でした。ありがたくひと口頂戴します……さて、これからどうします？」

マスターズは身振りでついてくるように促し、我々はミシミシ鳴る床を渡って黴《かび》臭い真っ暗な廊下に出た。ハリディの懐中電灯は壊れてしまったので、私のを貸そうかと申し出たが、要らないと言われた。

「まだ仕掛けがあるかもしれないから注意してください」警部は嗄《しわが》れ声で囁いた。「彼らは屋敷を罠だらけにしているかもしれません……胆に銘じてください、ダーワース一味は何かを企んでいます。連中がひと芝居打とうとしているのは確かですが、その理由については、通り一遍のものではないとしか言えません。私はそれを突き止めたいのですが、まだダーワースとは顔を合わせたくないんです」顎で石室の方を示し、「あそこではね。もし、ダーワースが石室を離れていないことが確かめられ、同時にあの弟子からも目を離さずにいれば……そう、そうですな」

こうしている間も警部の懐中電灯は、あたりをくまなく照らしていた。幅が狭く長い廊下は、太い梁で補強してある。両側に六つずつドアがあり、どのドアにも脇に鉄格子のはまった窓が付いていて、部屋の中が見える。この屋敷が建てられた十七世紀の中頃、この風変わりな部屋にどんな用途があったのか考えてみて、すぐに思い当たった。商家の倉庫だったに違いない。

鉄格子の一つから覗いてみると、そこは会計室として使われていたと思しき部屋だった。水のない水槽のようにがらんとした室内には、使い残しの薪が散らばっている。その時ふと、染付けの磁器、メッカモスリン、籐製の家具、嗅ぎ煙草入れなどのおぼろげな記憶がどっと頭に押し寄せた。奇妙なことだ。私はそんなものについて読んだ覚えすらないのだから。そのイメージは、息の詰まるような、不安な空気と共にやってきた。誰かが煉瓦の床を際限なく行ったり来たりしている、そんなかすかな気配を除けば、私の見た幻に人の顔や姿はなく、今述べた精妙優美な品々が見えるだけだった。私は瘴気《しょうき》に頭をやられた自分を叱り、活を入れた。しかし、屋敷の悪疫の影響は私の頭の中で強くなるばかりだった。水腫のように膨れた壁を見ながら、そういえばなぜこの屋敷を「黒死荘」と呼ぶのだろうと思った。

「こっちへ！」マスターズの呼ぶ声に、私はハリディの後を追った。

警部は廊下の外れのドアから外を覗いていた。雨は小降りになっていた。右手にはさらに狭くなった廊下が延び、火を落とした竈《かまど》のような物がいくつか据えられた、ウサギ小屋ほどの広さの暗い台所へと続いている。ドアからは裏庭へ出られるようになっていた。マスターズは懐中電灯を上方に向け、何かを指さした。

鐘だった。シルクハット大の錆びた鐘が、鉄枠で吊られ、裏庭へ出るドアの上の低い軒先に下がっている。昔この屋敷で何かの合図に使ったものとしか思えなかったので、マスターズが懐中電灯をさらに高く掲げ指で示すまで、私は異状に気づかなかった。よく見ると、鐘の横腹から細い針金が長く延びている。新しい針金で、かすかに光っていた。

「またトリックですか？」ハリディがひと息置いて尋ねた。「針金ですね。えーと……ここから下りて、窓枠の隙間を通って庭に出ているな。何かの仕掛けですかね？」

「触らないで！」ハリディが手を伸ばそうとしたので、マスターズが注意した。マスターズは暗闇に目を凝らしている。冷たい風が、泥の臭いと、もっと不快な臭いを運んできた。「あそこにいる我らが友人の注意を惹きたくないですからな。しかし、危険でも懐中電灯は点けないと……針金はあそこから出て下へ行き、地面を伝って石室まで続いている。うーん……」

彼と一緒に我々も外を眺めた。雨は既にやみ加減で、排水溝に沿って流れる水音や、すぐ近くでポトンポトンと響く陰気な音ぐらいしか聞こえなかったが、庭の方ではまだ元気な音を立てていた。空には雲が垂れ込め、広い裏庭を囲む塀の周りには外の建物が覆いかぶさるように建っているので、視界が利かない。小さな石室は四十ヤードほど離れたところにあった。灯りはたった一つ、窓と呼ぶには小さすぎる、軒下に設けられた銃眼のような開口部の鉄格子を通して、頼りなげに明滅していた。石室は一棟ぽつんと建っていて、そばには捻《ねじ》くれた木が一本生えていた。

その時、あたかも誘うが如く、その灯りが不気味に歪んで揺らめき、ふっと暗くなった。ぬかるんだ地面を叩く弱い雨音が、あたり一面で鼠がうごめく音のように聞こえる。

ハリディは寒気がするかのように身震いした。

「無知だと笑われても構いません」と彼は言った。「これが気の利いたお楽しみなんだとしても、僕には意味がわからない。猫の喉をかき切ったり、鐘に針金を結びつけたり、誰もいないところから三十ポンドもある石の植木鉢が投げつけられたり。あの『のらりくらり省』[*5]でたらい回しにされている気分だ。回りくどいことにはもううんざりです。そういえば、さっきの廊下にも何かいた——誓ってもいいけど……」

私は言った。「鐘の針金はきっと何でもないよ。あまりにもあからさまだし。ダーワースが信者たちと一緒に作った非常ベルのようなもので、何か起きた時のために——」

「ああそうですな。でもいったいどんな『何か』でしょう？」マスターズが呟いた。彼は物音でも聞きつけたのか、キッと右の方を睨んだ。「ああ、こうなるとわかっていたら！　前もって準備できていたらと悔やまれますな。あの二人には見張りが必要だし、それに、気を悪くしないでください、お二人はいかさまには詳しくない——ここだけの話ですから他言無用ですよ、ダーワースの尻尾を捕まえられるなら、私はひと月分の給料を差し出しても構わないと思っているんです」

「あなたは反ダーワース派の急先鋒なんですか？」ハリディはマスターズを怪訝そうに見た。

ダーワースを評するマスターズのそれまでの口調が彼には面白くなかったのだ。「なぜです？ あなたは、ダーワースには手を出せない、とおっしゃったでしょう？ 彼は一回一ギニーでタンバリンを鳴らすジェラルド・ストリートの占い師とは違う。誰かが心霊研究をしたいと言ったり、自分の家に友人を招いて降霊術の会を開きたいと言ったりしたら、それが彼の商売になる。だから奴の悪事を暴くのは無理だと――」

「ええ、その通りです」マスターズは頷いた。「そこがダーワースの抜け目のないところなんですな。ミス・ラティマーの話を聞いたでしょう？ 彼は決して面倒事には関わらないんです。一介の心霊研究家にすぎませんというわけです。彼は、ことさら気を遣って聞き分けのいい霊媒の後援者にしかなりません。そして、万が一何か起きたとしても……自分もいかさま師に騙された被害者だと開き直ればいいんです。彼に霊媒を紹介された間抜けな客が疑われないのと同じで、彼の誠実さも無疵《きず》のままというわけです。そのような客からは金を取れる。しかも、何度も繰り返せる。正直なところをお訊きしたいのですが、ベニング夫人はお金持ちなんでしょう？」

「ええ」

「ミス・ラティマーは？」

「同じです。それが奴の狙いなら――」ハリディは語気鋭く言ったが、すぐに口をつぐみ、言おうとしたことを明らかにすり替えて話を続けた。「それが奴の狙いなら、手を引くという条件を呑みさえすれば、五千ポンドぐらいの小切手ならいつでも切りますよ」

「その話には乗らんでしょう。彼に限っては望み薄ですな。それより、こいつは天から授かった絶好のチャンスです。彼が今夜何かすれば――彼は私がここにいることは知らないし――そうすれば――ふふ！」マスターズは呟くように言ったが、表情は心の内を雄弁に語っていた。

「おまけに、あの若者は私が警察の人間とは知らない。弟子のジョゼフにはこれまで会ったことがありませんからな。ちょっと失礼、すぐに戻ります――その――偵察してきます。私が戻るまでここを動かずにいてください」

返事をする間もなく、彼は二、三歩石段を下りて庭に姿を消した。大男のくせに足音も立てない。さらに十秒ほど足音を立てずにいたが、やがてぬかるみでピチャリと音がした。どうやら突然立ち止まったようだ。

気がつくと、裏庭のずっと右奥に懐中電灯の光が現れていた。ハリディと私はしとしと降る雨の中、黙ってその光を見ていた。石室の窓に躍る、不快で挑発的な赤みがかった灯りとは対照的だった。それは地面に向けられ、しばらく同じ場所を照らしていたが、素早く三度点滅したかと思うと、少し間を置いて、前よりも長く光って消えた。

ハリディが何か言おうとしたので、私は肘で突いてやめさせた。闇に雨音だけが柔らかく響く謎めいた短い沈黙を破って、返事があった。マスターズがいると思しき場所から、彼の懐中電灯が同じ合図を繰り返す。

それから、近くの闇の中で人の動く気配がし、やがてマスターズの巨体が息せき切って目の前の石段に現れた。

「あれは合図?」私は尋ねた。

「同業です。合図を返しておきました。信号になっているんです。間違いっこありません。さてと」マスターズは感情を抑えた声で言った。「あれは誰かな……」

「こんばんは、警部」階段下から、押し殺した声。「きっと警部のお声だと思いました」

マスターズは声の主に手を貸して上げてやり、廊下へ導いた。懐中電灯の光で見ると、痩せて筋肉質の、神経質そうな若い男だった。知的な顔つきで、学生みたいに生真面目な様子が印象的だ。ぐっしょり濡れた中折れ帽を薄気味悪く目深にかぶり、濡れたハンカチで顔を拭っている。

「ほほう」マスターズは唸った。「君だったか、バート。みなさん、巡査部長のマクドネル君を紹介します」マスターズは表情を和らげた。「以前私がやっていた仕事をしていますが、私と違って彼は大学出です。新人ですが、なかなかの野心家ですぞ。新聞で名前をご覧になったでしょう——盗まれた短剣の捜査に当たっています」そして、厳しい口調で付け加えた。「ところで、バート。何があった? ここでは遠慮はいらん」

「自分の勘を信じました」相手は慇懃に答え、顔を拭き拭き、目を細めて警部を見た。「少々お待ちいただけますか、すぐ説明します。嫌な雨の中に二時間もいたもので。えーと、報告する必要はないかもしれませんが、警部の不倶戴天の敵ダーワースは、確かにあそこにいます」

「それで」マスターズは素っ気なく言った。「君も昇進したいのなら、上司への忠誠を忘れてはいかんぞ。いいな?」と謎めいた台詞を吐くと、荒い息をしてから続けた。「ステップリーから聞いたんだが、君は数か月前からダーワースの捜査を命じられているそうだな。今度は、短剣《ヤマ》の件にも首を突っ込んでいる。それはつまり――」

「ご明察です、警部」

マスターズはマクドネルの顔を覗き込んだ。「よろしい、よろしい。それじゃ私が君を使っても問題ないな。やってもらいたい仕事があるんだ。しかし、話を聞くのが先だな、手早く頼むぞ。君は石室を調べたんだな？　内部はどんなだ？」

「大きめの部屋が一つあるだけです。ほぼ長方形で石の壁、床は煉瓦敷きになっています。屋根の下がすぐ天井になっていて、四方の壁それぞれの真ん中やや高いところに小さな鉄格子窓が一つずつ、合計四つあります。入口はここから見える窓の下にあります……」

「ほかに出入口は？」

「ありません」

「私が訊きたいのは、奴がこっそり出られる抜け道はないのか、ということだ」

「ありません、警部。あ、私の知っている限りですが……彼はドアからも出られません。南京錠が下りています。ダーワースがあの二人に頼んで外から施錠させたんです」

「それはどうとでも取れるな。いかさまの匂いがする。中を見られるといいんだが。煙突はどうだ？」

「中まで調べました」寒さに体が震えるのをこらえながらマクドネルは答えた。「煙突の中は、炉床の少し上に鉄格子がはまっています。窓の鉄格子も石壁にしっかりはめ込んであって、格子の目からは鉛筆一本通りません。私はダーワースが中から差し錠を掛ける音をこの耳で聞きましたし……失礼ですが、警部のご質問は、その、私も同じ考えです」

「ダーワースが脱け出そうとしているというのか？」

「いいえ、違います」マクドネルは静かに答えた。「何かが、あるいは何者かが忍び込もうとしているということです」

反射的に我々は闇の中を振り返り、揺らぐ灯影《ほかげ》がチロチロと身をよじり手招きする、醜い小さな石室を見つめた。縦横一フィートにも満たない小窓の、横木を渡した鉄格子は、中で灯りが勢いを増すと、逆光にくっきりと輪郭を浮かび上がらせた。と、ほんの一瞬だが、そこに人間の頭が映った。鉄格子の向こうから外を覗いているようだった。

その時私の心臓を鷲摑みにし、一気に筋肉を萎《な》えさせた恐怖にはっきりした理由はない。同様に、もしダーワースが長身だったとすれば、椅子に乗ってあの窓から外を覗くことは絶対にないと考える理由もない。しかし、影絵となって浮かんだ頭は、ゆっくりと動いていた。まるで、首が自由に動かないかのように……

あとの三人はそれを見なかったのではないかと思う。灯りはすぐに勢いをなくし、また、マスターズがきつい調子で話していたからだ。全部聞いたわけではないが、マクドネルがしくじりをやらかしたのに腹を立て、臆病のせいだと叱りつけていた。

「申し訳ありませんが、警部」マクドネルの口調はあくまで恭《うやうや》しかったが、裏に隠した意図を仄《ほの》めかすような響きがあった。「私の話を聞いていただけますか？　私がここに来た理由でめられているという話を信じる。すぐに自分の目でも確かめるつもりだ。だからといって、誤解してくれるなよ――」

「来たまえ」マスターズは素っ気なく言った。「向こうで聞こう。私は、彼が南京錠で閉じ込

すが」

彼は私たちを廊下へ連れていくと、懐中電灯で手近のドアを照らして中へ入り、我々にも入るよう促した。そこは昔の台所の一部だった。マクドネルは雨で形が崩れた帽子を脱いで、今やっと煙草に火を点けていた。彼の鋭い緑色がかった目はマッチの炎越しにハリディと私を捉えていた。

「このお二人なら安心していい」マスターズはそう言っただけで、我々の名前は明かさなかった。

「ちょうど一週間前の夜でした」マクドネルは唐突に話し出した。「初めて手がかりらしい手がかりを摑んだんです。ご承知のように、私はこの七月にダーワースの捜査に回されたのですが、それまで何も摑めませんでした。奴はぺてん師かもしれませんが――」

「そのことならもうわかっている」

「はい、警部」マクドネルは少し間を置いてから続けた。「この事件には魅力を感じました。特にダーワースという人物には。警部にならわかっていただけると思います。私は時間をかけてダーワースの情報を集めました。家を見張ったり、昔の知り合いに聞き込みをしたりしましたが、役に立ちませんでした。ダーワースは心霊研究のことをごく少数の人間にしか話さない

のです。ちなみにその連中ときたら、唸るほど金を持っています。私の友人でダーワースを知っている者は、あんなけしからん奴はいないと言うのですが、ダーワースが心霊学に関心を持っていることすら知りませんでした。警部もご存じだと思いますが……

この任務のことが半ば頭から離れかけていた時、大学時代の友人にばったり会いました。一時は随分仲良くしていたのに、もう長いこと会っていませんでした。一緒に昼飯でも、となったんですが、食事の席でその友人が心霊学のことを滔々とまくし立てるじゃありませんか。名前はラティマー、テッド・ラティマーといいます。

大学時代の彼には確かにそんな傾向がありました。ですが、夢想家じみたところはなかったんです。実際、あんなにうまいセンターフォワードは見たことありません。しかし十五歳の時、コナン・ドイルの降霊術の著書に強く惹かれ、憑依状態に入ろうと何度も試みていました。私の趣味は、警部と同じく素人手品ですので、きっと……あ、引き合いに出して申し訳ありません。それで彼は、先週私に会った時、しめたとばかりに食いついてきたわけです。

話をするうちに、テッドの友人が見つけてきた驚くべき霊媒のことに話題が及びました。その友人というのがダーワースだったんです。私が警察官であることは彼に言いませんでした。そのことでは後で気が咎めました。ある意味、汚い手ですから。でも私はどうしてもダーワースが動くところを見たかったんです。それで私は、心霊学について論じ合った後で、この黒幕に会えないかとテッドに切り出しました。彼によると、ダーワースは普通、自分のサークル外の人には会わないということでした。自分の関心事を人に知られたくない、とかいう理由で。

しかし、ダーワースは次の晩、テッドの伯母の友人であるフェザートン氏が催す少人数の晩餐会に出ることになっているから、ひょっとして私を招《よ》んでくれるかもしれないと言うんです。それで先週の今夜、私は出かけました……」

マクドネルの煙草が赤く光り、また暗くなった。話を続けるのを妙にためらっているので、マスターズが先を促した。

「それでどうした？　まさか降霊術の実演でもやったのか？」

「いいえ。そのようなことはまったく。その霊媒は来なかったんです。それで思い出したんですが、あの頭の足りないジョゼフはダーワースの——何と言ったらいいのか——隠れ蓑なんだと思います。癇に障る奴ですが、あいつは何が起きているかなんてわかっていないんです。私の考えでは、あいつの憑依状態は麻薬によるものです。それもダーワースの入れ知恵でしょう。自分では霊媒気取りですが。あいつは身代わりの操り人形で、何かまずいことが起きれば一切の泥をかぶる、そうしてダーワースは安心して自分の〈心霊現象〉とやらを顕《あらわ》すことができる、というわけです……」

マスターズは重々しく頷いた。「うん、そいつはでかした。それが本当なら、誰かをつけておく申し分ない理由になる。だが、麻薬の件はありそうなことだとして、そのほかは信じられんな。もしその通りなら……すまん、先を続けてくれ」

「ちょっと待ってください、マクドネルさん」私は口を挟んだ。「あなたがさっきあそこで話したことを聞けば、あなたがこの件には何かあると確信していることは、誰にだってわかりますよ。超自然的な何か、ということですが。少なくとも、警部も同じことを考えていたようですし」

マクドネルの煙草の火が暗闇の中で動かなくなった。やがて上の方に動き、明滅を繰り返してから、巡査部長は話し出した。

「ご説明したかったのはそれなんです、警部。私は超自然的とは言いませんでしたが、何かが、あるいは何者かがダーワースを狙っている、と申し上げることはできます。それは確言できますが、まだ曖昧模糊としているんです。今から事情をお話しします。

フェザートン少佐――今夜ここに来ていることはご存じだと思いますが――あの老人はピカデリーにフラットを持っています。そこは幽霊とは縁もゆかりもありません。当人も現代風であることを鼻にかけていますし。もっとも、四六時中、エドワード王の時代は今とは大違いでずっと良かったと昔の話ばかりしていますが。そこに我々六名が集まったのです。ダーワース、テッド・ラティマー、テッドの姉のマリオン、それからベニング夫人という水飴のように甘ったるい老婦人、少佐、そして私です。私の印象では――」

「おい、バート」マスターズが肚に据えかねた様子で遮った。「いったい何を報告するつもりだ？　それは事実じゃないだろう？　おまえの印象などご免だぞ。こっちは寒くてたまらんのに、すかして立ってくだらんお喋りで時間を潰す気か？」

「いや、僕は聞きたいな」ハリディが突然言った。息遣いがはっきり聞こえた。「それこそ僕の聞きたいことなんです。どうぞお喋りを続けてください、マクドネルさん」

しばし沈黙した後、マクドネルは暗闇の中で軽く頭を下げた。その様子が夢幻のように非現実的な感じがしたのはなぜなのかわからない。非現実的といえば、懐中電灯で床を照らしながらの鳩首会談も負けていないが。しかし、その時、マクドネルは警戒を解いてはいないように思えた。

「わかりました。私の印象では、ダーワースはミス・ラティマーにご執心でした。当のミス・ラティマーを含め、ほかの誰も気づいてはいなかったですが。あけすけな行動に出たというのではないのです。それは彼の雰囲気でした。私の知っているどんな人よりもうまく、印象を他人に伝える妙な力が彼にはあるのです。ほかの連中は夢中になっていて気づかないようでしたが」ここでマスターズは咳払いをした。さらに「ウゥゥ……」と長い唸り声まで上げて部下を牽制したが、若い巡査部長はまったく気づかない。「みんな親切にしてくれるのですが、私一人が仲間外れであることははっきりわかりました。ベニング夫人に至っては、テッドをずっと変な風に見ているんです。そのいけ好かないこと、露骨に失礼な態度に出られる方がまだましだと思いました。テッドは時々不用意に口を滑らしていました。それで私は、言葉の端々から、今夜あたり降霊会があると推測したのです。それからほかの連中がテッドの口封じにかかり、みんなで気まずい思いをしながら客間に向かいました。ダーワースは……」

その間も、赤い灯影に照らされた窓に浮かんだシルエットが私の頭を離れず、この闇の中でも至る所にその姿が見えるのだった。結局追い払うことはかなわず、私は我慢できなくなって尋ねた。

「ダーワースは背が高いですか？　どんな特徴がありますか？」

「ちょうど——気取った精神科医という感じでしょうか」マクドネルは答えた。「外見も話し方もそんな感じで……いやもう、その気に食わないことといったら！——あ、失礼しました」彼は自分を抑えた。「好みがはっきり分かれるタイプです。魅力に降参するか、癇に障って顎に一発食らわしたくなるか、どちらかです。女と見れば自分のものみたいな態度で、手を握ったり、しなだれかかったりする様子が、とてもとても。噂では、相当派手に……そうでした、背は高い方です。茶色の柔らかい顎ひげを生やし、気障な微笑みを浮かべた、太った男です」

「その通り」とハリディ。

「話を戻します……みなで別室へ行って歓談の運びになりました。ベニング夫人が少佐に勧めて無理矢理買わせた、前衛風のものすごい絵が何枚かあるのですが、話はそのことに移りました。少佐はその絵が大嫌いで、迷惑している様子が手に取るようにわかりました。夫人がダーワースの言いなりなのと同様、少佐も夫人に頭が上がらない始末で。やがて連中は、私がいるものの、いつまでもその話題を避けていることに我慢できなくなって、心霊学の話を始めました。話の流れで、ダーワースに自動筆記の実演をやることを承知させたのです。

さて、決していかさまと証明できないいかさまが一つあります。それが自動筆記でして、さもなければ、ダーワースが手を出すはずはなかったでしょう。最初に彼は短い講義をして、一同の気持ちを霊的なものを受け入れやすいようにしました。正直に認めますが、あの時自分をしっかり抑えていなかったら、灯りを消すのさえ怖くなりそうでした。いや警部、冗談なんかじゃありません！」彼はマスターズの方へ向き直った。「話し方は物静かで、筋が通り、説得力がありました。真正科学と擬似科学を巧みに結びつけていたんです……」

部屋の灯りが暖炉の火だけになると、みんなで円座を作りました。ダーワースだけが少し離れた小さな円《まる》テーブルに、紙と鉛筆を持って坐っています。ミス・ラティマーはしばらくピアノを弾いてから円座に加わりました。ほかの人たちは震えていましたが、当然でしょう。ダーワースがそう仕向けたのですから。ダーワースはその様子にご満悦で、電灯が消える間際に、私は彼がほくそ笑むのを確かに見ました。

私はダーワースの姿を正面に捉えるように席を取っていました。でも暖炉の灯りしかないので、我々の影が邪魔になって彼の姿はよく見えません。見えるのは、細長い椅子の背に気楽そうにもたれた彼の頭のてっぺんと、すぐ後ろの壁にちらちら映る暖炉の火ばかり。ダーワースの頭の上あたりに掛かっている大きな絵はよく見えました。ぞっとするような不自然な角度で手足を投げ出して横たわる裸体画で、体は緑に塗られていました。それが炉火の揺らめきにつれて、ゆらゆらと動くのです。

円座の者はだんだん不安になってきました。ベニング夫人は呻くように、ジェームズ、と呟いていました。やがて部屋が寒くなってきたような気がしました。私は突如、立ち上がって大声を上げたい衝動に駆られました。これまでにも降霊会には数多く出ているんですが、そんな気持ちになったのは初めてです。その時、ダーワースの頭が椅子の上で揺れているのが見えました。

手にした鉛筆が紙の上を走る音が聞こえ始めました。ダーワースの頭は依然揺れています。部屋の中は静まり返り、奴の頭が不気味に揺れるのと、紙の上を鉛筆が円を描いて動く音がするだけです。

二十分――三十分。どれくらい経ったのかわかりませんが、テッドがすっと立ち上がって電灯を点けました。緊張が限界に達して、誰かが悲鳴を上げたからです。みんなダーワースを見ました。電灯の光に目が慣れると、私は一足飛びに彼の許へ駆け寄りました……

小さな円テーブルはひっくり返っていて、ダーワースは片手に紙切れを持ち、椅子にのけぞって固まっていました。顔色は緑になっていました。

警部、その時、あのいかさま師の顔は、頭の上に掛かっている気味悪い絵の裸婦と同じ色だったんです。すぐ我に返りましたが、ガタガタ震えていました。少佐と私が、何か助けになればと駆け寄っていたのですが、奴は私たち二人が屈み込んでいるのに気づくと、手にした紙切れをくしゃくしゃに丸めて立ち上がり、ぎこちない足取りで歩いていって、炉火にくべてしまいました。何事もなかったように声を出したのには舌を巻きました。いけしゃあしゃあと言ったんです。『残念ですが、収穫はゼロでした。ルイス・プレージについてつまらないことが少し書いてあっただけでした。日を改めてやりましょう』

ところがそれは真っ赤な嘘。紙切れには文字が書かれていました。私だけでなく、多分フェザートン少佐も見たと思います。ほんの一瞬なので最初の方は見えませんでしたが、最後の一行にはこう書いてありました――」

「で？」ハリディは厳しい声で促した。

「――最後の一行にはこう書いてありました。『残るはあと七日』」

マクドネルは火の点いている煙草を床に捨て、踵で踏み消した。その時、我々の背後の屋敷から、泣くような甲高い声で、鋭い悲鳴が上がった。「ディーン――ディーン――！」

5　黒死病の日誌

三人の懐中電灯が一斉に点く。マスターズは急を察し、部下の腕を摑んだ。

「あれはミス・ラティマーの声だ。ほかの連中も一緒だ――」

「わかっています」マクドネルの返答は素早かった。「テッドが全部話してくれました。それに今夜あの連中を見張っていましたから」

「じゃあなおさら、お前がここにいるのを彼女に知られるわけにはいかんな。私が呼ぶまでこの部屋に隠れていろ――いけません、待ちなさい！　ハリディさん！」

ハリディはドアから転げ出ようとしていたが、呼ばれて振り返った。ハリディという名前が口にされた時、マクドネルがあっと驚きの声を上げ、指をぱちりと鳴らした。「五分で戻ると約束したんだ、くそっ」ハリディは嚙みつきかねない勢いでまくし立てた。「それなのにこんなところで油を売っている。彼女は恐怖で生きた心地がしないはずだ。誰か懐中電灯を貸してくれないか……」

私の懐中電灯をハリディに渡した時、マスターズが重ねて迫った。「ちょっとお待ちを。どうか落ち着いて、よく聞いてください。あなたは居間へ行って、彼女についていてください。とにかく、彼女を安心させてあげなさい。その代わり、彼らに、私がジョゼフを寄越すように言っていると伝えてください。必要なら、警察の人間だと言っても構いません。ここまで事態が深刻になると、化かしっこをしてはいられない」

ハリディは頷くと、脱兎の如く廊下を駆けていった。

「私は実際的なだけが取り柄の男ですが」マスターズが私に重々しい口調で告げた。「それでも勘というものは信じます。その勘が、何かがおかしいと騒いでいるんです。今の話を聞けてありがたかったよ、バート……お前もわかっているだろう？　幽霊筆記なんてなかったんだ。あの部屋にいた誰かが書いて、ダーワースに仕掛けたんだ。ちょうどダーワースがやろうとしたのと同じようにな」

「私も同じことを考えました」マクドネルは真顔で相槌を打った。「でも、その説にはすごく大きな穴があるんです。ダーワースのような海千山千が、たかがインチキ幽霊筆記に怯えるなんて考えられますか？　私には信じられません、警部。それに、ほかの何がインチキだったとしても、ダーワースの恐怖は絶対にインチキではありませんでした」

マスターズは低い声で不満そうに呟き、部屋を行ったり来たりし始めたが、何かにぶつかって悪態を吐《つ》く。「灯りがあるとありがたいんだが」彼は唸るように言った。「光が欲しい——正直言って、この事件はどうも気に入らん。こんな真っ暗闇で立ち話をするのも——」

「ちょっとお待ちを」そう言い残して、マクドネルは部屋を出ていった。廊下で懐中電灯の灯りがちらりと見えたかと思うと、大きな蠟燭が三、四本入ったボール箱を抱えて戻ってきた。

「ダーワースは石室に行く前の休息と称して、このあたりの一室で休んでいたんです。テッドと少佐が石室の暖炉に火を焚いて戻ってきた時に——ダーワースが自分で火をおこすはずもないんで——二人を呼び止め、石室にお供させたんです……」彼は私に懐中電灯を渡してくれた。「きっとダーワースのです。蠟燭箱に入っていました。これを使ってください」

蠟燭を点《とも》したが、部屋はまだ薄暗い。それでも、お互いの顔は見えるようになって、重苦しい暗闇の恐怖はいくぶん薄らいだ。鼠の走り回る音が聞こえる。マクドネルは大工仕事に使うような、壊れた長テーブルを見つけてきて、その上に蠟燭を置き、古い荷箱をぐいと押して椅子代わりにマスターズに勧めた。我々は、踏むとじゃりじゃりする煉瓦の床に立ち、かつては白い漆喰塗りだった壁が今は火床みたいに煤《すす》けた、陰気な台所で、目をぱちくりさせながらお互いを見ていた。全身がはっきり見えると、マクドネルは痩せたぎこちない感じの若者で、既に髪が薄くなっていた。鼻が長く、下唇を親指と人差し指でつまむ癖がある。生真面目そうな表情は、緑がかった目を覆うまぶたが皮肉そうに垂れていることで和らげられてはいたが、鋭い知性を感じさせる。

蠟燭は点ったものの、私はその場の雰囲気が気になり、二度ほど肩越しに後方を窺った。待つだけというのは辛いものだ。

内心は混乱しているようだが、マスターズは秩序立って事態に対処し始めた。荷箱を持ち上げ、揺すって、慌てて這い出た蜘蛛を靴で踏み潰す。改めて荷箱に腰を下ろし、手帳を取り出して長テーブルに向かった。

「さあ、バート。三人寄らば何とやらだ、一つ考えてみようじゃないか。手始めに、インチキ幽霊筆記の件はどうだ？」

「承知しました、警部」

「さあてと」マスターズは魔物でも呼び出そうとするかのように、鉛筆でテーブルをコッコッ叩いた。「集まっている材料を整理してみよう。まず、四人の神経症患者がいる」彼は、神経症患者という言葉を、思いがけないご馳走を味わうように口にした。「四人の神経症患者。少佐を除けば三人だな。テッド・ラティマー、マリオン・ラティマー、ベニング夫人。妙な顔ぶれだ。あのトリックにはいろいろなやり方が考えられるな。文字を書いた紙を用意して、電灯が消える前にダーワースに渡す紙切れの中に紛れ込ませるとか。紙を渡したのは誰なんだ？」

「それがですね、フェザートン少佐なんです」マクドネルは厳粛な面持ちで言った。「少佐が便箋から剝ぎ取って渡しました。それに、生意気を言って申し訳ありませんが、ダーワースは、そんな古臭い手はお見通しだったはずです。自分で書いていないことは百も承知ですし」

「部屋は暗かったんだな」マスターズはなおも食い下がった。「あの中の誰かが、あらかじめ紙切れを用意して円座を離れ、円《まる》テーブルを倒して――確かそう言ったな――紙切れを置いて戻ってくる、そうすることもさして難しくなかったはずだ」

「ええ、まあ」マクドネルは下唇を引っ張り、重心を反対の足に移しながら言った。「可能だとは思いますが、同じ疑問が生じます。ダーワースがいかさま師なら、いかさまを仕掛けられたことはよくわかっていたはずです。繰り返しになりますが、それならなぜ奴はあんなに怯えたのでしょう？」

私はすかさず口を挟んだ。「紙切れには『残るはあと七日』のほかに何か書いてなかったですか？」

「あれからずっと思い出そうとしているんですが」マクドネルは答えた。顔の筋肉がひきつっていた。「ほかにも書いてあったのは確かなんです、でも――駄目です、思い出せません。何しろチラッと見ただけで。最後の一行が目に留まったのだって、ほかより大きな字だったからなんです。自信はありませんが、人の名前が書いてあった気がします。大文字を見た記憶があるんで。『埋める』という言葉もどこかにあったと思います。本当に自信はないんですよ。私が警部でしたら、フェザートン少佐に訊きます」

「人の名前か」私は繰り返した。「それに、『埋める』という言葉」私の頭には恐ろしい考えが浮かんでいた。もし、あの四人、もしくは三人の狂信者のうちの誰かが、何かの拍子にダーワースがぺてん師だと知ったら……

「ダーワースは――」私は、雲を摑むようなその考えには触れずに話を続けた。「ひどいショックを受けて、椅子の上で棒のようになっていたんですよね。その彼がルイス・プレージと関係があると口走ったのは、胸中密かに心配していたことを思わず漏らしたのだとも考えられます。ところで、このあたりに何か、あるいは誰かが埋められてはいませんか？」

マスターズの大きな顎が動いて、静かな笑みを見せた。彼は穏やかな目で私を見た。「ほかでもないルイス・プレージが埋められています」

私が憤慨したのも当然だと思う。昔ここで何があったかみんな知っているのに、意地の悪い仄《ほの》めかしばかり、誰も教えてくれないのは業腹だと、私はやや激した言葉で訴えた。

「そのことなら、ちゃんと本に書いてあるんですよ」マスターズが言った。「大英博物館にある本です。ハリディさんが、今夜あなたに本か紙包みを渡したでしょう?」彼の目は、私の手がポケットへ動くのを追っていた。そこに紙包みがあることを私はすっかり忘れていた。「ええ、それですよ。今夜暇ができたら、ゆっくりご覧なさい。それを読めば、『黒死荘《プレーグ・コート》』というのがプレージの転訛《てんか》だとわかるはずです。プレージがさんざん馬鹿げた振る舞いをしたために、それが屋敷の通称になり、定着したのです。いや、まったく大した人物だったですな!」マスターズはいささか称賛するように言ったが、感心している様子は微塵《みじん》もなかった。「いかん、話を戻そう、バート。今夜いったい何があったんだ?」

マクドネルは早口で要領よく話を続けたが、その間私は、茶色の紙包みを取り出し、手に載せて重さを確かめていた。テッド・ラティマーから得た情報を検討したマクドネルは、どうせ無駄な骨折りだろうと思いつつ、門が開いていたのをもっけの幸い、裏庭へ入り込み、そこに陣取って見張っていた。十時半に、ダーワース、ジョゼフ、ベニング夫人、ラティマー姉弟、フェザートン少佐の六人がやってきた。一同はしばらく母屋にいて(屋敷内の様子を見ることはできなかった)、テッドとフェザートン少佐が裏口のドアを開け、石室の支度をしに出ていった。

「あの鐘は?」マスターズが尋ねた。「廊下に吊ってあるやつだ」

「あ、そうでした。申し訳ありません。テッドと少佐が作業を始めた時には面食らいました。

ダーワースの指示でテッドが鐘に針金を付けて庭に張り渡し、箱に乗って先端を石室の窓の中に押し込みました。ダーワースはこのあたりの部屋のどこかにいました。テッドと少佐は石室の中でドタバタやっていました。暖炉を焚きつけたり、蠟燭に火を点けたり、椅子やテーブルを動かしたりしていたのだと思います——何しろ中は見えませんので——その間ずっと口汚く文句を言ってました。あの鐘は、ダーワースが助けを呼ぶためのものだと私は思いました」マクドネルは苦笑いした。「そのうち二人が戻って、ダーワースは二人に支度ができたと声をかけ、怯える様子はまったく見せずに出ていきました。彼が何を恐れているにせよ、このお籠りじゃないですね。あとは、ご存じの通りです」

マスターズはしばらく考え込んでいたが、やがて立ち上がった。「行こう。ハリディさんが困っているんじゃないかな。霊媒坊やを彼らから引き離すぞ。ちょっとばかり気の利いた質問もあるんだ。バート、君も一緒に来い。ただし、見えないように隠れていろよ……」警部はそれから私を見た。

「あなたさえよければ、マスターズ、僕はここに残って、この包みの中身を確かめたいんだけれど。用があったら呼びに来ればいい」私はナイフを出して、包みを縛ってある紐を切った。その様子をマスターズは好奇心たっぷりに眺めていた。

「どうです？」彼はやや辛辣に言った。「何かピンと来ました？　そう尋ねてもよろしいでしょうな？　前回の事件では、あなたの虫の知らせが逮捕に結びついたんですよ——」

逆さに振っても何の考えも出ないよ、と私は否定したが、思い当たることがないわけでもなかった。マスターズは何も言わなかった。私の言葉を信じていないからだ。彼はマクドネルに顎をしゃくって出ていった。二人がいなくなると、私は上着の襟を立て、マスターズが坐っていた荷箱に腰を下ろし、紙包みを目の前の長テーブルに置いた。包みを開く前に、まずパイプに火を点けた。

私には二つの考えがあった。共に明瞭だが、相矛盾する考えだ。仮にダーワースが幽霊筆記に怯えたのではなかったとすると、もっと人間臭い、ありふれたものに怯えたということになる。例えば、脅迫や、知られたくない秘密を暴露されるといったことだ。これは超自然的な力によるものかもしれない——私にはそれを受け入れる心の準備はできていなかったが——あるいはマスターズが述べたように、巧妙な手先の早業で仕組んだのかもしれない。いずれにせよ、圧倒的な力や重要性を持ったもので、ダーワースが行なった自動筆記のトリックに乗じた形で彼に示されたことで、いっそう恐ろしい力を見せつけたのだ。一方でそれは、この屋敷や今ここで起きていることとは何の関係もないはずである。

今のところ机上の論理にすぎないかもしれない。しかし、ダーワースがこの屋敷に関係のある脅威によって取り乱したのだとすれば、きっと今夜のような態度ではいられなかっただろう。今夜、彼だけが冷静で自信に溢れている。自分の操り人形たちを嬉々として動かし、暗闇に一人坐すのを楽しんでいるのだ。あの紙切れの文句が本当に黒死荘に関係しているのなら、彼はあの時、ほかの連中にも見せたはずだ。彼がルイス・プレージの名前を持ち出したのは、その名前がほかの連中には恐ろしいものであっても、彼にはそうではないからだ。

この推理には、明らかな矛盾がある。ダーワースの信者たちの曖昧模糊とした不安は、みなこの屋敷に関わっているのだ。この屋敷には恐ろしい悪霊が棲み着いていて、悪霊祓《ばら》いをしないと人に取り憑くと彼らは信じている。ベニング夫人が我々にした話には妄言が多すぎ、心霊学がその矩《のり》を自らこえてしまったように思えたが、それはきっとダーワースが、デルフォイの神託めいた曖昧な言葉で彼らを煙に巻いているからだ。彼には曖昧なものをいっそう恐ろしいものに変える力がある。それは、神秘主義者のダーワースを怯えさせはしなかったものの、冷静で実際家のハリディを恐慌状態に陥れた。

パイプの煙が蠟燭の炎の周りを渦を巻くように立ち上るのを見ていると、部屋全体が耳障りな言葉を囁いているような気分になった。肩越しに後ろを確かめてから、私は紙包みをほどいた。中から現れたのは、ボール紙の表紙がついた厚手のレターファイルで、本のように開く作りになっていた。紙がガサガサと音を立てた。

中には三つのものが入っていた。一つは折り畳んだ薄い大判紙で、古びて茶色の染みができていた。二つ目は、短い新聞の切り抜き。最後はフールスキャップ判の手紙の束で、大判紙と同じくらい古いものだ。手紙の筆跡は薄くなり、黄色の染みもあって判読できないが、書き写したものが、折り畳んで綴じ紐の下に差し込んであった。

薄い大判紙は、破れそうなので全部広げはしなかったが、不動産譲渡証書だった。冒頭に細い文字で物件の買い手と売り手の名前が大きく書かれていた。トマス・フレデリック・ハリディが、この屋敷をシーグレーヴ在住のシーグレーヴ卿ことライオネル・リチャード・モールデンから購入、署名認証の日付は一七一一年三月二十三日である。

新聞の切り抜きの、「著名実業家自殺」という見出しが目に飛び込んできた。色褪せた写真が添えてあり、ぎょろ目の、高いカラーをつけた男がカメラを恐れるように写っている。このジェームズ・ハリディの写真は、毒殺魔クリッペン医師にぞっとするほどそっくりだ。同じような二重レンズの眼鏡を掛け、同じようなドジョウひげを生やし、同じようなウサギそっくりのつぶらな目をしていた。記事は縁故者についても簡単に報じていて、伯母であるベニング夫人の家でピストル自殺をしたこと、数週間ふさぎ込んでいて「家の中の何かを探していたようだった」こと、事件は深い謎に包まれていること、検視審問中にベニング夫人が二度泣き崩れたことが述べられていた。

私は切り抜きを脇に置き、紐をほどいて最後の書類を取り出した。皺が寄り、文字がかすれ、朽ちかけたオリジナルの手紙の写しには、こう上書きしてあった。

「書簡　シーグレーヴ卿が執事兼土地差配人ジョージ・プレージに宛てたるもの、及びその返書　J・G・ハリディ写、一八七八年十一月七日」

私は荒れ果てた部屋で薄暗い蠟燭の灯りを頼りに、時々オリジナルを参照しながら書簡を読んだ。古い屋敷につきものの、人の神経に触れるようなかすかな気配のほかは、まったく物音がしない。二度ほど、誰かが部屋に入ってきて、肩越しに手紙を覗き込んでいるような気がした。

ローマ、デラ・トレビア荘にて
一七一〇年　十月十三日

プレージ殿
主《あるじ》としてそなたの忠勤を、また友として友誼を恃《たの》む我が身であるが、病昂《こう》じ心は千々に乱れ、平素の思考も叶わない。筆を執ったのは、今般の凶事の真相を是非とも知らせてほしいからだ。昨日J・トルファー卿からの来信で、弟チャールズが自宅で急逝、しかも自殺であることを知った。詳しい事情には触れておらず、ただ忌まわしき仔細があると示唆されているばかり。しかし、我が屋敷についての巷間の風説に思い当たり、狂わんばかりに心を痛めている。その上、妻レディLの容体も思わしくなく、こちらも我が心を悩ませている。やがて本復するという名医の診立てではあるものの、今のところ帰国は到底覚束ない。どうかプレージ、この件について委細を包み隠さず教えてほしい。そなたは幼少よりずっと、古くは親の代より、我が家族と共にあった仲ではないか。J・トルファー卿の思い違いであることを祈る。
どうかプレージ、主というより友として、重ねてよろしく頼む。

シーグレーヴ

ロンドン
一七一〇年　十一月二十一日

旦那様

このたび旦那様と私ども一同に降りかかった災いを他へ転ずることが神様の思し召しで御座いましたなら、私もこうまで筆を渋ることはなかったのです。当初は私も一時の災難と考えておりましたが、今はそれが誤りであったと痛感しております。旦那様より課せられたこの務めはとりわけ辛いものです。神ばかりは御存じですが、私が己の罪障の深さを悟ったからで御座います。私は旦那様がお尋ねになったことのみならず、私の父が執事として御奉公していた大疫病の時代の出来事にも触れなければなりませんが、その話は後ほどさせていただきます。

まずは、チャールズ様の御逝去について申し上げます。旦那様も御存じのように、チャールズ様は御幼少より物静かで勉学好きでいらっしゃいました。それはもうお優しい性格で皆様に愛されておいででした。九月六日の御逝去に先立つことひと月ほどからでしょうか、私はチャールズ様のお顔色がすぐれず、落ち着かない様子に気づいておりましたが、学問が過ぎたせいとばかり推察申し上げておりました。側仕《そばづか》えのG・ビートンに話を聞くと、チャールズ様は毎夜寝汗をかかれ、ある夜のこと、叫び声に目を覚ますと、チャールズ様が片手でベッドのカーテンを握りしめ、もう一方の手で喉元を掻きむしり、たいそうな煩悶の御様子だったということでした。しかもチャールズ様は次の朝になると何も覚えていないとおっしゃるのです。平素は帯剣なさることもないのに、絶えず落ち着かず、腰のあたりに何か探すように手をやる仕種がしきりに見受けられるようになり、顔色はますます冴えず、お疲れの御様子でした。さらに、寝室の窓辺に腰掛けて——旦那様も御存じでしょう、屋敷の裏庭を見下ろすあの窓です——過ごされることが多くなりました。とりわけ黄昏《たそがれ》時と月の出の刻限には必ずと言っていいほどでした。ある時など、窓からいきなり大声を上げられ、折しも窓下を通って家に帰る乳搾り女を指さし、あの者の手と体には大きな腫物があるから早々に監禁しろと私に命じられました。

さて、旦那様、裏庭の四阿《あずまや》の隣に石室があることを思い起こしてください。

この石室は五十年以上も使っておりません。その理由は、お父上、そのまたお父上から、お聞き及びかと存じます。すなわち、あの石室は誤って汚水溜の上に建てられたために、中の物の傷みが早いのだ、と。実は偽りなのですが、それを押し通すために、瘴気《しょうき》が屋敷の人間に害をなさぬようにと今まで取り壊すことも叶わなかったのです。そして、藁、トウモロコシ、カラス麦などを除いて、石室に物を貯蔵することはありませんでした。

その頃、当家の使用人にウィルバート・ホークスという若者がおりました。荷役《にやく》として雇っていたのですが、あまり面体《めんてい》がよくない上に、他の使用人と折り合いが悪く、同じ部屋で寝るのを拒んだため別室に追いやられました。こういった事情を、私は後になって知ったので御座います。この者が、悪臭などしないからあそこに汚水溜があるなんて俺は信じない、正直な奉公人は清潔な藁床のベッドに休むべし、という決まりさえなければ、見ていろ俺が……と高言したのです。他の使用人はもちろん、御法度だからやめろと止めました。すると彼は、「へん、夜になったらお節介プレージ親方の鍵束から南京錠の鍵を失敬して、あいつが朝取りに来る前に戻しておけばいいのさ」と言い放ったのです。

言ったばかりか、この男は実際にやってのけました。雨が多く、強い風の吹く季節でした。他の使用人が寝心地はどうだった、ベッドはちゃんとしていたか、と尋ねると、彼はこう答えました。「うん、なかなか快適だった。でも、あんなことして俺をかつごうとしたのはいったいどいつだ？　夜中にドアを開けようとしたり、コツコツ叩いたり、部屋の周りを撫で回したり、しまいには窓から覗いたりしやがった。お節介親方が来たと騙されて、俺がドアを開けるとでも思ったか？」

みなは一斉に嘲笑いました。嘘つきめ、あの窓から中を覗けるようなのっぽは屋敷にいないだろう、というわけです。すると彼は見る見る青ざめました。爾後《じご》、暗くなってからの使いを嫌がるようになったのですが、笑い物になるのは嫌とみえ、引き続き石室に寝泊まりしておりました。

やがて九月の最初の週になりました。依然雨が多く、風の強い日が続いたのですが、いよいよ凶事が現れ始めたのです。チャールズ様はお加減が悪く、ベッドに臥したままでしたので、ハンス・スローン医師がつきっきりで看病に当たられました。

九月三日の夜には、屋敷内に何者かがいて廊下の暗がりで擦《す》れ違ったと、使用人たちが口々に訴え、あまつさえ、息苦しく、気分が悪くなったと言い出す者まで出る始末でした。それでも、怪しいものを実際に見た者はおりませんでした。

九月五日の日没後、メアリー・ヒルというメイドが、倉庫室と会計室の先にある廊下の窓棚に置かれた、石の植木鉢のゼラニウムに水をやるように言いつかりました。屋敷のこのあたりはほとんど人がいないところで、彼女は蠟燭と水差しを持って、こわごわ出ていきました。しばらく経っても戻らず、使用人たちが怯えて甲高い声で騒ぎ始めたので、私が捜しに行ったところ、彼女は正体を失って倒れていました。顔色は生気を失い、黒ずんでいました。

女の使用人二人に介抱させ、メアリーは翌朝やっと口が利けるようになりました。苦労して聞き出したのは次のような話でした――彼女がゼラニウムに水をやっていたところ、一本の手が目の前の窓格子から、突然にゅっと伸びてきました。その手は灰色がかって痩せさらばえ、大きく口を開けた腫物で覆われていました。それが、ゼラニウムの花を力なく震えながら掻き分け、彼女が持つ蠟燭を奪い取ろうとしました。次にもう片方の手が現れ、千枚通しかナイフのような物を握って、窓をこじ開けようとガリガリやり始めたそうです。彼女はそこで卒倒してしまいましたので、はっきりした話では御座いませんが。

では、翌九月六日に起こったことを詳しく述べることにいたします。真夜中過ぎ、一時くらいだったでしょうか、外から聞こえた悲鳴に屋敷の者は起こされました。私が、他の使用人を従え、ピストルとランタンを持って外に出てみますと、石室のドアは中から差し錠が掛かっていました。中にいたホークスがやがてドアを開けましたが、筋道を立てて申せといくら言い聞かせても、縋《すが》るように、「あれを入れないでくれ、お願いだから、あれを入れないでくれ」と必死に訴えるばかりです。さらには、「あれが千枚通しで格子を切って、中に入ろうとしていた。顔もはっきり見たんだ」と言うのです。

これは、チャールズ様がベッドでご自分の喉を切って亡くなった夜のことです。お亡くなりになったのは、G・ビートンが警察に話した通り、明け方に近い刻限でした。申し添えておきますならば、お仕えする者の立場で畏《おそ》れ多いことでは御座いますが、また旦那様もその事情を御理解くださるものと存じますが、チャールズ様のお顔やお体に見られた腫物は、屋敷の女たちによる納棺の準備が調う頃にはすっかり消え……

ふと気がつくと、心臓は早鐘を打ち、部屋の空気が冷たく湿っているにもかかわらず、体は熱を帯びていた。手紙の人物たちが今も目の前で生きているように感じられる。窓辺に坐る青ざめた顔の青年、沈痛な表情で報告をしたためている執事、油染みた細かい文字で書かれた往《おう》昔《せき》の時代の影が、呪われた屋敷に甦っていた。ディーン・ハリディをずっと悩ませていた恐怖の源が何なのか、私はぞっとする思いで理解し始めていた。

その時、恐怖に足の筋肉が痙攣《けいれん》し、私は思わず立ち上がっていた。間違いない、誰かが廊下を歩いてきて部屋の前を通り過ぎた。目の片隅でちらりと捉えた気がして、念のためドアに寄って廊下の様子を見た。そういえば窓棚の石の植木鉢はどうなったのだろう？　今は置かれていないようだ。その一つが先刻ホールで落とされたわけだが——見渡しても、廊下には誰もいなかった。

テーブルまで戻り、無意識に外套で手を拭いながら、マスターズを呼んでこの手紙を読ませてやろうかとも思った。しかし、先へと誘《いざな》う書簡の魔力には勝てなかった。

……心は千々に乱れ、覚悟定かとは申せないものの、いよいよ、神様の計り知れぬ御意志によって下された天罰について述べねばならない時が参りました。その一部は私も自分で見聞きしたのですが、ほとんどは後年父から聞いたもので御座います。一六六五年のロンドン大疫病の時、私はやっと十歳になったばかりでしたので。

あの時のことは、旦那様も耳にされておられるでしょう。あの災厄の際にもロンドンを離れず、いまだ存命の者が多くおりますから。

生来善良で信仰心の篤《あつ》かった父は、よく私たち子供を呼び、素晴らしい声で聖書の一節を読んでくれたものでした。「あなたは夜の恐怖も恐れず、昼に飛び来る矢も恐れない。また、暗闇に歩き回る疫病も、真昼に荒らす滅びをも。千人が、あなたのかたわらに、万人が、あなたの右手に倒れても、それはあなたには、近づかない」*6 その年の八月九月は、暑さのために疫病が猖獗《しょうけつ》を極めました。部屋に閉じこもっていても、近所の家の高窓から、女性の悲鳴が町を包む静寂を破って聞こえたことを今も覚えております。一度私は妹と、目も眩む高さの屋根にこっそり登りました。空は熱を孕《はら》んでどんより暗く、煙突から煙はひと筋も立っていません。外にいる者は通りの真ん中をそそくさと急ぎ、赤い杖を持った見張りが、ドアに赤い十字を描いた家の前に立っていました。十字の上には「神よ、慈悲を垂れたまえ」と書かれていました。夜中にこっそり窓に近づいた時、私は疫病馬車というものを一度だけ見たことがあります。その馬車が近所に停まると、触れ役が鐘を激しく鳴らし、二階の窓に向かって喚きます。見張りもこれに和し、松明《たいまつ》持ちが灯りを掲げた時でした。全身を腫物で覆われた死体が馬車に累々と積まれているのが見えたのです。この馬車の音は毎夜聞こえました。

しかし、後に申し上げますが、これはもう随分後になってからのことで、セント・ジャイルズ教区で発生した疫病がこの界隈に広がるのには時間がかかったため、人々もここまでは来ないだろうと話していました。私たちが助かったのは、父の予見によるところが大きいと思います。父はかねて、恵まれない人々のするように、神の啓示や予兆にはとりわけ心を用いる人で、夜空に大彗星が現れ鈍い光を放った時にも、先々代のリチャード様の許へ伺い、考えるところを申し上げたのです。その年の四月のことでした。

当時リチャード様の執務室には、会計室や倉庫室とは別棟の、最前申し上げた石室が当てられていました。そこでリチャード様は買い付けにいらした顧客をもてなされたのです。寒い日には炉辺で、晴れて気持ちのいい日には外の四阿の木陰で、商談をなさいました。リチャード様は、鬘《かつら》をつけ立派な毛皮のガウンをお召しになり、首には金鎖を掛けた、威風あたりを払う堂々たるお姿でしたが、私の父の進言を無視なされたことは一度も御座いませんでした。

父はアルダーズゲート街に住むオランダ人一家が採ったと言われる予防策をお勧めしました。食糧を蓄えて門を閉ざし、疫病が鎮まるまで家人の出入りを一切禁じるというものです。リチャード様は最後まで聞くと、顎に手をやり、深くお考えの御様子でした。奥方様が御出産間近で、また、御愛嬢マーガレット様や、旦那様のお父上でいらっしゃる御愛息オーウェン様のこともありました。やがてリチャード様は、なるほどそれは良策だ、疫病があと半月経ってなお終息の兆しを見せぬ時には必ずそうしよう、だが、身重の妻のこともある、今すぐ町を離れるわけにはいかない、と仰せられました。
疫病が終息しなかったことは、旦那様も御存じだと思います。下火になるどころか、暑くなって蠅が発生するといっそう猛威を振るいました。鳥たちはとうに町からいなくなっていました。疫病は北上してホルボーンを襲うと一転南下し、ストランド、フリート街を通って私たちに迫ってまいりました。至る所、家財道具を馬車に積み上げ、疫禍の町から先を争って逃げようとする人々でいっぱいでした。彼らはまず市長公邸に押し寄せ、市長の発行する通行証と健康証明書を請願しました。これがないと他の町に入れず、宿屋も泊めてくれません。疫病の症状は、ある者には緩慢に訪れました。最初は痛みと吐き気、次いで全身に腫物ができ、およそ一週間で痙攣と共に死に至ります。またある者は、外見上何の徴候もなく、臓腑をいきなり襲われ、路上に倒れたかと思うとそのまま息絶えたのです。

ここに至って、リチャード様は屋敷の閉鎖を命じられ、事務係は解雇し、最低限必要な使用人のみを残しました。令息と令嬢を、いち早くハンプトン・コートへ避難された王室の御用邸に疎開させることをお望みでしたが、お二人は聞き入れようとなさいませんでした。屋敷の者は誰も、敷地外の空気に触れることを許されず、敷地内を歩く時も、必ず没薬《もつやく》と鬱金《うこん》を口に含むようにと指示されました。父だけは例外で、勇敢にもリチャード様の伝令を務め、外に出ておりました。父は、ただ一つの気懸かりさえなければ、自分を過分なほどの果報者と考えたことでしょう。それが、腹違いの弟ルイス・プレージなのでした。

私から安らかな眠りを奪ったこの男のことを書くだけで胸が悪くなります。私がこの男に会ったのは二度か三度です。一度は厚顔にも御当家に現れ、兄に会わせろと強要しました。居合わせた使用人たちは、彼の素姓を知っていて近づきませんでした。彼は私の妹に相手をさせ、父がやってきた時には、妹の腕を捻《ね》じ上げ、笑いながら前日タイバーン刑場で罪人を切り刻んだ様子を自慢顔で聞かせていたそうです。旦那様も御存じでしょうが、彼は絞刑吏の助手でした。それが父には恐怖であり恥辱であり、リチャード様の耳には極力入れぬよう心を砕いていました。あの男には絞刑吏を務める度胸も技倆もなく、ただそのかたわらに立って……

割愛するのが適当と思われる表現もところどころにある。わざわざ述べることもないだろう。

……しかし私の父はこうも申しておりました。あの男が自分でやりたいことをするだけの度胸を持ち合わせていたら、邪念を募らせ、まともな死に方はできないだろう、と。ルイス・プレージはむくんだ顔の小柄な男で、長い髪を垂らし、大きさの合っていない油染みた帽子を頭の横にピンで留めていました。腰には、剣の代わりに太い千枚通しのような刀身の奇態な短剣を下げていました。それを自分で作ったのが自慢で、「ジェニー」と呼んでいました。彼はタイバーン刑場でそれを用いて……
しかし、悪疫が猖獗すると、この男を見かけることはなくなり、父などはいっそ死んでくれれば有り難いと思っていたのを私は知っています。八月のある日、父はリチャード様に言伝を頼まれ外出しました。戻ってくると、父は台所で母のそばに坐って両手で頭を抱えていました。

その日、弟ルイスにバジングホール街近くの路地で会ったのでした。その時、ルイスは跪《ひざまず》いて例の得物《えもの》で何やら突き刺し、かたわらには、柔毛で覆われた小さな死骸を積み上げた手押し車が置いてありました。猫の死骸でした。旦那様も御存じのように、市長及び市参事会員によって定められた規則により、疫病を媒介する豚、犬、猫、鳩は飼うことを禁止され、すべて処分することになっていました。わざわざそのために人が雇われていたのです……

どういうわけか、このくだりが目に留まると、私は思わず合点するかのように頷いて、「その通りだ！」と口走っていた。この触書を確かに見た気がする。黒枠に縁取られて酒場の表に立てられ、それを見て大勢の人がぶつぶつ言葉を交わしている光景が目に浮かんだ。

このむごたらしい光景を見た父は、急ぎ立ち去ろうとしましたが、ルイスに呼び止められたのです。笑いながら、兄貴、まさか俺が怖いんじゃねえだろ？　と言い、断末魔に悶え苦しむ猫の首を無造作に踏みつけ、汚穢《おわい》だらけの小路から出てきました。餓鬼のように痩せ、泥とも血ともつかない泥沫《はね》だらけで、帽子が黄色く濁った空に揺れていました。父が、お前は怖くないのか？　と尋ねると、俺はサザークの霊験あらたかな呪《まじな》い師から手に入れた魔除けの薬を飲んだから、疫病なんざ近づきゃしねえよ、と答えたそうです。

当時は、魔除けの薬やら、疫病除けの霊水やら、お守りやらを求める輩が多く、インチキ医者が荒稼ぎしたものです。しかし、それで命拾いした例《ためし》はなく、首にお守りをつけたまま遺体運搬車に放り込まれた者もたくさんいました。しかしルイスの魔除けは悪魔とでも取引して得たものらしく、あの狂気の日々を彼は無事に過ごし、死んだ者と死につつある者との中で、厭《いと》わしい生業《なりわい》に狂ったように精を出していたのです。ここでその様子を述べるつもりは御座いませんが、彼はいつの間にか疫病そのものと同じくらい忌み嫌われ、どの居酒屋でも門前払いを食らっていました。

　しかしながら、父がその弟のこともすっかり忘れるような事態が出来《しゅったい》しました。八月二十一日に、旦那様のお父上、オーウェン様が、夕食の席をお立ちになる時に発病なさったのです。

　リチャード様は、何事につけ機を逸することのない方でしたので、他の者にうつらないようにと、オーウェン様を石室に運ぶ手配をなさいました。リチャード様愛用の極上の綴れ織りを用いてベッドが調えられ、オーウェン様は漆塗りの箪笥や金銀細工の調度品に囲まれて、呻吟なさっていました。リチャード様は気も狂わんばかりの御様子でした。お触れに背くことでしたが、当局への届け出はせず、リチャード様と父が付き添い、口止めを約した上で医者を呼ぶことに落ち着きました。

　その月中看病が続きました。奥方様が死産なさったのは、オーウェン様が発病なされた数日後だったと記憶しております。ホッジス医師は毎日往診してくださいました。頭を剃られたオーウェン様に瀉血《しゃけつ》や浣腸を施し、窒息しないよう、一度に一時間ずつ背中を支えながら体を起こしてさしあげました。九月の初めになると、ちょうどロンドン大疫病の猛威が頂点に達した時でしたが、ホッジス医師は、峠は越したので次第に快方に向かわれるでしょう、とおっしゃいました。

その夜、リチャード様、御危篤でいらっしゃった奥方様、そしてマーガレットお嬢様は随喜の涙を流され、私どもも跪き、神様に感謝を捧げました。

さて、九月六日の夜のことです。オーウェン様看病のため夜半に起きた父が、松明を手に石室へ向かい、ちょうど裏庭にさしかかった時、何者かが膝立ちになって石室のドアを叩いているのを見つけました。

中にいたリチャード様は、てっきり父が交替に来たと思われて、ドアを開けようとなさいました。よろよろと立ち上がり、父の方を向いたその曲者は、誰あろう、ルイス・プレージでした。父は、ルイスが首を妙な具合に動かしているのに気づき、松明を掲げると、喉にぱっくりと開いた大きな疱瘡が見えました。そうしている間にも、別の腫物が顔に病の花を咲かせようとしています。その痛みのせいか、ルイス・プレージはぎゃあと大きな声を上げました。

その時リチャード様がドアを開け、何事かと顔をお出しになりました。ルイス・プレージは物も言わず一目散に押し入ろうとしたので、父は、獣を威《おど》す時にするように、松明の火を鼻先に突き出しました。これにはルイスもたまらずその場に倒れ、転げ回り、叫び声を上げました。

「兄貴は俺を殺す気か？」さすがのリチャード様も恐怖のあまり立ち尽くすばかりで、ドアを閉めることもできません。父は声を張り上げ「さっさと疫病小屋[*7]へ行け！　さもないと火をつけて疫病ごと焼き払ってくれるぞ！」と怒鳴りつけました。ルイスは「誰も彼も俺を厄介者扱いしやがって。毒突くばかりでまともに顔を合わせもしねえ。こうなりゃ、どぶにはまって死んでやらあ!」と応酬すると、父に掛け合っても無駄と悟ったか、体勢を立て直し短剣を抜いてドアに躍りかかりましたが、間一髪リチャード様がドアを閉じられた後でした。

ルイスはなおも庭を逃げ回るので、父は仕方なく加勢を呼びました。五、六名ほどの男が松明を手に現れ、喚きながら逃げ回るルイスに松明を突き出し、追い出そうとしました。やがて声が聞こえなくなったので駆け寄ってみると、ルイスは木の根元で息絶えていました。

その木の下にたっぷり七フィートの穴を掘り、ルイスは埋められました。遺体を疫病馬車に引き渡せば、家中に疫病が出たことが知られ、見張りが門前に立つことになります。かといって、こっそり往来に打ち捨てても、誰かに見られ通報される恐れがあったからです。父は、死に際にルイスが庭で叫んだ言葉を聞きました。「必ずここへ戻ってきて、あの部屋に入り、猫を殺したように中にいる奴を殺してやる! 俺にその力がなければ、一緒にいる者や屋敷の持ち主に取り憑いてやる!」

オーウェン様もその夜、ルイスが、あるいはその怨霊がと申し上げた方がよろしいでしょうか、蝙蝠《こうもり》のようにドアにへばりつき、千枚通しを使ってドアをこじ開けようとする音をお聞きになっています。

旦那様、この恐怖と受難の物語を私に述べよとの仰せでしたので……

そこまで読んだ時、何かが私の注意を書簡から逸らした。それが何だったのか、今もわからない。邪《よこしま》な幻影が部屋の雰囲気と混じり合い、十七世紀の昔に生きているような気になっていた。私は思わず立ち上がり、あたりを見回していた。

その時裏庭で足音が聞こえ、廊下から、何かが軋り、擦れる音が聞こえた。

と、死に際の痙攣で引っ張られたかのように、突然耳障りな音を立てて廊下の鐘が鳴り出した。

6　祭司の死

これが事件の幕開けを告げる鐘となった。鐘の音を合図に、現代における最も驚くべき、面妖な殺人事件が始まったのだ。私はこれから述べることに細心の注意を払い、誇張したり誤った方向に導いたりしないようにと自らを戒めている。少なくとも、読む者が我々の轍を再び踏むことがないようにと念じて。そうすれば、あなた方には、自分の知恵を存分に働かせ、一見不可能とも思える犯罪に解決を与える十分な勝機があるだろう。

まず述べるべきは、鐘の音はそう大きなものではなかった、ということだ。錆と長年使われなかったことで固くなっており、強い力で針金を引いても大きな音で鳴らすのは無理だったはずだ。最初に軋んだ音を立て、それから低い反響を伴ってゴトゴト鳴り、次にまた軋んだが、今度は最初よりも弱い音だった。その後はもう、鐘の舌は囁くような音しか立てなかった。しかし、屋敷中に急を知らせるけたたましい音よりもかえって恐ろしかった。私は、胃の奥がかすかにムカムカする感じを覚えながら立ち上がり、急いで廊下へ出た。

いきなり強い光が私の顔に当たり、私の懐中電灯の光がマスターズのそれと切り結ぶように交叉した。彼は裏庭に出るドアのそばに立って、私の方を肩越しに見ていたが、その顔は真っ青だった。マスターズは、嗄《しわが》れ声で言った。

「私についてきてください、すぐ後ろを離れないで……待ちなさい！」最後に声が大きくなったのは、後方の廊下入口から、急ぎ来る足音と揺らめく蠟燭の光がこちらに進んできたからである。最初に大股でやってきたのは、目をギラギラさせた太鼓腹のフェザートン少佐で、続いてハリディとマリオン・ラティマーがやってきた。マクドネルは赤毛のジョゼフの腕を摑んだまま、三人をかき分けて前に出た。

「何だ、何事じゃ！」少佐が吼えた。

「下がって！」マスターズが言った。「みなさんは下がってください。許可なく動かないように。何があったのか、私にもわかりません！　バート、この方々を抑えていてくれ……さあ行きましょう」彼は最後に私に呼びかけた。

マスターズと私は、石段を三段下りて庭に出ると、行く先を懐中電灯で照らした。少し前に雨は上がっていて、裏庭はところどころうねりを伴う泥の海になっていた。しかし我々の立っている方へやや傾斜しているので、先に水溜まりはほとんどない。

「こちら側から石室に向かう足跡はありませんな」マスターズが鋭く言った。「ほら、ご覧なさい。それに、私はさっきまでここにいたんです。とにかく行ってみましょう、私の足跡の上を踏んできてください」

ぬかるみに足を取られつつも、我々は地面に足跡がないことを確かめながら進んだ。マスターズは声を張り上げて呼びかけた。「ダーワース、いるんだろう？　ドアを開けてくれ」中から返事はない。窓に揺れる灯りも暗くなっている。最後の数歩は駆け足になって、我々は石室のドアに行き着いた。低いドアだが分厚い樫板を錆びた鉄枠金具で締めてあり、把手は折れていた。新しく掛け金を取り付け、それを南京錠で留めてあった。

「南京錠のことを忘れてた」マスターズは錠をガチャガチャやりながら、小声で言った。ドアに肩から体当たりしたが、びくともしない。「バート！　おーい、バート！　この南京錠の鍵を借りてきてくれ！……さ、その間に窓を調べましょう……鐘の針金を通した窓があるはずです。きっと箱か何かあるでしょう。ラティマーさんが針金を入れた時に乗ったのが——この窓じゃない？　本当だ、ここじゃないですな。じゃあ仕方ない……」足跡がないことを確かめながら、我々は急いで外壁沿いに家の側面へ回り、針金が通っている窓へ移動した。窓は一フィート四方で、地面からおよそ十二フィートの高さにある。屋根は傾斜が緩やかで、厚い丸みのある瓦で葺《ふ》いてあり、軒はない。

「どうやったって登れませんなあ」マスターズは唸るように言った。彼はうろたえていた。息遣いが荒く、気が立っている。「あそこに手が届くようにラティマーさんが乗った箱は、よっぽど大きかったんでしょうな。足場になってもらえませんか？　私は重いですが、ちょっとの間ですから……」

マスターズの体重を支えるには確かにひと踏ん張りもふた踏ん張りも必要だった。私は石壁に背中を押しつけ、両手の指をしっかり組んで足場を作ってやった。マスターズの体重がかかると、肩の関節が抜けそうになった。よろよろして呻き声が出たが、マスターズの指が窓の縁にかかると、やっと体勢が安定した。

あたりは物音一つしない……

マスターズの泥靴が指に食い込むのを、私は石壁を背に体を反らしてこらえた。ものの五分もそうしている感じがした頃、首を上げてマスターズの顔を見ると、室内のちらちらした灯りが顔を照らし、覗き込む眼球にも映っていた。

「もういいでしょう」マスターズの低い声が、虚ろな調子で聞こえた。

私は、喘ぎ喘ぎマスターズを地面に下ろした。彼はぬかるみでよろめき、私の腕に掴まると、袖で顔をこすってから、ぶっきらぼうだがしっかりとした落ち着いた声で言った。

「もう……手遅れです。あれほどの出血は見たことがないですな」

「それは、つまり――？」

「ええ、死んでいます。あそこで倒れています。どうやら――滅多切りにされたみたいですな。むごいもんです。ルイス・プレージの短剣がそばに落ちてます。隅から隅まで見えましたが、室内には誰もいません」

「しかし、それじゃあ」と私は言った。「いったい誰が――」

「ええ、おっしゃる通り、誰にもできっこないんです」彼は、ゆっくり頷いた。「南京錠の鍵を持ってきてもらっても大して役に立たんでしょうな。ドアの内側が見えましたが、差し錠が掛かっていますし、太い鉄の横木が渡してあります……これはトリックですよ。そうに違いないです。バート！　どこにいるんだ、バート」

石室の表で待っていると、懐中電灯の光が再び切り結び、マクドネルが転げるように屋敷の角を回ってやってきた。彼は恐怖に囚われていた。懐中電灯の強い光を向けられた瞬間に閉じた緑色がかった目の輝きに、そして細面の顔がひきつる様子に恐怖が見て取れた。濡れた帽子を斜め目深にかぶったしゃれた様子とは見事なまでに不釣り合いだった。「鍵です。テッドが持っていました。どうぞ」彼は片手をさっと出した。

「よし。やってみよう……いったい何だ、そっちの手に持っているのは？」

マクドネルは、しばたたいた目を一瞬大きく見開き、次いで視線を手許に落とした。「ああ、これですか――何でもありません、警部。カードです。トランプの」彼は、手を開いて、持っていた数枚のカードを見せた。手にしている物の場違いさに自分でも気づいている様子だった。

「あの霊媒のです。警部が出ていかれる時に目を離すなとおっしゃったでしょう。あいつがラミーをやりたいと言い出したんで――」

「ラミーをやりたい？」

「そうなんです、警部。あいつ、おかしいです。完全にいかれていますよ。あいつがこれを出して――」

「目を離さなかったろうな？」

「はい、警部。いっときたりとも」マクドネルは顎を突き出すようにして言った。視線を上げ、自信に溢れたその姿は初めて目にするものだった。「絶対です」

マスターズは何事かきつく言い放ってマクドネルから鍵を受け取った。しかし、南京錠を外してもドアは開かない。三人で同時に体当たりしたが、びくともしなかった。

「駄目だな」マスターズは息が上がっていた。「斧だ。斧が要る。それ以外じゃ埒が明かない。そうとも、そうとも、奴は死んでる、バート！——頼むから馬鹿な質問はやめろ！　見ればわかるさ。それでも中に入らないことにはどうしようもない。母屋へ行って、薪が積んである部屋を見てこい。太そうなやつを持ってくるんだ。槌代わりに使えば、腐って弱くなっているところが破れるかもしれん。ひとっ走りしてこい」息が上がり声が上ずってはいたものの、マスターズは手際よく命令し、続いて懐中電灯で庭をあちこち照らした。「ドアの近くに足跡は一つもない。それが気になる。私は庭でずっと見張っていたし……」

「何があったんです？」私は尋ねた。「あの手紙を読んでいたので……」

「どのくらいそうしていたか、わかりますか——ぼーっとなさっていた時間ですが」ほかに言いようがあるだろうに、面白くない言い方である。マスターズは手帳を引っ張り出した。「そうでした。書き留めておく方がいいですな。鐘が鳴るのを聞いた時間は記しておいたんです。一時十五分でした。ほら、ここに書いてあるでしょう？『一時十五分、鐘の音を聞く』とね。あなたはあの部屋に長く坐っていらしたから、何か気づいたでしょう。四十五分近くいましたよ」

「マスターズ、僕は何も気づかなかったよ。ただ……あなたは裏庭にいたと言ったよね？　外に出る時、僕のいた部屋のドアの前を通らなかったかい？」

彼は、手帳に光が当たるように懐中電灯を小脇に挟んだ姿勢で私の方を振り向いた。彼の泥だらけの指は書くのをやめていた。

「ドアの前を？　それはいつでした？」

「覚えていないけど、手紙を読んでいる時だった。誰か通ったと思ったから、立ち上がってドアから廊下を見たんだ。でも、誰もいなかった」

「ははあ！」警部は気味の悪い声で言った。「ちょっと待ってください。それは事実ですか？——つまり、どんな弁護士だって揺るがすことのできない、確固たる、正真正銘の事実なんでしょうか？——それとも、そんな気がしたという印象でしょうか？　ご自分でも認めるでしょうが、あなたはこれまでだって、たくさんの『印象』をお持ちでしたからな」

私が、確固たる正真正銘の事実だ、と言い返すと、彼は手帳に再び書き留めた。

「というのはね、ブレークさん、それは私ではないからですよ。私は玄関から出て、母屋の横から回ったんです。後で改めてお話ししますがね。ところで、あなたが聞いた足音はどんなでした？　男のでした？　それとも女？　どんな歩き方でした？　急ぎ足、それともゆっくり？何か手がかりはありませんか？」

これは無理な注文だった。床は煉瓦だし、ジョージ・プレージの手紙が呼び覚ました叫び声や幻影に混じって、おぼろげに耳に届いた音だったからだ。見咎められるのを恐れた、そわそわした足音だったと言うのが精一杯だった。

「そうですか。では、バートと私があなたと別れてからのことをお話ししましょう……これも書き留めておく方がいいのでしょうな。あの連中もうるさく尋ねるでしょうし……それに、これからいろんなことがわかる。紙に書かれてあることからね……あなたはあの連中が何をしていたかわかりますか、この三十分くらいの間に」マスターズは苦々しげに尋ねた。「まあ、おおよそ見当はつきますよ。暗闇で円座を組んでいたんです。誰かが偽のメッセージを紛れ込ませてダーワースを怯えさせた、一週間前の晩と同じようにです。私にやめさせられるわけがない」

「降霊会だったのか」私は言った。「ジョゼフはどうしていたんだろう?」

「降霊会じゃなかったんです。お祈りをしていたんです。しかし、どうもおかしいんです。彼らはジョゼフの同席を嫌がったんです。とりわけベニング夫人は頑強に反対しました。夫人は、ダーワースからジョゼフを同席させるなと指示されたと言うんです。ジョゼフはとても霊感が強いので、このような時にはむしろ悪い影響を与える、とかいう……まあ、よくわからん屁理屈です。それで私とマクドネルとでジョゼフを引き受けてやりました。ま、ほとんど何も訊き出せませんでしたがね。それを言うならほかの連中も同じです。なにせ、何も話してくれないんで」

「自分は警察の人間だって言ったのかい?」

マスターズは鼻を鳴らした。「ええ。何の効果もありませんでした。あの状況で私に何かできるわけでもないですし」彼はその場面を思い返していた。「夫人は例の『むすんでひらいて』をやりながら、『私の思った通りでした』と言ってましたな。あの若僧——テッド・ラティマー——は火かき棒を持って私を追い回しかねない剣幕でした。ただ一人、穏やかだったのは少佐でしたな。でも、揃いも揃って、ご祈禱からは出ていけ、です。ハリディさんがいなかったら、屋敷からつまみ出されるところでしたよ……おい、バート」彼は母屋に向かって怒鳴った。「ハリディさんと一緒にその丸太を持ってきてくれ。あとの人には遠慮してもらってくれ。いいか、下がっていてもらうんだぞ、わかったか？」

母屋の裏口では、言い争う声に混じって、抗議する女性の甲高い声が響いていた。ほかの連中が掲げる蠟燭の頼りない灯りの中を、マクドネルは丸太を転がして石段から落とした。丸太の一方の端をハリディが引き受け、二人はよろよろと運んできた。

「何があったんです？　マクドネル君の話では——」ハリディが尋ねた。

マスターズが遮った。「彼は何も言いませんぞ。そこをしっかり持ってください。左右に二人ずつでいきます。ドアの真ん中を狙いますよ。懐中電灯はポケットに入れて、両手で丸太を抱えてください。私の合図でいきますよ……せーの、それっ！」ドアに丸太が当たるたびに、塀に囲まれた裏庭に低い音が轟き、あたりの窓ガラスがビリビリと震えた。泥に足を取られながら、マスターズの声に合わせて引いては突進を繰り返し、丸太は都合四回ドアに打ち当てられた。ドアが割れそうになっている感触があったが、先に古い鉄枠が折れた。五度目の突進で、真っ二つに割れた板がマスターズの懐中電灯に照らし出された。

息を弾ませながらマスターズは手袋をはめて垂れ下がるドアの木片を持ち上げ、跪《ひざまず》いて石室に入り込んだ。私も後に続く。ドアの真ん中に渡した太い鉄の棒が、両側の受け金にはまっていた。私がその下をくぐると、マスターズが懐中電灯の光をドアの内側に当てた。鉄の横木が渡してあっただけでなく、十七世紀の家屋に見られる鉄の長い差し錠が、錆だらけになってドアに掛かっていた。マスターズが手袋をはめたまま試したが、外すにはかなり力を入れて捻《ひね》らなければならなかった。ドアに南京錠や鍵穴はなく、外側に釘で打ち付けてあったのと同じ飾り把手があるだけだった。外側の枠にきっちりはまっていたため、脆《もろ》くなった鉄枠は、潰れたり剝がれたりしていた。

「よく見てくださいよ」マスターズが嗄れ声で言った。「あなたの立っているところから――ぐるっと回って――ほら、誰もいませんよね……」

私は言われるままに振り返った。入った時に中を一瞥してはいるが、胃の弱い者向けの光景ではない。部屋の空気は濁っていた。煙突の排気がうまくいっていないせいもあるが、ダーワースが燃えさかる暖炉に香料をくべていたのは明らかで、髪の毛が焦げる臭いも混じっていた。

我々の左側の壁（長方形の狭い方の壁のうち、マスターズが遺体を見つけた窓がある側）には暖炉が切ってあった。火は消えかかっていたが、うずたかく重なった熾火《おきび》は盛んに熱を放出していた。時おり誘うように炎の舌を伸ばす様子は、いかにも悪魔めいている。その前に男が一人、燃えさしに頭を突っ込むようにして倒れていた。

背が高く、崩れた印象はあるものの生前は優雅さを感じさせる人物だったとわかる。右側を心持ち下にして、よほど苦しんだのか、背中を丸め縮こまっていた。頬を床につけ、あたかも最後の力を振り絞って顔を上げ、何かを見ようとしたかのように、顔はドアの方に捻《ね》じ向けられていた。しかし、生きていたところでその望みは叶わなかっただろう。倒れた拍子に金鎖で耳に掛けていた眼鏡が割れ、目に突き刺さっていた。その傷口から血が流れて顔を伝い、苦悶に歪んで大きく開いた口の中の歯を朱《あけ》に染め、絹糸のような細い茶色の顎ひげに達していた。豊かな茶色の髪を長く伸ばし、それが耳に不気味にかぶさっている。白髪が目立つ。力なく暖炉の方へ伸ばした左腕は、我々に哀訴しているかのようだ。

赤く息づく暖炉の火のほかには、部屋に灯りはなかった。外観の印象よりも中は狭く見える。ドアのある間口の長辺が二十フィート、奥行きが十五フィートで、石壁は長い年月を経て緑色の粘着物で固く覆われ、床は煉瓦敷き、天井は堅い樫材でアーチに組んである。最近掃除したらしく、箒とモップが壁に立てかけてあるが、積年の汚れには太刀打ちできていない。湿っぽい熱気が鼻を刺激し、じとじとして不快だった。

遺体に歩み寄るマスターズの靴音が、煉瓦敷きの床に反響した。その時、ふと私の頭におかしな文句が浮かび、口に出した後も、頭の中に残響が尾を曳いた。

「誰が考えただろう？　あの老人があれほどの血をその身に抱いていようとは……」*8

マスターズが振り返った。それは、私がスコットランド貴族の奥方の台詞を真似たせいかもしれない。彼は何か言いかけたが、結局思いとどまった。靴音が戻ってくる。「あれが凶器です」マスターズは、遺体を指さした。「見えるでしょう？――遺体の向こう側にあります。間違いありません、ルイス・プレージの短剣です。テーブルと椅子がひっくり返っていますが、誰も隠れていない……あなたは確か、医学の心得がおありでしたな。遺体を見ていただけませんか？　足許に気をつけてください。靴の泥をつけないように……」

血を避けて歩くのは無理な注文だった。身を捻《ね》じ曲げて死んでいる人物（銃剣術の稽古人形のように滅多突きにされていた）は、死ぬ間際に身をよじりながら這い進み、結局髪の毛を暖炉に突っ込んだところで絶命したのだが、その前に、床と言わず壁と言わず暖炉と言わず、一面を血の海にしていた。どうやら彼は何かに襲われ、いろいろなものにぶつかりながら死に物狂いで逃げ回ったらしい。迷い込んだ蝙蝠《こうもり》が部屋から逃げ出そうとするように。衣服の切れ目から、左腕、左の腰、左太腿が切られているのが見える。一番ひどいのは背中だった。伸ばした左腕の先を辿ると、炉棚の脇に、鐘から続いている針金に重しとして括りつけた煉瓦のかけらが下がっていた。

私は遺体の上に屈み込んだ。燠火が揺れて崩れる。火の具合で盲目の遺体の表情が変化し、口を開けたり閉じたりしているように見える。血まみれのカフスボタンは純金だ。私が確かめた限りでは、背中に四つの突き傷があった。上部の二つは浅傷《あさで》だが、四つ目は左肩胛骨の下からまっすぐ心臓に達していて、それが致命傷だった。死後の騒動の間に黒く変色した小さな血泡が、その傷口にプクッと浮いていた。

「死んでから五分と経っていないね」私の推定が正しかったことは、後にわかった。「ただし」と付け加える。「時間が経つと警察医の判断は難しくなるかもしれない。暖炉の火のすぐ前に倒れていたので、体温が血液の温度より高いままだった時間があるから……」

実際、暖炉の火は焦げそうに熱かったので、私は滑りやすい床を少し後ずさった。遺体の右腕は背中で折り曲げられ、刃渡りおよそ八インチの鉄製の刃物を握っていた。粗末な作りの鍔《つば》と骨製の握りが付いていて、握りに血の染みを通してLPの文字がかすかに読める。ダーワースは死ぬ直前に相手から凶器をもぎ取ったらしい。私は部屋を見渡した。

「マスターズ」私は言った。「これは不可能だよ――」

彼は聞き捨てならないとばかりに振り向いた。「いや、こうして現に起こっているんですよ。何をおっしゃりたいかはわかります。窓やドアから入って出ていくことは、どうやってもできたはずがないんです。でも、起きてしまったんです。きっとごく当たり前の方法でやったに違いないんです。だから、手を貸してください、私は必ず突き止めてみせます――！」警部の大きな肩ががくりと下がって、温厚そうな表情は、急に生気を失い年老いて見えた。「きっと抜け道があるんですよ」彼は執拗に繰り返した。「床か天井かどこかにね。しらみ潰しに探してやりますよ。ひょっとすると、窓格子が一本外れるのかもしれない。あるいは――いや、駄目だ。でもきっとどこかに……中に入らんでください！」彼は私への言葉を途中でやめ、ドアの方に手を振った。ハリディの顔がドアの割れ目から見えた。その目が一瞬床の上の遺体に注がれると、誰かに傷口を触られたかのように、ギクリとしてたじろぐ。マスターズをまっすぐ見たその顔は、土気色だった。ハリディは早口で言った。

「警部、お巡りが、いやその、警官が来ています。あの」言葉がうまく出なかった。「――さっき丸太でひと騒ぎやったでしょう、それを聞きつけて――」ハリディはいきなり指をさした。

「倒れているのは、ダーワースですね――彼は――？」

「そうです。入るのは遠慮してください。母屋へ行くのもちょっと待ってもらえますか。マクドネルにその巡査をここへ連れてくるように言ってください。所轄署へ報告してもらわないと。

とにかく、落ち着いてください」

「僕だったらご心配なく」ハリディは口に手を当てた。「妙ですね。まるで——銃剣の稽古でもしたみたいだ」

その罰《ばち》当たりなイメージは私にも浮かんでいた。私はもう一度薄暗い部屋の中を見渡した。荒涼とした部屋で、リチャード・シーグレーヴ卿のバイユー・タペストリーや日本製の漆箪笥で飾り立てられていた頃の豪奢が偲ばれるものは、樫材で組んだ堅牢なアーチ天井くらいだ。ふと見ると、マスターズは手帳に、部屋にある備品を丹念に書き込んでいた。彼の視線を辿って、私もほかの品々に目を留めた。（一）飾りのない樅《もみ》材のテーブル。暖炉から六フィートほど離れたところにひっくり返っている。（二）台所用椅子。ダーワースのオーバーが掛けられ、やはりひっくり返っている。（三）万年筆及び紙が数枚。ダーワースの遺体の後ろの血溜まりに落ちている。（四）火の消えた蠟燭と真鍮の燭台。床の中央に転がっている。（五）と（六）前述した、母屋の鐘から延びる針金に括りつけた煉瓦片。ドア脇に立てかけられたモップと箒。

恐怖に最後の仕上げをしていたのが暖炉にくべられた藤の花の香料で、胸が悪くなる甘ったるい匂いで部屋を包んでいた。……事件全体が、この場の雰囲気すべてが、もつれて絡み合ったさまざまな矛盾が、これらの事実の中に何かおかしなものがあると、声高に叫んでいた。

「——マスターズ」私は中断した話に戻るかのように言った。「もう一つ気になることがあるんだ。あんな風に襲われたのに、どうしてダーワースは大声を出さなかったんだろう？　鐘を鳴らそうとするだけじゃなく、悲鳴を上げるとか大きな物音を立てるとかしてもよさそうなものなのに」

マスターズは手帳から顔を上げた。

「そうしたんですよ、彼は」警部の声は聞き取りにくかった。「声を上げたんですよ。現に私は聞きましたから」

7　トランプとモルヒネ

「そこが」咳払いをしてからマスターズは続けた。「一番まずいところなんですな。あれは、はっきりした叫び声や悲鳴じゃなかった。もしそうなら、私はすぐに飛び出して対処しましたよ。大きい声じゃありませんでした。だんだん早口にはなりましたが――彼が何か話しているのもわかりました――哀願しているような感じでしたが、その後は呻き声や泣き声に変わりました。あなたがいたところからは聞こえなかったでしょう。私は母屋の横を回って外に出ていたから聞こえたんです……」

彼は言葉を切って、あたりを見回してから、サイズの大きすぎる灰色の手袋で額を拭った。

「正直ぞっとしましたが、それも奴のお芝居の一部だと思ったんです。声はだんだん早口に、そして甲高くなって、しまいには窓に追っかけっこしているような影まで映る。気味の悪いもんでしたよ、赤い灯影《ほかげ》の中にそれを見ているのは。私はどうしたものか迷いました。あなた、そんな思いをしたことがありますか？　本能は何か変だと告げているのに、一方で、頭はただの芝居なんだと考える。ためらい、何もせずに立っていると、後になって、自分がその時にすべきだったことを思い知り、胸が悪くなる」彼は両手を閉じたり開いたりしていた。この狂った世界で、頭に白いものの目立つ信頼に値する大男が、ぼんやりした青い目を見開いて、あたりを見ていた。「これで降格にならなければ、めっけものですな。まあ、とにかく私は声を聞きました。私がしたことといえば、突っ立っていただけですが。そしたら、あの鐘が聞こえたんです」

「どのくらい経ってからでした？」

「そうですな、声がしなくなって一分半というところですかな。へまをやりました」彼は苦々しげに言った。「まったく、とんだしくじりです」

「その声ですが、どのくらい続きました？」

「二分ちょっとくらいです」彼は何かを思い出したらしく、手帳に記入した。大きな顔の皺がいっそう深くなった。「廊下の裏口に突っ立っていただけとは。馬鹿みたいに。ちょうど――あ、これはどうでもいいことですな。何かに押さえつけられているような感じでした。そうです、私は探っていたんですよ。母屋の玄関から外に出て……」

その時、ドアがメリメリと音を立てた。マクドネルはドアの裂け目を難なく擦《す》り抜けたが、彼の連れてきた警官のヘルメットと防水コートは裂け目に入りきらなかったようだ。警官はマスターズの存在に驚いた様子もなく、敬礼すると、きびきびした一本調子の警官口調で「失礼します。所轄署への報告が必要ですので参りました」と言った。彼が手帳を取り出す時に防水コートが派手に波打ち、私はそれに乗じてこっそり部屋を出た。

石室の淀んだ空気を吸った後では、裏庭の空気ですら新鮮に感じられた。雨雲はすっかり消え、星影さえ覗いている。少し先で、ハリディが煙草を吹かしていた。

「あの豚野郎も一巻の終わりというわけだ」その口調は冷静だった。気がかりな様子も、大げさにほっとした様子もないことに私は驚いた。くわえた煙草の火が、目尻に皺の寄った、嘲るような目を照らし出していた。「しかも、幕引きがルイス・プレージの短剣とはね。誂《あつら》えたような筋書きじゃないか。ブレーク、僕にとって今夜は素晴らしい夜だよ。本気で言ってるんだぜ」

「ダーワースが死んだからか？」

「いいや。三文芝居がおじゃんになったからさ」彼はレインコートの下で背を丸めた。「いいかい、ブレーク。君は気の滅入るようなあの手記を読んだろう？　警部から聞いたが、随分熱心に読んでいたそうじゃないか。でも、理性的になろうじゃないか。憑依だとか徘徊する幽霊だとか、僕は本気で信じたことはないよ。うろたえたのは認めるがね。でも、これですっきりしたよ。三つの意味でね」

「三つ？」

ハリディは煙草の煙を深く吸い込んで考えていた。我々の背後では、マスターズとマクドネルが言い争いながら、石室内を歩き回る音が聞こえる。

「一つ目だけどね、いいかいブレーク、今夜のインチキ幽霊は、ダーワースを殺すことで幽霊らしさを台無しにしちまったよ。うろつき回ったり、窓をガタガタいわせている限りは、人は怖がってくれるさ。でも今日はどうかしていたね。ごく当たり前の凶器を手にして、人の体に穴を開けまくったら、誰が幽霊の仕業だと思う？　ただ入ってきて二、三度斬りつけ、それでダーワースが恐怖のあまり死んだっていうんなら、まだ効果的だったけどね。刃物でグサグサ突きまくる幽霊なんて、心霊学としては興味深いかもしれないが、いただけないね。馬鹿げているよ。ネルソン提督の幽霊がセント・ポール大聖堂の地下納骨堂からのこのこ出てきて、手にした望遠鏡で観光客の頭をポカリとやった、というようなもんだよ……それだって、怖いといえば怖いけどな。あの通りの残酷な殺しだから、いずれ誰かが死刑になるだろうが、幽霊らしさはまったく見当たらない……」

「なるほど。で、二つ目は？」

ハリディは、石室の屋根を見上げるように首を傾《かし》げ、今にも笑い出しそうになったが、仮にも人ひとり亡くなった時であり、自重したようだ。

「簡単なことだよ。僕には何も『取り憑いて』いなかった、ということが自分でもはっきりわかったのさ。事が起きている間、僕は真っ暗な居間で、硬い椅子に尻の痛いのを我慢して腰掛け、ご祈禱の真似事をしていたんだ……いいかい、ご祈禱だぜ！」彼は、自分の言葉に思いがけなく愉快なことを発見したかのように悦に入っていた。「しかも、よりによってダーワースのためにだ。それで我がユーモアのセンスが活潑に動き始めたのさ……

そのおかげで三番目のことがわかったんだ。あそこにいる連中と話してみるといい。特に、マリオンとアン伯母。雰囲気ががらりと変わっているから、君も驚くぜ。今、二人がどんな風に振る舞っていると思う？」

「振る舞う？」

「そうさ」彼は興奮してこちらを向き、煙草を投げ捨て、私を正面から見据えた。「彼らは、今回のダーワースの失敗をどう受け止めていると思う？　ダーワースは殉教者か？　彼らは悲しみに打ちひしがれているのか？　答えはノーだよ——みんなほっとしているんだ。いいかい、ほっとしているんだよ！　テッドを除くみんながね。テッドだけは、ダーワースが亡霊に殺されたといつまでも信じているだろうけどね……あとの連中は、催眠術からようやく醒めた感じだろうな。ブレーク、この事件全体を貫く、狂ったさかしまの心理学をどう説明すればいい？何が——」

そう言いかけた時、マスターズが石室のドアから顔をぬっと出し、意味ありげにシーッと言って我々の話を遮った。彼は困り果てたような顔をしていた。

「やることが山ほどあるんです。検死、鑑識の写真、報告とね。今はまだ調査の段階ですが。母屋に戻ってほかの方々の相手をしてくださいませんか？　ただし、お喋りするだけで、取り調べのような真似は遠慮願います。彼らには好きなだけ喋らせておいて結構ですから。私が行くまで引き留めておいてください。ダーワースが死んだということ以外は言わないように。私が後で説明に困るようなことには一切触れないでください。いいですか？」

「いったいどういう状況なんです？」ハリディは穏やかに尋ねた。

マスターズがキッと振り向いた。今の言葉が癇に障ったのだ。

「もちろん殺人ですよ」彼は重々しく答えたが、かすかに疑念を匂わせる抑揚が混じっていた。

「裁判をご覧になったことがありますか？　ああ、なるほど。でも、私にとっては笑い事じゃ済まないんです……」

ハリディは、突如意を決したようにドアまで歩いていくと、マスターズに面と向かった。学生時代からのお馴染みの仕種で背を丸め、やや鈍重な茶色の瞳で相手を見据えた。

「警部」彼はそこで言い淀んだ——用意した演説を読み上げるかのように。だがその後は一気呵成にまくし立てた。「警部、捜査を始める前にお互い理解し合った方がいいと思うんだ。殺人だってことは諒解しました。はなからそう考えていましたし。そうなると、これから悪評を受けたり、不愉快な目に遭ったり、さんざん嫌な思いをしなけりゃならないんです。ええ、検視審問の時だって、大勢の間抜けを目にすることになるでしょうね……ですから、せめていくらかでも我々を大目に見てもらえませんか。僕だって目が見えないわけじゃない。これが、あそこにいる誰かがダーワースを滅多突きにしたことを暗に意味していることくらいわかります。でもあなたは、それを鵜呑みにするほど馬鹿じゃない、そうでしょう？　あなたは弟子の仕業じゃないと知っています。じゃあ、いったい誰がダーワースを殺したいと思っていたのか？　もちろん、一人しかいません」ハリディの指がゆっくり動いて自分の胸に触れ、目が大きく開いた。

「ああ、なるほど」マスターズは生彩を欠いた声で言った。「そういうことですか。でも私には義務というものがありますので、ハリディさん。申し訳ないが誰ひとり容赦するわけにはいきませんな。もっとも——自分が殺しましたとあなたが白状するなら話は別ですが。そのおつもりで？」

「とんでもない。僕はただ……」

「では」マスターズは、お気の毒ですが、と言うように首を振った。「――私はこれで。仕事に戻りませんと」

ハリディの顎の筋肉が動いた。彼は微笑んでいた。腕を掴むと私を母屋の方へ連れていった。

「警部が僕たちのうちの誰かに目をつけているのは間違いない。僕が気にするかって？　とんでもない！」彼は天に笑いかけるように顔をのけぞらせた。その身は、無言の、ぞっとするような陽気さで細かく震えていた。「なぜ気にしていないか教えるよ。僕たちが暗闇に坐っていたことは話したね。マスターズはまず殺人をジョゼフのせいにしようとするだろうけど、それが不可能だとわかったら、僕たちの誰かに狙いをつける。彼は、僕たちが暗闇にいた二十分ちょっとの間に、誰かが立ち上がって部屋を脱け出したと言うだろう……」

「そうした者がいるのか？」

「わからない」彼は冷淡に言った。「誰かが立ち上がったのは確かだ。椅子が軋んだからね。ドアが開いて閉じる音も聞こえた。でも、断言できるのはそれだけだ」

どうやら彼は、ダーワースの死にまつわる不可能（それが不適切なら、難解な、と言ってもいい）状況をまだわかっていないらしい。しかし、彼の暗示した構図に含まれているのは、単に超自然的なものよりもっと悪辣な要素だ。

「それで？」私は尋ねた。「そいつのどこが笑うようなことなんだ。上っ面だけ見ても、筋の通る話じゃないぞ。気がふれてでもいない限り、人の大勢いる部屋でそんな危険は冒さないだろう。それが高笑いするほど可笑《おか》しいというのは——」
「ところが、可笑しいのさ」星明かりで見る彼の顔は幽霊のように青白かったが、そこには奇妙な陽気さが窺えた。しかし、急にうなだれ、一転深刻な表情に変わった。「なぜかというと、僕とマリオンは暗闇に坐って手を握り合っていたからさ。まったく、検視法廷でそんなことを話したら笑い物だよ。クラパム・コモンの連中が総出で押しかけクスクス笑う声が聞こえるようだ……でも、話さなくちゃいけないだろうな。アリバイといえばそれだけだから。ほかの連中には、自分に殺人の嫌疑がかかるかもしれないという頭はないらしい。僕はその可能性を真っ先に考えたけどね。でも、それもどうでもいい話だ。僕の愛する女性が、輝ける無実の光を額に帯びている限りは……警察は、フェザートン少佐だろうがアン伯母だろうが好きに捕まえるがいいさ」

その時行く手に呼びかける声がして、ハリディは駆け出した。母屋の廊下には、私が手紙を読んでいた古い台所からの蠟燭の灯りが漏れていた。裏口のあたり、長いコートを着た背の高い女性の姿が、その灯りの中にシルエットになって浮かび上がる。彼女はよろけるように石段を駆け下り、ハリディの腕の中に飛び込んだ。

むせぶような息遣いが聞こえた。「彼は死んだのよ、ディーン。死んだのよ！　悲しんでいいはずなのに、ちっとも悲しくないの」

体の震えが声にも現れていた。揺れる蠟燭の灯りが、陰鬱な戸口の様子と古色蒼然とした屋敷を背景に、彼女の黄色い髪をまばゆく際立たせていた。ハリディは何か言おうとしたが、実際は彼女の肩を揺するくらいしかできず、やっとの思いで嗄《しわが》れ声を絞り出した。「駄目じゃないか、こんなぬかるみに出ちゃ！　靴が――」

「大丈夫よ。長靴を履いてるから。見つけたの。あら、私ったら、何を言おうとしていたのかしら。あなた、お願い。中に入って、あの人たちに話してあげて……」彼女は顔を上げ、私に気づくと、こちらをじっと見た。この事件の場面場面はみな、薄明かりの中に浮かび上がる断片として現れるように私には思えた。陰になった顔、開いた口から覗くギラリと光る歯、仄《ほの》めかされただけの仕種、そして今、マリオン・ラティマーがやはりそうだった。彼女はハリディから身を離した。

「あなたは警察の方ですね？　ブレークさん」彼女は静かに尋ねた。「そうじゃなくても、関係がおありだとか。ディーンから聞きました。どうか一緒にいらしてください。先程まで一緒にいたあの怖い人よりは、あなたにおいで願いたいわ……」

我々は石段を上がった。マリオンはサイズの大きな重い長靴を履いているので足取りが頼りなく、時々倒れそうになる。台所のドアの前で、私は二人に止まるよう合図した。台所にジョゼフが坐っているのに気づいたのだ。

彼は、私が手紙を読んでいた時のように、荷箱に腰掛けていた。長テーブルに頬杖をつき、目を半ば閉じて浅い呼吸をしている。四本の蠟燭の火が、その顔、痩せて汚れた手、細い首筋を、薄暗がりの中にくっきり浮かび上がらせていた。

大人になりきっていない顔だ。造作が小さく、平べったい鼻から大きく締まりのない口許にかけて、くすんだ色の皮膚にそばかすが浮いている。淡い色合いの赤毛は短く切られ、額にぺたりと張り付いていた。歳は十九か二十なのだろうが、見たところはせいぜい十三だ。坐っている長テーブルには私が読んでいた手記があったが、それを読んでいるわけではなかった。その向こうに汚れたトランプが扇状に開いて置いてある。ジョゼフは蠟燭の火をぼんやり見ながら、体をゆらりゆらり揺すっていた。締まりのない口が動き、よだれが垂れたが、何を言うでもない。服が強烈な赤のチェック柄なので、いっそう気味悪く見える。

「ジョゼフ」私はそっと声をかけた。「ジョゼフ」

片方の手がパタンとテーブルに落ちた。上半身がゆっくりと回り、こちらを見上げる……決して遅鈍な顔ではなく、かつては利発だったらしい片鱗の覗く顔だった。今は、両目が薄膜を張ったように曇り、瞳孔は見えないほどに収縮し、虹彩が黄色みを帯びている。焦点が私に合った途端、ジョゼフは身をすくめ、大きな口に辛うじて微笑みとわかる奇妙な表情を浮かべた。数時間前、懐中電灯の光で見た時も、物言わず、鈍重そうで、何事にも関心を失ったような態度だった。しかし、こんなひどい様子ではなかった。

私は繰り返し呼びかけながら、ゆっくりと近づいた。「大丈夫だよ、ジョゼフ。心配いらないよ。私は医者なんだ、ジョゼフ」

「僕に触らないで!」大声ではなかったが、身の退《ひ》き方の激しさは、本気でテーブルの下に潜り込もうとしていると思わせるに十分だった。「僕に触らないで、お願い……」

ジョゼフの目は催眠術の恰好のターゲットだと判断した私は、それを見つめたまま、手首に指を回して摑んだ。ジョゼフは小刻みに震え続け、何度も身を退こうとした。脈から判断して、モルヒネを与えたのが誰であれ、その人物はやりすぎていた。しかし、差し当たって命に別状がなさそうなのは、モルヒネを常用しているからだろう。

「そうそう、君は病気だったね、ジョゼフ。しょっちゅう病気になるだろう？　だから、薬を射つんだったね……」

「どうか、やめて」ジョゼフはさらにひるんで身を屈め、愛想笑いを浮かべた。「お願いです。もうよくなりました。ありがとうございます。離してください」急に舌の回転がよくなって、小学生が先生にうっかり秘密を漏らしてしまった時のような調子で喋り出した。「わかってます。ちゃんと答えればいいんですよね。悪気はなかったんです！　あの人に今日は薬を射っちゃいけないと言われてたんだけど、つい……どこに薬箱があるか知っていたんで。箱を出して……今さっき射ったばかりなんです。ほんのちょっと前なんです……」

「薬は腕に射ったのかい？」

「ええ、そうです！」いったん白状したからには、洗いざらい見せて罪を軽くしてもらおうとする子供のように、ジョゼフはポケットにせっかちに手を突っ込んだ。「見てください。これです――」

「ダーワースさんがこの薬をくれるのかい？」

「そうです。降霊会がある時は、薬を射ってから憑依状態に入るんです。薬のおかげで、心霊の力が寄りやすくなるんです。僕にはよくわからないんだけど。だって、本当は何も見えてないから……」そう言うと、ジョゼフは急に笑い出した。「こんなこと喋っちゃ駄目じゃないか、僕。喋っちゃいけないって言われたのに。あなた、誰ですか？　僕はこの薬が大好きだから、今夜は倍射てばいいんじゃないかって思ったんです。倍射てば、倍気持ちいいだろうし。そうでしょう？」濁った目が、襲いかかるように私に向けられた。答えを聞きたくてたまらないかのように。

振り向いてハリディとマリオンがこれを見てどう思っているか知りたい思いに駆られたが、私はここでジョゼフの視線を逃すのは得策ではないと考えた。いつもより多い薬のせいで混乱し、饒舌になっているからだ。ジョゼフの失策のおかげで、真相が見えてこないとも限らない。

「もちろん、そうだよ」（ジョゼフは嬉しそうな顔をした）「君は悪くないよ。ところで、君の名前は何ていうんだい？　フルネームでってことだよ」

「知らないの？　じゃあ、お医者様だっていうのは嘘だな――！」彼はわずかに身を退いたが、思い直したらしい。「いい？　ジョゼフ・デニスだよ」

「どこに住んでるんだい？」

「わかった！　新しい医者だ。そうなんだ。僕の住所はブリクストン、ラフバラ・ロード四〇一Bだよ」

「ご両親はいるかい、ジョゼフ？」

「スウィーニー夫人ならいるけど――両親？　いないと思うな。いつもひもじかったことしか覚えていないなあ。僕が結婚することになっていた黄色い髪の女の子がうちにいたっけ。あの子どうなったかなあ。スウィーニー夫人ならいるけど。僕もあの子も八つだったから、もちろん結婚なんてできなかったけど」

「ダーワースさんとはどうやって知り合ったの？」

この質問にはすぐには答えが返ってこなかった。ジョゼフの話を整理すると、スウィーニー夫人はジョゼフの後見人で、以前ダーワースと知り合いだった。ジョゼフに霊力があるとダーワースに言ったのも彼女だった。ある日、彼女は「毛皮の襟のコートを着て、ぴかぴか光る帽子をかぶって、ボンネットにコウノトリの付いた大きな車に乗って」外出先からダーワースと一緒に帰ってきた。二人はジョゼフのことを話し合っていて、どちらかが「この子なら強請《ゆすり》なんかしないだろう」と言ったらしい。三年前のことだと言う。

ジョゼフが、ラフバラ・ロード四〇一Bの客間の様子を説明した時――ドアにビーズのすだれが掛かり、テーブルには金の留め金の付いた聖書があったことをわざわざ付け加えた――私はまた、振り返って二人の反応を知りたくなった。ダーワースがいかがわしい人物であることをはっきり示すこの証言を、信者連中がどう受け止めるかは判断しがたい。ただ、ジョゼフに同じことをもう一度言わせるのは難しいだろう。ジョゼフの饒舌にもそろそろ限界が来ていた。あと数分で、ジョゼフは再び、むっつりし、怯え、ひょっとすると凶暴にさえなっているかもしれない。私は、優しい言葉をかけて先を続けさせようとした。

「ジョゼフ、もちろん君はダーワースさんの言うことなんか気にしなくていいんだよ。医者の私が、君には薬が必要だったと言ってあげるよ――」

「ああ！」

「――それから、薬を射たなければ、君はあの人に言いつけられたことができなかったんだって言ってあげるよ……さあ、いいかい。あの人は君に何をしなさいと言ったんだい？」

ジョゼフは汚い親指の爪を噛み始めた。そして、ダーワースの声色を真似るつもりか、もったいぶった低い声で言った。「『聞き耳を立てているんだぞ』そう言ったんです、本当です」ジョゼフは、何度も頷き、勝ち誇ったような顔をした。

「聞き耳を立てる？」

「あの人たちに。あそこにいる人たちにです。一緒にいてはいけない、立ち聞きできない坐り方になっても、じっと聞き耳を立てていろ、と言われました。本当です。あの人も確信はないそうですが、誰かがあの人を殺そうとして、こっそり出てくるかもしれないからって……」ジョゼフの目はいっそうとろんとしてきた。ダーワースは、「こっそり出てくる」様子を、胸が悪くなるほど詳しくジョゼフに話していたのだ。また、ダーワースが催眠術を医学的に用いて教唆する方法を知っていたのも明白だった。「こっそり出てくる……それが誰なのか、僕が見張ることになっていました」

「うん、それで、ジョゼフ？」

「あの人は、これまで僕にどれだけ目をかけてきたか、僕のためにどれだけのお金をスウィーニー夫人に払ったかわかるだろうと言いました。だから、もし誰かがこっそり出てきたら、僕が正体を突き止めなきゃ駄目だって……でも僕は薬を射って、無性にトランプがしたくなっちやったんです。遊び方はよく知らないけど、トランプが好きなんです。しばらくやってると、絵札がみんな生きているように見えてくるんです。特に二枚の赤のクィーンが。あれを灯りにかざしてくるくる回すと、それまで見えなかった色が見えてきて……」

「ダーワースさんは、誰かがこっそり出てくると思っていたんだね？」

「ダーワースさんは――」弱い頭が、何かを思い出そうとしていた。ジョゼフはもうこちらに背を向けていて、カードを集め懸命に選り分けると、痩せ細った手でダイヤのクィーンを抜き出した。再びこちらに向き直ったが、その視線は私を通り越していた。

「すみません、もう話したくありません」泣き出しそうな声になっていた。立ち上がってじりじり後退し、「ぶたれたっていいです、昔よくされたみたいに。でも、もう話しません」

ジョゼフは、トランプを大事そうに抱えたまま、ぐいと身を退いて荷箱から離れ、暗がりに逃げ込んだ。

私は急いで振り返った。マリオン・ラティマーとハリディが身を寄せ合って立っていた。マリオンはハリディの腕に縋《すが》りついていたが、二人とも、身をよじり壁際に逃げていくジョゼフの血の気のない顔をまじまじと見ていた。ハリディの目は半ば閉じられ、口許に覗く表情は憐《れん》憫《びん》とも軽侮ともつかない。ハリディはマリオンをさらに抱き寄せた。彼女は震えている様子だった。ほっとしたことで硬い芯が抜けた感じだ。彼女の目も部屋の暗さに慣れてきたようで、ブロンドのきついウェーブが時間が経って緩んできたのと同じように、硬い美しさにも柔らかみが増してきていた。その後ろに、いつの間にか見物人が一人増えていた。

その人物は戸口に立っていた。

「なるほどねえ！」ベニング夫人の声には棘《とげ》があった。

上唇はめくれ、ウェーブのかかった白髪と首に巻いた黒いビロードの小綺麗さとは対照的に、顔は一面黒ずんだ皺の迷路だった。黒い目を私に据え、似合わないことおびただしいが、傘を杖代わりにして身を屈めている。と、やにわに傘を振り上げ、背後の廊下の壁をバンバン叩いた。「さ、居間へお行き」金切り声が命じた。「そして、私たちのうちの誰がロジャー・ダーワースを殺したか調べなさい……ああ、ジェームズ！　ジェームズ！」そう言うと、ベニング夫人はいきなり泣き崩れた。

8　五人の容疑者

居間で、私は五人と顔を合わせた。

しばらくの間、私の好奇心はベニング夫人に向けられていた。落ち着き払い自信に溢れた押し出しは今や見る影もなく、顔から蠟細工の花のような冷静さは砕け散って、あたかも転んだまま起き上がることもままならないといった様子だった。それには、精神的原因だけでなく肉体的原因も与《あずか》っていた。もともと足が悪いのか、あるいは私が診立てたように両脚に軽い麻痺があるせいか、ベニング夫人は炉辺に坐って赤いケープに顎を埋めていたが、少なくともそうしている間は小柄ながらも威厳を保っていて、肖像画を描かせているヴァトーの侯爵夫人という役柄にぴたりとはまっていた。しかし、立ち上がって覚束ない足取りで歩く姿を見てしまえば、そこにいるのは、最愛の甥を亡くし、老いさらばえ、底意地の悪い、途方に暮れた老婦人でしかなかった。それが私の印象だったが、彼女にはなお、ほかの連中よりも捉えどころのない秘められた何かが感じられた。

荒れ果てた部屋の六本の蠟燭の灯影《ほかげ》の下、とうに火が消えてくすぶっている暖炉のそばで、彼女は前と同じ椅子に坐っていた。ハンカチを使おうともせず、まぶたがたるみ化粧崩れの目立つ目許を手で押さえ、大きく胸を上下させて息をし、ひと言も発しない。フェザートン少佐はそばに立って、火が出そうな目で私を睨んでいた。暖炉の反対側にはテッド・ラティマーがいて、手に火かき棒を握っている。

彼らと呆気なく顔を合わせたことで、私は居心地の悪さを味わっていた。なぜなら、彼らの背後には、この部屋で一番顕著に感じ取れるものが姿を覗かせていたからである――それは恐怖だった。

「おい、君」フェザートン少佐の胴間声が轟いた。前置きなしに本題に取りかかろうかという意気込みだったが、なぜかそこでやめてしまった。

蠟燭の灯りに照らされた少佐の姿は、なかなか堂々たるものだった。ややふんぞり返った印象があるのは、太鼓腹が隠れるように仕立てられたオーバーに、体を押し込んでいるからだ。てかてかの禿頭《とくとう》は、ポートワインの色に染まった締まりのない顔、大きな鼻、喋るたびに襟からはみ出る顎の肉とは随分不釣り合いで、一方に傾《かし》いでいた。これから演説を始めるかのように、片方の手を背中に回し、もう一方の手で白い口ひげを撫で、手入れの必要なごま塩の眉の下から、淡い碧眼がこちらを観察していた。一つ咳払いをする。いかにも物言いたげで、歩み寄りの期待できそうな表情が満面に現れており、今にも「えへん！」と言い出しそうだ。それがなかなか言い出せないのは明らかに当惑しているからで、同時に、本来神経質で正直で極めてイギリス人気質の強い性格が災いしていた。私はそのうち、「ええい、誰か何か言わんか！」と怒鳴り出すのではないかと踏んでいた。

ベニング夫人がグスンと一つ漏らすと、少佐はそっと肩に手を置いた。

「君、ダーワースが、その——亡くなったそうじゃな」彼は、怒りを装って言った。「けしからん、不埒にもほどがある。どうしてそんなことになったのじゃ？」

「刺し殺されたんです」私は答えた。「あの石室の中で」

「凶器は？」テッド・ラティマーが間髪を容《い》れず尋ねた。「ルイス・プレージの短剣ですか？」

テッドは素早く椅子を引き出すと、椅子の背を前にしてまたがった。努めて冷静に振る舞っていたが、ネクタイはよじれ、丹念にブラシをかけた硬い黄色がかった髪の先には、泥のような汚れがついていた。

私は頷いた。

「ええい、何とか言わんか！」少佐が嗄《しわが》れ声で言った。彼はベニング夫人の肩から手を振り上げたが、そっと置き直した。「いいかな。我々はみなこのことでは不愉快な気持ちでおる。ディーンが友人だと紹介したマスターズとかいう男は、警官だというじゃないか——」

テッドはハリディを睨みつけたが、ハリディはどこ吹く風と受け流し、煙草に火を点けていた。姉の視線とぶつかると、テッドは蝿を追うように顔の前に手をやった。

「——まったく」少佐は続けた。「けしからん。君らしくもないな、ディーン。卑怯な反則じゃ。あれは——」

「僕だったら先見の明と呼びますがね」ハリディが遮った。「僕がしたことは正しかったと思いませんか？」

フェザートン少佐は口をぱくぱくさせた。「いいか！　わしはこんなごまかしにはついていいけん。わしは正直な人間だし、自分がどんな立場にいるのかくらいは知っておきたい。ご婦人方の前じゃが、それが嘘偽りのないところじゃ。あんなやり方を認めたことはないし、いいか、これからも認めんぞ！」少佐は激昂して爆発寸前だったが、ベニング夫人に目をやるといささかやりすぎたと悔いたらしく、今度は矛先を私に向けてきた。「さて、ようやく君の番じゃ。君とは話が合うのじゃないかな。ベニング夫人は君の姉御とも昵懇《じっこん》らしい」（その口調には責めるような響きがあった）「ディーンの話では、君は三課とも関係があるそうじゃな。もちろん、陸軍情報部のじゃ。わしは君のところの部長を知っとるぞ。マイクロフトと呼ばれておる御仁じゃ。よく知っておる。まさか君は、わしらを面倒事に巻き込むようなことはせんな？」

このような連中に正直に話をさせる方法は一つしかなかった。私が事情を打ち明けると、少佐は咳払いをして言った。

「よろしい、よろしい。まあ、そう悪くはない、ということじゃが。つまり、こういうことじゃな？　君は警官ではない。わしらを馬鹿げた質問で悩ませることはない。そうじゃな？　それに、あの警官が失礼な口を利くようなら、助け船を出してくれる……」

私は頷いた。マリオン・ラティマーは、何かを思い出したのか、深い青色の目に奇妙な表情を宿して私を見ていたが、やがて透き通った声で尋ねた。「あなたは、この事件の鍵が、ダーワースさんの――何とおっしゃったかしら――お付き合い仲間にあるとお考えなんですね。私どもではなく、例えば過去の……」

「くだらない！」テッドは毒突き、窓ガラスを割って逃げていく悪童のような甲高い笑い声を上げた。

「その通りです。でも、先へ進む前に、みなさんにどうしても答えていただきたい質問があります。正直にお答え願いたいんです……」

「遠慮なく訊きたまえ」少佐が言った。

私は一同を見回した。「あなた方のうちで、今でもダーワースが超自然的な力で殺されたと信じていると、心の底から言える人がいますか？」

『その嘘ほんと？』という遊びがあった。若者の間で流行《はや》った遊びで、質問を続けて他愛もない秘密を引き出すのだが、大人でも好奇心の強い者は、仲間内でこれをやるように仕向け、その過程を注意深く観察する。目の動きや手の動き、言葉の選び方、嘘をついて狡賢《ずる》く真実を隠す様子、あるいは身も蓋もなく述べられる本音、そういったものを観察することで、相手の性格がよくわかるのだ……今、私が質問した後で思い浮かんだのは、何人かの若者が『その嘘ほんと？』をしていて誰かがあまり穏やかでない質問を発した、そんな状況だった。

みんなが一斉に顔を見合わせた。ベニング夫人も、身を強張らせていた。派手に宝石で飾った手でなおも目を覆っていたが、彼女でさえ指の間から覗いていないとは言えなかった。夫人は震え出し、呻くような、すすり泣くような声を発すると、表地よりもいっそう派手な赤い裏地のケープに身を沈めた。

「ノーだ！」フェザートン少佐が突然大声を上げた。

それが緊張を破った。ハリディは小声で促した。「お見事！　さあ、君も言ってしまえよ、マリオン。お化け退散、すっかり話したまえ」

「私——私はよくわからないの」マリオンは自信のなさそうな曖昧な笑いを暖炉に向けた。それから顔を上げ、「本当はわからないわ。でも、違うと言うのが正しいとも思わないの。いい、ブレークさん、あなたは私たちを嫌な立場に追い込んだのよ。ここで『ノー』と言えば、私たちはおめでたい馬鹿に見えてしまうんですから——待って！　別の言い方をしてみます。私は、自分が超自然的なものを信じているかどうかわかりません。どちらかというと信じている気はしますが。それに、この屋敷には何かあるとも思っています——」彼女の目が素早くあたりを見回した。「私は——私はずっと本当の自分を失っていましたし、この家には恐ろしくて異常なものがあるのかもしれません。でもあなたが、ダーワースさんはぺてん師だと思うか、とお尋ねになるんでしたら、答えは『イエス』です。ジョゼフが話したことを聞いた今では、とても……」

「これはしたり、ミス・ラティマー」フェザートン少佐が顎をさすりながら唸った。「では、なぜあんな——」

「おわかりでしょう？」マリオンは身を震わせた。

マリオンは静かに答え、笑みを浮かべた。「それが私の本心です。私はあの方が嫌いでした。憎んでいたと思います。話し方、物腰、はっきり説明できませんが、多くの人がお医者様の術中に呆気なく落ちると聞いたことがあります。あの人は、人に毒を処方する名医みたいなものでした——」彼女の目はハリディにさっと向けられ、またさっと元に戻った。「話すのもおぞましいのですが、それは、自分のよく知っている人——愛する人の体を、蛆虫が這う幻覚を見させるような効果があるんです。その毒には物語に出てくる呪文のような魔力があります。あの人は死んで、私たちはみな自由になりました。これこそ私が望んでいたことです」

彼女の頬は上気し、早口だったため支離滅裂に聞こえもした。すると突然テッドが、いななくような笑い声を上げた。

「姉さん、僕だったらそんな言い方はしないな。それじゃ、殺人の動機をわざわざ教えてやっているようなものだよ」

「おいおい」ハリディはくわえた煙草を取って言った。「一発食らいたいのか？」

テッドはハリディが本気かどうか観察していた。テッドはいっぱしの若き知識人を気取り、念のため少し身を退《ひ》いて、小馬鹿にした態度でまばらな口ひげを撫で始めた。目に猛々しい狂信の光さえなければ、その様子は滑稽なだけだっただろう。

「そのことだけど、ここにいる人はみんな動機がありますよ。もちろん、僕は除かれますがね。あいにくでしたね、僕なら警察が告発を渋る理由はないのに……」お馴染みの、お高くとまったチェルシー口調である。どうやらハリディがわずかに顔をしかめたのを目にしたらしく、表情を硬くして、その後は早口になった。「どうせ警察は誰も逮捕できないんだから。ええ、はっきり言いますが、僕はダーワースを信じていたし、今でも信じています！　みなさんは、誰かが『お巡りだ！』と叫んだ途端に、こそこそと逃げる算段を始めたみたいですね。ふん、警察なんて！　僕はこうなったことがちょっと嬉しいんです。これは世界中に真理の実証という光を投げかけるでしょう。そして、真の科学的進歩を阻止しようとする薄ら馬鹿どもに――」

そこでテッドは喉をゴクリと鳴らした。「ええ、構いませんよ！　イカレてると言われても平気です。でも、事件のおかげで世間に真理が実証されるでしょう。それは人ひとりの生命に値しませんか？――科学の進歩に比べれば人間ひとりの命なんて――」

「なるほど。人間の命に興味があるのは、当人が死んでからってことらしいな。それ以外は前にも聞いた胸の悪くなるような出鱈目ばかりだ」ハリディはテッドを睨みつけた。「君の狙いはいったい何なんだ？」

テッドは首を突き出し、椅子の背を指でゆっくり叩き始めた。頭を左右に振り、顔の表情は歪み、おそらく本人も意図していない冷笑に変わっていた。

「もちろん、今夜の事件ですよ。僕たちだってまんざら馬鹿じゃないからね。あなたたちがドアを破る音も聞いたし、話だって結構聞こえていました。何を考えているかだって……スコットランド・ヤードがダーワースの殺害状況をきちんと説明できるまでは、僕には僕なりの考えがありますから」

そう言うと、テッドは何気なく暖炉の方を見て、目を細めた。ベニング夫人がしゃんと身を起こしていたので、我々はみな驚いた。

涙は乾いていたが、夫人の顔からは生気が失われ、黒いレースのドレスやあらゆる入念な装飾は、自らの残酷なパロディと化していた。どんな衝動に駆られたのか――その時にはまだわからなかったが――フェザートン少佐は屈み込んで、夫人の肩にケープを掛けた。ケープの赤い裏地が見えなくなると、夫人は部屋の薄暗がりの一部に馴染んでしまった。椅子の腕木に肘をつく時に、ブレスレットだけがキラリと光った。両の拳を合わせてたるんだ顎を乗せ、火の消えた暖炉にあかあかと燃える炎があるかのように見入っていた。夫人はもの憂げに背を丸めて言った。

「ありがとう、ウィリアム。いつもご親切に――ええ、もうだいぶいいわ」

フェザートン少佐はぶっきらぼうに言った。「君の気分を害するようなことがあったのなら、わしは黙っては――」

「いいえ、やめて、ウィリアム」少佐の大きな肩が上がると、それにつれて夫人の手も上がった。これを喜劇と呼ぶか、悲劇と呼べばいいのか、判断がつきかねた。「ブレークさんに訊いてちょうだい。ディーンかマリオンでもいいわ」夫人は目を上げることなく続けた。「ご存じのはずよ」

「ベニング夫人、それはつまり」私は尋ねた。「ジョゼフが私たちに話したことですか?」

「まあ、そうね」

「では、改めてお訊きします。あなたはダーワースがいかさま師ではないかと疑ったことはありませんか?」

その時、家の外で声がした。呼びかける声、返事、やかましい足音が近づいてくる。表の方でくぐもった声。「てめえの三脚は持ったか? 現場はどこだよ?……」誰かがそれに答え、陽気な話し声が続き、足音は屋敷の横を回って遠ざかった。ベニング夫人は再び話し出した。

「疑ったかですって？　ダーワースさんがいかさま師だと決まったわけじゃないでしょう？　もしそうだとしても、一つだけ確信していることがあるわ……霊はいかさまじゃありません。本物です。あの人は霊をもてあそんだから、殺されたのです」

沈黙があった。夫人は場の雰囲気を察して言った。

「私はもうおばあちゃんよ、ブレークさん」夫人は急に視線を上げた。「楽しいこともほとんどありません。私はあなたに、私の生活に入ってきてくださいと頼んだ覚えはありません。それなのに、あなたときたら――大きな靴で、ずかずかと。ジョゼフのような子供をいじめたりして。私に残された小さな庭は踏み荒らし放題。後生ですから、もう何もなさらないで！」

夫人は両手を固く組むと、ぷいと横を向いてしまった。

「随分なお言葉ですね、ベニング夫人」私は言った。「亡くなった甥御さんが悪霊に取り憑かれて暴れていると考えれば、あなたは慰められるのですか？　本気でそうお考えですか？」

問いには答えず夫人はハリディを見た。

「ディーン、お前は本当に幸せだよ。若くて、お金はあるし、綺麗なお嬢さんもいる……」ベニング夫人の猫撫で声には悪意がこもり、ひと言発するたびに手首を返すため、金貸しシャイロックの戯画が喋っているような醜い印象を与えた。「体は丈夫でお友達も多い、夜はベッドで心安らかに眠れる。寒くて凍えている、かわいそうなジェームズとは大違いだよ。ちっとは心配してやっても罰《ばち》は当たらないだろう？　そこにいるお人形さんみたいな、柔らかい唇の美しいお嬢さんだってそうですよ。ジェームズのことを思って胸を痛めることのどこがいけないんです？　キスしてばかりいるより、よっぽど後生のためだよ。私がお祓《はら》いを勧めたのだって何の不思議もないだろう？……私が案じているのはお前じゃないんだよ、ディーン。お祓いをしようとしたのはお前のためじゃない。ジェームズのため。悪霊がこの家から出ていくまで、ジェームズは寒いところで我慢しなくちゃならないの——でも、もしかしたら、ジェームズ自身が悪霊なのかもしれないわね——」

「アン、何を言うんじゃ！」フェザートン少佐が口を挟む。「滅多なことを言うものじゃない……」

ベニング夫人は、今度はもっと明瞭に、淡々とした口調で続けた。「ロジャー・ダーワースが私を騙していた。結構なことじゃないの。もっと早くわかればよかったわ」

ハリディは疑わしそうに伯母を見て「あなたがお祓いを勧めた——」と言いかけたので、私は彼を制して言葉を継いだ。

「あなたは騙されていたんですね、ベニング夫人？」

彼女は我に返ったらしく、答えるのにためらいがあった。「あの人がいかさま師なら、私は騙されていたことになるわ。そうでなかったとしても、あの人はこの家の悪霊を祓えなかった。どちらにしても、悪霊に殺されたことに変わりはないわ。失敗したのよ。だからあの人は私を騙したことになるわね」ベニング夫人は椅子にもたれ、当意即妙の答えを披露してやったとでも言うように、小刻みに体を揺すって笑い出した。やがて涙を拭くと、「そうそう、忘れちゃいけないわ。ほかにお訊きになりたいことはございまして、ブレークさん？」

「ええ、みなさんにお尋ねしたいことがあります……一週間前の今夜、フェザートン少佐のお宅で非公式の会合があったそうですね。その席でダーワースは自動筆記をやることになった、それは本当ですか？」

夫人は振り返って、フェザートン少佐のコートを突っついた。

「ほら、私の言った通りでしょう？」夫人は意地悪く勝ち誇ったように言った。「ねえ、ウィリアム、言った通りでしょう？……私はわかってたの。あのお巡りさんがここに来て私たちに失礼なことを言った時、若い男の人を連れていたでしょう？　ジョゼフの相手をしたあの人も警官よ。私たちに顔を見せまいとしていたけど、誰だかすぐわかったわ。警察が送り込んだスパイよ。そうとは知らずに、私たちは友人として迎えたのよ」

テッド・ラティマーは跳び上がった。「そんな！　そんな馬鹿な！　バート・マクドネルが――そう、確かに――暗がりでも彼だとわかった。丸太騒動の後で声をかけたんだけど無視されて……でも、そんなのありえない！　バートがお巡りのはずがない。馬鹿げている。どうかしてる……ねえ、出鱈目ですよね？」

私は脇道に逸れたくなかったので、マスターズに訊いてくださいとだけ言ってはぐらかした。ハリディもマリオンが何か言いたそうにしているのを制していた。私はフェザートン少佐に視線を釘付けにしたまま、あの晩のことをかいつまんで述べた。少佐はそわそわし始めていた。

「ダーワースは、紙切れに書いてあった文句に震え上がったと聞いていますが……」私は一同を見回した。

「ああ、その通りじゃ」フェザートン少佐の口から咄嗟に同意の言葉が漏れた。彼は手袋をはめた拳で掌を叩いた。「恐怖。あからさまな恐怖。あれほど人が怖じ気づいたのを見たことがない」

テッドはぼんやりと口走った。「そう。あれはバートだったんだ……」

「その紙切れに何が書いてあるか見た人がいらしたら――」

沈黙が長く続いたので、内心どうも筋の悪い手を打ったなと思った。ベニング夫人は関心がなさそうで、何やら呟くテッドに、嘲笑うような冷たい視線を向けていた。

「愚にもつかんたわごとじゃったな」やがて少佐が沈黙を破り、咳払いして先を続けた。「役に立つかどうかわからんが、最初の一行だけは覚えておる。そんな風に睨まんでくれ、アン。いいか、わしは常々お前さんの馬鹿げた振る舞いを苦々しい思いで見ておったよ。ついでだから言わせてもらうがな……買え買えと責め立てられて買ったあの絵もそうじゃ……ふむ、今思いついた、明日まとめて火にくべてやる……何の話じゃったかな？　おお、そう、出だしの文句じゃったな。はっきり覚えておるよ。『エルシー・フェンウィックがどこに埋められているか知っているぞ』」

再び沈黙が下りた。その間、少佐は少し下がって、喉をぜいぜい言わせ口ひげを捻《ひね》りながら、挑みかかるようにふんぞり返っていた。しばらくは少佐の息遣いしか聞こえなかった。私は少佐が言った文句を二度口にして、一同の反応を窺った。五人の中に稀代の名優がいるか、さもなければ、その文句は誰にも意味を持たないかだ。ひどく長く感じられた三分間に発せられたのは、たった二つの言葉だけ。一つ目はテッド・ラティマーで、見当外れのことが持ち出されたので腹を立てたように「誰だ、エルシー・フェンウィックって?」と言った。二つ目は、少ししてからハリディが慎重に言った「聞いたことがない」だ。みんなは立ち尽くしたまま、少佐に視線を集めていた。少佐のポートワイン色の頰はさらに色濃くまだらになり、苦しげな息遣いはいっそうひどくなった。自分の誠実さにけちをつけられたといった塩梅《あんばい》である。

私は目の前の五人の中にロジャー・ダーワースの殺害犯がいるという考えに確信を深めつつあった。

「おい」少佐が出し抜けに沈黙を破った。「誰か何か言わんか!」

「あなた、そのことをひと言もおっしゃらなかったわね、ウィリアム」ベニング夫人が言った。フェザートン少佐は、煮え切らない態度のまま、いらいらしていた。「女性の名前じゃぞ」自分でもそのことに確信があるのかわからない様子である。「そうじゃろ? 女性の名前だったんだからな」

テッドは目を疑うばかりの田舎芝居を見てしまったとでもいうように、ひどく愉快そうに一同を見る。ハリディは「昔の人はこれだから……」というようなことをぶつぶつ唱えていた。マリオンは「あら!」と小さく叫ぶと、顔を輝かせて興味ありげな表情を浮かべた。ベニング夫人だけが気難しげに少佐を見つめ、ケープを首回りにかき寄せていた。

その時、廊下をやってくる重い足音が聞こえ、一同は振り返った。マスターズが大股で部屋に入ってくると、室内の緊張は再び冷たい敵意に逆戻りした。

マスターズも、敵意の返礼で応じる。髪と服装が乱れ、これほど沈痛で剣呑な表情を浮かべたマスターズは見たことがなかった。オーバーは泥だらけで、頭の後ろにちょこんと載った山高帽も同じだった。彼は戸口に立って、ゆっくりと一同を眺め回した。

「どうしたんです?」テッド・ラティマーが尋ねた。その甲高い声は、状況が状況だけに、挑戦的というより、子供が生意気な口を利いているようにしか聞こえなかった。「もう家に帰ってもいいですか? 僕たちをいつまで引き止めるつもりなんです?」

マスターズは意に介さず眺め続けたが、不意に笑顔を浮かべると、頷きながら口を開いた。

「さて、みなさん」泥だらけの手袋を注意深く脱ぎ、オーバーの内ポケットから懐中時計を取り出した。「現在、午前三時二十五分です。夜が明けるまではここにいていただくことになると思います。供述が終わった方から、お引き取りください。宣誓までは必要ありませんが、どうか正直にお願いします……

供述は、お一人ずつです。あちらに部屋を用意していますので、名前を呼ばれたらお入りください。その間、この部屋には巡査を配して、みなさんに危険がないように見張らせます。みなさんは重要な証人ですので、そのおつもりで」

警部の笑顔から柔和さが消えた。「ブレークさん、ちょっとこちらへ。お話があります」

9　石の密室

マスターズは、私を先程の台所に案内した。ジョゼフの姿はなかった。作業テーブルはドアの方に向きを変えられていた。その上には蠟燭が一列になって燃え、椅子が一脚、数フィート離れたところに引き出され証人の着席を待っている。お膳立ては、中世の異端審問の法廷を彷彿させた。

台所のすぐ裏に当たる裏庭はがやがやとうるさく、懐中電灯の目を射るような光が飛び交っていた。石室の屋根に人が登っていた。フラッシュが焚かれるたびにぱっと上がる白煙が強烈な光に瞬時照らされ、その光に浮かび上がる石室も、塀も、捻《ねじ》れた立ち木も、ギュスターヴ・ドレの絵のような怪奇幻想の趣を呈した。すぐそばで、あたりを憚るようなくぐもった声がした。「おい、撮れたよな？」別の声が小さく「ああ！」と答える。そしてマッチを擦《す》る音。

マスターズは、警察関係者が忙しく動き回る戸外を指さすと、話を始めた。

「弱りました。少なくとも今の段階では、お手上げだと認めるしかないですな。こんなことが起こるはずないんですが、現に起こってしまったんだから参りました。我々には証拠があります。あの石室には誰も入れなかったし、出ることもできなかったという歴然たる証拠があるんです。でもダーワースは死んでいる。これは甚《はなは》だよろしくないですな……ところで、そちらは何か収穫がありましたか？」

私は自分が摑んだことをかいつまんで説明した。話がジョゼフのことに及ぶと、マスターズは私の話を遮った。

「ほう、彼に会われましたか。それはよかった。私も会いました」マスターズは相変わらず苦笑していた。「巡査を一人つけて、タクシーで帰しました。もう危険はないと思いますが、でも――」

「危険？」

「そう。最初のところは辻褄が合うんです。きっちりとね。ダーワースは幽霊のことでこの屋敷を恐れていたわけじゃないんです。彼は幽霊なんぞ気にしていませんでした。恐れていたのは、何者かが物理的な危害を加えることです。そうでなきゃ、ドアに差し錠を掛けたり、鉄の横木をはめ込んだりするもんですか。いくら何でも、鉄の棒で幽霊を防ぐわけにゃいかんでしょう？　奴は心霊研究サークルのメンバーが自分を狙っていると考えたが、それが誰かまではわからなかった。それで彼はあの連中からジョゼフを引き離し、こっそり見張らせ、正体を突き止めさせようとしたわけです。あの中に該当者がいることはわかっていました。自動筆記の時に怪しいメッセージを交ぜることができたのは、居合わせた連中に限られますからな。何か、あるいは何者かをダーワースは恐れ、今夜という機会を利用して、尻尾を摑もうとしていたんです。あの石室にいれば安全だと考えたんでしょうな……」

私は説明を再開し、フェザートン少佐の証言について述べた。

「エルシー・フェンウィックがどこに埋められているか知っているぞ、か」マスターズは私が教えた文句を繰り返した。広い肩が引き締まり、目が半ば閉じられる。「その名前には覚えがある。聞いた覚えがあるぞ。ダーワース関係なのも間違いない。でも、はっきりしたことは思い出せませんな。何しろ奴の調書を読んだのはだいぶ前ですから。きっとバートなら知っているでしょう。エルシー・フェンウィック！　これはいい手がかりですな、間違いないです」

マスターズは親指の関節を嚙みながら、しばらく独りごちていたが、やがて私に向き直った。

「それでは、我々の置かれている窮地についてご披露申しましょうか。たとえ我々がこれぞと思う人物に目星をつけたところで、どうやって犯行がなされたかを示せなければ何の意味もないことはおわかりいただけますな？　起訴すらできません。いいですか、よく聞いてください。第一があの石室です。壁は硬い石で、ひび割れも鼠穴もない。部下に天井を一インチ刻みで調べさせましたが、作られた当時と変わらず、がっしりとして裂け目もありません。床も同様に調べましたが――」

「さすが仕事が早いね」私は言った。

「まったくね！」マスターズは、わずかに残っていた自尊心すら傷つけられたように苦り切っている。「朝の三時に警察医を叩き起こすような真似は、いくら警察だって普通はやらんのですがね。さて、床も壁も天井も徹底的に調べました。蝶番で動く仕掛けや隠し扉、抜け穴といった類はまったくありません。考えるだけ無駄です。その旨の調査報告書が部下の署名入りで出ることになります。

次は窓ですが、これも駄目でした。鉄格子は石壁にしっかりはまっていて、問題外。格子の目が細かくて、あの短剣の刃も通らんのです。やってみましたがね。煙突は狭くて、燃えさかる炎の上に飛び降りる覚悟があっても、体が通りません。おまけに、炉のすぐ上に頑丈な金網があるときている。これも駄目。さて、次はドアですが……」そこで言葉を切ると、マスターズは裏庭に目を凝らし、大声で吼えた。「そこの奴、屋根から降りろ！　誰だ、屋根に上がってるのは？　朝まで待てと言っただろうが。どうせ何も見えんぞ――」

「デイリー・エクスプレス紙です、警部」暗がりから声が聞こえた。「巡査部長に構わないと言われたんで――」

マスターズは勢いよく裏口の石段を駆け下りて、姿を消した。石室あたりでどぎつい言葉が大声で交わされたのち、息を切らしながら戻ってきた。

「大した問題にはならんでしょう」マスターズもさすがに不機嫌になっていた。「今わかっている限りはね。さてどこまで話しましたかな。そう、ドアでしたな――あなたもご存じでしょう。差し錠が掛かっていた上に、鉄の横木まで渡してあった。差し錠は小細工できる代物じゃない。中にいたって固くてなかなか外せない……

最後に、とても信じられないようなことが一つ。確認するには明るくなるまで待たなきゃならんのですが、わかっている範囲で話しましょう。私とあなたがつけた足跡以外に――その後で来た連中は我々の足跡をなぞって歩きましたから、列は一つで乱れもないのですが――石室から二十フィート以内に足跡は一つもありません。あなたと私が歩いた時、我々の進む方向に足跡はまったくありませんでしたね？」

それは動かしがたい真実だ。私は、一面に膠《にかわ》が張ったような泥の海を思い出した。我々が進む方向に足跡は一つもなかった。だが、私は言い返した。

「ねえ、マスターズ……宵のうちに何人もが裏庭を歩き回り、雨の中を石室に出入りしたのに、どうして足跡が残らなかったんだろう？　僕たちが石室へ向かった時に足跡がなくなっていたのはなぜだろう？」

マスターズは手帳を取り出し、鼻をつまんで顔をしかめた。「それは土壌に関係があるんです。地層堆積物やら、物理的性質やら、私にはさっぱりわからんのですが、ここに書き留めてあります。マクドネルとブレイン医師が話していました。あの石室は台地状の土地に建っています。雨がやむと、あそこから細かい砂粒の沈泥を洗い流してしまいます——その結果、コテで漆喰を塗ったようになるそうです。バートが言っていました。お気づきだと思いますが、あの庭、嫌な臭いがしたでしょう。雨がやんだ後で、洗い流すような音も聞こえたかもしれません。バートの考えでは、下水溝の水が地下の汚水溜に流れ込んでいるらしいです……雨はダーワースが殺される四十五分前にはやんでいたので、あのあたりは泥がゼリー状になっていたんですな」

彼はかつての流しへ向かうと、やれやれとばかり顔をこすり、次いで作業テーブルの向こうの荷箱にゆっくり腰を下ろした。荒涼とした部屋に似つかわしい、泥まみれの異様な風体の異端審問官だった。

「しかし謎の方は――鉄壁ですなあ。崩せません。不可能です。ああ、何の話をしていましたかな?」警部は呟いた。「私も歳ですな。眠くなってきました。石室に近づいた足跡が一つもない! ドアも窓も床も天井も壁も、石の箱みたいにがっちり閉まっている。でも、必ず抜け道があるはずです。私には信じられ――」

マスターズは言葉を切ると、作業テーブルに置いてあった書類――ジョージ・プレージの手記、不動産譲渡証書、新聞の切り抜き――に視線を落とした。さして興味もなさそうにぱらぱらめくり、ファイルに入れた。

「私は信じませんな」彼はファイルを無造作に振って、言葉を続けた。「これもね」

「超自然的な匂いがするものは一切容赦しないんだね、マスターズ。警察がずかずか乗り込んできたら、かわいそうにルイス・プレージも……」私はベニング夫人が身をよじり、私を睨みつけて言った言葉を思い出していた。「何でもない、こっちのことさ。ところで、何か手がかりはあったのかい?」

「今、鑑識の指紋係が調べています。警察医からざっと報告はありましたが、完全な検死報告書は明日まで待たねばならんでしょう。警察の輸送車は到着していて、ベイリーが石室内の写真を撮り終えたら遺体を運び出す手筈になっています……ああ!」マスターズは短く叫ぶと、両手を握りしめた。「早く夜が明けてほしいですな。ここだけの話、こんなに夜明けが待ち遠しかったことはありません。どこかに手がかりがあるはずなんです――どこかに――明るいところで見ることさえできたらいいんですが。このことでも下手を打ちました。副本部長は難癖をつけるでしょうな。足跡をつけちゃいけなかった、板でも渡して歩くべきだった、とか何とか。できますかって！　いきなり現場に放り込まれたら、正しい手順でとか、あらゆることを考慮して、なんてことは吹っ飛んじまいます。手がかりですか？　あなた自身ご覧になったこと以外はありませんな――ダーワースのハンカチは別にして。奴のイニシャルが入って、体の下敷きになっていました」

「紙と万年筆が床に落ちていたね。何か書いてあった？」

「そう都合よくはいきませんな。あいにく何も書いてありませんでした。真っ白です」

「それで――これからは？」

「これからですか」マスターズは快活さを取り戻した。「『心霊お茶会』[*9]のメンバーから話を聞きます。バートが外を引き受けているので邪魔は入らんでしょう……さて、この覚え書きをもとに事件を整理しましょうか。えーと、バートとハリディさんと私が、ここでこの――イカモノ手記を読んでいるあなたを残して、表へ移動したのが、大体十二時半ですな。玄関ホールに着くと、ミス・ラティマーがハリディさんの身を案じて、バートを外に残して私とハリディさんは部屋に入りました。私は、ここぞとばかり連中と話をしようとしたのですが――」彼は渋い顔になった。

「不発に終わった？」

「まあ、そんなとこです。あの婆さんがしれっとした顔で、これ、屋敷を探してみんなが坐る椅子を持って参れ、と命令するわけですな。言われた通りにしましたよ。まったく思い出しても……でも、屋敷を見て回るいい機会でした。あちこち壊れた家具だらけでした。ところが椅子を探して持っていくと、鼻っ面でドアをピシャリです。こちらにはジョゼフがいたので、バートと二人で向かいのガラクタに囲まれた部屋へ連れていき、蠟燭を点けてジョゼフと話をしました……」

「その時はもうモルヒネをやっていた？」

「いや、でも彼は射ちたくて仕方なかったんですな。しばらくは何も言わずに坐っていたんですが、急にひきつるような動きをしたんです。こちらが質問しても、何も認めようとしません。今思い出したんですが、その時にモルヒネを射ったんでしょうな。部屋が暑いとか言って、窓のあたりの暗がりへ飛んでいき、窓に打ち付けてある板を剝がす振りをしていたんですが、実際は剝がしていませんでした。私が追いかけて捕まえると、奴《やっこ》さん、急いで何かを内ポケットに隠したんです……いや、私は手荒なことは何もせんですよ」マスターズは、胡乱《うろん》な様子で付け加えた。「まあ、穏やかにぎゅっと摑んだくらいのことです。まあ、とにかく、私は考えたんです。こいつが麻薬なら、次に捕まえるのは薬が効いてからにしよう、とね。それで私は奴をバートに預けて見回りに出ました。バートは」マスターズは手厳しく言った。「優しすぎて警官には向かんのですが。私は屋敷内を徹底的に見回ることにしました。それが一時十分くらい前、あるいはもう少し後だったかもしれません。とにかく、そんなに時間はかかっていませんでした。

廊下に出ると、五人のいる居間は静まり返っていました。灯りを落としたのだと思いました……玄関のドアはちょっと開いていました。我々がこの屋敷に入ったあの大きなドアです」

マスターズが仰々しい表情でこちらを見るので、私は言った。

「そんな馬鹿な！　そんなことをする奴がいるかい？　廊下の向こうに警官がいるんだよ……それに、玄関の大きなドアは僕たちが来た時だって開いていた。きっと風か何かで……」

「ああ！」マスターズは唸った。胸を軽く叩き、「私もそう思ったんです。私は部屋にいる連中には注意を払っていなかったんです。ダーワースに目を光らせて、奴の企みを骨抜きにすることで頭がいっぱいでしたからな……それで、私は玄関のドアをしっかり閉めて、二階を調べに行ったんです。二階の裏窓からは石室がよく見えるだろうと見当をつけていたんですが、当てが外れました。仕方なく、階下に戻ると、玄関のドアがまた少し開いていたんです。懐中電灯しか持っていませんでしたが、すぐわかりました」

マスターズは拳を作業テーブルに打ちつけた。「いいですか、そこに一人で立っていて……私は心底びっくりしました。もしあの時、誰かがダーワースを狙っているとわかっていたら、あんなことには……ともかく私は玄関から外に出ました……」

「あのあたりもぬかるんでいたね。足跡は？」

「足跡は一つもありませんでした」マスターズは静かに答えた。

二人で顔を見合わせた。警察が捜査を続け、フラッシュが威勢よく焚かれ、新聞記者は争ってネタを掴もうとしている一方で、この屋敷には、私が手記で読んだものよりもいっそう不気味で恐ろしいものが跋扈《ばっこ》していたのだ。

「私は母屋の横手から裏へ回りました」警部は話を続けた。「そこで見たものについては先程お話ししましたな。石室内に人影が見え、ダーワースが呻くような、切々と訴えるような声を上げました。そして――鐘の音がしたんです」

彼はそこで言葉を切り、ひと息にあおった酒で喉を詰まらせた人が、ようやく飲み下した時のように大きなため息をついた。「さて、ずっとあなたにお訊きしたかったことがあるんです。あなたがここで手紙を読んでいた時、ドアの前を通る足音を聞いたとおっしゃいましたな。その足音はどちらに向かいました？　裏庭の方へ行きましたか、それとも裏庭から戻ってきましたか？」

私は「わからない」としか答えようがなかった。

マスターズは喘ぐように言った。「なぜそれが大事かというと、それが家に――つまり母屋に、ということですが――戻ってくる足音だとしたら、ダーワースを『訪ねた』後ですが……いいですか、私は母屋の横を通って裏庭に出ました。そう、私のいたところからは、この台所から漏れる蠟燭の灯りのおかげで、裏口が見えていました。裏庭も、自分に近いところは見えました……そうなると、いったいどんな妖怪でしょうな。玄関のドアから出て、ぬかるんだ庭を足跡を残さずに石室まで歩き、石室のダーワースを殺し、裏口のドアから戻り、蠟燭の灯りの中を通りながら姿を見られない、そんなことができるのは？」

しばらく沈黙が続いた。その間にマスターズは軽く頷くと、戸口まで行って、五人の容疑者が口裏を合わせないように居間に配しておいた巡査に声をかけた。ベニング夫人をこの「会議室」へ呼ぶようにと指示するのがぼんやり聞こえた。私は、やはりぼんやりと、フェザートン少佐の言葉で思い出した傑物、陸軍情報部の我が部長殿なら、この謎をどう扱うだろうか、と考えていた。『いったいどんな妖怪でしょうな……そんなことができるのは？』顔を上げると、マスターズが大股で戻ってくるのが見えた。

「あの婆さんが」彼は頼りなげに言った。「あなたがおっしゃったように、また取り乱しでもしたら――」

ためらいはしたが、彼はゆっくりと腰のポケットに手を入れ、冷静で用意周到な彼が降霊会で気の弱い信者たちのために携帯している砲金製の小瓶を取り出した。それを片手でいじりながら、彼は妙に虚ろな表情をしていた。引きずるような足音が会議室に近づき、巡査が大声で「足許にお気をつけて」と注意を促すのが聞こえた。

「その時は、あなたが飲んだらいいよ、マスターズ」と私は言った。

10　証言

我々が聴取した証言を漏らさず記録できたのは、マスターズの完全主義に負うところが大きい。マスターズは簡単なメモ書きには信を置かない男である。彼の分厚い手帳には、尋問のやりとりが残らず速記で記してある。もちろん、明らかに無関係なものを除いてだが。これを通常の文字に直し、整理しタイプしたものに証人が署名して供述書となるのである。彼の許可を得て私がもらった写しには、尋問の際には記載されなかった質問が書き足してあった。

したがって、以下に示すものは、厖大な会話からの抜萃にすぎない。わざと不完全にしてあるが、謎解きが好きな人には興味深いだろうし、非常に重要な意義を持つ証言もあるので、あえてここに掲げておく。

最初の証言には、「レディ・アン・ベニング、未亡人：大英帝国四等勲士、故アレグザンダー・ベニング卿夫人」と見出しがついている。しかしこれでは、時計の針がやがて四時を指す頃、寒々とした部屋で、ヴァトー画中の侯爵夫人の紛《まが》い物が蠟燭の火を挟んでマスターズと対峙し、背後の暗がりには無表情な巡査の輪郭がぼんやりと浮かび、外ではダーワースの遺体が真っ黒な警察の輸送車に積み込まれていた、あの時の雰囲気はまったく伝わらない。

夫人はさらに敵意を募らせていた。あてがわれた椅子に、赤いケープの裏地をきらめかせ、宝石をちりばめた両手を膝の上で固く握り、背筋をしゃんと伸ばして坐っていた。乙に澄ました底意地の悪さが漂い、マスターズに泣きどころはないか、弱みを衝《つ》くのに恰好の場所はないかとでもいうようにきょろきょろしていた。腫れぼったい目は半ば閉じられ、まぶたには幾筋も深い皺が見えたが、それでもなお微笑みを浮かべていた。型通りの挨拶の間は衝突は回避できた。もっとも、フェザートン少佐は付き添いを主張して譲らず、半ば力ずくで部屋を追い出されていた。私は今でも、彼女がまぶたをそっと上げ、膝に置いた手を軽く持ち上げる仕種や、りんと響く、細く冷たい金属的な声をありありと思い出すことができる。

問　ベニング夫人、ダーワースさんとはいつ頃からのお知り合いですか？

答　はっきりとは申せません。そんなことが重要ですか？　八か月、あるいは一年ぐらい前だと思います。

問　どのようないきさつでお知り合いになりましたか？

答　それが大事なことならお話ししますが、シオドア・ラティマーさんを通じてです。あの方からダーワースさんが神秘学に興味をお持ちだと伺い、その後、ラティマーさんが私の家にダーワースさんをお連れになりました。

問　なるほど。当時あなたがそのようなことを、いわば「受容しやすい状態」にあったと聞き及んでいますが、間違いありませんか？

答　まあ！　そんな失礼な質問に答えるつもりはございません。

問　それなら結構です。ダーワースさんについて何かご存じですか?
答　紳士であるとか、育ちがよいとかでしたら存じております。
問　あの人の過去について何かご存じでは、とお尋ねしたのですが。
答　存じ上げません。
問　彼は、このようなことを言いませんでしたか? 自分は霊媒ではないが、霊力は強い。あなたは近親に死別し大きな悲しみを抱えていて、神秘的な感応があなたとの接触を求めている。自分はあなたを救うことができる霊媒の後ろ盾になっている。このようなことですが、いかがですか、ベニング夫人?
答　(しばらく逡巡したのちに)はい。でも、最初からではありません。しばらく経ってからです。あの方はジェームズにたいそう同情してくださいました。
問　そして、その霊媒と会う手筈が調えられたのですな?
答　はい。
問　場所はどこでした?
答　チャールズ・ストリートのダーワースさんのご自宅です。
問　その種の会合は何度もありましたか?
答　はい、何度も。(このへんから証人はそわそわし始めた)
問　ベニング夫人、あなたはどこでジェームズ・ハリディの霊と——その、「交感」をなさいましたか?

答　お願いですから、これ以上苛《いじ》めるのはやめてください！

問　申し訳ありません。でも、職務上必要ですのでご理解ください。ダーワースさんは立ち会いましたか？

答　滅多に立ち会いませんでした。心が乱されると言っていました。

問　ということは、彼は部屋にはいなかったのですな。

答　はい。

問　その霊媒について何かご存じですか？

答　いいえ。（ややためらった後）その、知的発達に遅れがあること以外は。ダーワースさんがロンドン知的障害者福祉協会のお医者様に相談すると、お医者様は彼のことを褒め、高く評価したそうです。ジェームズが生前その協会に毎年五十ポンド寄付していたのを、ダーワースさんは、ほんの小さな思いやりだが素晴らしい行為だと言ってくれました。

問　そうですか。あなたはダーワースさんの身許を詮議なさらなかったのですか？

答　ええ、しませんでした。

問　彼にお金を与えたことは？

（返答なし）

問　それは大金でしたか、ベニング夫人？

答　あなたにも、それが他人様《ひと》の知ったことではないとおわかりでしょう？

問　黒死荘から悪霊を祓《はら》わなくてはいけないと最初に言ったのは誰ですか？

答　（語気強く）甥のジェームズです。

問　私が言いたいのは、証人と呼ぶのにもっと抵抗のない人の中で、誰が最初にその考えを普通の言葉で言ったか、ということです。

答　わざわざ訂正までしてくださってご親切ですこと。それでしたら私です。

問　ダーワースはそれをどう考えていましたか？

答　最初のうちは乗り気ではありませんでした。

問　あなたが説得なさったんですな？

（証人は、独り言のように「そうでなきゃやってくれないでしょうに」と言っただけだった）

問　エルシー・フェンウィックという名前にお心当たりはありませんか？

答　ございません。

この対話は、私の覚えている限り、すべてマスターズの手帳に記されていた。夫人は言葉に詰まった時でさえ、曖昧に逃げたり、話を逸らしたりはしなかった。また、言葉の応酬でも彼女が優位に立っていた。マスターズは、内心かっかしていたようだ。彼が「では今夜のことに話を移しますが――」と言った時、私は、夫人が警戒や緊張の色を浮かべるのではと期待したが、まったく当てが外れた。

問　ベニング夫人、先程この部屋でブレークさんがジョゼフ・デニスと話をした後、あなたは

答　こうおっしゃいましたな。「さ、居間へお行き。そして、私たちのうちの誰がロジャー・ダーワースを殺したか調べなさい」間違いありませんか？

問　はい。

答　それはどういう意味でしょうな？

問　お巡りさん、皮肉とか当てこすりとかいう言葉を聞いたことがないですか？　警察なんてそう考えるくらいの頭しかないでしょうと思っただけですわ。

答　すると、あなたご自身はそうお考えではない？

問　何を「お考え」ですって？

答　はっきり言えば、居間にいた五人の中の誰かがダーワースを殺した、ということです。

問　そうは思いません。

答　では、あの時居間のドアを閉めてあなた方のご祈禱（一語消して別の語に直してある）を始めてから、何があったか教えてください。

問　何もありませんでした。霊的現象としては、ということですが。私たちは円座を組まず、暖炉を囲んで、椅子に坐ったり跪《ひざまず》いたり、思い思いに祈っていました。

答　お互いが見えないほど暗かったのですか？

問　そうでしょうね。暖炉の火は消えていました。私は本当に気づきませんでした。

答　何に気づかなかったのですか？

問　もう、いい加減にしてくださいな。私の関心はほかにあったんですから。あなたはご祈禱がどんなものかご存じ？　本当のご祈禱よ。もし知っていたら、そんなお馬鹿さんな質問はしないはずよ。

問　では、何もお聞きにならなかったのですな？　例えば、椅子が軋んだり、ドアが開いたり、誰かが立ち上がったりする音を。

答　聞きませんでした。

問　確かですか？

（返答なし）

問　ご祈禱が始まってから鐘の音が聞こえるまでの間、誰かの話し声を聞きましたか？

答　私は何も聞きませんでした。

問　そのようなことは何もなかったと誓って言えますか？

答　私は何も誓いません、お巡りさん、まだ今のところはね。

問　わかりました。でもせめてこれだけは教えてください。あなた方はどんな風に坐っておいででしたか？　つまり、あなた方の坐っていた椅子の並び方です。

答　（ここで抗議及び否認の発言）そうですね、暖炉に向かって一番右が私でした。甥のディーンが私の隣、その向こうがミス・ラティマーだったと思います。ほかの方についてはよくわかりません。

問　生きている人でですが、ダーワースに危害を加えようとしていた人物に心当たりはありませんか？

答　ございません。

問　ダーワースはぺてん師だったと思いますか？

答　そうだったのかもしれません。だからといって、この世界の――大きな真実は、毛ほども損なわれはしません。

問　あなたは彼に金を与えたことをまだ否定なさいますか？

答　否定した覚えはありません。（急に苦々しげに）もし否定したとしても、今さらそれを認めるほど私が馬鹿だと思いますか？

マスターズが夫人を解放すると、夫人は勝ち誇ったような表情を見せた。フェザートン少佐が呼ばれ、夫人に腕を貸して居間へ戻っていった。マスターズは何も言わず、表情からも内心を窺い知ることはできなかった。次に、テッド・ラティマーが呼ばれた。

テッドは、まったく異なるタイプの証人だった。人を食った挑戦的な態度でぶらりと入ってくると、マスターズを睨んでうろたえさせようとしたが、少しばかり酒が入っているように見えただけだった。マスターズは手帳を見て考え込んでいる振りをし、テッドが睨むに任せた。沈黙の間に、テッドはわざと大きな音を立てて椅子を引き寄せて坐り、顔をしかめると、埃で汚れた自分の顔を気にし出した。テッドは人を見下したような態度をいつまでも続けようとしたが、証言においてはとかく冗漫に流れるので、省略した部分は、以下に……で示してある。

問　ダーワースさんとはいつ頃からのお知り合いですか？

答　一年前か、そのくらいだね。二人とも現代アートに興味があったのがきっかけかな。警部さん、ボンド・ストリートのキャドロック画廊を知ってます？　そこにレオン・デュフォールが石鹸で作ったちょっと面白い作品を展示していて――

問　失礼、何で作ったと？

答　（証人はニヤニヤし、さらに気安くなった）いいんですよ、警部。石鹸と言ったんです。石鹸彫刻ですよ。ダーワースさんは、岩塩で作った大きな置物を気に入って、何体か買っていました。確かに生き生きとした作品だったけど、デュフォールらしい繊細な線に欠けていたな……

問　いや、ラティマーさん、その方面のお話には興味がないもので。ベニング夫人には、ダーワースさんと知り合ったいきさつやその後あったことを話していただきました。あなたとダーワースさんはかなり親しかったようですな。

答　なかなか面白い人物でした。イギリスでは滅多に見かけない教養人でしたね。ウィーンでアドラー博士――もちろん、ご存じでしょう？――の下《もと》で勉強して、あの方自身も傑出した精神分析医でした。お互い世慣れていますから、話題には事欠きませんでしたね。

問　彼の過去については何かご存じですかな？

答　あまり知りません。（やや言い渋る）前に僕はチェルシーに住む若い女性と大恋愛をしましたが、ある抑圧のせいで、彼女を愛することができなくなっていました。ですが、ダーワースさんのおかげで克服できたんです。彼女が、僕の子供時代の家庭教師に似ていることからくるコンプレックスだろうと説明してもらって……それで僕は精神状態を調整でき、数か月後には彼女との関係を修復できたんです……そういえばあの時ダーワースさんは、自分は妻と死別していて、似たような経験をしたと言っていました……

この挿話にはくだらない枝葉が次々に伸び、テッドは楽しんでいるものの、マスターズはその内容に驚き呆れるばかりだった。しかし、肝心の事実ということでは、それ以上の収穫はなかった。それでも、次第にテッドはマスターズに好感を持ち始め、父親に接するような態度になった。

問　あなたはダーワースさんをお姉さんに紹介しましたね？
答　ええ。すぐにね。
問　お姉さんはダーワースさんに好感を持たれましたか？
答　（ややためらって）ええ、そのようでした。かなりね。でもね、警部。マリオンは随分変わっていて、何というか、未発達なんです。姉が自分で気づいていない感情をダーワースさんに分析したり説明したりしてもらうのがいいと思ったんです。
問　なるほど。あなたは彼をハリディさんに紹介しましたか？
答　ディーンに？　紹介したのは、マリオンです。いや、ベニング夫人だったかな。どっちか忘れました。
問　ハリディさんとダーワースさんはうまくやっていましたか？
答　いいえ。ディーンはいい奴なんですけど、いささか戦前派で（マスターズの記録では次の言葉が妙な綴りになっているが、多分『ブルジョア』だと思われる）なんですよ。
問　何かトラブルはありましたか？
答　あれがトラブルと言えるかどうかわからないけど、ある晩ディーンがダーワースさんに、縁起かつぎに貴様の面《つら》を張り倒してシャンデリアからぶら下げてやろうか、と言ったことがありました。でも、ダーワースさんに喧嘩を売るのは難しいんですよ。柳に風だから。正直、時にはちくしょうと思うことだって——
ここでテッドは先を続けるのをためらい、ぼそぼそと独り言を言っていたが、マスターズに続きを促された。
答　僕に言えるのは、是非とも二人がやり合うのを見たかった、ということぐらいです。ディーンは、ミドル級のアマチュアボクサーとしては、僕が見た中で一番動きが速いんですよ。彼がトム・ラトガーをノックアウトするのを見たんですが……
テッドが急に率直な態度で話を始めたので、マスターズの胸中では彼に対する評価が上がったらしかった。尋問は手早く進んだ――ダーワースは知り合うとすぐ神秘学の話を出した。ジョゼフの最初の降霊会で、黒死荘で迷っている幽霊とジェームズ・ハリディの霊の苦悶の話が出た。これが部屋の外にいたダーワースに伝えられると、彼は興味を持ち、戸惑いもした。彼は、マリオン・ラティマーとベニング夫人――とりわけマリオン――と長い対話を重ねた。ハリディが所蔵するブレージの手紙を借り、ベニング夫人の執拗な要求に応じて、実験が行なわれることになった。しかし、この話題に時間をかけすぎたのはマスターズの失敗だろう。時間が経つうちに、テッドは元の狂信的状態に戻っていったのだから。尋問が進むにつれ、次第に輪郭をはっきりと表し、膨れ上がり、やがて怪物じみた形を取ったのは、微笑みを湛えるダーワースの姿だった。その幻影は死んだ後も我々を嘲笑っていた。我々はその不可解な力を感じ取り、闘ったが、ついに打ち破ることはできなかった。彼が行使した力は、二人の人物――自分勝手な恨みと夢に取り憑かれた意固地な老婆と、椅子にふんぞり返ってマスターズを睨んでいる情緒不安定の青年――を捉えて離さなかった。

テッドの苦悶は、質問が浴びせられるたびに激しくなり、ついに理性の箍《たが》が完全に外れてしまった。彼は汚れた顔をこすり、椅子の腕木を叩き、大声で笑い出したかと思うと次の瞬間には泣き出しそうになった。ダーワース自身が本当の幽霊となり、夜明け前の寒さが染み入るこの時間に、脇に立ってこの若者を半狂乱に駆り立てているようだった。マスターズも、ここを先途《せんど》とばかりに大声を張り上げた。

問　よろしい！　それでもダーワースが人間の手にかかって殺されたことを信じないのなら、ダーワースがこの屋敷にいる何者かに危害を加えられることを恐れていたというジョゼフ・デニスの言葉を、君はどう考える？

答　そんなの嘘っぱちだ。あんなヤク中の言うことをあなたは真に受けるのか？

問　それじゃ君は、ジョゼフが麻薬をやっていることを知っていたんだな？

答　そうじゃないかと思っただけさ。

問　それでもジョゼフは本物の霊媒だと思っていたのかね？

答　関係ないだろう？　麻薬は彼の霊力を損なったりしなかった。あなたは何もわかっていない！　画家や作曲家は、麻薬や酒をやったって、その天才を失ったりしないんだ。まったく、あなたは何も見えていない。実際はむしろ逆なんだ。

問　落ち着きなさい。みんなで真っ暗な居間にいた時に、誰かが立ち上がって部屋から出ていったということを、君は否定するかね？

答　もちろん！

問　そのような人物はいなかったと誓えるかな？

答　もちろん！

問　あの時椅子が軋み、ドアが開くか閉まるかした音が聞こえたと言ったらどうかね？

答　（わずかにためらって）誰が言ったにしろ、それは嘘だ。

問　よく考えて。それは確かかな？

答　もちろん。そりゃ椅子に坐っている時、体を動かしたかもしれないけど。軋む音なんて。そもそも、それがどうしたんです？　暗い部屋で坐っていれば、そっちこっちそんな音だらけでしょうが。

問　どれくらい間隔を空けて坐っていた？

答　よくわからないけど、二、三フィートくらいかな。

問　とにかく何かの物音は聞いたんだね？　だったら、ほかの人の注意を惹かずに、立ち上がり、石の床を歩いて部屋から出た人がいても不思議じゃないだろう？

答　そんな人はいなかったと言ったでしょう？

問　君はご祈禱をしていたんだね？

答　冗談じゃない！　これに限ったことじゃないけど、お笑い種《ぐさ》だ。ご祈禱だなんて！　もちろんそんなことしていませんでした。僕が信心深いメソジストにでも見えますか？　僕はこの屋敷に縛られている霊を鎮めようとしている者に力を貸すために、交感を図ろうとしたんです。全力で精神を集中していたんです。おかげで頭が破裂しそうでしたよ。それを、ご祈禱だなんて！

問　君たちはどんな順に坐っていたかね？

答　はっきりとは覚えていません。ディーンが蠟燭を吹き消した時、みんなまだ立っていました。それから銘々、自分の坐っていた椅子を手探りで見つけて坐りました。僕は暖炉に向かって左端でしたが、ほかの人はわかりません。僕たち――慌てていたんで。

問　でも、鐘が鳴ってみんな立ち上がった時には、誰がどの位置にいたか気づいたはずだね？
答　いいえ。あの時は暗闇でみんなうろうろしちゃったんです。フェザートン少佐が蠟燭を点け、何か喚いてました。次に覚えているのは、みんながドアに殺到したことですが、誰がどこにいたかなんてわかりませんよ。

マスターズはそこでテッドを放免し帰宅の許可を出したが、テッドは、疲労困憊して今にもくずおれそうなのに、残ると言って聞かなかった。

警部は頭を抱えていた。「ますますわからなくなってきた。有頂天になったりヒステリックになったり、まともじゃない。はっきりした証言が得られないことには……」彼は口述筆記のせいで痙攣している指を曲げたり伸ばしたりしていたが、やがて億劫そうに巡査に命じて、フェザートン少佐を招じ入れた。

ランカシャー第四歩兵連隊、ウィリアム・フェザートン退役少佐の尋問はごく短いもので、しかも有益な情報が得られたのは尋問が終わりかけた時だった。先刻来の気取った態度は影をひそめ、殷々《いんいん》と轟く口調は明瞭で簡潔な返事に変わっていた。軍法会議に臨んだかのように、背筋をぴんと伸ばして椅子に掛け、垂れ下がった半白の眉の下から覗く目は、マスターズにまっすぐ向けられていた。咳払いをしたり首を傾《かし》げてハンカチで首筋を拭う時を除けば、返答が途切れることはなかった。ベニング夫人を別にして、ただ一人、手が汚れていない人物であると私は気づいた。

――ダーワースのことはよく知らない。この件に関わりを持つようになったのは、ひとえにベニング夫人との交誼によるものである。ダーワースとは会ったことも言葉を交わしたこともほとんどない。彼に明白な憎悪を抱いている人物に心当たりはないが、あの男は広く人に好かれる人物ではないし、いくつかのクラブから除名の憂き目に遭っている。少佐はそう説明した。

問　ところで、今夜のことですが――

答　何でも訊いてくれ、マスターズ警部。わしはあんたの疑いは馬鹿げていると思っておるが、あんたの義務も、自分の義務も心得ておるつもりじゃ。

問　ありがとうございます。まさにおっしゃる通りです。さて、暗闇の中で居間にいたのはどれくらいの時間でしょうか？

答　二十分か二十五分くらいじゃろうな。何度か夜光時計で時間を確認した。いつまで馬鹿げた騒動が続くのじゃろうと思っていたからな。

問　ということは、あなたはご祈禱に集中していたわけではないのですな？

答　そうじゃな。

問　暗闇に目が慣れてから、何か見えませんでしたか？

答　真の闇だったしなあ。わしの目は最近よく利かんのじゃ。大して見えとらんかった。物の輪郭ぐらいじゃな。

問　誰かが立ち上がるのを見ましたか？

答　いや。
問　物音を聞きませんでしたか？
答　それは聞いた。
問　そうですか。その音についてお話しください。
答　（わずかにためらって）難しい注文じゃな。最初のうちは、みなが椅子に坐る音、椅子が軋むのが聞こえたが、それを言ってるんじゃない。わしが気になったのは、後ろに椅子を引くような、床をこするような音じゃ。はっきり聞こえたわけではないがな。その後で誰かの足音が聞こえたような気がする。暗闇での音の判別は難儀じゃな。
問　それはどれくらい経ってからでした？
答　よくわからん。実はその時「おい！」と声をかけようとしたんじゃが、アンに――ベニング夫人じゃが――話したり動いたりしてはいかんと釘を刺されていたんじゃ。誰もが約束させられておる。わしは「誰か煙草を吸いに出るのじゃな」と考えた。困ったことをしおって、と。それから、ドアのあたりで軋む音がして、隙間風が入ってきた。
問　ドアが開いた時のようにですか？
答　（証人は咳き込み、ひと息休んだ）それがじゃな、玄関の大きな扉が開いたようじゃった。さもなきゃ、玄関ホールにあれほどの風は入らんと思う。断言する気にはなれんが。わしは真実のみを述べにゃいかんのだしな。だが、分別ある人間として言わせてもらうが、警部だって、これがどうでもいいことだとは思わんよな？　誰かが出ていったのに、その御仁はそれを認めようとしておらんのだからな……

少佐はここに至って初めて狼狽の色を見せた。誤った印象を与えてしまった、あるいは話すつもりがないことまで話してしまった、といったうろたえぶりだ。話したことを目立たせまいと、少佐は、暗がりには胡乱《うろん》な音が付き物だし、それを勘違いしたのかもしれんと言い足した。マスターズは容赦なく説得にかかったが、すぐにこの件は打ち切りにした。おそらく彼は、検視法廷で少佐がこのことを認めるか当てにならないと踏んだのだと思う。そして、時を移さず、椅子の配置についての尋問へと進んだ。

答　ベニング夫人は初めから坐っていた場所、つまり暖炉の右端にまた坐った。それが、変なのじゃよ。わしが隣に坐ろうとすると、彼女はわしを押しのけ、そこにハリディが坐ってしまった。これは確かじゃ、何しろ彼の膝の上に腰を下ろす寸前だったからな。ははは。蠟燭は吹き消されていたので、手探りで別の椅子を探した。ミス・ラティマーがハリディの隣に、わしはさらにその隣に腰を下ろした。テッド・ラティマーがわしの左隣にいたのは間違いない。彼は、椅子から立たなかったからな。

問　音はどの方向から聞こえましたか？　椅子を引くような音ですが。

答　だから、言ったじゃろう、暗闇で音の出所を摑むのは無理な話でな。ここかもしれん、そうでないかもしれん、というわけじゃ。

問　誰かが後ろを掠めて通った感じはしませんでしたか？
答　せなんだ。
問　椅子と椅子との間はどれくらい空いていましたか？
答　覚えとらんな。

この頃には、蠟燭はほとんど燃え尽きていた。そのうち一本は、消え際の炎を大きく広げて揺れると、少佐が椅子から立ち上がったあおりで、ふっと消えた。

「これで結構です、少佐」マスターズは元気なく言った。「どうぞお引き取りください。ベニング夫人もお連れになるとよろしいでしょう。今後また役儀でお尋ねすることがあるかもしれませんので、どうかそのおつもりでいらしてください……ミス・ラティマーとハリディさんを呼んでいただけますか？　特に重要な事実が判明しない限り、二人を五分とはお引き留めしません。ありがとうございます。助かりました」

フェザートン少佐は戸口で足を止めた。巡査が進み出て少佐に帽子を渡す様子は、さながら市街戦に勝利した凱旋指揮官の図だった。少佐はシルクハットを袖でこすりながら、部屋を眺め渡した。その時初めて私の存在が目に留まったらしい。私はやや離れた窓際の薄暗がりに坐っていた。少佐は、青い静脈の浮いた頰を膨らませ、帽子を伊達者らしくちょこんと頭に載せると、天辺をぽんと叩いて私に呼びかけた。

「やあ、ブレーク君！　そうそう……君の住所を教えてくれんかね？」

奇妙な頼み事なので理由を知りたかったが、顔には出さずにおいた。

「ほう、エドワーディアン・ハウスかね。ご都合がよければ、明日にでもお訪ねしますぞ。では、皆の衆、失敬」

少佐は気取った様子でコートを肩に掛け、颯爽と部屋から足を踏み出したが、マクドネル巡査部長と危うくぶつかりかけた。

11　短剣の柄

マクドネルは疲労困憊の顔つきで、目の下には深い皺が斜めに刻まれていた。片手に鉛筆書きの紙の束を持ち、もう一方の手に提げた大きなランタンを、部屋に入るとすぐ床に置いた。

ふと気づくと、部屋の寒さが身に染みて、眠気のせいでまぶたや関節が固くなっていた。この三十分ほどの間に、裏庭で聞こえていた物音も次第に小さくなり、ついには何も聞こえなくなっていた。話し声と足音はやみ、車のギア音も遠ざかっていた。森閑とした霧深い時刻で、あたりの空気には夜明けの匂いがする。街灯はなおも燃えていたが、町には一日の喧噪の始まる兆しが感じられた。

マクドネルのランタンは、煉瓦の床に馬車の車輪のような光の輻《や》を投げかけていた。その光は私の目の前でかすかに綾模様を描き、その上にはマクドネルの、不恰好で鼻高の風変わりな面体《めんてい》があった。緑がかった目は、握った手を額に当ててうつむいているマスターズに注がれている。帽子は頭の後ろに押しつけられ、髪の毛がひと筋、気味悪く目にかぶさっていた。彼はランタンを軽く蹴って、マスターズの注意を惹こうとした。

「警部、いつまでここにいたらいいんでしょうか？　連中は引き揚げました。ベイリーは明るくなったらすぐ写真を撮りに戻るそうです」

「バート」マスターズは顔も上げずに疲れた声で言った。「お前はダーワースの身辺に詳しかったな？　エルシー・フェンウィックを知っているか？」

マクドネルは跳び上がった。「エルシー――？」

「知らないとは言えまい？　私だって名前だけは知っているんだからな。ダーワース絡みで、いかがわしいことに関係があるのは確かだが、つながりが思い出せん。お前の言った通りだったよ。少佐が知っていた。紙切れの最初の一行は『エルシー・フェンウィックがどこに埋められているか知っているぞ』だったそうだ」

「えっ！」マクドネルは目を丸くした。その後も蠟燭を見つめているばかりなので、マスターズはじれったそうに作業テーブルを叩いた。「あっ、申し訳ありません。何しろ事が重大なので。それは、奴の不正を示す確証になります。エルシー・フェンウィックというのはですね」マクドネルは眉をひそめた。「そもそも我々警察がダーワースに目をつけるきっかけになった女性です。あの事件は十四、五年前で、私が警察に入るずっと前ですが、ダーワースの過去を洗っているうちに、警察のファイルから見つけました。もう誰も覚えていないと思いますが、当時ダーワースが降霊会のようなことをやり始めたと聞いて、八課の連中はきな臭いぞと色めき立ったんです……エルシー・フェンウィックはダーワースの最初の妻です」

「思い出した！」マスターズは突如大声を上げた。「間違いない。そんな事件があった。エルシー・フェンウィックは大金持ちの婆さんだった。それが死んだか何かで――」

「いいえ、違うんです。警察は彼女が死んでいる証拠を挙げようと躍起になりましたが。見つかればダーワースにはかなり不都合だったと思います。彼女は行方不明になったんです」

「事実だけ話してくれ。手短にな！」

マクドネルは手帳を取り出して、ぱらぱらめくった。「えーと、ダーワースの項目……あ、ありました。エルシー・フェンウィックは浮世離れした老婦人で、心霊術に凝っていました。腐るほど金を持っていて、身寄りはなし。足か肩かはわかりませんが、骨の病気がありました。それが六十五歳という微妙な年齢で若いダーワースと結婚したんです。既婚女性財産法[*10]ができる前ですから、結果は推して知るべしです。そこへ戦争が勃発して、ダーワースは兵役を逃れるために国外移住を企て、はにかむ花嫁と新婦付きのメイドを連れてスイスへ行きました。一年ほど過ぎたある晩、取り乱した夫が医者に電話をかけてきました――十マイルも離れた場所から。妻が発作を起こして死にそうだ、以前から胃潰瘍を患っていると詳しく説明したそうです。しかし、ダーワース夫人は頑丈な質《たち》らしく、医者が到着した時にはまだ息がありました。運のいいことに、この医者は人一倍注意深かった上に、取り乱した夫の期待をはるかに上回る腕利きでした。夫人が危機を脱すると、医者はダーワースを呼んで話をしました。ダーワースが『怖いですね、胃潰瘍は』と言うと、医者は『いやいや』とダーワースの目を見つめ、『これは砒素中毒ですよ』と言ったそうです」

マクドネルは皮肉たっぷりに眉を上げて、言葉を切った。

「その後の手口と比べると」マスターズは低い声で言った。「手際が悪いな。それで？」

「面倒なことになりましたが、忌まわしい醜聞になるのを救ったのは夫人仕えのメイドでした。

彼女が、夫人は自分で砒素を飲んだと証言したのです」

「へえ！　メイドがね。綺麗な娘だったのか？」

「わかりませんが、色恋絡みじゃないと思います。ダーワースは金にもならない真似にうつつを抜かすような馬鹿じゃないですから」

「夫人は何と言ったんだ？」

「何も。ダーワースをかばったんです。とにかく、許したんだと思います。それっきり戦争が終わるまで何の噂も聞きませんでした。終戦後、夫婦はイギリスに戻って腰を落ち着けました。ところが、ある晩またダーワースが血相変えて警察に飛び込み、妻が失踪したと訴えたんです。当時夫妻はクロイドンの田舎に住んでいました。ダーワースの話では、夫人は汽車に乗って町へ買い物に行ったっきり帰ってこないということです。彼は、夫人が頻繁に鬱病に苦しみ、気分が落ち込みやすく、記憶喪失の気味もあるという医師の診断書を携えていました——過去の失敗から学んだようです。本庁は額面通りに受け取って、お決まりの失踪人調査をやったんですが、不審に思った者がダーワースの過去を洗って、砒素事件を見つけたというわけです……警部、後ほど完全な報告書をお送りします。ここで話していると長くなりますから。結論だけ申しますと、警察は何も証明できませんでした……」

マスターズは拳をゆっくりとテーブルに下ろし、振り向いて私を見た。

「そのことなら私も覚えている。改めて思い出す必要があるがな。確か一九年に、バートンが担当したはずだ。彼から聞いたことがある。ダーワースは、身に覚えのない罪を着せられた悲憤に燃える人物という役回りを演じ切って、告訴すると息巻いていたそうだ。後で確認してみよう。バート、それで奴はどうしたんだ？　妻の死亡宣告の法的手続きを取ったのか？」

「そうだと思いますが、申請は却下されました。自動的に下りるまで七年間待たなければなりませんでした。でも、どのみち大したことじゃありません。金はもう自分のものでしたから」

「そうだな」マスターズは顎を撫でた。「考えていたんだが――さっき『最初の妻』と言ったな、再婚したのか？」

「ええ、夫婦仲はよくないようですが。夫人はリビエラかどこかに住んでいるそうで……とにかく、ダーワースは彼女を遠ざけています」

「金の問題か？」

「きっとそうだと思います――」マクドネルは言葉を切った。廊下で、明らかに我々の注意を惹くためと思われるが、ことさら引きずるような足音が響き、咳払いまで聞こえた。

ハリデイとマリオンが戸口に立っていた。万人に与えられた直感で、私は二人がマクドネルの話をあらかた聞いたと察した。マリオンの顔は強張り、軽蔑するような表情を浮かべていた。一方、ハリデイは当惑している様子で、連れをチラッと見てから、ゆっくりと部屋に入ってきた。

「警部、本当に徹夜になりましたね。もうすぐ五時ですよ。お巡りさんを買収して、終夜営業の屋台からコーヒーとサンドイッチでも買ってきてもらおうとしたんですが、袖にされました……さて」ハリデイは顔をしかめた。「早いとこ放免してもらえませんか。僕たちはお呼びとあらばいつでも馳せ参じますし、この屋敷は決して楽しいところじゃありませんからね――」

わざとなのか、巧まずしてそうなったのかは別として、マスターズはこの時、警察裁判所的雰囲気を打ち破り、その場にいる誰しもに親近感と安心を与える行動に出た。口に手をやって、見たこともないような大あくびをしてのけたのである。それから二人に向かって微笑み、目をパチパチさせた。

「さあさあ！」マスターズはマリオンに手を振って椅子を勧めた。「誓ってお手間は取らせません。いっぺんにやれば時間の節約になりますのでね。私もこんな有様ですし」彼はかなり打ち解けた態度になっていた。「ただし、お気に障る質問もあるでしょうから、そのおつもりで。お二人とも今の話を耳にされたと思いますので、そこからいきますか――？」

マリオンは黄色の髪に地味な茶色の帽子を目深にかぶり、コートの襟を立て、背中を丸めて腰掛けた。濃い青い目がマスターズを冷ややかに見つめる。ハリディは背後に立ち、横を向いて煙草に火を点けた。

「それで？」マリオンは澄んだ声で言ったが、緊張を完全には隠せなかった。「何でもお訊きください」ハリディは横を向いたままニヤニヤしている。

マスターズは、前の三人が述べたダーワースとの関係を手短に話した。「あなたはダーワースさんとかなり親しかったのですな、ミス・ラティマー？」

「はい」

「彼は自分自身のことを話しませんでしたか？」

　マリオンは視線を泳がせることもなく答えた。「前に一度結婚したが、非常に不幸だったということしか聞いておりません。相手の方は、今――よく存じませんが、どうやらお亡くなりになっているようですね」嘲るような響きがかすかに感じられる。「その話になると、悲しげな目で遠くを見たり、すっかりバイロン気取りでした」

　マスターズという男は、欠点や不手際がないわけではないが、どんな状況でも、たとえ不利な状況でも、素早く自分に有利に展開させる手腕に長けていた。

「彼には存命の奥さんがいることを知っておいでしたか？」

「いいえ。私にはどうでもいいことですから。訊いたこともございません」

「そうですか」マスターズはすぐに話題を変えた。「ダーワースがあなたに、ハリディさんの精神と未来は――黒死荘に強く縛られていると言ったのですな？」

「はい！」

「何度も繰り返して？」

「ええ」言葉が自然に口を衝《つ》いて出たようだった。「ひっきりなしにです！　私は――私がダーワースさんのことをどう思っていたか、さっきブレークさんにお話ししました」

「わかりました。ところで、あなたは頭痛や神経の障害に悩んだことはありませんか？」

　マリオンの目が少し見開かれた。「よく覚えていませんが……そうです、ありました」

「ダーワースは、催眠術暗示を医学的に正しく用いれば治すことができると言いましたね？」

マリオンは頷いた。ハリディは素早く向き直って何か言おうとしたが、マスターズが目で制した。「正直にお答えいただき感謝します、ミス・ラティマー。彼がなぜ自分の霊力を利用しないのか話したことがありますか？　あなた方は彼が偉大な力を持っていると信じたわけですが、誰も彼が『心霊現象研究協会』[*11]のメンバーなのか、その方面の学術団体と関係があるのか、あるいは、同じような志を持つ人たちと交流があるのかさえも、尋ねませんでしたな？……つまり、私が言いたいのは、ダーワースが、灯りを升の下に置くように自分の才能を隠すのはなぜかを話したことがなかったか、ということなんです」

「あの方は、魂を救い、人々に安らぎを与えることに興味があると言っていました……」

彼女はそこで躊躇したので、マスターズは片手を上げる仕種で先を促した。

「自分の力が世間に知れ渡る日が来るかもしれないが、自分はそういうことには興味がないと言っていました……正直に話せとおっしゃるので申しますが、興味があるのは黒死荘に関する私の不安を取り除くことだとあの人は言いました」彼女は抑揚をつけずに早口で告げた。「そういえば、こうも言っていました――それは大きな危険を伴うことだ、だから私の感謝が欲しいと。警部さん、私は正直に話しています。一週間前だったら、こんなことは話せませんでした」

彼女は目を上げた。ハリディの顔は醜く歪み、皮肉な表情が浮かんでいる。言葉が口を衝いて出るのをこらえ、煙草を、パイプの吸い口を歯に当てるようにして嚙んでいた。マスターズはのそりと立ち上がった。部屋からは物音が途絶え、その静寂の中、彼はポケットから時計の鎖を引き出した。鎖の端に、ぴかぴか光る小さな物体が付いていた。彼は笑って言った。「これは新品ですが、ただの掛け金の鍵です、ミス・ラティマー。よくアパートの玄関扉とかに使うものですな。今ふと思いついたのですが、ちょっとした実験をやってみようと思いましてね……」

マスターズは作業テーブルを回り込んで、床に置かれたマクドネルのランタンを取った。彼が近づくとマリオンはたじろぎ、椅子の横を握って、顔を上げ、緊張した視線を相手に据えた。マスターズは彼女の前に立ち、ランタンを彼女の頭上に掲げる——不気味な光景だった。線状の影を伴ったランタンの強い光が、仰向いた彼女の顔に降り注ぎ、脇にはマスターズの巨体が影絵となってそびえていた。彼女の視線を三インチほど上方に辿ったところに、マスターズがぶら下げた鍵が銀色のまばゆい光を放っている。

「いいですか、ミス・ラティマー」マスターズは低い声で優しく言った。「この鍵をじっと見てください……」

マリオンは、椅子をさっと引いて立ち上がろうとした。「いや！　いやです！　やめてください！　それを見ると私は——」

「ははあ！」マスターズはランタンを下ろした。「ご心配なく。どうぞお掛けください。ちょっと確認したかっただけなんです」ハリディが進み出たので、マスターズは作業テーブルの元の位置まで戻り、振り返って苦笑いしながらハリディを見た。「落ち着いてください。あなたには感謝されてもいいくらいです。少なくとも幽霊の一体は調伏したんですからな。これがダーワースが人を信じさせる手なんです。被験者が催眠術にかかりやすいと……」

マスターズは大げさに息を吐きながら腰を下ろした。「ダーワースはあなたの頭痛を治そうとしましたな、ミス・ラティマー?」

「はい」

「ダーワースに言い寄られたことがありますな?」

のんびりと放たれた質問の矢の後に、継ぐ手も見せずに次の矢が射掛けられたので、マリオンはよく呑み込めないうちに「はい」と返事をしてしまった。マスターズは、うんうんと頷いた。

「結婚を申し込まれたことは?」

「いいえ——はっきりとはまだです。この屋敷から悪霊を祓《はら》った暁にはそうするつもりだと言っていました……正気とは思えない、馬鹿げたことです。それに——」彼女は大きく息を呑んだ。目には興奮し面白がっている表情があった。「考えてみると、モンテ・クリスト伯とマンフレッド[*12]を一緒にしたような人でした。陰鬱で、孤高を気取って。安っぽい映画みたいで。ちょうど——警部さんは、あの人のことをご存じなかったでしょう? そこが問題なんです」

「確かに珍しい人物でしたな」マスターズは素っ気なかった。「自分が近づく相手に合わせて、雰囲気や性格を変えていました……でも、結局は殺されてしまった。私たちの関心は、今そこにあるんです。石の壁や閂《かんぬき》の下りたドアを通り抜けさせ、ばらばらにして消してしまうなんてことは、催眠術や暗示でできることじゃないですからな。さて、ハリディさん! 蠟燭の灯りが消されてから居間で起きたことをすべて話していただきたい。あなたに話してもらって、その後ミス・ラティマーに確認していただきましょう」

「こちらからお願いしたいくらいです。ありのままをお話しします」ハリディは頷いた。「なにせ、夜通しそのことを考えていたので」彼は大きく息を吸い込み、マスターズを鋭く見た。

「あなたはほかの連中と話をしたんですね。部屋の中を動き回る足音を聞いたと彼らは認めましたか?」

「ほかの人のことは気にしなくて結構です」マスターズは肩をそびやかして注意した。「あなた方は打ち合わせなかったんですか? 尋問に呼ばれる合間に?」

「あなたの言う打ち合わせがどんなものか知りませんが、危うく摑み合いの喧嘩になるところでした。あなたに何を話したかみんな口をつぐんでいるし、テッドは少し変でした。誰も一緒に帰ろうとしません……別々の車で帰っていきました。アン伯母は、通りまで送ろうというフェザートン少佐の申し出さえ断る始末です。まったく、楽しい集いでしたよ。あ、気にしないでください……

居間で起こったことをお話しします——アン伯母は、円座を組んで精神を集中させ、ダーワースさんに力を貸しましょう、と言い出しました。僕は真っ平ご免でしたが、マリオンが面倒を起こさないでと頼むので、仕方なく承知しました。まず火をおこそうとしました——暖炉の火が消えていたので。意味もなく寒い部屋で震えているのは、どうにも馬鹿げたことに思えましたし。ところがテッドの奴が、薪は生で湿っているからどうせ火は点かないだろうし、寒いのが嫌だなんて甘やかされた子供じゃあるまいし、とか言うので、僕としても、勝手にしろ!

となったわけです。それでみんな、思い思いに坐りました――」

お決まりの質問が続く。ハリディもマリオンも席順に関する前の証人の申し立てを確認した。ベニング夫人が暖炉に向かって右の端、そこから順にハリディ、マリオン、フェザートン少佐、テッドが左端である。

「椅子と椅子の間隔はどれくらいでしたか？」

ハリディはちょっと考えた。「かなり離れていました。あの暖炉はとても大きいので。炉棚の上の蠟燭を吹き消す時も爪先立ちしました。手を伸ばしたくらいじゃ、隣の人に届かなかったと思います……ただ」――そう言ってハリディはマリオンを見つめた――「マリオンと僕は例外でしたが」

マリオンは目を伏せていた。ハリディは彼女の肩に手を置いて話を続けた。「僕は自分の椅子を彼女の椅子からあまり離さないようにしたんです。近づけすぎるわけにはいきませんでしたが。何しろアン伯母が鷹のような目を光らせていたんで。それに僕だって――その、まあそういうことです。

僕はマリオンの手を握っていました。どのくらいそうしていたかわかりませんが、まずいことに、暗闇が神経に応えてきました。情けないですが、そうそう感情を抑えてはいられないでしょう？――」彼は挑むように一同を見渡し、マスターズはごもっともとばかりに頷く。「それに、囁きとも呟きともつかない低い声が聞こえたんです。同じ言葉が何度も。布が床を擦《す》るような音、椅子に坐って体を前後に揺すっているような音も聞こえました。髪の毛が逆立つような気分でした！

それからどれくらい経ったかわかりませんが、誰かが立ち上がった気配がありました……」

「音を聞きましたか？」

「説明するのは難しいんですが、降霊会に出たことがあれば、わかっていただけると思います。動きを感じ取ることができるんです。息遣い、衣擦れ、暗闇を何かが動き回る感じ、そういった近接感とでも呼ぶしかないものです。あの時は、そのちょっと前に椅子が床をこするような音が聞こえました。でも、断言はできません――誰か立ち上がったのだとしても」

「それで？」

「それから僕のすぐ後ろで、足音を二つはっきりと聞きました。僕は耳聡い方ですが、ほかの人は気づかないようでした。すると、突然マリオンが体を硬直させ、僕の手をぎゅっと握りました。僕はびっくりして跳び上がりそうになりました。彼女はもう一方の手もこちらに伸ばし、全身震えていました……その時彼女の背後を通って、彼女に触れていったものがあることを、後で知りました……君から言った方がいいよ、マリオン」

彼女は自制を保とうとしていたが、その時の恐怖が今また甦っていた。ゆっくり視線を上げると、白く美しい恐怖に歪んだ顔に、足許のランタンが眩い光を投げかけた。

「短剣の柄《つか》でした。それが、私の首筋に触れていったのです」

12　夜明けに消えたもの

作業テーブルの上に最後まで残っていた蠟燭の火は、溶けた蠟の中でふっと消えた。灰色の仄《ほの》かな暁光が外の廊下に忍び込んでいたが、台所では人々の影がまだ黒々と床を這い、その影の真ん中で燃えるランタンの上方には、力ないマリオンの顔があった。この時が恐怖の頂点で、恐怖は最後にひときわ大きな哄笑を響かせると、一番鶏の時を作る声に次第に遠のいていった。私は振り向いてマスターズを、次いで部屋の隅で気配を消していたマクドネルを見た。奇妙なことに、その時私の脳裏に去来したのは、ホワイトホールの官庁街の一室だった。その部屋では、地味な官庁誂《あつら》えの家具に囲まれて、太った男が大きな執務机の上に両足を投げ出し、三文小説を読んでいる。思えば、あそこには一九二二年以来顔を出していない……

「でも」少し間を置いた後、マリオンは念を押すように言った。「私たちのうちの誰かがこっそりうろついていたと考えるのは、もっと気味悪いです――その、もう一つの考え方よりも」

マスターズは大きく息を吐いた。「それが短剣の柄《つか》だとどうしてわかりました?」

「感触です――最初に握りの部分が当たり、それから鍔《つば》が掠めていきました。間違いありません。持っていた人は、逆さまに、つまり刃を握っていたはずです」

「わざとあなたに触れたみたいでしたか?」

「いいえ。そうじゃないと思います。すぐに跳び退《の》きましたから。暗闇で方向を間違え、たまたま私に触れてしまった、という感じでした……その後一分ぐらい経ってから――正確な時間はわかりませんが――足音を聞きました。それは確かです。部屋の真ん中あたりから聞こえたと思います」

「あなたもその足音を聞きましたかな？」マスターズはハリディに訊いた。

「はい」

「それで――？」

「ドアがギィと鳴って、床を風が渡っていったんです。ええい、まったく！」ハリディは不安そうに言った。「誰もが聞いたはずなんだ！　あの音は聞き逃しようがないんだから」

「そう感じただけじゃないのですかな？　ところで、鐘が鳴るのをお聞きになったのは、このことがあってからどれくらい後でした？」

「そのことはマリオンとも話したんですが、彼女は十分を少し超えたぐらいだと言うし、僕は二十分近く経ってからだと思いました」

「部屋に戻ってきた足音は聞きましたか？」

ハリディの煙草が指のすぐ近くまで灰になっていた。彼はそれを初めて見るもののように眺め、吸いさしを捨てた。目は虚ろだった。「それ以上のことは自信を持って言えませんが、誰かが腰を下ろした音ははっきり聞こえました。鐘が鳴る前だったけれど、どのくらい前かはわかりません。とにかく、すべて推測ですから……」

「鐘が鳴った時、みなさんは坐っておいでしたか？」

「わかりません。みんな一斉にドアを目指し、マリオンかアン伯母が悲鳴を上げました――」

「私じゃないわ」

マスターズは二人の顔をゆっくり見比べた。「みなさんがあの部屋にいた時、部屋のドアは閉まっていましたね。私もそれは確認しました。鐘が鳴ってドアに殺到した時、ドアは開いていましたか、閉まっていましたか？」

「わかりません。テッドが真っ先にドアに着きました。懐中電灯を持っていたのはテッドだけだったので。次にマリオンと僕が駆け寄ったんです――灯りが見えたら、どこへだって駆け出すつもりになっていた時に、テッドが懐中電灯を点けたんです。混乱していたので、あの時のことはよく覚えていません。ただ、フェザートン少佐がマッチを擦《す》って蠟燭を点け、『わしを置いていかんでくれ！』というようなことを叫びました。もっともその頃にはドアに殺到しても仕方がないことに誰もが気づき始めていました――そもそも誰が最初に駆け出したのかわかりませんが、先頭についていく羊の群れみたいなものでしたよ。それで――」そこで彼は、駄目駄目と言うように手を振った。「警部さん、ひと晩で喋るには十分すぎるくらいでしょう？マリオンは疲れ切っていますし……」

「そうですね、もういいでしょう。お引き取りくださって結構です」そう言ったマスターズが急に顔を上げた。「ラティマー君だって？――ちょっと待ってください！――懐中電灯を持っていたのはラティマー君だけだとおっしゃいましたな？　あなたのが壊れたので、マリオンさんが廊下であなたを呼んだ時に、ブレークさんがご自分の懐中電灯をあなたに渡したのではなかったですかな……？」

ハリディはしばしの間マスターズをまじまじと見てから、破顔一笑、「まだ僕を疑っているんですか、警部。おっしゃる通りです。でも、懐中電灯の件に関しては、白も白、真っ白ですよ。テッドが貸してくれと言ったんで渡したんです。テッドにお訊きになるといいですよ……それじゃあ、おやすみなさい」ハリディはややためらったものの、私の方へ歩いてきて、握手を求めた。「おやすみ、ブレーク。巻き込んで本当にすまない。こんなことになるとは思ってもいなかったんだ。でも、獲物を狩り出すことには成功しただろう？」

ハリディとマリオンは裏口から出ていった。気づいてみると、残された我々三人がてんでに離れて坐っているのは何となく間が抜けて見えた。町中が朝の光に目覚めつつあるのに、ここ幽霊屋敷の廃墟だけは例外だった。マクドネルが作業テーブルに近づいてきて、自分が持ち込んだ鉛筆書きのメモを仕分け始めた。

「さて、どうです、頭は働いていますかな？」マスターズが声をかけてきた。

私は、さっぱり、と答えてから言い添えた。「証言の食い違いだけなら、絶対に説明がつかないわけじゃないかもしれない。三人は、誰かが部屋を歩き回ったと言っていて、二人がそれを否定しているけど、否定組のベニング夫人とテッド・ラティマーは、精神統一だかご祈禱だかに熱中していたんだから、聞こえなかったのは当然かもしれない……」

「それにしちゃあ、鐘の音は耳聡く聞きつけていますな。あれは決して大きな音じゃなかったですぞ」

「そうだね。その点が引っかかるんだけど……やっぱり誰かが嘘をついているんだ。とんでもなく巧妙な嘘をね」

マスターズは立ち上がり、ぶっきらぼうに言った。「蒸し返すのはよしましょう。疲れた頭じゃ、どうにも。この事件には、犯人が泥に足跡を残さず動き回ることよりも厄介な問題があるんですが、それも忘れることにします。きれいさっぱり頭から追い出します。それでも、まだ胸騒ぎがするんです――どうもわからない――ところで、胸騒ぎとはどういう仕組みで起こるんでしょうな？」

「それでしたら、警部」マクドネルが口を挟んだ。「私の経験から言うと、胸騒ぎというのは、間違いではないかと感じている思いつきであることが多いです。私も今夜は胸騒ぎの連続でした。例えば――」

「聞く耳は持たんぞ。まったく、もううんざりだ！　濃いコーヒーが欲しいな。それに少し眠りたい。それから――待てよ、バート。報告書が上がってきていたな？　何か面白いことでもあれば、今ここで検討しよう。なければ後回しで構わん」

「そうですね、警察医の報告があります。『死因は刺傷。凶器は検査に提供した鋭利な刃物、――こいつはルイス・プレージの短剣ですね――傷口は……』」

「その短剣はどうした？」マスターズは思うところがあるらしく、話を遮った。「私が預かっておく。拾ってきたか？」

「いいえ。ベイリーがテーブルに載せて写真を撮っていましたので。調査が済んでから、テーブルを直して現場写真を撮っていました。まだテーブルの上だと思います。ところで、刃先が針のように鋭く研《と》いでありました。幽霊らしくもないですね」

「まったくだ。後で取ってこよう。また『後ろ姿の男』にちょっかいを出されてはたまらん。警察医の報告はもういい。指紋はどうだ？」

マクドネルは渋い顔をした。「ウィリアムズの話では、短剣から指紋は出なかったそうです。拭い取られたか、犯人が手袋をはめていたかだろうと言っていました。まあ、予想できたことですが……短剣を除けば、部屋は指紋だらけでした。ダーワースのほかに二組の指紋が採れたそうです。朝方には写真ができあがるはずです。あそこは埃まみれでしたから足跡もたくさんありました。でも、血溜まりの中には片足の半分くらいのが一つあるだけで、これはブレークさんのものと思われます」

「そうか。母屋も調べて照合してみよう。手配を頼むぞ。ダーワースのポケットから何か出てきたか？」

「ありふれた物ばかりで、手がかりになりそうな物は何も。書きつけもありませんでした」マクドネルはポケットから、新聞紙にくるんだ物を取り出した。「鍵束、札入れ、鎖付きの時計、銀貨が少し。それだけです……一つだけ妙な物がありましたが……」

曖昧な言葉を聞き咎めてマスターズは鋭く尋ねた。「何だ？」

「煙突から下りた者がいないか調べようと、暖炉の灰をかき混ぜていた時に巡査が見つけたんです。ガラス片です。火の中にありました。大きめのガラス片がいくつかあって、元は多分ガラス容器か瓶だと思います。割れて細かくなった上に熱で変形していて、何だったかはちょっと……暖炉に前からあったものかもしれませんし」

「ガラス？」マスターズは目を丸くした。「溶けてないのか？」

「はい。割れていますが溶けてはいません。私の考えでは——」

警部は取り合わずに低い声で遮った。「ウィスキーの瓶じゃないか？　ダーワースが景気づけにやったかな。気にしなくていいだろう」

「そうかもしれません」マクドネルは相槌を打ったものの、不満そうだった。尖った顎を指で叩き、部屋の中を見回して言う。「でも、変じゃありませんか？　飲み終えた瓶を火の中に放ったりしますか？　不自然です。そんなことをする人をご覧になったことがありますか？　どうも私には——」

「やめておけ、バート」マスターズは絞り出すように言うと、しかめ面をした。「もういいだろう。どれ、明るくなってきた。現場をもう一度見て、引き揚げるとしよう」

裏庭に出ると涼しい風が寝不足のまぶたを撫でていった。灰色の光はぼんやりと霞んでいて、水底の景色を見ているようだ。裏庭は昨夜の印象よりも広く、ゆうに半エーカーはありそうだ。周りを囲む朽ちかけの煉瓦屋敷の群れは、夜明けの薄明の中に陰鬱に歪んでそびえ、灯りの消えた窓が荒涼とした裏庭をじっと見下ろしていた。教会の鐘も、手回しオルガンの音も、およそ人の世の温かい音がここに届くとは思えなかった。

高さ十八フィートほどの煉瓦塀が、ほぼ長方形の地所の三方を囲んでいた。屋敷の軒蛇腹《のきじゃばら》の花環やキューピッドと共に、枯れかけのプラタナスの樹があちこちで醜いしなを作り、十七世紀の気取った姿のまま死期を迎えつつあった。裏庭の片隅には、長らく使われていない井戸と、かつては搾乳場だったと思われる崩れた石の基礎があった。しかし、何と言っても最も邪《よこしま》な印象を与えるのは、裏側の塀に身を寄せて建っている、小さな石室だった。

砕けたドアがあんぐりと口を開けた、黒に近い灰色の、いかにも秘密ありげな建物だった。屋根は昔は赤かったらしい厚い反り瓦で葺《ふ》かれ、煙突は黒くずんぐりとしていて、斜めになった煙出しが粋にかぶった帽子のように見える。あまり遠くないところに、枯れて枝の捻《ねじ》れた木が生えていた。

裏にあるのはそれですべてだった。一面固まりかけた泥の海で、多くの人が通って踏み荒らした道が幅広い線となってドアまで続いていた。この道から、二つの足跡が――マスターズと私の足跡が枝分かれし、石室の壁沿いに進んで側面の窓に至っていた。その窓から、私の手を足場にしたマスターズがダーワースの遺体を初めて見たのだ。

我々は黙ったまま、建物からやや距離を置いて石室を一周した。足跡のない各面を見て歩くにつれて、謎は深まるばかりだった。それでも、私が見落としたり、書き忘れたり、誤って述べたりしたものはないのである。すべて見えたままだった。ドアも窓も侵入は不可能で、秘密の入口といったからくりはまったくない石の箱。マスターズと私が歩く前は近くに足跡は一切なかった。それが文字通りの事実だった。

マスターズが唯一残っている手がかりを辿って、その可能性も払拭されれば、謎は完璧になってしまう。我々は家の反対側――屋敷の裏口から見て石室の左側――へ回った。そこでマスターズは足を止め、枯れた立ち木を見て、それから塀を見やった。

「ほら――」その声は森閑とした静寂の中で、聞き慣れない耳障りな響きを発した。「あの木です。ほかのことはともかく、足跡がないことだけは説明できるかもしれません……身の軽い者なら、あの塀に登って、塀から木、木から石室に跳び移れます。やろうと思えばできなくはないでしょう。それぞれあまり離れていないし……」

マクドネルは頷き、厳しい表情を浮かべた。「はい、警部。ベイリーと私も真っ先にそう考えました。それで、私は梯子を使って塀に登り、塀の上を歩いてあの木に跳び移ってみたんです」彼は上の方を指さした。「枝が折れてますね？　私は危うく首の骨を折るところでした。木が枯れて脆《もろ》くなっているんです。私はかなり軽い方ですが、触るのが精一杯でした。人間の体重はとても支えられません。ご自分で試されてもいいです……ただ、この木には別の含意があるのかもしれません」

マスターズは振り向くと、耳障りな声で言った。「おい、頼むから、お高くとまるのはやめてくれ。『含意』とは何のことだ？」

「ほかの木は切られたのに、なぜこの木は残っているんだろうと考えたのです……」片手を目の上にかざし、マクドネルは困惑している様子だった。寝不足で疲れた目は木の根元を見ている。そこは石室を中心とした小高い台地の一部だった。「そして気づきました。木の六フィート下にはルイス・プレージが埋められているんです。きっと、彼の安息を妨げたくなかったんだと思います。くだらない迷信ですが……」

マスターズは何の変哲もなさそうに見える地面の上を歩いて、木の強度を調べようと手を上に伸ばした。気が立っているせいか、ちょっと引っ張ると枝は折れてしまった。

「ああ、参った。ご高説ごもっともだな、バート！」マスターズは枝を引きちぎると、地面に叩きつけた。それから声を荒らげた。「頼むから、もういい加減にしろよ。さもないとこいつをお見舞いするぞ！　奴は殺されたんだ。我々はその手口を明らかにしなきゃならん。また迷信だ何だとくだらないことを言うなら――」

「確かに、これは犯人がどうやって石室に近づいたかの説明にはなりませんが、ひょっとすると――」

「ふん」マスターズはそう言い捨てて私に向き直った。「何か方法があるはずなんです」彼はなおも食い下がったが、口調に熱は感じられなかった。「どうです、我々が来る前に、石室へ向かう足跡はなかったと断言できますか？　今はあの通り、滅茶滅茶になってしまいましたが……」

「ええ、断言できます」私は確信していた。

マスターズは頷いた。我々は、言葉もなく石室の正面に戻った。石室は秘密を宿したまま黙して語らない。明け方の頭脳が萎えたような時間帯にあって、我々三人は、もはや観察眼鋭い時代に住む実際的な人間ではなく、屋敷は建てられた昔に返り、塀の向こうに目をやれば、あちこちのドアに「神よ、慈悲を垂れたまえ」という文句の下に描かれた赤い十字が目に入る、そんな時代にいるような気がした。マスターズが身をよじって、壊れたドアの間から石室に入ると、私の疲れた頭は、彼が中で見るであろう光景を思い描かずにはいられなかった。

　マクドネルと並んで外に立ち、白い息が静かに立ち上っていくのを眺めながら、私はこうした奇妙な考えを頭から追い払おうとした。

　マクドネルは言った。「私がこの事件を担当するのは難しいと思うんです。私は所轄の警官で、管轄はヴァイン・ストリートです。きっと本庁扱いになるでしょうね。でも……」急に言葉を切ると、振り返った。「警部！　どうかしましたか？」

　さっきから石室内でガタガタ音がしていたが、その音が私の妄想と奇妙にも合致していたので、しばらく私はそちらを見ずにいた。マスターズが荒い息で動き回る音がし、懐中電灯の光があちこちに飛んでいる。次の瞬間、彼は静かに戸口に立っていた。

「詩や歌の一節が頭にこびりついて追い出せないことがあるでしょう？――一日中その文句を繰り返し、自分で自分を止めようと懸命になる。それなのにちょっと経つと忘れていて、忘れた頃にまた口を衝《つ》いて出る。あれなんですけど――」

「何をぶつぶつ言ってるんだい？　ちゃんと話してくれないと――」

「ああ、そうですね」マスターズはゆっくりとこちらに首を回した。「ずっと独り言を言っているんですよ――理由はわかりません。いくらか気が休まるからかもしれませんな。とにかく昨夜から言い続けているんです――駱駝の背骨を折った最後のひと藁[*13]、駱駝の背骨を折った最後のひと藁ってね。くそっ、このツケは必ず払わせてやる！」彼はぴしゃりと言い放って、握り拳を鉄の横木に下ろした。「ええ、ご想像通り。新聞の見出しが目に浮かびます。『後ろ姿の痩せた男再び現る！』……誰かが短剣を盗んでいきました。ないんです。くすねられました……あれをまた使う気だと思いますか？」

マスターズは血走った目で、私とマクドネルを交互に睨んだ。

ゆうに一分の間、誰も何も言わなかった。突然マクドネルが笑い出したが、マスターズの気持ちを代弁するような救いのない笑いだった。

「これで私はクビです」マクドネルはそれだけ言って、パーティーがあった翌朝の舞踏室のようにひっそり閑とした裏庭から歩き去った。払暁の空はかすかにピンクに染まり、セント・ポール大聖堂の円《まる》屋根が幾条かの曙光を背景に薄紫に浮かんでいた。マスターズが足許の空き缶を蹴飛ばす。車の警笛がニューゲート・ストリートにけたたましく響き、中央刑事裁判所《オールド・ベイリー》の円屋根に立つ金ぴかの正義の女神像の足許はるか下では、牛乳配達車がゴトゴト音を立てて進んでいた。

13　ホワイトホールの思い出

私がフラットに戻ったのは午前六時を回った頃だが、午後二時には、カーテンを開けて「朝食はいかがなさいますか？」と呼びかける声に、寝込みを襲われた。

エドワーディアン・ハウスの召使い仲間に君臨するポプキンズが私の部屋にいたことからしても、私がある程度世間の耳目を集める存在になったことは明らかだった。彼は私のベッドの足許に、プロシアの下級士官さながら顎までボタンをかけたお仕着せで、新聞数紙を小脇に抱えて立っていた。彼は新聞の話題にはまったく触れず、私に渡す時も、あたかも新聞など目に入らないかのように振る舞っていた。そして、卵とベーコンはいかがなさいますか、お風呂はお召しになりますか、と極めて鄭重に尋ねた。

当時イギリスにいた人なら、『黒死荘の恐怖』という見出しで報じられた記事が惹き起こした、恐怖と戦慄の大騒動をきっと覚えているだろう。記者クラブで私は、新聞的観点からして、殺人、謎、超自然的要素にセックスまでが複雑に絡んだこの事件は、フリート街[*14]の理想的献立に一品たりとも欠けるものがないと聞かされたものだ。さらに、しばらくの間は、この事件に関して激論が繰り広げられると期待できた。アメリカでよく見かけるタブロイド紙は、当時今ほど普及していなかったけれど、ポプキンズが渡してくれた新聞の一番上にタブロイド紙があった。事件の第一報が入るのが遅かったため、早朝版では締め切り後の最新ニュース扱いとなり、華々しくもほんの短い挿入記事にしかならなかったが、正午版では二段抜きの特号活字で第一面を飾っていた。

私はベッドに起き上がって、雨のそぼ降る暗い午後に、部屋の電灯を点けて全紙に目を通し、これは実際に起こったことなんだと自分に言い聞かせたが、なかなかピンとこなかった。浴室から湯を張る単調な音が聞こえ、机の上には時計、鍵束、お金がいつもと同じ場所に置いてある。車がバリー・ストリートの細い坂道をガタゴト走る音が聞こえる。それから、雨の音だ。

第一面は写真で埋め尽くされ、『姿なき殺人者、黒死荘に現る』と大見出しが躍っていた。中央には、関係者全員の写真が楕円形に並べてあったが、明らかに新聞社の資料室から引っ張り出した古い写真だ。いかにも殺人者然と薄ら笑いを浮かべた私の写真もある。ベニング夫人は、鯨のひげのカラーを着け、鍔《つば》の広い帽子をかぶって乙女のようにはにかんでいる。フェザートン少佐は陸軍の正装をした奇妙な半身像である。ビール瓶を掲げて「こりゃ、たまらん」とでも言っているような恰好に見える。ハリディは階段を下りるところを撮られたらしく、顔は横向きで片足が宙に浮いている。マリオンだけが本人らしく撮れていた。ダーワースの写真はなく、楕円の内側は、画家が存分に腕を振るって、頭巾をかぶった幽霊がナイフを手にダーワースを殺害する絵になっていた。

誰かが情報を漏らしたのは明らかだった。スコットランド・ヤードが新聞に対して行なう情報統制は厳格なので、どこかに手違いがあったものと思われる。ただし、マスターズが自分なりの理由で事件の超自然的側面を強調したいと思ったのなら話は別だ。記事の内容は概《おおむ》ね正確だったが、私たちのうちの誰かに嫌疑がかかっているかどうかには触れられていない。

奇妙なことだが、超自然な出来事を仄《ほの》めかしている新聞記事の放縦な臆測は、私にはむしろ冷めた見方を促した。一夜明けた午後になってようやく頭がすっきりし、黒死荘の残響やじめじめした雰囲気から離れてみて、はっきりしたことが一つある。余人は知らず、あの時屋敷にいた者には、殺人者はとても運のいい、あるいは頗《すこぶ》る頭の切れる人間であることは疑いようがない、ということだ。人間である以上、捕まえて絞首刑にすることができる、ということでもある。それはそれで難問だが。

遅い朝食の後もまだそんなことを考えていると、内線電話が鳴ってフェザートン少佐がお見えですと告げた。そう聞いて初めて昨夜の約束を思い出した。

フェザートン少佐は屈託ありげだった。雨にもかかわらず、ぴっちりしたモーニングを着込んでシルクハットをかぶり、派手なネクタイをしている。丁寧にあたった顎は蠟を塗ったように綺麗だが、目は腫れぼったい。ひげ剃り石鹼の匂いがきつかった。書き物机にシルクハットを置いた時、ビール瓶の写真が載ったタブロイド紙が目に留まり、癇癪を起こした。どうやら、行く先々でその写真に出くわしているらしい。告訴してやると息巻き、新聞記者とハイエナは同じ穴の狢《むじな》だと一席ぶった上で、後者の方がはるかに立派な道義心を持ち合わせていると強調した。次に陸海軍人クラブで起こったことを、興奮した口調でまくし立てた。どうやら、陸海軍人クラブに行った時、彼を諫《いさ》める言葉と共に、「次の降霊会には、是非ともタンバリン持参でお出まし願いたい」と少佐を揶揄する発言があったようだ。おまけに剽軽《ひょうきん》な准将が背後から近づき、いきなり甲高い声で、「ギネスを飲んであなたも健康！」[*15]と叫んだらしい。

少佐がコーヒーを辞退したので、代わりにブランデー・ソーダを出すと、そちらには手を出した。

「あの写真はわしが国旗に敬礼しとるところじゃ！」憤懣やるかたない様子の少佐に、まあまあこれでも、と葉巻を差し出し、火を点けてやって、椅子に坐らせると、少佐は鼻を鳴らした。「いまいましい、どこにも顔を出せん。それもこれもアンに親切にしてやろうとしたためにじゃ。まったく困っておる。今日は君に頼みたいことがあって来たのじゃが、正直それをすべきかどうかもわからん。とんだ騒ぎに巻き込まれてしもうた……」少佐はブランデー・ソーダをすすり、思案に暮れた。「今朝アンに電話をかけたんじゃ。昨夜はやけにつっけんどんで、家まで送らせもせんかった。しかし今朝はわしに食ってかかることもなかった。ひどくうろたえておってな。どうやら、わしの前にマリオン・ラティマーから電話があって、やりこめられたらしい。あなたはトラブルの種で、自分とハリディは今後あなたになるべく会わない方が幸せだ、と言われたとかでな。それにしても――」

私は次の言葉を待った。

「なあ、ブレーク君」そのあと、また間が空いた。持病の喘息が数分おきに少佐を襲って苦しめていた。「わしは昨夜、言わなくていいことを随分喋った。そうじゃろ？」

「あの部屋で物音を聞いたということですか？」

「そうじゃ」

「でも、事実なら……」

少佐は顔をしかめ、あたりを憚るように声を低くした。「あれは本当のことじゃ。しかしな、大事なのはそのことじゃない。君にもわかるじゃろ？　警察は遅かれ早かれ、ある考えに行きつく。それは大たわけなんじゃがな。つまり、我々の中に犯人がいるという考えじゃ――そうじゃろ？　まったく馬鹿げておる！　やめさせせねばならん」

「何か策がおありですか、少佐？」

「あいにく、わしは探偵じゃありゃせん。まったくの素人じゃ。でも、これだけはわかる。わしらのうちに犯人がおるだと？――馬鹿も休み休み言えだ！」彼はふんぞり返り、もったいぶった態度で、冷笑に近い表情になった。「何者かがわしらに気づかれずに忍び込んだか、そうでなきゃ、あの霊媒坊やの仕業じゃな。考えてもみたまえ。わしらのうちに、奴を始末したいと思う者がいたとする。仮定の話じゃぞ、勘違いせんでくれ。そうとして、いったい誰があんな危険を冒すというんじゃ？　何人もの人間がすぐ近くにおるのに！　馬鹿馬鹿しい。それに、返り血を浴びずに、どうやったらあんな真似ができる？　我が軍の歩哨がナイフで襲われる現場を何度も見たが、ダーワースをあんな風に刺した者は血まみれになったはずじゃ――それは避けられん。ふん！」

葉巻の煙が入ったので、少佐は億劫そうに目をこすった。手を膝に置き、いよいよとばかり身を乗り出してくる。

「わしが考えとるのは、いいかな、この事件を、しかるべき人物の手に委ねてはどうか、ということじゃ。そうすりゃきっとうまくいく。わしも君もよく知っておる人物じゃよ。えらくものぐさな男じゃが、わしら二人で、例えば――階級問題だといって持ちかければ望みはある。いまいましいがな。『おい、大変なことが起こったぞ』とでも言って」

その時ようやく、私はとっくに思いついていなければならなかったことに思い至り、身を起こした。「それはH・Mのことですか？　私の元上司の？　あだ名がマイクロフトの？」

「その通り、ヘンリ・メリヴェールじゃ」

スコットランド・ヤードの事件に乗り出すH・M……私は再び、一九二二年以来顔を出していない、ホワイトホールの上階の一室に思いを馳せた。並外れたものぐさで、無類のお喋り好き、いつも眠そうな目をして、突き出た腹の上に両手を組み、両足を机の上に投げ出しただらしのない恰好でニヤニヤ笑いを浮かべている男。趣味は三文小説を読むこと、最大の不平の種は、世間にまともに扱われないこと。法廷弁護士と医師の資格を持ち、悪魔も逃げ出す言葉遣いで話す。それが准男爵ヘンリ・メリヴェール卿で、戦闘的社会主義者として鳴らした人物だ。どうしようもないうぬぼれ屋で、ネタの尽きない猥談の名手でもある……

フェザートン少佐を眺めながら、私は往事を思い出していた。マイクロフトというあだ名で呼ばれ始めたのは、卿が英国防諜部長をしていた時代だ。新参の部下でさえ、彼のことをヘンリ卿と呼ぶのはあまりに場違いだと憚った。あだ名の名付け親はジョニー・アイルトンで、コンスタンチノープルから出した手紙で使い始めたのだが、長続きはしなかった。ジョニーはこんなことを書いている。「ベイカー街に住む鷹のような顔をした紳士の物語で最も興味深い人物といえば、シャーロック・ホームズ本人ではなく、兄のマイクロフト・ホームズである。ご記憶のことと思うが、彼は弟に勝るとも劣らない推理力の持ち主である。ただ、惜しいかな、ものぐさでそれを使おうとしない。大きな図体をして無精なため、椅子から動こうとさえしないのだ。彼は、謎めいた政府機関の要人で、カードインデックスのような記憶力を持ち、自宅、クラブ、役所間の往復だけを毎日規則正しく繰り返している。確か二編にしか登場しないが、ディオゲネス・クラブの窓際に立ったシャーロックとマイクロフトが、通りを行く一人の男について推理を競い合う素晴らしい場面がある。二人とも何気なく話しているが、気の毒なワトソンは、すっかり度胆を抜かれてしまう……我らがH・Mも、もう少々品がよろしく、いつもネクタイを締め、婦人タイピストが大勢いる部屋をいかがわしい鼻歌交じりに逍遙なさるのをお控えあそばせば、なかなかどうして、立派なマイクロフトになれると思う。何しろ、頭はあるんだから。天晴れなオツムだけは……」

当のH・Mは、このあだ名にあまりいい顔をしない、むしろ大いに憤慨していた。二番煎じはご免だと、そっちこっちで喚いていた。私が一九二二年に役所を辞めてから、卿には三度しか会っていない。そのうち二度はディオゲネス・クラブにゲストとして招《よ》ばれた時だったが、卿は二度とも居眠りをしていた。最後に会ったのは、メイフェアでのダンスパーティーだった。卿は夫人に引っ張り出されたのだが、ウィスキーでもないかと、会場を離れ配膳室のあたりをうろうろしているところに出くわした。どうにも閉口だと言うので、我々はレンディン大佐を引きずり込んでポーカーを始めたが、大佐と私は十一ポンド六十シリングも巻き上げられてしまった……昔の話も出たが、卿はその時陸軍情報部で働いている様子だった。太い親指でカードをパチパチ弾きながら、「いい時代はとうに終わったよ。近頃は頭のある人間には退屈でたまらん。エレベーターをつけるのさえケチるもんだから、ホース・ガーズ・アベニュー沿いの庭を見下ろす自室へ行くのに、階段を何階も上らねばならんし」と苦り切っていた。

我に返ると、フェザートン少佐が話していた。私は上の空で聞きながら、若かった時分を思い出していた。あの頃は、一日二十四時間自分の命を危険にさらして活動していながら、楽しいことをしているような気になっていた。帝政ドイツの鷲の尻尾の羽を一本でも二本でも抜くことが、愉快で仕方なかったのだ——雨は依然としてもの憂げに単調な音を刻んでいる。フェザートン少佐の声が高くなった。

「——それでじゃ、ブレーク君。タクシーを拾って直行せんかね。なまじ電話なぞかけると、忙しいから駄目だ、と毒突かれるのがオチじゃ。どうせ安っぽい小説に逆戻りするだけのくせに。どうじゃ、行かんか？」

この誘惑に抵抗するのは不可能だった。

「ええ、すぐに出かけましょう」

雨が激しくなっていた。タクシーはスリップしながらペル・メル街に入り、我々は五分後には、ビー・ブリティッシュ街の兵舎窓のような殺風景な町並みを左に折れ、ホワイトホールとビクトリア・エンバンクメントを結ぶ、樹木の多い小路を進んでいた。陸軍省の建物は、背後の雨に濡れた庭園と同じくらい陰鬱に見えた。正面の雑踏から少し離れて、建物側面の庭園の塀近くに、知っている者でなければ気づかない、小さな通用口がある。

　中に入れば、私は目隠しされていても歩ける。暗い入口を抜け、階段を二つ上がると、タイピストと書類戸棚だらけの、電灯が煌々と点いた部屋が並んでいる。石と湿った空気と煙草の匂いがするこのあたりは、古い石造りの建物にあって、驚くほど近代的だった（ちなみにここは、旧ホワイトホール宮殿の一部である）。何もかも昔と同じだった。壁には剝がれかけの戦時中のポスターが、十二年前と同じ場所に貼ってある。過去が衝撃を伴って甦った。人は老いたが、時はそのままだった。若い下士官たちが軍人用の短いステッキを小脇に抱え、口笛を吹きながら階段を上っていく。河岸通り《エンバンクメント》からは手回しオルガンのメロディが聞こえ、足は自然とタップを踏む、そんな記憶が甦った。階段の上の踏みにじられた煙草の吸い殻だって、ジョニー・アイルトンやバンキー・ナップ大尉が捨てたものかもしれないのだ。ただし、アイルトンはメソポタミアで熱病に斃れ、ナップ大尉はかなり前に、フランスのメス郊外で半球形ヘルメットをかぶった銃殺隊に処刑された。今まで考えたこともなかったが、私は随分運に恵まれていたのだ……

　四つ目の階段では昔なじみのカーステアズの検問を受けることになる。この特務曹長は昔と変わらぬ外見で、御法度のパイプをくわえたまま身を乗り出した。お互い情のこもった挨拶を交わしたが、今になって敬礼されるのも妙な気がした。形式上、H・Mと会う約束があると言うと、嘘と承知の上で、昔のよしみで通してくれた。彼は怪訝な表情で言った。

「大丈夫だと思いますが、今しがた変な奴が上がっていきましたぜ」その酔眼には嘲りの色があった。「あっちの方、その、スコットランド・ヤードから来たと言ってましたぜ。へっ！」

フェザートン少佐と私は顔を見合わせた。カーステアズに礼を言って、最後の暗い階段を上ると、ちょうど「変な奴」がH・Mの部屋の前に立ってノックしようとしていた。

私は声をかけた。「いいのかい、マスターズ。副本部長殿は何とおっしゃるかな？」

振り向いたマスターズは、最初のうちこそむっとした様子だったが、すぐに表情が和《なご》んだ。ここはホワイトホールの庁舎内だと意識したか、いつもの穏和なマスターズに戻っていた。身だしなみがきちんとしていて、動作もゆったりしている。いつにない昨晩の取り乱しようを思い出すと驚きの変貌ぶりだが、マスターズ自身も、昨夜の自分の行動を聞かされれば、きっと呆れただろう。

「ああ、あなたでしたか。おや、フェザートン少佐もお揃いで。ええ、大丈夫ですよ、副本部長の許可は取ってあります。さて――」

踊り場の薄汚れた灯りの下に見慣れたドアがあった。「ヘンリ・メリヴェール卿」と記した質素な表札の上に、卿がずっと昔、白ペンキで「取り込み中!!!　入室厳禁!!!　回れ右!!!」と書いた文字が残っている。表札の下には、後から思いついたのか、当てつけがましく「オマエのことだ！」と書いてあった。マスターズは、訪問客の例に漏れず、警告には一顧だにくれることなく、ノブを回して部屋に入った。

部屋の中も昔のままだった。天井は低く、二つの大きな窓は庭園と河岸通り《エンバンクメント》を見下ろしている。室内は散らかり放題で、書類、パイプ、絵画、その他雑多なガラクタで溢れていた。やはり散らかり放題の大きな机の向こうでH・Mの巨体が革張りの椅子に鎮座していた。電話のコードが絡み、白い靴下が覗く大きな足を机の上にどっかと乗せている。首が自在に曲がる読書用ランプの首がぐいと下に向けられ、灯りは机の上だけを空しく照らしている。光の届かない陰に、H・Mの禿げ上がった薄汚い頭が前屈みに垂れ、大きな鼈甲《べっこう》縁の眼鏡が鼻先にずり落ちていた。

「おーい!」フェザートン少佐が低い声で呼びかけ、ドアの内側を叩いて注意を惹こうとした。「おい、ヘンリ! いい加減にせんか――」

H・Mは片目を開けた。

「出ていけ!」彼は低い声を轟かすと、手で追い払う仕種をした。その拍子に膝から書類が滑り落ち、癇癪を起こした。「出ていけと言うのに! 忙しいのがわからんのか?……あっちへ行け!」

「眠っておったくせに」とフェザートン少佐。

「眠ってなどおらん、馬鹿を言え。瞑想していたんだ。これがわしの流儀だ。それとも何か、無限の存在の輝きに思いを馳せるだけの平穏も、ここにはないというのか? どうなんだ?」

そう言うとH・Mは大儀そうに、皺だらけで無表情の大きな顔を上げた。どんな気分であろうとも、表情は滅多に変わらない。今は、大きな口の端が下がり、悪くなった卵が朝食に供され、その臭いを嗅いでいるかのようだった。卿は眼鏡越しに我々をジロリと見た。巨大で鈍重な肉塊が、両手を腹の上で組んで、棘《とげ》のある口調で言った。「さてさて、誰だ、そこにいるのは？……ああ君か、マスターズ。今お前さんの調書を読んでいたところだよ。ふむ。ふむ。もうちょっと一人にしておいてくれたら、いい知恵が出ないもんでもないが。ふむ、来てるんだったら仕方ない、入ったらいい」卿は、胡散臭そうな目つきでこちらを睨んだ。「一緒にいるのは誰だ？　わしは忙しいんだ！　帰れ！　またゴンチャレフの件だったら、ボルガ川に飛び込んじまえとでも言ってやれ。ネタは上がってるんだ」

　フェザートン少佐と私が同時に来意を説明し始めると、H・Mはぶつぶつ言ったが、顔からは険しさがいくらか消えていた。

「ああ、君たちか。さもありなんだ。入ってくれ、椅子は適当にめっけてくれ……一杯やるだろう？　ケン、酒がどこにあるか知っておるな。昔と同じだ。支度してくれ」

　確かに覚えていた。壁に数点、新しい絵とトロフィーが増えたほかは、すべて昔のままだった。熾《おき》が鈍い光を放つ暖炉の上には、メフィストフェレス然としたジョゼフ・フーシェ[*16]の大きな肖像画が掛けてある。その両脇にH・Mが文才を認めるただ二人の小説家、チャールズ・ディケンズとマーク・トウェインの小さな写真が掛けてあるのが、何ともちぐはぐだった。暖炉の両側の壁は本を出鱈目に詰め込んだ書棚になっている。一方の書棚と向かい合って大きな鉄の金庫が据えてあり、扉にH・M一流の幼稚なユーモアで、さっきのドアと同じように「国家機密書類！　触るべからず!!」と白いペンキで大書してある。同じ文句がドイツ語、フランス語、イタリア語、それから――多分――ロシア語でも書き添えてある。H・Mは、室内の展示物に、奇想の赴くまま貼り紙をする癖があった。ジョニー・アイルトンはこの部屋を評して、『不思議の国のアリス』を地で行っている、とよく言っていた。

開いている金庫から、私はウィスキーの瓶、ソーダサイフォン、薄汚れたグラスを五つ出した。酒を用意している間も、H・Mは唸るような調子で話し続けていた。上がりも下がりもせず、抑揚のない話し方で、言葉が途切れることがない……ただし、今日はいつもよりやや剣呑である。

「言っとくが、葉巻はないぞ。甥のホーラスが――フェザートンは知っとるだろう、レティのせがれだよ。十四になるすばしっこい奴なんだ――わしの誕生日にヘンリ・クレイ[*17]を一箱送ってよこした。おい、坐らんのか？　絨毯の穴に気をつけてくれよ。来る奴、来る奴、穴にけつまずいては大きくしよる。その葉巻だが、わしはまだ吸っとらん。吸う気にもならん。なぜだと思う？」H・Mは片手を上げ、不吉な笑みを浮かべてマスターズを指さした。「あん？　じゃあ、わけを教えよう。その葉巻がどかんといきそうな嫌な予感がするんだ。むろん、確かめんことには始まらんがな。甥ともあろう者が、伯父に爆弾葉巻を送ってよこすとはな！――誰もわしの予感など真面目に取り合わんのはわかりきった話だ……それで、箱ごと内務大臣にくれてやった。今夜あたり何事もなければ返してもらおうと思っとるんだがな。代わりと言っちゃ何だが、パイプ煙草のいいのがあるぞ……確かそのあたりに……」

「あのなあ、ヘンリ」さっきから喉をぜいぜい言わせ、睨むように見ていた少佐が、痺れを切らした。「わしらは火急の用件で出向いたんじゃ――」

「いかん！」Ｈ・Ｍは片手を上げて制した。「まだだ！　ちょっと待たんか！　一杯やってからだ」

これがお決まりの儀式だった。私はみなにグラスを渡した。フェザートン少佐はじれったさのあまり頭から湯気が出そうだったが、マスターズは落ち着いたまま、落とすまいとするようにグラスを握っていた。新しい展開が気にかかっているらしい。Ｈ・Ｍは精一杯厳粛に「福杯、福杯」と唱え、一気にグラスを干した。緊張を解き、大げさに息をしながら机の上の足を組み直し、黒いパイプを取った。再び椅子にふんぞり返ったその姿は、今なら下々の訴えにも喜んで耳を貸してやるぞ、とでもいった穏やかな雰囲気に包まれていた。表情に変化はないが、美食を堪能した後の中国人といった体《てい》だった。

「うむ。ようやっといい心持ちになってきた……君らが何でここへ来たかくらいはお見通しだ。迷惑至極な話だ。ただし――」卿は小さな目をぱちくりさせ、ゆっくりと一人ずつ見た。「副本部長の許可でもあれば話は別だがな……」

「ここにあります。書面でもらっています」マスターズが言った。

「うん？　そうか。じゃ、ここへ置いて見せてくれ。道理のわかった奴だからな、フォレットは」Ｈ・Ｍは悔しそうに認め、さらに言った。「とにかく、お前さんとこのほかの連中とは大違いだからな」小さな目はマスターズに注がれた。相手をひと睨みして不安にさせるやり方の巧妙さとなると、この食えない御仁の右に出る者はいない。「だからお前さんはここへ来たというわけか？　フォレットの差し金だな。フォレットの見るところ、お前さんがダイナマイトでお手玉をしていたと思ったら、いよいよシューシュー音を立ててきたというわけだな？」

「そう言われても仕方ないですな。ジョージ卿のお考えでは――」

「あいつの考えは当たっとるよ。お前さんはのっぴきならん立場におる」H・Mは憂鬱そうに頷いた。

長い沈黙の間、雨が窓を叩く音だけが聞こえていた。読書ランプで黄色く照らされた机の上に、タイプで打たれた報告書に交じって、煙草の灰だらけになった一枚のフールスキャップ紙があった。太い青鉛筆のH・Mの筆跡で、「黒死荘」と題書きされている。なるほど、マスターズが細大漏らさず報告しているのであれば、我々が知っていることで卿が知らないことは一つもないのだ。

「何かお考えは？」私は尋ねた。

H・Mは大儀そうに机の上の足を動かし、踵でフールスキャップ紙をコツンとやった。「お考えなら、たんとあるぞ。すっきりとまとまってはいないがな――今のところはだ。君ら三人からいろいろ訊かなくちゃならん。それだけじゃ収まらんだろうから、迷惑な話だ。一度あの家を見なきゃならんだろうな……」

「それじゃですな」マスターズが素早く口を挟んだ。「電話を拝借できれば、三分で車を用意させます。そうすれば、黒死荘へは十五分で……」

「話の腰を折るでない」H・Mは威張って言う。「黒死荘だと？　馬鹿も休み休み言わんか！誰が黒死荘だと言った？　わしが言ってるのはダーワースの自宅だよ。だが、わしがぬくぬくした椅子におさらばして、わざわざお節介しに出張ると思うか？　残念でした。まあ、わしのことを買ってくれるのは嬉しいんだがね」卿は先がへらのように広がった指を広げ、依然変わらぬ渋面で、指をしげしげと眺め始めた。再び話し出した時には、剣呑な調子が戻っていた。「イギリス人の悪いところはだな、真面目なことを真面目に受け取らんことだ。ほとほと愛想が尽きた。近々フランスへ行くことになっておるが、あいつらはわしにレジオンドヌール勲章とかいうものをくれるし、声をからして褒めそやしてくれる。ところが、我が血肉を分けた同胞はどうだ？　わしの勤め先を知ると、からかい甲斐のある奴を見つけた、とにんまりしよる。こっそり近づいてきては、あたりをさも仔細ありげに見回して、『ピンクのベロア帽をかぶった怪しい外国人の正体はわかったか？』とか『K－14をヴェールをかぶったトゥアレグ人に変装させて、2XYがPR2の件に関してどんな活動をしているか突き止めるためにバルチスタンに送り込んだか』なぞと訊いてくるんだぞ。

ウー！」H・Mはさかんに手を振り、睨みつけながら続けた。「それでも足りんのか、言付けを寄越すわ、中国人に金をやって電話をかけさせるわ、カードを送りつけるわ……先週も階下から電話があって、アジア人の紳士がご面会です、と言う。名前を聞いたが、あまりふざけているんで腹が立って電話に嚙みつきそうになった。ドアを開けて、下のカーステアズに、そんな奴は一階まで突き落としちまえ、と怒鳴ってやった。カーステアズもその通りにしたんだな。後でそいつの名前が本当にフー・マンチュー博士[*18]で、中国公使館からの使いだとわかった。後の祭りというわけだ。中国大使はかんかん、こっちは平謝りで北京に謝罪の電報を打つ、という仕儀に相成《あいな》った。そういえば――」

フェザートン少佐は机をドンと叩いた。彼は依然としてひどく咳き込みながらも、たまりかねてこれだけは口にした。「いいか、ヘンリ、さっきから言っておるが、これは火急の用件なんじゃ！　貴公には腰を据えて取り組んでもらいたい。今日の午後、ブレーク君にも言うたんじゃ、『階級問題としてヘンリに頼もう。これは、イギリスの支配階級への誹謗中傷にもなりかねん。しかるに、ヘンリ・メリヴェールが乗り出せば――』」

H・Mは目を丸くし、文字通り膨れ出した。過激な社会主義者の気を惹くやり方としては、少佐の発言は妙手にはほど遠い。

雲行きが怪しくなったのを察して、私は慌てて口を挟んだ。「冗談ですよ、H・M。少佐は卿をからかっておいでなんです。少佐も卿のお考えはよくご存じですから。つまり、私たちはこう言いたかったんです。少佐も私も、あなたを最後の頼みの綱としているところは同じです。でも私はこう指摘したんです。この事件はいくらあなたでも手に余るだろう、何しろ専門外だし、事件の解明を期待するのは馬鹿げている――」

「できんとな？」H・Mは横目で睨んだ。「おい、賭けるか？」

「例えばですが」私は相手の乗り気を殺《そ》がないように続けた。「関係者の証言には目を通されましたよね？」

「うん。マスターズが今朝、人を寄越して届けてくれたからな。自分の報告書も一緒にな。なかなかよくできた報告書だよ。ああ、目を通したさ」

「その発言の中に、興味あるもの、手がかりになるようなものがありましたか？」

「然《しか》り、だな」

「例えば、誰の発言ですか？」

またH・Mは指を眺め始めた。口をへの字に結び、瞬きすると、唸るように言った。

「うむ。そうさな、手始めに、マリオンとテッド、ラティマー姉弟の発言に注目せよ、と言っておくかな」

「それは——疑惑ということですか？」

フェザートン少佐はふんと鼻を鳴らした。H・Mの表情のない目が少佐の上に動いた。ようやくH・Mを自分の頭脳という檻の中に閉じ込めることができた。いったんその檻に誘い込めば、あとは一人にして勝手にうろつかせておく。やがて檻の扉が開き、中から躍り出るのを待てばいい。

「怪しいと言っていいものか、まだわからん。ケン、君はどう思う？……要は、あの二人に会って話を聞いてみたいということだ。でも、いいか、わしはこの部屋を出るつもりはないからな。スコットランド・ヤードに花を持たせるために、大事な靴底をすり減らすのはご免こうむる。考えるだに億劫だ。ただし——」

「していただきたくても、できなくなりました」マスターズが重苦しい声で言った。

その声には、思わず彼に視線を向けさせてしまう響きがあった。最前から彼の心に引っかかっていたもの、彼が気に病んでいた新しい展開が凝縮されていた。

「できんて、何がだ?」

「テッド・ラティマーに会うことです」マスターズは身をぐっと乗り出し、穏やかな口調にも乱れが生じていた。「逐電しました、ヘンリ卿。逃げられたんです。鞄一つ持って、いなくなってしまったんです!」

14 死んだ猫と死んだ妻

誰も何も言わなかった。フェザートン少佐が、抗議するような素振りを見せたが、それも中途半端に終わった。窓を打つ雨の音が、静まり返った部屋の中で次第に大きくなっていった。マスターズが、肩の重荷をやっと下ろしたとばかりに深く息を吸うと、手帳と、書類の詰まった封筒を取り出し、整理を始めた。

「そうか、逃げたか」H・Mは、目をパチパチさせた。「それは——面白いな。何かあるのかもしれんが、そうとも限らん。どうとでも取れる。わしが君の立場だったら、軽々に飛びつきはせんぞ、ふん。もう手は打ったのか？」

「私に何ができます？　検視陪審で殺害の状況も申し立てられないのに、逮捕状の請求なんて論外ですな……ご免こうむります」マスターズはにべもなく答えた。顔を見れば、この二十四時間というもの一睡もしていないのがわかる。彼はH・Mを正視した。「私の首がかかっているんです、ヘンリ卿。またへまをやったり、事件に目処をつけられなかったりしたら、もうお終いです。早速、新聞で叩かれました。『警視庁犯罪捜査部の首席警部が降霊術でお楽しみの最中に、その鼻先で凶悪な殺人が行なわれたとは、未曾有の大失態』だそうです。おまけに、隙を衝《つ》いて短剣が盗まれ、とどめは新聞への情報漏れです……今朝、ジョージ卿から大目玉を食らいました。何か考えがおありでしたら、是非ともお聞かせください」

「ふん、これだからな」ぶっきらぼうに言ったH・Mは自分の鼻先を見つめていた。「それじゃ何をぐずぐずしておるんだ？　さあ始めんか！　わしに事実を教えるんだ！　遊びは終わりだ——手始めに、今日お前さんが摑んだ、ほかほか湯気の立っている事実を所望するぞ」

「恩に着ます」マスターズは書類を広げた。「いくつか、手がかりになりそうなことは摑んだんです。本庁に戻ってダーワースに関する資料を漁りました。一部は卿にお送りしましたが、こいつはまだです。ダーワースの最初の妻に関するスキャンダル、つまり、スイスにいた時に妻エルシー・フェンウィックの毒殺未遂の嫌疑がかかった事件、それに続く、帰国してからの彼女の失踪、これについてはもうお読みですな？」

H・Mは、くぐもった音を発した。

「それなら、この事件に女性が一人絡んでいるのがおわかりですな。鍵を握る人物なのかどうか、はっきりしませんが。あのメイドです。エルシー・フェンウィックが自分で砒素を飲んだとメイドが証言したおかげで、ダーワースは命拾いしたわけですからな。私は彼女のことを調べてみました。すると、どうです」マスターズの眠たげなまぶたが引き上げられた。「ここに人名と数字が挙げてあります。毒殺未遂の嫌疑がかかった事件は一九一六年の一月にベルンで起きました。メイドの名前はグレンダ・ワトソン。一九一九年四月十二日に、サリーの新居から老エルシーが失踪した時も、彼女はまだエルシー付きのメイドでした。その事件の後、彼女はイギリスを離れました……」

「で？」

「今朝八時にフランス警察に電報で照会しました。ダーワースの二度目の妻に関する情報を求む、とね。あちらさんは、犯罪者だろうがそうでなかろうが、国中の人間が登録されているんです。これが返事です」

マスターズは一通の電報をH・Mに手渡したが、H・Mはろくに見もせずに低い唸り声を上げて私に回した。

キュウセイ　グレンダ・ワトソン。一九二六・六・一、パリ二ク　シチョウシャニテ　ロ
ジャー・ゴードン・ダーワースト　ケッコン。ゲンジュウショ　ニース　アベニュー・エ
ドゥアール七　ヴィラ・ディヴリ。サラニチョウサノウエ　レンラクス
　フランスケイサツ　ハンザイソウサカ　デュラン

「で、どうだ、君はどう思う？」H・Mは静かに瞬きをすると私に訊いた。「なあ、マスターズ。お前さんは見当違いをやらかしているような気がするんだがな。この事件でわしらが相手にしているのがグレンダ・ワトソンだとは思えんのだ。ずっと後ろに引っ込んでいて、なおかつグレンダの知っていることを知っている奴だよ。だが、調べ続けているのはいい心がけだな……何じゃ、ケン？」

「一九二六年六月一日ですか。エルシーの失踪から七年一か月以上経っています。胸くそ悪い

ほど法律に適った連中ですね。エルシーが法的に死亡を宣告されるまできっちり待って、結婚したわけですね……」

「何の話じゃ――！」フェザートン少佐が椅子の上で身を起こし胴間声を上げた。「わしにはどうにも理解できんのじゃが――」

「黙らっしゃい」H・Mがぴしゃりと制した。「それは賢明な判断でもあったわけだ。どうしても合法的なものにせねばならんかった。そこから興味ある問題が浮かんでくる。つまり、ワトソンという女にとって、そこまでするにはどんな美味しい話があったのか、ということだ。ところで、ダーワースには金があったのか？」

マスターズは苦笑いした。いつもの自信が少し戻ったようだ。

「金があったのか、ときましたか。はは、今朝の新聞で派手にやられた後、ダーワースの弁護士から電話がありました。運のいいことに、そのスティラー弁護士とは昵懇《じっこん》でして、すぐに飛んでいきました。さすがに手強くて、窓から外を眺めながらのらりくらりと確言を避けるのですが、結局、ダーワースには動産不動産合わせて二十五万ポンドほどの遺産があると認めました。どうです？」

少佐はヒューと口笛を鳴らし、マスターズは得意げに我々を見た。しかし、この情報がH・Mに与えた影響は私が予想したものとは違っていた。卿は表情のない目を見開き、眼鏡を外して宙で振り回した。今にも足が机からずり落ち、あるいは椅子がひっくり返るのではないかと、私ははらはらした。

「してみると、金じゃないんだな!」H・Mは言った。「当たり前か、やっぱり金じゃないんだ。もちろんそうでなきゃな。ふん!」にんまりともしないが満足した様子でがなり立てると、黒いパイプに目をやる。火を点けるのが面倒なのか、再び椅子に億劫そうに沈み込んで、両手を腹の上で組んだ。しかし、「マスターズ、続けてくれ。興が乗ってきた」

「卿は何をお考えですかな? スティラー弁護士から聞いたのですが、ダーワースには係累がなく、遺書もないので、遺産は全部妻が相続するそうです。彼が評するところでは、妻というのは、何と言ってたっけ、確か『彫刻のようなブルネットで、メイドには金輪際見えない』とか」

「待たんか、マスターズ。何が言いたい? その女がのこのこやってきて金目当てにダーワースを殺したと言うのか? お粗末な推理小説の筋書きじゃないんだぞ。名前だけの人物なんか頭から追い出せ。お目にかかったこともなけりゃ、事件にも関係のない奴だからな。ぶつぶつ言うな。なぜかって?」マスターズにパイプを突きつける。「なぜなら、この犯罪を計画した奴は、まさしく推理小説のように練り上げたからじゃよ。名人の手だ。わしが太鼓判を押してやってもいい。だが、密室の趣向はちょっとやりすぎだったな。水も漏らさぬ完璧さで、頭を悩ます余地がないほどだ。これは何か月もかけて練り上げたものだぞ。すべてがゆっくりとあの状況に向かって収斂《しゅうれん》していく、あの連中が集まってあの雰囲気になる時にな……ご丁寧に、身代わりまで用意して。万が一、思惑通りに事が運ばない時には、ちゃんとジョゼフに嫌疑がかかるようになっとる。あの坊やがいたのはそういう理由だよ。でなけりゃ出番はなかった。

そもそも、ダーワースに気づかれずに、あの坊やがモルヒネをくすねられると思うか？　知ってて知らない振りをしていたからこそ、できたんだよ」

「ですが――」マスターズは異議を唱えた。

「ふふん。呑み込めんようだから、解きほぐしてやろうか。ジョゼフは自分で薬を射ち、容疑者から外れた。これはこれで構わん。ところが、ジョゼフはずっと現場にいたわけだし、常識豊かなイギリス人は、麻薬常用者を見たら何を考えればいいのかちゃんと心得ておる。おまけにそいつは、自分が何をしていたのか筋の通った説明ができないときておる。しかも、その麻薬常用者が、これまた同じくらいいかがわしい霊媒だったとなると――ああ、万事休す。だから君らも、外部犯の線を追わずに涼しい顔をしていられるというわけだ。ゆうべの集まりに乗じて、こっそり忍び込んだ奴がいたかもしれんのにな」

卿は居眠りしながら電話に出ているような、間延びした語り口だった。それでいていつもより多少早口なのだが、声には抑揚というものがなかった。

「待ってください！」マスターズが言った。「置いてけぼりはご勘弁を。ちょっと整理させてください。あなたは『ご丁寧に、身代わりまで用意して』とおっしゃいましたな？　それから、ダーワースがどうした、とも。そもそもこの事件は誰かが推理小説の筋書き通りに仕組んだことだ、という話だったのではないんですか……」

「そうだ。いかにもおっしゃったぞ」

「筋書きを書いた人物が誰か、ご存じなんですか？」

H・Mの小さな目がキョロキョロ動いた。渋面を崩さず、組んだ両手の親指をチョッキの上でくるくる回していたが、目だけは面白がっている様子だ。その目がまた瞬いた。

「よし、それじゃ教えてやろう」突然、秘密を打ち明けでもするように話し出した。「ロジャー・ダーワースさ」

マスターズは目を剝いて卿を見た。口が開いたが、言葉は出ずにまた閉じられた。部屋を沈黙が支配し、階下でドアが閉まる音と、河岸通り《エンバンクメント》を流すタクシーの警笛だけが聞こえた。マスターズはややうなだれ、また頭を起こすと、理性を失うまいと覚悟を決めたかのような静かな決意をみなぎらせて尋ねた。

「ダーワースが自分で自分を殺したとおっしゃるんですか？」

「まさか。自分で背中に三か所も傷を負わせた挙げ句、四回目でとどめを刺すなんてことができる人間がいたら、お目にかかりたいもんだ。できっこないさ……つまりだ、筋書きが狂ったんだよ……」

「じゃあ、不慮の事故だったと？」

「馬鹿はよさんか。どんな事故なら、あんな風に滅多切りにされるんだ？　短剣が、ウイジャ盤[*19]のように勝手に動いたとでも言うのか？　断じて事故じゃない。だから、筋書きが狂ったと言ったんだよ……誰かマッチを持っとらんか？……うむ、ありがとう」

「こりゃまた途方もない話じゃな！」フェザートン少佐はそう言って、また咳き込んだ。

H・Mは無表情のまま少佐を見つめた。

「いいかな、マスターズ。あの謎が解けない限り――誤解するでない、今のところは、という意味だ。じきにわしが解き明かしてみせる――何の話だったかな、そう、足跡や密室の奇天烈な謎が解けんことには、わしらは八方塞がりだ。尋常な謎ではないぞ、あれは。このままじゃ世間の奴らは、幽霊の仕業だったと思うだろう……

お前さんは、ダーワースが昨夜降霊術のショーを演じるつもりだったと言ってたな。その通り。そのつもりだったんだよ。仕組んだ通りに運んだら、一躍彼の名は世間に轟き渡っただろうし、マリオン・ラティマーも手に入れていただろうな。畏《おそ》れ伏して抵抗もできず、一生彼から逃れられなかっただろう。それこそ彼が望んだものだったんだよ。どうじゃな？　わしがくどくど述べ立てる必要はないだろう？　思い当たることがないと言うんなら、もいっぺん調書を読み直してみるんだな……

奴には共謀者がいた。暗闇に坐っていた五人のうちの一人が、芝居の演出を手伝うことになっていたんだ。しかしそいつは裏切って手筈通りに動かず、屋敷から出て奴を殺した……ダーワース自身が演出を考え、共謀者がうまく演じられるように調えた舞台装置を、まんまと利用したわけじゃ……」

マスターズは、両の拳を机についてぐいと身を乗り出した。

「どうやら私にも呑み込めてきました、ヘンリ卿。あの密室は、ダーワースが意図して出現させたものだというわけですな？」

「そうじゃよ」H・Mは仏頂面で答えると、パイプに火を点けようとマッチを擦《す》ったが、火はすぐに消えてしまった。マスターズは自動人形のような仕種でマッチを擦り、机越しに差し出した。卿が話を続ける間も、マスターズの視線はH・Mの顔から離れなかった。「そうでもしなければ、彼がやろうとしていたことが幽霊の仕業だと世間の奴らに信じ込ませるのは至難の業だからな」

「で、奴は何をやろうとしていたんですか？」マスターズが尋ねた。

H・Mは机の上に乗せていた足をやっとこさ床に下ろした。マスターズが差し出したマッチから火をもらった時には、マッチは警部の指を焦がしそうなほど短くなっていた。パイプの火は再び消えたが、卿は気づいていないかのように吹かし、机の上に両肘をつき、大きな頭を両手で抱えて、目の前に置かれた書類を見ながら考え込んでいた。窓の外は暮れなずみ、雨の音がかすかな調べを奏でている。灰色に煙る霧を背景に、眼下の河岸通り《エンバンクメント》のカーブに沿って瞬く街灯の連なりが首飾りのように浮かび上がり、橋の上の灯りが真っ黒な川面に映っていた。黒い影となったバスは陰鬱な赤い灯をちらつかせながら、薄青く見える背の高い街路樹の下を走り去り、車は蛍火のようにゆっくりと道路を這う。と、びっくりするほどの近さで、頭上高らかにビッグ・ベンが鳴り出し、五時を打ち終えると、すぐにH・Mが話し出した……

「わしは今日の午後ずっと、この調書について考えていた。事件全体の鍵を見つけるのは特段難しいことじゃないんだ。いいかな、こういうことだ。ダーワースのマリオンへの恋着は、崇高と言ってもいいものだった。それがこの事件の厄介なところだ。まさに崇高なものだったんだよ。口説き落とすだけのことなら、あいつはとっくにやってのけて、こんな面倒な事件にはならなんだ。ふん！　そうすれば、じきにベニング夫人やテッド・ラティマーを相手にするのにも飽きるか、あるいはあの婆さんからふんだくれるだけふんだくって、もっとうまい話に乗り換えただろう。いまいましいが、ではどうしてそうならなかったのか？」

H・Mは哀れっぽい声で言うと、怒った様子でうつむいたまま頭をかきむしった。

「奴のやり口は、大して頭を使わなくても見当がつく。まず、ベニング夫人が最愛の甥を亡くして悲嘆に暮れているのに目をつける。しかし、さすが並の手腕じゃない。すぐにラティマー、ハリディとの繋がりを見抜き、テッドに狙いを定める——そのへんの事情はもう知っておるな。奴がはなから黒死荘の因縁話を知っていたかどうかはわからんが、気づいてみれば、お誂《あつら》え向きの幽霊譚が転がり込んで、頭の弱い哀れなジェームズの霊魂を絡ませれば、自分の好きなようにいくらでも趣向を凝らせるというわけだ。そして、マリオンにめぐり逢った。ドーン！　いよいよ大物狩りの幕が切って落とされた、というわけだ……

奴はこの勝負で妻になる女性を手に入れるつもりだった。そこで、せいぜい頰ひげを手入れして、バイロン卿気取りの振る舞い、袋の中から持てる限りの心理の手品を取り出して、何とかマリオンを籠絡しようとする——奴のやり口を見るんだな、ほとんど成功しかけておる。ハリディという男がいなければきっと満願成就の運びになっていただろう。ハリディがいたばかりに、奴は『憑依』なんぞという馬鹿げた話を持ち出さねばならなくなった。これには入念な仕込みが必要だったはずだ。マリオンの頭をそれまで考えもしなかったような観念でいっぱいにする。彼女の前で踊り、戸惑わせ、優しい言葉で宥《なだ》め、甘い言葉で丸め込む。あまつさえ催眠術まで試みて、恐怖で気も狂わんばかりにさせた。どういう理由があるのかわからんが、ベニング夫人も手を貸しておる……」

H・Mは両手で頭を叩いた。マスターズが口を挟む。

「ああ、嫉妬の気持ちも多少あったんでしょうな。だが、黒死荘の『お祓《はら》い』というのは、最後の大勝負――」

「決定打だな！」とH・M。「とどめの一撃だった。これがうまくいけば、マリオンは奴が望んだ通りの状態でものにできるはずだった。うん、そうだろうな」

「先をどうぞ」いっとき沈黙があった後、警部は促した。

「いいか、わしはここに坐って考えていた。ダーワースがやろうとしたのは、とびきり危険な芸当だ。何しろ、とどめの一撃にならなきゃいかん。そうでないと、計画全体が瓦解する恐れもある。誰にも見えない偽幽霊をおっかなびっくり出すのと違って、うんとこさ見栄えがするものでなきゃいかん。例えばあの鐘だが、単に舞台効果を狙ったものかもしれんし、実際に危険を予測したからかもしれん。どっちにしろあの鐘は、ダーワースが屋敷にいた連中を呼び出すことをあらかじめ考えていたことを意味しておる。奴はドアの外から南京錠を下ろさせて石室に籠った。これにはトリックの匂いがぷんぷんする。しかし同時に、中からも差し錠と鉄の横木を掛けた……いいか、奴は幽霊でもなければ入れない部屋の中でルイス・プレージに襲われる、という演出をするつもりだったんだ。

繰り返すが、わしはここに坐って考えていた……そして自問した。『第一に、彼はどうやってその演出をするつもりだったか。第二に、彼は一人で実行するつもりだったのか』とね。報告によると、お前さんは玄関から外に出て、屋敷の横を通って庭に出たら、数分もしないうちに鐘の音を聞いた、とある。その前には石室の中から奇妙な物音が聞こえた、ともな。ダーワースの声も聞いておるな。お前さんの言によると『哀願しているような感じで、その後は呻き声や泣き声に変わった』ということだ。どう考えても、激しく襲われたとは思えない。いいかな、手ひどく切られたり刺されたりしているのに、争う物音はしなかった。普通そんな状況だったら聞こえたはずの、叫び声も格闘の音も喚き声もなしだ。これはな、マスターズ、苦痛のせいだよ。苦痛がそうさせたんだ。奴はひたすら我慢していたんだ……」

マスターズは片手で乱暴に髪をかきむしった。「つまり、彼はおとなしく膾《なます》に斬りさいなまれていた、と言うんですか？」

「その話は、もそっと後だ。さて、今の話では共犯者がいたのかいなかったのか、どっちにも取れる。だが、いた可能性がずっと高いな。あの傷だって、自分ではとうていつけられない場所にあったからこそ、密室の設定が生きるんだからな。異論があるか？」

「どうぞ先を」

「石室についての報告も疑問だらけだ。第一に、なぜあれほど血が流れていたんだ？　多すぎるよ、マスターズ。奴は、君ら警察にはお馴染みの、救世主気取りの狂信者だったのかもしれん。この仕掛けで世間を唸らせ――マリオンを搦《から》め捕り――エゴを満足させるためなら、自分の体を傷つけさせるのも厭《いと》わないほどのな。いいか、奴は金なら唸るほど持っていた。香《こう》の薫りに酔った預言者が、自分の声の響きに抗うことができずにあんな真似をしたとも考えられる……それでも、あの血は多すぎる」

H・Mは顔を上げた。大きな顔にはこの日初めて奇妙な笑いが浮かんでいた。小さな目はマスターズに注がれたままだ。いよいよ卿本来の力が発揮されてきたのがはっきりと感じられた。

「わしは二つのことを思い出した」H・Mの口調はいくぶん和らいでいた。「一つ目は暖炉にあった大きなガラス瓶の破片。あんなところに場違いも甚《はなは》だしい。それから母屋の階段下で見つかった、喉をかき切られた猫の死骸」

マスターズはヒューと口笛を吹き、フェザートン少佐は浮かしかけた腰を戻した。

「わしは君らのところの鑑識に電話してみた。血のほとんどが猫のものでなかったら、わしはシャッポを脱ぐよ。あれは舞台効果の一部なんだ。殺人者が実際にダーワースを追いかけながら斬りつけたとしたら、足跡や指紋がたくさん残ったはずだ。それがなく、おびただしい血だけが流れていたわけが、これでわかるな。

わしは自問を重ねた。『石室の暖炉が熱く焚かれていた理由もそれではないか?』ダーワースは猫の血を厚みのない瓶に入れ、外套の下に隠し持って部屋に入った。その血を、趣向を凝らし、効果満点の演出になるよう床や自分の身に振りかけるのに、さほど時間はかからない。その間に血が凝固しないように温めておく必要があった……暖炉のことはそういう理由かもしれん、とな。もちろん、そうでないかもしれんが。

あの惨状を考えて、わしは自分に言い聞かせた。『奴の衣服はずたずたに裂け、全身血まみれだ。床に倒れた拍子に、割れた眼鏡の破片が目玉に刺さっている。だが、派手で生々しい舞台装置を無視して考えてみろ』とな――」

「ちょっと待ってください、H・M！」私は口を挟んだ。「猫を殺したのはダーワースだとおっしゃるんですか？」

「あん？」横合いから口を出したのはどいつだと言わんばかりに、H・Mは近視の目でこちらを睨んだ。「ああ、君か、ケン。いかにもそうおっしゃるのさ」

「いつ殺したんです？」

「もちろん、テッド・ラティマーとフェザートン少佐を石室にやって準備をさせた時さ。二人は十分に時間を取って準備をした。その間、奴は母屋の一室で休んでいた。わかったか？　それじゃあ、いい子だから黙って――」

「返り血はつかなかったんですか？」

「ついただろうな。でも、いっこうに困らんさ。何しろ、後でたっぷり浴びようとしているわけだ。血は多ければ多いほど好都合だ。外套と手袋で隠せばいい。思い出してみるんだな。奴はその後、居間には戻らなかった。明るい灯りの下で見られたり、しげしげ眺められたりしちゃたまらんからな。急いで母屋を出て、石室に入って錠を下ろさせた。いいか、血を固まらせないようにしなきゃならんのだぞ。ところで、何の話だったかな？……」

H・Mはそこでひと息ついたが、小さな目はひとところに据えられていた。やがて、ゆっくりと「ああ――そうか――なるほど」と言って、両の拳を机に置いた。

「君らのおかげで頭が回り出した。今、思いついたことがある。だが、ちょいと間が悪いな。悪すぎる。気にせんでくれ。話を戻そう。どこまで話したかな？」

「脱線せんでくれ」フェザートン少佐がステッキで床を叩きながらかすれ声で言った。「まともな話とも思えんが、先を聞きたい。あんたはダーワースの傷の話をしていたんじゃなかったか？――」

「そうだった。うん。おほん、わしは自分に『舞台装置を無視して考えてみろ』と言い聞かせた。大量の血液とずたずたになった服を見たら、ひどい殺され方だと誰もが口を揃える。しかしだ、致命傷となった深い刺し傷を除くと、ほかの傷は深いものだったかな？　ええ？　いいかな、あの短剣は人を斬る武器ではない、ということを胆に銘じろよ。どんなに鋭くとも、千枚通しでは物は切れんのじゃよ。だがダーワースはそれを使わざるを得ない。ルイス・プレージの幽霊を生かさにゃならんからな。しかし、実際にはどういうことが起こったのか？……わしは検死報告書を送らせて調べてみた。

左の腕、腰、太腿、計三か所浅い傷がある。いかにも気の弱い奴が自分でつけそうな傷だ。恐る恐るやったんだろう、せいぜい半インチの深さしかない。それでもダーワースは勇を鼓してそこまでは自分でやった。だがそれが覚悟の限界で、その後は共犯者に背中から突かせたんだ。呻き声の理由もそれでわかる。気分が高揚していたから最初は我慢できたが、その頃には気力も失せかけていたんじゃな。

神経が張りつめていたから、それまでのは大して深傷《ふかで》にはならなかった。だが共犯者は、ダーワースが自分ではつけられないような傷をつけなけりゃならん。一度目は肩胛骨の上あたりをズブリと刺し、もう一度は背中を斜めに刺したが、こちらは浅傷《あさで》になってしまった。ともかく、それで終わりにする手筈だった……」

とその時、机の上の電話がけたたましく鳴り、みんなを驚かせた。H・Mは毒突き、受話器に向かって拳を振り回しながらひとしきり文句を言って、やっと受話器を取った。相手も確かめず、今、大英帝国の命運に関わる喫緊の案件で忙しい、と喚いたが、相手の断固とした口調に怒鳴るのをやめた。相手の声が漏れ聞こえる。すると、H・Mの仏頂面にも満足そうな様子が広がり、ご馳走を目にしてほくそ笑むかのように、「塩酸エオカイン！」とひと言発した。

「これで一つは解決だ」卿は受話器を置きながら言った。「ブレイン医師からだ。そんなことだろうと思っていたが、その通りだった。ダーワースの背中に相当量の塩酸エオカインが注射してあったそうだ。歯医者に通ったことがあれば、ノヴォカインという名前で知っているはずだ……哀れなもんだな、奴も。覚悟の上とはいえ、痛みに耐えられなかったか。馬鹿な振る舞いさね。まかり間違えば、その注射で心臓がやられるところだった。もっとも、誰かさんが代わりに心臓を止めてくれたがね。考えてみると面白いな。望みのものを手に入れるにはどうしたらいいか心得た、お愛想たらたらのいけ好かない野郎でも、いざ実行となると、からっきし意気地がなくなるとはな。はっはっは！——誰かマッチを貸してくれんか？」

「共犯者は浅傷を与えることになっていた……」先程からしきりにメモを取っていたマスターズが言った。

「そうだ。だが実際はそうしなかった。そいつは豹変し、ダーワースが事態を呑み込めないうちに二つの深傷を負わせた。一つは背骨の近く、そして肩胛骨のすぐ下をこんな風に――」

H・Mはそう言って大きな手を振り下ろした。その表情には、悪鬼じみた異形の様相が窺え、両の目はこちらの考えを見透かしているようで、私は思わず目を逸らした。

「ご高説を拝聴しましたが」マスターズが抗議口調で言い放つ。「何の解決にもなっておりませんな。密室の説明が手つかずです。共犯者がいたとすれば、中のダーワースが差し錠と横木を外して入れてやった可能性があるのはわかりましたが――」

「その共犯者が母屋から三十ヤードも泥の中を足跡を残さずに歩いていって、ですか？」と私は横やりを入れた。

「まぜっ返すのはご勘弁を」マスターズは、真剣な話をしている最中に茶々を入れられてはたまらんと、唸り声で牽制した。「私はダーワースがどうやって共犯者を入れたか理解できたと言っただけで――」

「そう結論を急ぎなさんな」H・Mが取りなした。「思い出してほしいんだが、石室のドアには外から南京錠が下りていたな。ところで、その南京錠の鍵は誰が持っていた？」

「テッド・ラティマーです」とマスターズ。

いっとき沈黙があった。

「まあまあ」H・Mが宥めるように言った。「その可能性もあるというだけの話だ。結論に飛びつくのは早いぞ。テッドで思い出したが、お前さんは、彼が風を食らって逃げたとか言ってたよな？　その話はまだ聞いていないぞ。ほかにも聞きたいことはうんとあるがな。まだまだ、これから……」

マスターズは上目遣いに一瞥した。「殺人者がどうやって足跡を残さずに石室に出入りしたかさえわかればありがたいんですがね――」

「こんな話を読んだことがあるぞ」Ｈ・Ｍが、教室の後ろで腕白坊主がいきなり喋り出すように、話を始めた。「シルクハットの上に人が坐ってぺちゃんこにしちまう、なんて話よりずっと面白いぞ。あたり一面六インチの雪が積もった一軒家で殺人が起きる。雪の上に足跡はない。犯人はどうやって出入りしたのか？　種明かしをするとだな、竹馬に乗って出入りしたんだとさ。警察はウサギの足跡だと思っていたそうだ。くっくっく。どうだ、マスターズ。お前さん、誰かが竹馬に乗って屋敷から出ていくのを見たんだったら、これがヒントにならんか？　筋は通っているだろう？

いいかな、カボチャ頭諸君、密室状況の根源的な問題は、ほとんどの場合、密室状況そのものが非合理的だということなんだ。密室を構成することができないと言ってるんじゃない。フーディニの箱抜け奇術を不可能だと言えないのと同じようにな。そんなつもりは毛頭ないさ。わしが言いたいのは、現実の殺人者はたいていの場合、推理小説の結末で読者が信じ込まされる、凝りに凝った仕掛けにうつつを抜かそうなんて、これっぽっちも思わないってことなんだ……ところがおあいにくさま、この事件は正反対。我々が相手にしなきゃならんのはダーワース、全身全霊で、珍妙な仕掛けやら人の目を欺く細工やらに打ち込んだ男で、非常に合理的な目的のために、非合理的なショーを演じていた人間だ。仕掛けはあくまで論理的、しらけるほど論理的なんだよ、マスターズ。殺されるつもりなんざ毛頭なかったね。殺人者が、お膳立てされた計画をそっくり利用したのさ……だが、いまいましいことに、どうやったのかがわからん」

「私が言いたかったのもそれでしてね」マスターズは執拗に食い下がった。「足跡がない理由を説明できれば、ドアの差し錠と横木の謎は説明できるんですがね」

H・Mはマスターズを睨むと、真面目くさって言った。

「戯《ざ》れ言はごめんだぞ、マスターズ。わしは戯れ言は好かん。屋根を宙吊りにしておければ壁を立てるのは造作ない、と言うようなもんじゃないか。だが、まあいい。お手並拝見といこう。霊感の泉が湧き出で、知性がまばゆく輝く様を見たいもんだな……さあ、どう説明する？」

警部は、皮肉には頓着せずに言った。

「ふと頭に浮かんだんですよ——私も『坐って考えていて』ですね——殺人者が去った後、ダーワース自身が差し錠を掛け、横木を渡したんじゃないかと。ダーワースがそう計画したのではないでしょうか？　奴は、まさか自分が死にかけているとは思わずに、計画通りに実行したんでしょう」

「いいか」H・Mは両手で頭を抱えた。「こんなこと、念を押すまでもないが、殺人者が本気で刺した後、ダーワースは三歩と動けたはずはないんだ。釣り鐘に通じる紐を引くのが精一杯で、あとは倒れて眼鏡が割れ、破片が目に突き刺さった。これもわざわざ言うまでもないと思うがな、奴が倒れていたところからドアまで血の滴りも血のついた足跡もなかった。そもそも、心臓をぐさりとやられた男が、屈強な男でなければ動かせないような鉄の横木を持ち上げ、差し錠を掛けるなんて真似ができたかどうか、議論したくもない。別の説明を探さねばならん、としか言えんな……

事実だ！　もっと事実を寄越せ、マスターズ。お前さんが今日何を摑んだのか、テッド・ラティマーはどうなったのか、詳しく知りたい。さあ、話さんか！」

「承知しました。秩序立てて話します。秩序こそ今の私どもに必要なものですし、もう遅くなりましたからな……弁護士のスティラーと話した後、一緒にダーワースの家を見に行きました。家には人を引き戻す性質があるというのは面白いことですな。その家で出くわしたのが――」

顔に好奇の色を浮かべて身を乗り出したH・Mのすぐ耳許で、またも電話がけたたましく鳴った。

15 心霊の宮殿

受話器を耳に当て目を剝いたH・Mは、早口でがなり立てた。

「違う！　番号違いだ！……わしが番号を知ってるはずがなかろう！　あんたがどこにかけたいかなんてどうでもいい……いや、ホワイトホール〇〇〇七じゃない。ミュージアムの七〇〇〇だ。ラッセル・スクエア動物園だよ、トンチキ……いやいや、ラッセル・スクエアにだって動物園はあるぞ。いいか……」（ここで階下の交換台から若い女性の声が割り込んだ）「切ってくれ、ロリポップ」H・Mは新しい声に言った。「どうしてこんな唐変木の電話をつなぐんだ……」そこでH・Mの声は素っ気ないほど真面目くさったものに変わった。「いや、あんたのことじゃないよ、ロリポップというのは……」

「私にかかってきたんでしょう」マスターズが慌てて立ち上がった。「申し訳ありません。私への電話はこちらへ回すように言っておいたんです。どうかお気を悪くなさらないで――」

H・Mは、電話を睨みつけていた目をマスターズに移した。電話から「ははは」という甲高い声が聞こえた。マスターズがH・Mの手から巧みに受話器を取り上げた時もまだ、笑い声が漏れ聞こえていた。

「いや、おかしなことを言って笑わせたのは秘書じゃない。ヘンリ・メリヴェール卿御大《おんたい》その人だ」相手の声はくぐもってやがて聞こえなくなった。「お前がそう思うのも無理はない。いいから気にせず続けてくれ、バンクス。どんな用件だ……ほう……いつだ？……タクシーでか？　相手の姿は見たか？……車のナンバーはわかるか？……そうだな、参考までにな。いや、それほど重要ではないだろう。怪しいところはないんだな……いや、私も目を離さないようにするよ……良心が痛まないなら、敷地に入っても構わんさ……わかった……」

マスターズは受話器を置いた後も、決心が固まらず迷っている様子で、もう一度受話器に手を伸ばしかけたが、ほかにも多くの懸案を抱えているため、思い直した。加えて、H・Mが一席ぶちたくてうずうずしていた。

「これでわかったかな？」H・Mは不機嫌ながらも満足した口調で言うと、マスターズに人差し指を向けた。「これこそわしの身に絶えず降りかかる、理不尽な暴虐の第一級の見本だ。それでいて、世間の奴らはわしのことを『変わり者』と呼ぶんだ。考えてもみろ。あいつらは、いつでもお構いなしにずかずかとわしの部屋に入り込み、電話をじゃんじゃん鳴らしおる。それでわしを『変わり者』呼ばわりもないだろう？……ケン、もう一杯くれ。これまであの手この手で俗物どもを寄せつけないようにしてきたんだ。ドアにエール錠の一番複雑なのを取り付けたこともある。そのくせ、今まで締め出しを食ったのは、このわしだけという間抜けな話だ。カーステアズを呼んで、ドアを破ってもらわねばならんかった。あれは誰かがわしのポケットから鍵を盗んだと睨んでおる。それにな、秘書のロリポップ、可愛いロリポップまでが、わしの机の上を滅茶滅茶にしよる。あの娘《こ》にまで裏切られたら、わしに何ができると言うんだ？」

マスターズは、何とか卿に話を変えさせようと躍起になって、横滑りする車のハンドルを握ってでもいるように両手をくねらせていた。こうなったら、あまりフェアとは言えないが、手は一つしかない。ロリポップのことを考えると、昔のことが懐かしく思い出される。私はH・Mに水を向けた。「ロリポップ嬢といえば、私とバンキー・ナップがこの部屋に上がってきた時、卿は彼女と二人きりでいて、手紙の口述筆記をしていたんだと言い訳されたことがありましたね」効果覿面《てきめん》だった。H・Mはマスターズに向き直った。

「お前さんの方で協力するつもりがないんなら、わしはこの事件から手を引くぞ。先を話してくれ。ダーワースの家に行った時の話だったな。続きを頼む」

H・Mはふと口をつぐんで、じろりと目を上げた。フェザートン少佐が立ち上がったのだ。少佐は怒りのせいか、柄にもなく、ことさらきちんとシルクハットをかぶった。デスクランプの薄暗い灯りでは表情はほんのわずかしか窺えなかったが、込み入った話に苦労しながらついてきたものの、遂に痺れを切らし、冷たい怒りに満ちた結論を口にする肚を決めたようだ。

「メリヴェール！」

「うん？　ああ……突っ立ってないで腰を下ろさんか……どうしたんじゃ？」

「わしがここへ来たのはな、メリヴェール」少佐はひと言ひと言はっきり発音しながら、轟き渡るような声で切り出した。「助けが必要だったからだ。そうじゃとも。貴公ならわしらを苦しい立場から救ってくれると考えたんじゃ。それがどうじゃ？　おぬしときたら、わしらのうちの一人がどうのこうのと、聞くに堪えない与太話ばかりじゃないか――」

「ところで、あんた」H・Mは眉をひそめながら口を挟んだ。「その咳はいつから続いているんだね？」

「咳じゃと？」

「そう。ゴホン、コンコンというやつじゃ。ここに来てからずっと咳で埃を立てているが、その咳は昨夜も出ていたのかね？」

少佐は目を丸くして「出ていたとも」と答えた。咳が出たことがたいそうな自慢のように威張っている。「咳の話なんかしている場合ではないじゃろうが。こんなこと認めたくはないがな、ヘンリ、おぬしはわしらの信頼を反古《ほご》にしおったぞ。これ以上話を聞くのはご免こうむる。しまった、バークレーでカクテルパーティーに招《よ》ばれておった。もう時間を過ぎてしもうた。では皆の衆、ごきげんよう」

「もう一杯やらんのか？」H・Mの口調は自信なさそうだった。「要らん？　そりゃ失敬――それじゃ、またな」

ドアが音を立てて閉まると、H・Mはややたじろぎ、フクロウのような真ん丸の目で、ドアの方を瞬きしながら見ていた。そして、そうすれば頭の中にある厄介な考えが転がってちゃんとした場所に納まるとでもいうように、頭を振った。

H・Mは唐突に、ある文句を何度も諳《そら》んじた。

ウィリアム父さんいい歳だ、何度も言うのはもううんざり

おまけにそんなでぶっちょ見たことない
そのくせ戸口で、くるっと逆さにとんぼ返り
そのわけ聞かせてくれないかい?[20]

「何です、それは?」マスターズが訊いた。

「ちょっと思いついたんじゃ……気にせんでよろしい。えーと、わしが七一年生まれだから、フェザートンは六四年か六五年ということになるな。元気なもんじゃないか? 今夜サパークラブでダンスでもしかねんぞ。*Si la jeunesse savait, et si*——[21]ふん。先を頼むよ、マスターズ。弁護士と一緒にダーワースの家へ行ったくだりだ。続けてくれ」

マスターズは慌てて話し出した。

「住所はチャールズ・ストリート二五番地です。スティラー弁護士とマクドネル巡査部長と私の三人で行きました。鎧戸があらかた下りていましたが、静かで、なかなか立派な家です。奴はそこに四年ぐらい前から執事兼召使いの男と住んでいました。毎日そこから出かけていたようですな。以前は運転手を雇っていましたが、ここ数年は自分で運転していました」

「その執事というのは——?」H・Mがそれとなく匂わせた。

「いや、真正直な人物です。身許保証も申し分ありません。彼は同じメイフェアに住んでいる前の雇い主の名前を挙げました。ダーワースの死亡記事が新聞に載ると、すぐにその人物が、戻ってこないかと電話で言ってきたそうです。確認しましたが、事実でした」

「はは。わしの女房殿のようだな。きっとゴシップには絶えず目を光らせているんだぜ、マスターズ。それで？」

「その男がダーワースに奉公する気になったのは、どうやら休みが多いからですな。興味深い話でしょう？　訪問客や降霊会のことを尋ねたところ、ダーワースが心霊術に興味を持っていたことは知っているそうです。が、降霊会の時は夕方から休みをもらっていたらしいです。

家の中は陰気で、博物館のようです。火の気がなく、ほとんどの部屋は使われないままで、へんてこな絵や彫刻だらけです。二階にあるダーワースの寝室でスティラーに壁の金庫を開けてもらいましたが、めぼしい物はありませんでした。書類は用心深く始末していたようです。ひょっとすると別の場所に隠しているのかもしれませんな。降霊室なる部屋にも行きました」

マスターズの表情には面白がって馬鹿にする様子が窺えた。「屋根裏の大きな部屋で、羽みたいにふわふわした絨毯敷きです。カーテンの掛かった壁のアルコーブに霊媒が坐るようになっています。その部屋に、いやはや、仰天したのしないのって。あんな風に出くわしてごらんなさい、首を仰向き加減にして椅子に坐り、その首が痛むのか、ゆっくりこちらに向けられるんですが、何しろ窓越しの鈍い光の中です、こう認めても全然恥ずかし……」

「だから誰と出くわしたんじゃ？」H・Mが、閉じていた目を開いて尋ねた。

「それを申し上げようとしていたら、さっきの電話だったんです。ベニング夫人です。それが、何やらぶつぶつ言っているんです」

「ふん、そうか。で、夫人は何をしていたんだ？」

「それがよくわからないんですな。ここはジェームズの部屋だから、お前たちみんな出ていきなさい、と繰り返すばかりで。執事のポーターは彼女を家に入れた覚えはないと言うんです。夫人は我々を口汚く罵りました。ひどいものでしたな。何しろあの身分、あの洗練された形《なり》でしょう、もう面食らってしまって。歳が歳だけになおさら聞くに堪えないものでした。いざ立ち上がると足が不自由で、ちょっと気の毒にもなりました。手を貸そうとしたんですが払いのけ、また坐ってしまいました……私どももぐずぐずしてはいられないので、部屋の捜索にかかりました……」

「部屋の捜索？　どうやってだ？」

マスターズの顔には再び、気の置けない、寛大そうな、小馬鹿にしたような笑みが広がった。

「これまでいかがわしい仕掛けはいろいろ見てきましたが、あれは特筆ものです。ダーワースが今までなぜばれずに済んでいたのか不思議ですが、きっと処世術のおかげでしょうな。何しろ、家宅捜索も受けたことがないんです。……部屋中に電線が張り巡らされていました。テーブルに霊魂のラップ音を出すための電気コイルと磁石が付けてあり、シャンデリアには盗聴マイクが忍ばせてあって、話したことは別室に筒抜けです。それは納戸のような小部屋で、同じ階にあります。そこにダーワースが隠れて降霊会を仕切っていたんですな。霊媒が坐るアルコーブの羽目板には家庭用の無線装置が隠してあって、そこから声色を使うことができるようになっていました。ほかにも、折り畳んだガーゼ製エクトプラズム、やはりガーゼ製の幕に幻灯機で宙に浮かぶ顔を映し出す仕掛け、針金で吊ったタンバリン、水を含ませたティッシュペーパーを詰めたゴム手袋――」

「棚卸しはそのへんで勘弁してくれ」H・Mは苛立たしげに遮った。

「はい。私はバートと二人で、部屋中の仕掛けをばらす作業にかかりました。すると――物音が人に与える効果というのは面白いもんですな――ベニング夫人は我々のすることを見守り始めました。電線やら何やらを引っぺがすたびに、夫人ははっと体を硬くして目をつぶるんです。私が霊媒用のアルコーブから無線装置を引き出してテーブルに置いた時には、夫人の顔を涙が伝うのが見えました……それが普通の泣き方じゃないんですな。瞬きもせず、涙だけをポロポロこぼしているんです。やがて夫人は立ち上がって部屋を出ようとしました。さすがに私もちょっと心配になったので、追いかけて、下までお送りしてタクシーをつかまえましょう、と言ったら、今度は素直に私の腕に摑まりました」

その時のことを思い出して、マスターズは困惑していた。がっしりした顎をしきりに撫でながら、自分が事実ではなく「印象」としか呼べないものについて語っていることに戸惑っている様子だった。いきなり背筋を伸ばすと、急に不自然な警官口調で話し始めた。

「私は証人を階下へ連れていきました。証人は私を見上げ『私から、着ているものまで剝ぎ取るつもり？』と言いました。彼女は『着ているもの』という言葉を強調しました。彼女が――その、証人が――何を言いたいのか私には理解できませんでした。彼女が着ていたものは確かに奇妙で、年配のご婦人が着るようなものではありませんでした。化粧も厚く……」

その時私は、H・Mの合図で人数分の酒を注ぐために席を離れていた。H・Mと私は警部を見ていたが、ソーダサイフォンのシューッという音が、警部には自分の理解力を非難するものと聞こえたかもしれない。

「私はタクシーをつかまえ、証人を乗せてやりました。証人は窓から顔を出してこう言いました……」マスターズは手帳を取り出した。「『お巡りさん、私は今朝、可愛い可愛い甥の婚約者と話をしました。あなた、あの人たちにも少しは関心を持つべきよ。だって可愛いテッドが急にいなくなったんですものねえ』」

H・Mはこくんと頷いたが、あまり関心はなさそうだった。私は言った。

「フェザートン少佐は今朝電話で夫人と話したと言っていましたが、夫人は今の話を少佐にはしていませんね」

「愉快な話じゃありませんから、不自然とは言えませんな」マスターズは話を続けた。「私は家に戻り、ラティマー家に電話しました。応対したミス・ラティマーは取り乱していました。厳しく問い質しましたが、彼女からは大して聞き出せませんでした。姉弟の住まいはハイド・パーク・ガーデンズで、ミス・ラティマーが帰宅したのは六時を回ってからです。廊下に帽子とコートがあったので、弟は先に帰っているとわかり、起こさないようにそっとベッドにもぐり込んだそうです。

昼近くに起きると、メイドが弟からのメモを渡しました。それには『調査で出かける。心配無用』とだけ記されていました。メイドの話では、テッドは十時頃に旅行鞄一つで家を出たそうです。彼女がメモを受け取ったのは十一時でした。私がどうしてすぐに知らせなかったのかと尋ねると、誤解されるのが怖かったからだ、と答えました。いつもの気まぐれで、どうせ夕方には戻るだろうから大騒ぎしないでほしい、と頼まれました。最初彼女は、ベニング夫人のところではないかと考え夫人に電話したのですが、来ていないと言われ、それから心当たりに電話したそうです。しかしまだ見つかっていないということでした。

こちらへ伺う時間が迫っていましたので、私はバートをやって事情聴取に当たらせました。ミス・ラティマーには、検視審問の際にテッドの出席を要求する裁判所命令を出す旨、警告しておきました。逃亡を企てようとしている者を逮捕するには、それが法律的にも安全な措置なんです。また、彼の人相特徴が通常の警察網に『指名手配』として流れ、無線でも同じ扱いになる、と因果を含めておきました」マスターズは手帳を閉じると、私が差し出した強い酒を飲み干し、グラスをテーブルに置き、ぞんざいな口調で言い足した。「私に言わせりゃ、あの若僧は、真犯人か、完全にいかれているかのどっちかですな。こんな風に逃亡するとは！　気がふれたか、犯人か、ひょっとすると両方かもしれませんな。あいつが南京錠の鍵を持っていたという事実以外に証拠の切れっ端でもあれば、すぐ逮捕するんですがね。しかし、またへまをやらかしたら……」

マスターズは結果を身振りで示した。その意味は間違いようがないほど明瞭だった。

「やりかねんぞ」とH・M。「うん。あいつが我々にわざと怪しいと思わせ、自分を犯人に仕立て上げるように仕向けたとしたら――どうだ、あの男ならやりそうだろう？　わかっているのはそれだけか？」卿は語気鋭く尋ねた。小さな目がせわしく動く。

「もし、ほかに必要とあらば、完璧に記録を取ってあるのでお出ししますよ」

「そうか。何かが足らん気がする。わしが知りたいことは今の話の中にはなかったな。くそっ、何か閃きそうなんじゃがな……ダーワースの家でほかに気がついたことはないのか？ あの家にいた時のことを想像力を働かせて思い出してくれ。そう、そんな風に！ あの時どんなことを考えていた？」

「ダーワースの仕事部屋だけですな」マスターズは、木に彫ったようなポーカーフェイスでさえ読み解くH・Mのはた迷惑な癖に、気圧された様子だ。「しかし、卿がインチキ心霊術の小道具についてはもう聞きたくないとおっしゃったので――」

「気にせんで結構。話してくれ。わしが話を遮ったら、それは何か閃いたんだと思ってくれ」

「地下に一部屋ありまして、ダーワースはそこで仕掛けのある箱やなんかを作っていたんです。外で作らせることはありませんでした。足がついて危険ですからな。何でも自分で作っていました。手先が器用なんですな、実に。私も似たようなものを手慰みに作ったりしますが、私の場合はほんの道楽です。ところがその部屋には、小さいですが初めて見る精巧な電気旋盤がありました。刃なんて剃刀のようです。思わず、最後に作っていたのはどんな仕掛けなのか考えてしまいました。白い粉がついていたんです……」

H・Mは口に運びかけたウィスキーグラスを途中で止めた。

「……紙の切れ端に、ミリ単位の計測をメモしたものもありました。あとは書きなぐった紙切れが少々。そんなものは気にも留めませんでしたが。あ、それから、奴はライフマスクを作っていたようです。なかなかの出来映えでしたな。これは実は易しい仕事で、私も作ったことがあるんです。顔にワセリンを塗ってその上に石膏を流して延ばすのですが、固まればもう痛くありません。ただし、石膏が眉毛につくと厄介です。それから型を剝がして、内側に濡らした新聞紙を貼っていきます……」

私はH・Mを見守っていた。ここで卿が芝居っ気たっぷりにおでこをぴしゃりとやったり、大袈裟に驚きの声を上げたりすれば、また延々と脱線していくのを覚悟しなければならないところだったが、そうはならなかった。やや荒い息遣いを除けば、黙ったままでいた。酒を飲み干し、机から足を下ろし、身振りで警部に話を続けるように促すと、マスターズの報告書を取り上げた。

「――そして」突然H・Mが、自分を相手に続けていた議論を再開するかのように話し始めた。「小さな石室の暖炉には、香料を焚いたような強い匂いが漂っていた、か」

「失礼、何とおっしゃいました？」マスターズが尋ねた。

「いや、わしも『坐って考えていた』のさ」H・Mは親指をくるくる回して肩を大きくそびやかし、目を瞬かせて室内を見回した。「なぜ強い香《こう》を焚いていたのか、一日中考えていた。たった今、白い粉で思いついたんじゃ……わしも毛が三本足りん馬鹿者だな」そして、感心したようにそっと言い添えた。「それは何だったんだろうな？　ははは」

「おわかりなんですか？」マスターズが尋ねた。

「ふふん。お前さんが何を考えているかもわかるぞ。それから君もだ、ケン。わしは最前話したのとは別の密室物も読んだことがある。密室物はたんと読んでおるんじゃ。悪魔のような奴が未知の毒ガスを発明する。部屋の外から鍵穴を通してそのガスを注入する。中にいる奴は吸った途端に発狂し、自分の喉を絞めて息絶える、まあそんな筋だ。ははは。こんなのもあったぞ。ベッドで毒ガスを吸った奴が急に元気になって跳び上がり、シャンデリアの突起に体を刺して死んじまうって話だ。坐り高跳びなんて競技があったら世界記録間違いなしじゃが、よしんばそんな突っ込みを勘弁してやったとして、また同じようなものを読むのは願い下げだ……いや、こんな話はどうでもよかったな。問題は、我々の犯人Xを手際よく石室に入れ、被害者を滅多刺しにさせる方法だ」H・Mは、苦い経験を思い出したのか、顔をしかめた。「それにしても、未知の毒ガスやら痕跡を残さない毒物なんてものは法律で禁止すべきだな。読むのが苦痛だ。これほど突拍子もないものが許されるんなら、いっそ飲むと鍵穴から自由に出入りできるようになる飲み物でも考案した方がましだ――うん、この考えは面白いな！」

H・Mは何か閃いたらしい。「鍵穴から出入りするというのは、詩的で比喩的な意味で言ったんだが、まさに犯人はそうしたのかもしれん」

「鍵穴なんかありませんよ」マスターズが抗議した。

「わかっとる。それも興味深いところだ！」H・Mはご満悦だった。

「もう結構です」しばらく黙っていた後でマスターズが言った。怒りを抑えながら、書類を大きな封筒にしまい始めた。「私にとっては洒落や冗談では済まないんです。フェザートン少佐の気持ちがよくわかります。ここに助けを求めてやってきたのに――」

「おいおい、そう怒るなよ」H・Mが宥《なだ》めにかかった。「わしはふざけているわけではない。大真面目さ。どんなトリックを使ったのか？　我々が俎上に載せているこの問題はだな、次の行動に移る前に、何が何でも解決しなければならないんじゃ。これが解決されないと、誰が犯人かわかっていながら打つ手がないという状況に陥りかねない。お前さんは、わしをここに坐らせておいて、『この男が犯人か？　あの女なのか？　動機は？』と考えさせたいんだろう？……違うか？」

「何か考えがおありならと思いまして――」

「うん。お望みとあらば話してもいいがな。その前に、さっき話していた車を回してもらえんか？　ダーワースの家を見ておきたい」

警部はあからさまにほっとした様子で、願ってもないことです、と呟いた。警部が電話をかけてこちらに向き直ると、我々は改めて緊張が募るのがわかった。外はすっかり暗くなって、退庁を急ぐ人たちの喧噪が聞こえていた。

「ところで、ヘンリ卿」マスターズは単刀直入に切り出した。「あの連中の誰が犯人でもおかしくないですな――」

「ちょっと待った」H・Mは眉をひそめた。「新事実が出たのか？　それともわしが報告書を読み違えたのか？　証言から、犯人は三人に絞れるだろう？　二人にははっきりしたアリバイがある。ハリディとマリオンは暗がりでお手々つないで坐っていたんだからな」

マスターズは、これはしたりとばかりにH・Mを見つめた。マスターズの粘り強い警戒心が思いもよらぬところで障害物に突き当たった恰好だった。

「まさか、鵜呑みになさるんじゃないでしょうな?」

「疑り深い奴じゃな。信じないのか?」

「どちらとも言えませんな。信じている部分もある、というところですかな。あらゆる可能性を考慮するようにしています」

「じゃあ、二人が共謀してダーワースの心臓に穴を開け、あんな話を持ち出して口裏を合わせた、と言うのか? たわごとだよ。イギリス流の第一級のたわごとだな。心理的にも無理がある。反対理由を挙げたらきりがないぞ」

「私の言うことをもう少しちゃんと聞いてくださらんと。そんなことはこれっぽっちも言っておりません。私が言いたいのはこういうことです。ミス・ラティマーは今、ハリディさんに夢中です。ぞっこんと言っていいでしょうな。彼女はあの時ハリディさんの隣に坐っていました。彼が立ち上がった事実を知っていても、あるいは持っていた短剣の先で彼女の首筋に触れたのが彼だと知っていたとしても、お願いだから話を合わせてくれと彼が頼んだらどうでしょうかね? 殺人が発覚した後でも、話し合う時間は十分ありましたからな」

マスターズは熱心に身を乗り出して話した。H・Mは目をパチクリさせた。

「それでテッドの捜査に乗り気ではないんじゃな。なるほど、それがお前さんの結論か」

「あ、どうか誤解なさらんように! 私の説が正しいと言っているわけではないんで。さっきも言いましたが、あらゆる可能性を考慮しているだけです……しかし、ハリディさんの態度は気に入りませんな。それは否定しません。軽薄すぎます。そこが信じられません。これまでいろんな人物を見てきましたが、向こうから『さあ、逮捕してくれ！　後悔するかもしれんが、それで気が済むなら逮捕してくれ』なんて言う奴は、大概虚勢を張っているだけですからな」

Ｈ・Ｍは低く唸った。「お前さんはこのことに気づいておるのか？　容疑者はよりどりみどりなのに、お前さんが目をつけたのは、容疑を立証するのが一番難しい人物だぞ」

「おっしゃることがよくわかりませんな。どうしてです？」

「お前さんがわしの分析を受け入れるなら――どうやらそのつもりらしいが――この広い世間でハリディ以上にダーワースの共謀者に相応しくない人物がいるか？……ダーワースがハリディにこう言ってる場面を想像できるか？『おい、二人であの連中に一杯食わせてやろうじゃないか。俺は本物の霊媒だと証明できるし、お前の女も俺に転がり込んでくるって寸法さ』こんな卦《け》を見るようじゃ、算木は焚きつけにでもした方がましだな。わしの言った、鍵穴を通り抜ける殺人犯だって霞んじまう。ダーワースがそんな話を持ちかけたら、ハリディはそれに乗る振りをしたかもしれん。後でインチキをばらす目的でな。だが、そもそもダーワースにとっては、ハリディに助けを求めるくらいなら、警察に頼む方がましだったろうさ」

「よくわかりました、好きなようにおっしゃってください。私が言いたいのは、この事件には先の見えない深いところがある、ということなんです……ハリディさんがブレークさんと私を、あのタイミング、あの状況で、屋敷に連れていったのだって胡散臭いですな。作為の匂いがぷんぷんします。動機だって……」

H・Mはばつが悪そうに視線を落とした。

「動機の話になったか。わしは何もお前さんをこき下ろして、自分を偉く見せようとしてるわけじゃないぞ。特に動機となるとお手上げでな。だが、ハリディには立派な動機があるとして、気の毒なエルシー・フェンウィックのことはどうなる？　それがどうにも引っかかる」

「『エルシー・フェンウィックがどこに埋められているか知っているぞ』という言葉とダーワースの怖がり方から考えて、脅迫でしょうな」

「もちろんそうさ。だがお前さんはこの厄介なところをすっかり呑み込んでいるわけではないだろう？　こういうことなんだ――」

その時また邪魔が入った。今度はH・Mも電話の音に文句は言わなかった。不機嫌に「車じゃな」と言うと、痛々しい努力で椅子から巨体を持ち上げた。H・Mの身長は五フィート十インチほどで、おまけに猫背だが、表情に動きがないのも手伝って、でっぷりした体軀は部屋を圧するかに見えるのだ。

卿はシルクハットをかぶっていくと言い張った。それ自体は頗《すこぶ》る結構なことだが、帽子というのが大変な代物だった。王党主義の遺物で貧乏人の神経を逆撫でするものだ、おまけにかぶっている姿は滑稽以外の何ものでもないと言って、卿は普通のぴかぴかした絹製のシルクハットを軽蔑していた。しかし、卿の帽子ときたら、長くて天辺がやたら大きく、長年使っているため元の色が判然としないほどくたびれていた。それでいて、この帽子は愛玩の品なのである。虫食いだらけの毛皮襟が付いたロングコートもご同様。この二つを卿は後生大事に慈しみ、悪口でも言おうものならかんかんになって怒るし、けちをつけられないように突拍子もない由緒までこしらえている。その来歴を私は何度も聞かされたが、(一)ヴィクトリア女王の下賜品、(二)一九〇三年の第一回自動車レース優勝の賞品、(三)故ヘンリ・アーヴィング卿[*22]の形見、ところころ変わる。見栄っ張りのくせに持ち物にさほど頓着しないH・Mだが、この帽子とコートは別格だった。

マスターズが電話に出ている間に、卿はこの二つを衣裳戸棚から慎重に取り出した。私が見ているのに気づくと、大きな口をへの字にして不機嫌そうな顔になった。帽子を念入りにかぶり、コートを着て勿体《もったい》をつけると、「おい、いつまで運転手と話してるんだ」とマスターズをせっついた。

「……それはおかしいな」マスターズは苛立たしげに電話で話していた。「しかし……ほかにわかったことは？……確かか？……よし、こうしよう。我々は今からダーワースの家に向かう。向こうで落ち合って、話を聞かせてくれ。ミス・ラティマーがつかまったら、来てくれるように頼め……」

しばらくためらった後に受話器を置いたマスターズの顔は、心配げに曇っていた。

「どうも気に入りませんな」彼はぶっきらぼうに言った。「嫌な予感がします――また何か起こりそうな」

その言葉は、実際家で、空想なんて薬にしたくもないマスターズの口から出ただけに、いっそう不吉な響きがあった。警部の目はデスクランプが落とす光に据えられていた。雨は窓ガラスを小止《こや》みなく叩き、古い石造りの建物に反響した。

「短剣が二度目に盗まれてからずっとですが――」マスターズは拳を握りしめた。「最初のはバンクス、今の電話はマクドネルで、ラティマー家に何度か奇妙な電話があったそうです。それから――『不気味な声』が今朝テッドと話をしていたそうです。まさか――？」

H・Mは背中を丸め、シルクハットと毛皮襟のコート姿の巨大な影絵となって立っていた。小さな目が鋭く光り、大きな口に丸い大きな鼻は、さながら老優の風刺画だ。

「気に食わんな」卿はいきなり体を動かすと、あたりに響き渡る声で言った。「わしも妙な気がしておる。霊感だな。面倒事の匂いがする……さあ、ご両人、急ごう」

16　第二の殺人

ロンドンは帰宅時間を迎えていた。一日の労働から解放された人々の喧噪が、ピカデリー・サーカスの眩い光の呼びかけに応えて、次第に勢いを増していた。霞んだ黄色と赤の光の素描の中を人々の影が行き交い、車は電光掲示板のようにめまぐるしく進路を変え、警笛が倦んだ哀調を響かせている。我々を乗せた警察の車がヘイマーケットの下にさしかかった時、我々はその光景を長い坂の向こうに見ていた。ライトを点けたバスの波が目の前に現れては、けたたましい警笛と共にコックスプール・ストリートへと突き進んでいく。H・Mは車の窓から顔を覗かせ、舌を出してブーッと返礼するのだが、バスの警笛に比べると随分大人しいものだった。H・Mはバスが嫌いだった。バスはコーナーを掠めて曲がる時に必要以上のスピードを出すと言うのだ。さっきから、バスに向けて盛んに舌を出しているのはそのせいだった。たまたまウォータールー・プレイスで一時停止した時に、交通整理をしていた巡査めがけて、かなりあくどいやつを浴びせる結果になってしまい、マスターズもさすがに嫌な顔をした。これは警察の車で、スコットランド・ヤード犯罪捜査部がそんなことをする人間を乗せていると思われるのは心外だ、というわけだ。

しかし、ピカデリーの雑踏を抜け、セント・ジェームズ・ストリートにさしかかり、鎧戸を下ろしたひっそりとした家並みを北へ進んでいくと、みな黙ってしまった。バークレーを過ぎる頃、フェザートン少佐がバーのスツールに坐り、一緒に踊った若い女性に、父親然と締まりのない笑顔を向けている光景が私の脳裏を掠めた。それは、事件の関係者が登場する場面を思い出す時いつもその背後に浮かぶ、ベニング夫人の奇怪で苦々しげな顔とはあまりに対照的だった。「また何か起こりそうな」という警部の不吉な言葉は、不気味に静まり返ったチャールズ・ストリートであっても不似合いだろうと考えていたが、案に相違して、そうではなかった……

チャールズ・ストリート二五番には先客がいた。ドアのノッカーを叩いては、その合間に呼び鈴を鳴らしている。車が近づくと、訪問者は玄関先のステップを下りて街灯の下に出てきた。この事件で二度目となるが、マクドネルが雨の中で我々を待っていた。

「いくら呼んでも返事がないんです。どうせ新聞記者だと思っているのでしょう。一日中追い回されていましたからね」

「ミス・ラティマーはどうした？」マスターズは吼えた。「何があった？——来ないのか、それとも遠慮して強く言えなかったのか？」部下に会った途端、マスターズの態度は一変した。

「ヘンリ卿が会いたいとおっしゃってる。何があった？」

「家にいなかったんです。テッドを捜しに出てまだ帰っていませんでした。申し訳ありません、警部……ユーストン駅を捜した後、家に戻って三十分ほど待ったのですが。実は、彼女も私も、変な電話のことで頭に血が上ってましてーー」

この間H・Mは車の窓から亀みたいに首を突き出していたが、そうしているうちに自慢の帽子を凹ませたらしく、感じがいいとは言えない様子でぶつぶつ言っていた。事情が呑み込めると、「それがどうした?」と言って、大儀そうに車から降り、よたよたとステップを上がった。「おい、このドアを開けんか!」バークレー・スクエアまで届きそうな大音声《だいおんじょう》を上げ、巨体をドアにぶつけた。効果は覿面《てきめん》で、中の灯《とも》りが点って顔色の悪い中年男がドアを開け、新聞記者が警官の振りをしているのではないかと思っていました、と弱々しく弁解した。

「そんなことは構わんよ」H・Mは急に投げやりな調子になって、億劫そうに「椅子」とだけ言った。

「はあ?」

「椅子だよ。腰を下ろす椅子。そう、それ! ここにな」

天井が高く間口の狭い玄関ホールは、磨き上げられた堅い木の床で、擦《す》り切れた小さなマットが二枚、ゴルフ場のハザードのように置いてある。なるほどマスターズが博物館のようだと言ったのも無理からぬことで、掃除は行き届いているが温かみがなく、人の気配がしない。わずかな家具と同様、数多くの暗がりが整然と配されている。黒い布で覆われた椅子の上にぬっと立っている蛇のような白い彫刻を、壁上部を走る蛇腹《コーニス》の裏から仄《ほの》かな灯りが照らしていた。ダーワースは雰囲気の醸し出す効果を心得ていたと見え、神秘的な祭儀の控えの間として、薄気味悪さが張りつめ効果満点だった。しかしH・Mは感じ入った様子など微塵《みじん》もなく、黒い椅子の上に体を投げ出してぜいぜい言っていた。マスターズは早速行動に出た。

「ヘンリ卿、こちらがマクドネル巡査部長です。私の指示で働いてくれています。私もバートには期待していますし、本人も意欲的です。さ、バート。ヘンリ卿に――」

「おい！」Ｈ・Ｍは記憶を一気にたぐり寄せた。「お前さん、知っておるぞ。もちろん親父さんもな。グロスビーク御大《おんたい》だったな。わしが議会に打って出た時、対抗馬になった御仁でな。おかげで見事落選したよ。ほかの家族もみんな知っておるぞ。確か、最後に会ったのは――」

「バート、報告を」マスターズが素っ気なく言った。

「はっ、畏《かしこ》まりました」マクドネルは気をつけの姿勢を取った。「では、警部が私にラティマー家へ行くよう命じられ、ご自身はヘンリ卿と面会なさるためにホワイトホールへ向かわれたあたりからお話しします。

ラティマー姉弟はハイド・パーク・ガーデンズの屋敷に住んでいます。二人で住むには大きすぎるのですが、父ラティマー海軍中将が亡くなり、母が郷里のスコットランドに隠棲してから、二人はそこで暮らしております。その未亡人がちょっとその、ねじの外れた方でして。テッドがあんな風に突飛な行動をするのがそのせいかどうかはわかりませんが。ラティマー家には前にも行ったことがありますが、姉のマリオンに会ったのは先週が初めてでした」

マスターズに要点だけ言えと注意され、マクドネルは話を再開した。

「今日の午後、マリオンはかなり動転している様子で、私のことを『薄汚いスパイ』と呼ぶ始末で――」マクドネルは苦い顔をした。「まあ、そう言われても仕方ないですが。しかし、舌の根も乾かぬうちに、テッドの友人として助けてほしいと頼んできました。警部と電話で話した直後に、また怪電話があったそうです……」

「誰からだ？」

「相手はテッドだと名乗ったけれども、マリオンは声が違うと思いました。しかし自信はなく、どう考えたらいいかわからなくなったそうです。相手は、今ユーストン駅にいるが心配しないでほしい、ある人物を追っていて帰るのは明日になるかもしれない、と言ったそうです。警察があなたを捜しているわよ、と彼女が言うと切れてしまいました。

ユーストン駅に行ってほしいと彼女は私に言いました。テッドが本当に列車に乗ろうとしているのか、あるいはもう乗ってしまったのか調べて、馬鹿な真似をする前に連れ戻してほしい、と。それが三時二十分頃でした。もし誰かのいたずらなら、彼女はテッドの友人たちに連絡を取って、その方面で捜すから、と――」

H・Mは愛用の帽子をやや後ろに崩してかぶり、目を閉じ、突き出た顎を撫でながら聞いていたが、いきなり話を遮った。

「ちょっと待ってくれ。テッド・ラティマーは、列車に乗る、と言ったのか？」

「いえ、どちらかというと、マリオンがそういう感じを受けたということです。今朝旅行鞄を持って出て、しかも駅から電話をかけてきましたから――」

「ちと早呑み込みというもんじゃな」H・Mはぶっきらぼうに言った。「最近はそっちこっちで早合点が流行《はや》りとみえる。まあいい。それでどうした？」

「ユーストン駅に駆けつけて、一時間以上しらみ潰しに捜しました。さほど時間も経っていないし、マリオンから写りのいい写真も借りていたんですが、無駄骨でした。もしかしたら、という情報もあるにはあって、プラットホームにいた車掌が三時四十五分発のエジンバラ行きの急行に乗っていたかもしれないと言うので、切符売り場で確認してもらいましたが、裏付けは取れませんでした。列車は出た後ですし。どう考えたらいいのか——。いたずら電話だったのかもしれません」

「エジンバラ警察に電報を打ったか？」マスターズが訊いた。

「はい、警部。実は、別のも一通打ちました——」マクドネルは先をためらった。

「うん？」

「私用です。テッドの母がエジンバラにいるので。まずかったですかね。テッドのことはよく知っていますが、仮に母親の家へ行ったとしてどんな用なのか見当もつきません。でも友達甲斐に、向こうで捕まらないうちにロンドンに戻れと忠告した方がいいと思ったんです……それからラティマー家に引き返し、妙なことを聞き込みました」

マクドネルの目は、薄暗く気味の悪い影で覆われた玄関ホールを落ち着きなくさまよっていた。

「使用人の一人が、明け方、テッドと話している不審な声を聞いたそうです。甲高い奇妙な声で、ひどく早口だった。テッドの部屋か部屋の外のバルコニーから聞こえた、ということでした」

その飾らない言葉の何かが、火の気の絶えた家に新たな恐怖をもたらした。マクドネル自身もそれを感じ、マスターズでさえも無感覚ではいられなかった。それは、顔もはっきりした形も持たない怪物を呼び出してしまったのだ。H・Mは坐って腕組みをし、無表情で目をしばたいていたが、私には今にも立ち上がりそうに思えた。マスターズが訊く。「声？　どんな声だ？」

「誰の声かわかりません……最初ラティマー家を訪ねた時、マリオンが私に、今朝使用人たちが家の中で不審な音を聞いたと言っているので調べてほしいと言いました。私はそれを後回しにしてユーストン駅へ行きました。駅から戻るとマリオンは出かけた後だったので、使用人を集めて話を聞きました。

警部はご記憶だと思いますが、テッドは昨夜聴取を終えて帰る時、精神的に不安定で、興奮していました。今朝四時半頃、ラティマー家の執事でサークというしっかりした人物が、自分の部屋の窓に小石が当たる音で目が醒めたそうです。参考までに、ラティマー家は往来からかなり引っ込んでおり、ぐるりは庭で、高い塀をめぐらしてあります。サークが窓から覗くと、外はまだ真っ暗でしたが、テッドの声がして、鍵をなくしたから下りてきて玄関を開けてくれ、と叫びました。

サークが玄関ドアを開けると、テッドは転げ込むように入ってきて、床に倒れました。小声でぶつぶつ言っていましたが、サークはその姿を見て驚きました。煙突掃除夫のように体中真っ黒で、蠟燭の油煙があちこちにつき、目には呆然とした表情が浮かび――そして、十字架を握っていました」

最後の部分はあまりに気味が悪く、マクドネルもきっと誰かから突っ込まれるだろうと思ったのか、不安顔で自分から話をやめた。果たして、H・Mから横やりが入った。

「十字架と言ったか？」H・Mは急に興味を覚えたように言った。「これは面白い事実だぞ。あの男はそんなに信心深いのか？」

マスターズが素っ気なく答えた。「頭がいかれているだけのことです。お話ししておけばよかったですな……信心深いか、ですって？　とんでもない。昨夜私が、あの部屋でお祈りしていたのかと尋ねたら、侮辱されたかのように真っ赤になって怒り出しましたよ。『僕が信心深いメソジストにでも見えますか？』とか何とか食ってかかって……続けてくれ、バート。ほかには？」

「それだけです。テッドは、随分長いこと歩いて、オックスフォード・ストリートまで来てやっとタクシーを拾えた、とサークに言ったそうです。それから、マリオンを待つ必要はない、帰宅は遅くなるだろうから、と言って、ブランデーを引っかけ二階に上がってベッドに入った。

その後のことは六時くらいに起こったそうです。メイドが火をおこしに起きてきて、三階から下りてテッドの部屋の前を通りました。外はまだ薄暗くひっそりとしていて、庭には靄《もや》がかかっていました。テッドの部屋から彼が小さな声で呟くのが聞こえ、てっきり寝言だと思いました。

その時、別の声が聞こえました。

メイドは聞き覚えがない声だと断言しています。女性の声で、非常に気味が悪く、危うく気絶しそうになったくらいでした。早口だったそうです……落ち着きを取り戻すと、メイドには別の考えが浮かびました。一年ほど前の晩、テッドがしこたま酔って、これまたぐでんぐでんのガールフレンドを連れて帰宅したことを思い出したのです。その時、テッドは、彼女を自室のある側についている外階段からバルコニーへ上げて、部屋に連れ込んだそうです……」

マクドネルは、仕方ない奴だと身振りで雄弁に語ってみせた。

「極めて単純明快な結論です。しかし、後で殺人のことやテッドが帰宅した時間を知り、そのほかのことも考え合わせ、メイドは恐ろしくなりました。そして、サークに打ち明けました。彼女が言えることは、その声は『あたしが考えていたような』声じゃなく、『おぞけ立つような、へんてこりんな』声だったということくらいでした」

「何を話していたか訊いたか？」マスターズは尋ねた。

「私と話をした時には、怖がっていて、はっきりした証言は得られませんでした。ただ――これもサークに言ったことですから、又聞きということになりますが――取りようによっては、優れた想像力を示すものとも、てんで話にならない馬鹿馬鹿しいものとも取れる証言をしています。彼女は、もし猿に話ができたらあんな話し方だろう、と言ったのです。唯一聞き取れたのは、『きっと疑ったことは一度もないでしょう？』だったそうです」

長い沈黙があった。マスターズは、ダーワースの執事が立ち聞きしているのに気づき、自分たちが考えていることを知られたくなかったので、部屋から出ていけと一喝した。

「女か――」マスターズが言った。

「あいにくだが、これだけでは何とも言えんぞ」H・Mが拳を握ったり開いたりしながら言った。「神経質な人間なら誰でも可能性がある。男も女も関係ない。裏声とも考えられるしな。ふむ、猿云々の証言は好奇心をそそって面白いが、もっと重要な意味があるのかもしれん。それに、テッドはなぜ旅行鞄一つで出ていったのか?……ふーむ」H・Mは考え込んだ。その眠たげな目がホールを見渡した。「目下できることといえば、マスターズ、わしもお前さんと同様この成り行きは気に食わん、と認めるくらいだな。月の出ていない夜に出くわしたくはない殺人鬼が、町を徘徊しているんだ。マスターズ、ド・クインシーを読んだことがあるか?[*23] あの哀れな男が、家人がみな殺され、一人だけ難を逃れて家の中に隠れているくだりを覚えているか? こっそり階段を下りて外へ出ようとするんだが、ちょうどその時、殺人鬼が玄関ドアの近くをうろついているのを知る。男は階段の上で小さくなって震えている。聞こえる物音といえば、殺人鬼の靴が行ったり来たりする時にキイキイいう音だけ。靴だけなんだ……わしらの場合も同じだな。靴音だけ……不思議なのは——あ!」

しばらくの間、H・Mは大きな頭をうつむき加減に片手で抱え、指で額をとんとん叩いていたが、やがてじれったそうに身を起こした。「駄目だ駄目だ、この考えはものにならん。行動だ! 行動に出るぞ。マスターズ!」

「はい?」

「わしは階段をうろうろするような真似はせんぞ、いいな、もう階段はたくさんだ。わしが毎日どれだけ階段を上ったり下りたりしていると思う? お前さんとケンは地下のダーワースの仕事場へ行って、話に出てきた紙切れ、数字が書いてあるやつな、それと、旋盤からこぼれた白い粉を少し採って、封筒に入れて持ってきてくれ」そこで卿は話を切って、思案ありげに鼻をこすった。「そんなことを思いつくといかんから念のため言っておくが、わしだったら、その粉を舐めようなんて料簡は起こさんぞ」

「つまり、その粉は――?」

「さあ、行った行った」卿は素っ気なく命令した。「何を考えていたんだっけな。そうか、靴だった。誰ならわかる?……ペラムは? いや、駄目だ、あいつは目と耳が専門だ。ホースフェイス(馬面の意)はどうだ? うん、ホースフェイスならいいぞ。電話はどこだ? どいつもこいつもわしの前から電話を隠しおって! どこにあるんだ!」ダーワースの執事は、手品のようにいつの間にか再び姿を見せていたが、走っていってホールの奥にある戸棚を開けた。H・Mは時計を見ながら、「この時間だとオフィスにはいないな。きっと自宅だ。おい、マクドネル!……そこにいたか。電話を頼む。メイフェアの六〇〇四にかけて、ホースフェイスを呼び出してくれ。わしが話があると言ってな」

幸いホースフェイスが誰のことか思い出したので、私はマスターズについてホールの裏手へ行く際、ひと言マクドネルに注意してやった。卿に悪気はないのだ。ただ、H・Mには、御大自らであろうがマクドネルに代理でやらせようが、ハーレー街で骨の権威として有名なロナルド・メルドラム＝キース医師の自宅に電話をかけ、「馬面」はいるか、と訊くことがどんなに失礼か、てんで思い浮かばないのだ。また、卿の周りに時々見かける、乙に澄まして勿体《もったい》ぶっている連中が嫌いでこのような行動に出るのでもない。そんな連中のことは、はなから意識していないだろう。それにしても、卿がハーレー街の人間にどんな用があるのかは、まったく見当がつかなかった。

しかし、マスターズがホールの裏手に続くドアを開けた時、卿の本当の目的は人払いにあったのだと私は覚《さと》った。卿は左手のカーテンの垂れたドアの方へ、のしのしと歩いていく。

マスターズと私は階段を下り、二人で途中の電灯を点けながら進んだ。散らかった地下の一室を抜けると、正面に板が打ち付けられた小部屋があり、マスターズは器用にそのドアの鍵を外した。彼に続いて中に入った私は、仰天して跳び上がった。天井からは、緑がかった色の電球が胸の悪くなるような灯りを部屋に投げかけ、室内には石油ストーブの熱の名残、ペンキ、木材、膠《にかわ》、そして湿った空気のむっとする臭いが籠っていた。一見おもちゃ職人の工房だが、目に入るおもちゃは薄気味悪いものばかりだ。壁に掛けられたたくさんの顔が私を睨みつけ、その下に、作業台、道具棚、ペンキの容器、枠にはまった薄板などが並んでいる。壁で睨むマスクは、マスクには違いないが、どれも生きているようによくできていて気味が悪い。うち一つは青みがかった乳白色で、片目を閉じもう一方の眉を吊り上げ、厚い眼鏡越しにこちらを見下ろしているのだが、生きているとしか思えなかった。しかもその顔には見覚えがあった。流行遅れの垂れた口ひげ、神経質そうな横目遣いのお追従笑いを、私は確かに知っている。

「これが旋盤ですな——」マスターズは羨ましそうに手を置いた。「この旋盤は——」彼はすぐ下の鉄の棚から紙を一枚拾い上げ、回転刃から白い粉末を少量削り取って封筒に入れた。それが済むと、マスターズは旋盤の優秀さを滔々と論じ始めた。その姿は、悩まされている事件から無理矢理自分を遠ざけ、いっときささやかな安堵を得ているように見えた。「あのマスクがお気に召しましたか？　そう、良い出来です。素晴らしい出来ですな。私は以前、ナポレオンの顔に挑戦したことがあります。どんな風になるのか確かめたくて。でも、とてもこうはいかなかった。これは、何というか――天才ですな」

「気に入ったなんて言葉ではとうてい足りないよ。ほら、あのマスクなんか……」

「あれに目が行くとはお目が高い。あれはジェームズ・ハリディですよ」マスターズは突然そっぽを向いて、蛍光塗料を塗ったガーゼのエクトプラズムを見たことがあるかと尋ねた。「切手ぐらいの大きさに畳めるんです。それを内股に張っておく。バラムの女霊媒が得意にしていましたな。そうやっておいて身体検査をさせます。胸と腰を覆うもの以外は身に着けずにですな。素早く巧妙にやるので、検査をした者も仕掛けはないと騙されてしまうんです……」

　階上で玄関ベルの音が響いた。私はジェームズのマスクや、畳んで椅子の背に掛けてあったダーワースのキャンバス地の作業用エプロンを見ていた。すると、絹糸のように細い茶色の顎ひげを蓄え、眼鏡を掛け、口許に謎めいた笑みを浮かべたダーワースが、作業台のすぐそばに立っているような気がしてきた。ここにあるいかさま心霊術の道具は、いかさまであるが故にいっそう醜いものに思われたが、ダーワースは、殺人者というはるかに恐ろしい遺産を残していた。

　あれこれ想像を巡らすうちに、早朝の薄明かりの中、メイドがテッド・ラティマーの寝室の前に立ち、中で侵入者が得意げに「きっと疑ったことは一度もないでしょう？」と言うのを聞いている光景が、私の脳裏に浮かんだ。

「マスターズ」私はマスクから目を離さずに言った。「今朝あの若者の部屋にいたのはいったい誰なんだろう？　どんな理由でそこにいたんだろう？」

警部は落ち着き払っていた。「あなたは石板に心霊文字を書くトリックを見たことがありますか？　ほら、これがそうです。まったく、この道具の山からくすねる勇気が私にあったら！　店で売っているのは高くて、とても手が出ません……」彼は向き直って私を正面から見た。その声には、一転沈痛な響きがあった。「誰が、ですか？　私も知りたいです。わかっていれば、どんなにありがたいか。私は少々心配になってきました。力を貸してください。今朝ラティマー青年を訪ねた人物が、同じ人物でなければいいと願うばかりですな――」

「同じ人物って、何のことだい？」

マスターズは声を落とした。「――今日の午後ジョゼフ・デニスを訪ねた人物、一緒に歩いて急《せ》かしながら、ジョゼフをブリクストンの家に連れ込んだ人物ですよ……」

「何の話か僕にはさっぱり――」

「あの電話です、覚えているでしょう？　バンクス巡査部長が電話をかけてきて、ヘンリ卿がラッセル・スクエア動物園がどうのと話していた時です。卿が電話のことで大騒ぎをしたので話す時間がありませんでした。それに、きっとどうでもいいことです。重要なはずがないんです！　いいですかな、私は昨晩のようにむやみに怖じ気づいたりうろたえたりするのはご免なんです！」

「話してくれてもいいだろう？」

「大して話すことはないんです。私はブリクストンのその家と、主人のスウィーニー夫人の動静を探る目的でバンクス巡査部長をやりました。彼はなかなかの腕利きです。目を光らせていろと言いつけましてね。通りを挟んだ向かいに八百屋があって、その戸口でバンクスが店主と立ち話をしていると、タクシーが一台やってきました。店主が指さしたので見ると、ジョゼフが車から降りるところでした。一緒に誰かいて、その人物はジョゼフの背中を押して家の門へ歩いていった……」

「何者だい、そいつは？」

「見えなかったそうです。霧が出ていた上に雨でしたからな。タクシーも邪魔になっていました。ジョゼフを急き立てる手の動きが見えただけで、タクシーが走り去った時には二人の姿は塀の中に消えていました。どうでもいい話ですよ！　ただの客かもしれないし、どうせ私に打つ手はありませんでしたからな」

マスターズは少しの間私を見つめていたが、やがて、もう戻りましょうと言った。私はその話には意見を述べず、警部の言う通りであればいいがと願った。階段の途中で、ホールから新たな声が聞こえた。ホールへ行くと、マリオン・ラティマーが寒々とした部屋の中央に立っていた。顔は青ざめ、手にくしゃくしゃの紙を握っている。息が荒い。私たちがホール裏手のドアから現れると、驚いた様子だった。姿は見えないが、すぐ近くでH・Mが電話をかけているのが聞こえる。しかし何を言っているのかまでは聞き取れなかった。

「――エジンバラにはもうテッドのことが知れ渡っているに違いありません」マリオンはマクドネルに哀願するような調子で話していた。「でなければこんな電報を寄越すはずがありません」

黒死荘の灯りもろくにない侘しい雰囲気にあっても彼女は美しかったが、今、ダーワース宅のホールの妖しい輝きを背景にした彼女の美しさは、目も眩むほどだった。黒く輝く服、黒い帽子、白い大きな毛皮の襟。生き生きと動いているせいかもしれないし、単に化粧を濃くしたせいかもしれないが、青白い顔色にもかかわらず、彼女の目には、破滅に追いやるような影響を脱け出して本来の自分を取り戻した、柔らかな優しい魅力があった。彼女は我々二人に、素早く心のこもった挨拶をした。

「どうしても伺わずにはいられませんでした」彼女は言った。「マクドネルさんがここに向かっていて、私に用があるというお言付けでしたので。それに、みなさんにこれを見ていただきたくて。母からの電報です。エジンバラからです……母は今、あちらに住んでおりますもので……」

ムスコココチラニオラズ　ダレニモツカマエラレナイ

「ああ、あなたのお母様からですな」マスターズが言った。「どんな意味かおわかりですか?」

「いいえ。私の方でお訊きしたいくらいです。母のところに逃げ込んでいるなら話は別ですが、弟があそこへ行くはずがありません」

「失礼ですが、ミス・ラティマー。弟さんは困ったことがあると、お母様の許へ逃げ込む習慣がおありでしたか？」マスターズが軽蔑を隠そうともしないで尋ねた。

マリオンはじっとマスターズを見た。「それは公平な言い方でしょうか？」

「私の頭にあるのは、これが殺人事件だということだけです。お母様の住所をお聞かせください。警察も調べなくてはなりませんからな。電文については——そうですな、ヘンリ卿の意見を伺いましょう」

「ヘンリ卿とおっしゃるのは？」

「ヘンリ・メリヴェール卿です。本件を手がけていらっしゃいます。今、電話をかけておられますので、坐ってお待ちください……」

その時電話室のドアが軋んで開き、もうもうとした煙草の煙と共に、古いパイプをくわえたH・Mが姿を現した。苦虫を噛み潰したような顔で、いつ大時化《しけ》になってもおかしくない雲行きだった。何か言いかけてマリオンに気づくと表情は一変し、たちまち鼻の下が伸びた。H・Mはパイプを外すと、あけすけな称賛の目でマリオンを眺めた。

「これはまた、器量のいい妖精のような娘さんだな」H・Mは言い放った。「いやはや、しかしまさに言葉通りだ！」天も御照覧あれ、これがH・Mの考える穏当な社交辞令で、過去いくたびも一緒にいる者の胆を潰してきた。「この間観た映画に出てきた娘さんがあんたにそっくりなんだ。映画の真ん中ぐらいで服を全部脱いじまうんだが、あんたも観たかね？　うん？　あいにくタイトルは思い出せんな。その娘さんは、裸になるのになかなか決心がつかん様子で――」

マスターズが警告のために大きく咳払いをした。そして「卿、こちらがミス・ラティマーです」と紹介した。

「うん、それでも妖精のような別嬪さんであることに変わりはないぞ」H・Mは、自説を弁護するかのように答えた。「あんたのことはいろいろ聞いておるよ。あんたに会って、わしらみんなでこの事件を解決し、面倒なことにならんうちに、弟さんをあんたの許に返してやろうと思っておる、そう言ってあげたかったのじゃ……ところであんた、わしに用があったんじゃないか？」

しばらくの間、マリオンはH・Mをしげしげと眺めていた。H・Mが衷心からそう言っているのが明らかなので、紳士階級の人物を咎めるのにどんな言い回しを使うにせよ、それをこの相手に用いることは妥当ではないと判断したらしい。彼女はにっこりして、「とってもいやらしいお爺さまね」と言った。

「いかにも」H・Mは平然と同意した。「正直なだけじゃがな。うん。おいおい、何だこれは」それ以上卿が会話を続けないように、マスターズが電報を卿の手に押し込んだ。「電報だな。『ムスココチラニ――』」H・Mは小声で電文を読み、呻くように尋ねた。「あんた宛かな？　いつ受け取ったかね？」

「まだ三十分も経っていません。私が家に帰ると届いていました。お願いです、何か教えていただけることはありませんか？　大急ぎでこちらに伺ったんです……」

「まあまあ、落ち着きなさい。これを見せに来たのはお手柄じゃった。だが説明しなきゃならん事情もあるんでな」卿は声をひそめ、「あんたとハリディ君にゆっくり話したいことがある――」

「ディーンは車で待っています」マリオンは身を乗り出すようにして言った。「ここまで乗せてきてもらったんです」

「うんうん。だが、今はまだ駄目なんじゃ。やらねばならんことが山ほどあってな。傷痕のある男を捜したりな……どうじゃね、あんたとハリディ君で、明日の朝わしのオフィスに来てくれんか？　十一時はどうじゃ？　マスターズが迎えに行ってくれるから、万事お任せでいい。どうじゃ？」H・Mは気さくな調子で機嫌よく言いながら、巧みにマリオンを玄関ドアの方へ追いやった。

「伺います！　必ず伺いますわ。もちろんディーンも……」そう言うと彼女は唇を嚙んだ。その訴えるような眼差しは、ドアが閉まる前の短い時間に、我々全員をしっかり見据えていた。

H・Mはしばらくドアを睨んでいた。やがて車が走り出す音が聞こえ、卿はゆっくりとこちらに向き直った。

「あの娘が」卿は、しかめ面を作ると、深く物思う様子になった。「この事件が起きるずっと前に、りんごの木からポロンと落ちてくることさえなかったら、今頃、殺人犯が暗躍することもなかったのにな。『自然は真空を嫌う』とは、けだし至言じゃな。だが、何とも無駄なことだ。ふむ。さて、いかがなものか……」卿は顎を掻いた。

「随分と手早く追い払われましたね」マスターズが言った。「何があったんです？　骨の専門家から何か摑めたんですかな？」

H・Mがマスターズを見た表情には見慣れないものがあった……

「わしはホースフェイスと話していたんではないんじゃ」その声は寒々としたホールに谺《こだま》するように響いた。「少なくともあの時はな」

沈黙が続いたが、その間も卿の言葉は不吉な響きとなって残り、誰もが不安な思いに駆られた。マスターズは拳を握りしめている。

「問題は話の最後のところだ」H・Mは、重苦しく抑揚のない声で続けた。「あれはスコットランド・ヤードから回された電話だった……マスターズ、今日の午後五時にジョゼフを訪ねた者があったことを、なぜわしに黙っていたんだ？」

「まさか――？」

H・Mは頷いた。のしのしと歩いて、黒い椅子に巨体を沈める。「お前さんを責めているんじゃない……聞こうとしなかったのはわしの方だ……そうだ、お察しの通り、ジョゼフが殺された。ルイス・プレージの短剣でな」

17　チョコレートとクロロフォルム

新聞から「幻の殺人鬼」という陳腐な名を与えられた犯人――その言葉はあの恐怖をまったく伝えていないし、殺人の行なわれた状況についても適切な印象を与えるにはほど遠い――による第二の犯行でも、黒死荘事件は、最後の、そして最も恐ろしい局面を迎えたわけではなかった。こののち九月八日の夜、石室に坐り、椅子に置かれた身代わりの人形を見つめていた時のことを思い出すと、ほかのことは全部、序幕にすぎなかったことがわかる。どうやらあらゆる出来事がルイス・プレージに回帰するようだった。彼がこの事件を見ていたとしたら、事件の終局に自分の運命が再び演じられるのを目にしたことだろう。

第二の殺人は、特に殺人者の振る舞いによって酸鼻を極めた。第一報が入るや、H・M、マスターズ、私の三人は警察の車でブリクストンまでの長い道のりを飛ばした。H・Mは後部座席に長々と横になり、火の消えたパイプをくわえたまま、電話で聞いた事実を手短に話してくれた。すなわち――

トマス・バンクス巡査部長は、ジョゼフと家主スウィーニー夫人の動静を探るようマスターズに命じられ、一日かけて慎重に近所の聞き込みを行なった。その日、スウィーニー夫人は知人を訪ね、ジョゼフは映画を見に出かけて、両人とも不在だった。その家と住人についての情報源である、愛想のいい八百屋の親父によれば、その日は毎週スウィーニー夫人が「メアリー女王ばりの帽子に黒い羽だらけのコートを着て」出かける日らしかった。スウィーニー夫人自身も昔霊媒をやっていたという噂で、お高くとまって誰とも付き合いがなく、近所の者とは口を利こうとしなかった。三年ほど前ジョゼフを連れてきて一緒に住み始めてからは、幽霊屋敷の評判が立つようになり、自然と誰も近づかなくなった。二人とも長期間留守にすることがあり、時々「立派な車がやってきて、めかし込んだ紳士がわんさか乗ってる」こともあった。店主の知っていることはそれくらいだった。

五時十分頃、バンクスは小雨交じりの霧の中をタクシーが走ってくるのに気づいた。乗客の一人はジョゼフ、もう一人は、ジョゼフを急《せ》かして煉瓦塀の内側に押し込もうとする手しか見えなかった。このことを電話でマスターズに告げると、良心が痛まない程度に内部を探れ、と指示された。そこでバンクスは、二人が中に入ってから少し時間を置いて通りを渡り、開いていた門から入った。敷地内は見たところ整然としていた。背の低い二階家で、みすぼらしい芝生に狭い裏庭がある。横手の部屋に灯りは点いていたが、カーテンが引かれていて室内の様子は見えず、話し声も聞こえなかった。バンクスは、とりわけ冒険心に富むタイプでもないので、今日の捜査はひとまず打ち切りと決めた。

この家から少し行ったラフバラ・ロードとハザー・ストリートの交叉する角に〈キング・ウィリアム四世〉というパブがあり、その時間はもう店を開けていた。

「バンクスが店を出たのは」H・Mはパイプを嚙みながら続けた。「六時十五分頃。彼がパブで一杯やったのは運がよかった。バスに乗るには来た道を戻って、問題の家の前を通らねばならないからだ。ちなみにその家は木蓮荘というそうじゃ、ふん。百ヤード手前まで来た時に、その家の門を破るようにして男がひとり飛び出してきて、喚きながらラフバラ・ロードをこっちに走ってくる……」

マスターズは青い警察車輌のサイレンを鳴りっ放しにしておいた。我々は来た道を今度は急いで引き返していた。マスターズが叫んだ。「まさか――?」

「そうじゃない！　待て、黙って聞いとれ！　バンクスは男を追いかけて捕まえた。そいつは、オーバーオールを着た、半端仕事を引き受けるジョン・ワトキンズという職人で、顔は真っ青、警官を呼びに行くのだと言う。何とか話ができるまでに落ち着いても、『人殺しだ、人殺しだ』と繰り返すばかりで、バンクスが自分は警官だと言っても、てんで取り合わない。そのうちに巡査が来たので、三人で木蓮荘に引っ返した。

ワトキンズはスウィーニー夫人に頼まれて、車一台分の土とモルタルを運んできて裏庭を直すことになっていたらしい。その日は前の仕事が長引いて遅くなったので、とりあえず材料だけ庭に運び入れ、作業は翌日と考えた。ワトキンズは裏門から家に入ったが、とかく噂のある家なので神経質になっていて、暗くなったので仕事は明日にします、と断っておこうと思った。表に回る途中ふと目をやると、地下室の窓に灯りが見える……」

ウェスト・エンドまでずっと、ほかの車は我々に道を譲ってくれた。マスターズは雨で濡れた曲がり角に来ると大きく車体を振り、危険なスリップを繰り返しながら、ヴォクスホールを飛ばしていた。車はホワイトホールを通り、ビッグ・ベンの角を左に折れ、ウェストミンスター橋を渡った。

「ジョゼフが地下室の床に倒れ、血の海でのたうち、手を捻《ねじ》って突き出している。うつぶせで、背中に短剣が刺さっていた。ワトキンズが覗いているうちにジョゼフは息絶えた……だが、男を震え上がらせたのはその光景ではなかった。地下室には、もう一人の人物がいたんだ」

私は思わず助手席から振り向いて、H・Mの顔に浮かんだ、奇妙な狂気じみた表情を読み解こうとした。その顔の上を、橋のガス灯がちらちらと映っては通り過ぎていく。

「いや、そうはいかない」卿は皮肉たっぷりに言った。「何を考えているかはわかるがな……靴だけ。また靴だけだ。しかも今度はいっそう悪い。ワトキンズはその人物の顔を見ていないんだ。その人物は、炉の火をかき回していたんだ。

わしも今のお前さんと同じことを言ったよ。でもバンクスが言うには、それは温風暖房用の炉で、地下室の真ん中に据え付けられているそうじゃ。ワトキンズは窓から覗いた時に炉の焚き口の反対側にいたので、相手がどんな人物かわからなかった。灯りといえば蠟燭の灯りだけだしな。ただ、窓ガラスのどこかが割れていて、スコップで炉の扉を開け、石炭をすくって炉に放り込み、扉を閉める音が聞こえたということだ……その時にワトキンズは逃げ出した……悲鳴を上げたに違いないと言っている。なぜならその時、その人物が炉の横を通ってこちら側へ来るのが見えたからだ。

まだ黙っておれ。質問は後だ。バンクスが巡査とワトキンズを連れて木蓮荘に戻り、窓を叩き割って部屋に入った時、ジョゼフの片足が炉の扉から突き出ていたそうじゃ。だが炉は火勢が強く、三人はバケツで何杯も水をかけてから、ジョゼフを引きずり出した。バンクスは、炉に放り込まれた時、ジョゼフにはまだ息があったはずだと言っている。全身に灯油をかけられ、それで……」

暗い川面の上で輝く橋上灯の光は、車が灯りの少ないランベス側に出ると次第に心細いものになっていく。やがてケニントン・ロードの先の侘しい通りに入った時には、あたりの暗さがいっそう気鬱を誘った。この界隈も昼間は気持ちよく、ことによると賑やかな場所なのかもしれないが、夜は暗い大通りが何マイルも続き、道幅が広いのにガス灯はまばらだった。背の低い二軒建ての住宅が城壁のように連なり、ドアの赤白の格子ガラスの向こうから、遠慮がちな光がわずかに漏れている。この暗さを破るものといえば、映画館やパブのどぎつい照明や、小さな店が軒を連ねる陰気な商店街だけだった。その中を路面電車がくたびれたようにキイキイと走り、目に入る人影は、自転車に乗っているものばかりだった。

今でも私は、自転車のベルを聞くとあの小さな家を思い出す。近所の家と同じ、頑丈な破風と赤白の格子ガラスのドア、唯一異なるのは、ほかの家と離れて建つ一軒家ということだった。我々の車はその家の前に停まった。霧に煙る街灯の青白い光で、木蓮荘の煉瓦塀の前に野次馬が群がっているのがわかった。行儀のいい野次馬で、黙ったまま じっとしている。時折立つ位置を変えては、死について瞑想するかのように舗道を見つめていた。その向こうでは自転車のベルがひっきりなしに鳴っていたが、それを除けば暗い通りに音はなかった。背の高い警官が野次馬の中に入って「さあ、どいてどいて！」と、きびきびしてはいるがあまり熱の入らない整理を続けていたが、野次馬は申し訳程度に移動するだけで、すぐ元の場所に戻ってしまう。

　その警官は我々の車を目聡く見つけて道を空けてくれた。「誰だ、あの爺さんは？」と囁く声が聞こえた。警官が無言で仰々しく鉄の門扉を開け、我々が煉瓦敷きの道を進んでいくと、背後の野次馬の囁きが勢いを増した。赤ら顔でがっしりした、神経質そうな面持ちの若い男が玄関のドアを開け、マスターズに敬礼した。不慣れな私服で居心地が悪そうである。

「ご苦労、バンクス」警部は素っ気なく言った。「電話の後で新しい動きはあったか？」

「家主の老婦人が帰宅しました」バンクスは気遣わしげに額を手で拭った。「スウィーニー夫人です。少々手を焼きましたが、応接間に入れておきました……遺体はまだ地下室にあります。炉からは出しました。短剣は背中に刺さったままです。そのほかは滅茶滅茶です。あれは、その――黒死荘で使われた短剣に間違いありません」

　バンクスは我々を陰気な玄関ホールへ案内した。マトン料理のきつい匂いが残っていた。別の匂いもしたが、どんな匂いかは触れないでおく。階段近くには網がでこぼこになったガスマントル[*24]がともり、床のリノリウムはひびだらけ、花柄の壁紙は汗をかいていた。ドアの閉まった部屋がいくつかあり、各ドアの前にはビーズのカーテンが下がっている。遺体の発見者を呼ぶよう命じたマスターズは、帰宅を許可しました、という答えを聞くと、怒りの混じった皮肉な笑いを浮かべた。

「ワトキンズは両手にひどい火傷《やけど》を負いまして」バンクスはやや身を強張らせて答えた。

「実に見事な働きでした。私も一、二か所火傷しました。真正直な男で、近所の連中はみな人柄に太鼓判を押しています。家はこの先の角で、生まれ落ちてからこの方、そこを離れたことはないそうです」

マスターズは低い声で唸った。「そうか。何か手がかりは？」

「あまり時間がなかったもので、申し訳ありません。遺体をご覧になりますか――？」

警部が目をやると、H・Mは渋い表情でホールを見回していた。

「わしか？　わしは結構。お前さんが見てきてくれ、マスターズ。わしはほかにやることがあるんでな。外に出て、舗道に集まっている野次馬と話をするんじゃ。君ら警察はなぜいつも野次馬を追い払う？　わざわざ集まってくれたんだぞ。近所を聞き込みに回るより何ぼかありがたい話じゃないか。願ってもないことなんだから、利用しない手はないぞ。その後で庭へ行くよ。じゃあな」

卿は鼻をクンクン言わせて、ふらふらと外へ出ていった。少し後で卿の声が聞こえた。「諸君、ご機嫌いかがかな？」野次馬は石のように固まってしまったようだ。

バンクスは我々を小さなダイニングルームに案内した。マントルピースの上のケースに飾ってある剝製の鱒《ます》のどろんとした目と同じで、どこを見ても胸がむかつくような部屋だった。染みだらけのテーブルクロスの上にポートワインのデカンターが置かれているが、グラスは一つしかない。その向かい、ジョゼフが坐っていたと思しきあたりに、五ポンド入りのチョコレートの箱があり、一番上の部分はあらかたなくなっていた。その光景は、事件の邪悪さをいっそう強く印象づけた。ジョゼフは誰かがくれたチョコレートをむしゃむしゃ食べている。向かいには、犯人Xが坐ってポートワインをちびちびやりながら、その様子を見守っている……ふと見ると、マスターズはあたりの臭いを嗅いでいた。

「最初に灯りが見えた部屋というのはここか、バンクス？……そうか。何か臭うな——」

「クロロフォルムです、警部。それを含ませたスポンジを地下で見つけました」再びバンクスは神経質そうに手の甲で額を拭った。「犯人はジョゼフの後ろに回ってスポンジを顔に押しつけ地下に引きずっていって、あっさり殺したんです。ここには血の痕がありませんから……我我が遺体を発見するとは思っていなかったでしょうね。犯人は誰かわかりませんが、そいつはジョゼフを炉に放り込んで跡形もなくし、単に失踪したように見せかけるつもりだったんです。しかし、ワトキンズに見られてしまった——それで、作業半ばで逃げ出したんです」

「かもしれんな。地下室を見てみよう」

我々は地下室に下りたが、長居はしなかった。私など一見しただけで上がってきた。床や壁は火を消そうとしてかけた水でびしょ濡れだった。炉はなおもシューシューとくすぶっていて、時折怒ったように赤い炎を上げ、床には白煙が厚い層になって漂っていた。木箱が一つ、その上で蠟燭が一本まだ燃えていた。そばには、腐って真っ黒になりその後ぼろぼろに崩れたような物体が横たわっていた。その上で小さな火花が舌舐めずりしている。二本の足がそれとわかるだけで、あとは見分けがつかない。履いている靴も焼け焦げていた。しかし、背中には短剣の柄《つか》がはっきり見える。ジョゼフが着ていた派手なチェックのシャツの切れ端が、開いた炉の扉に引っかかって焦げていた。鼻を衝《つ》く煙や人体の焼けた臭いだけでなく、その凄惨な光景が胃を刺激したので、私はこれに比べればまだましな、マトンの脂の臭いのするホールへ退散した。

ホールに戻る途中、ドアの一つが急に閉まるのが見えた。誰かがドアを開けて覗いていたようだ。この些細な出来事で、事件全体に対する私の印象は揺るぎないものになった。バンクスの話からすると、スウィーニー夫人はどこかの部屋にいるはずだった。またこの事件に付き物の狡猾さだ。いつも声や足音がするだけ。ねばねばしたものが物陰で待ち構え、最後の瞬間に飛びかかって相手を打ちのめすまで、姿を見せないのだ。ジョゼフはあの瞬間何を考えただろう? 殺風景なダイニングルーム、軽やかな音を立てて燃えるガス灯の下でチョコレートを頬張っていると、テーブルの向かいに坐って微笑んでいた人物がついと立ち上がって自分の背後に回り――。

マスターズの足音が階段を上がってきた。バンクスは自説を繰り返していたが、特に新しい話はなさそうだった。警部は二、三書き留め、その後我々は夫人に会いに行った。

スウィーニー夫人の肉の厚い顔には、磨き立てた応接間の小さな円《まる》テーブルから、わざわざ立ち上がって来てやったというような恩着せがましい表情が浮かんでいた。面立ちは悪くなく、下宿屋の一室にちんまり坐って編み物をしている老嬢という感じだが、それにしては大柄で、人当たりがきつく、抜け目がなさそうだ。白髪交じりの髪を耳の上で巻いて束ね、例の「黒い羽だらけの」コートを着ている。金鎖の付いた縁なしの鼻眼鏡を、待ち時間にテーブルの上の聖書を読んでいましたと言わんばかりに、さっと外した。

「まあ！」スウィーニー夫人は、黒い眉を吊り上げ、かぶっていたお面を外すような手つきで鼻眼鏡をやや片側に寄せて掛け直し、毒を含んだ耳障りな声で言った。「この家で、とんでもなくおぞましいことが起きたことはご存じ？」

「もちろんです」マスターズはうんざりしたように答えた。その口調は「うるさい！」と言わんばかりだった。「お名前は？」

「メランダ・スウィーニー」

「職業は？」

「夫を亡くして独り身です」彼女は、世俗の心配事を振り払うかのように、ふくよかな胸を一度揺すったが、ミュージカルコメディのコーラスガールがする仕種を思い出させただけだった。

「わかりました。亡くなったジョゼフ・デニスとの関係は？」

「特にございません。それについてご説明したかったんです。私はジョゼフを気に入っておりましたが、ジョゼフの方では私が親身に世話するのを煙たがっておりました。昨夜むごたらしい目に遭われたダーワースさんが、ジョゼフをここに連れてきて住まわせるようになってから、私はジョゼフをずっと可愛がってきました。あの子の霊媒としての天分は本物でした。本当に本物でした」スウィーニー夫人は両手を握り、拳で聖書を叩いた。

「ここにはどれくらいお住まいですかな？」

「四年は超えますでしょうか」

「ジョゼフ・デニスが一緒に住むようになって、どれくらいです？」

「確か――今度のミカエル祭で三年になります……私はごく世俗的な人間ですが」彼女は、努めて軽い調子で話そうとしているが、その理由はわからない。その後少し横を向いた時に、額の汗がガス灯の光を受けて光るのを見て、この女性が気を失いそうなほど怯えているのがわかった。息遣いも荒い。

「ダーワースさんとは昵懇《じっこん》でしたか？」

「いいえ、とんでもない！　私は以前心霊研究に興味を持っておりまして、それでお逢いしたんです。けれど、その方面はもうやめました。とても疲れるので」

ここまでは、ありきたりの質問と言ってよかった。マスターズはまだ攻勢に出ていない。本当の試練は証拠が出揃ってからだ。彼は質問を続けた。

「ジョゼフ・デニスについて何かご存じですかな？　例えば、両親のこととか」

「全然知りません」それから奇妙な抑揚で言い添えた。「デニスの両親については、ダーワースさんにお訊きするしかありませんわよ」

「そうおっしゃってもねえ」

「本当に何も申し上げることはないんです。あの子は捨て子で、小さい頃は食事も満足に与えられず、虐待されていたと聞いています」

「ジョゼフが誰かに狙われていたというような心当たりはありませんかな？」

「まったく！　ジョゼフは昨夜帰ってきた時、動転している様子でしたが、それは無理もございませんでしょ？　今朝はけろりとしていました。私の受けた感じでは、誰もジョゼフにダーワースさんが亡くなったことを伝えていませんね。午後は映画を見に行くと言っていて……実際にそうしたんだと思います。私は十一時に家を出ましたから……」

　スウィーニー夫人は口ごもった。そして、聖書の端を強く摑むと今度は熱心に喋り始めたが、ところどころ話の辻褄が合わない。「聞いてください。お願いです。あなた方は、今晩の恐ろしい事件について私が何か知っているとお思いなんでしょう？　私は家を出てからの行動を、一部始終説明できます。まず、何でも屋のジョン・ワトキンズに会いに行きました。裏庭にある井戸のセメントが割れて水がしみ出すので、直してほしいと頼みました。その後、クラパムにいる友人の家にお邪魔して、一日そこにおりました……」

　彼女はマスターズ、私、バンクスと順に視線を移した。しかし、この話を聞いた後にもかかわらず、彼女を衝《つ》き動かしているのは、自分が疑われたらどうしようという危惧ではないとの印象を受けた。ほかに気がかりなことがあるのだ。彼女は、何かを偽ってもいる。芝居気たっぷりの身振りや見え透いた話し方に現れているそれは、いったい何なのか？

「何時に戻られましたかな？」

「クラパムからはバスに乗りましたので――帰宅は六時を少し回った頃だと思います。帰ってからのことはご存じですわね。帰宅した時間はそのお巡りさんに訊いていただくのがよろしいでしょう」彼女は後ろに下がり、テーブルの向こうの馬毛を詰めた椅子に坐って小さなハンカチを取り出すと、白粉でも塗るように顔を叩いた。「警部さん——警部さんでよろしいんですね？」彼女は慌てて念を押した。「そうですか。もう一つお訊きしたいことがあります。まさか、私を今夜ここに留め置くつもりじゃないでしょう？　それだけはご勘弁を！　後生ったら後生ですから……！」さすがにこれはやりすぎだと思ったのか、今度はもっと普通の、しかし激しい口調で続けた。「私のお友達のこともお調べになって結構です。立派な方ばかりですから。今夜はその方たちのところに泊めていただいてよろしいでしょう？」

「そうですね。なぜそうなさりたいのですかな？」

スウィーニー夫人はマスターズを真正面から見た。「怖いからに決まってます」

マスターズは手帳を閉じてバンクスに言った。「ヘンリ卿を捜してきてくれ。さっき我々と一緒に来られた方だ。この証人と話をしてもらいたいんだ……ちょっと待った！　家の中は全部調べたのか？　二階も？」

この質問は実のところスウィーニー夫人に向けられていた。彼女は一瞬狼狽した様子を見せたが、ハンカチをせっせと動かしてごまかした。

「二階は徹底的にやりました、警部。私にはわかりませんが、このご婦人なら何がなくなっているかわかると思います」

私とバンクスはホールに出た。我々は直感的に、この家、そしてスウィーニー夫人は事件に想像以上の関わりがあるという思いを抱いていた。彼女には、単に嘘をついているというだけではない何かがある。彼女は演技をしていた。それが恐怖からか、罪の意識か、あるいは単に気が立っているせいかわからないが、演技過剰になっていた。H・Mがこの証人をどう扱うか見ものだ。

卿は門口にはいなかった。野次馬も随分まばらになっている。警備に当たっていた恰幅のいい巡査に訊くと、H・Mは野次馬の半数ほどを引き連れて〈キング・ウィリアム四世〉へ行き、酒を奢っていると笑いながら教えてくれた。バンクスはこの情報を伝えにマスターズの許へ引き返したが、私が卿を捜しに行こうとした時、マスターズが戸口で毒突いているのが聞こえた。人のいい警部殿が拳を振り上げ、かんかんになっているのが目に見えるようだ。

〈キング・ウィリアム四世〉はこぢんまりした居心地のいいパブで、軒灯《けんとう》の点《とも》るドアからは煙草の煙が流れ、中は人いきれでむっとしていた。壁沿いに並んだ椅子は、真鍮ボタンのシャツを着た赤ら顔の常連で占められ、彼らは射的場の人形よろしく一列に並んで、何か言うたびにクックックッと笑っている。H・Mはパイントジョッキを片手に取り巻きを従え、穴だらけの板めがけてダーツに興じていた。合間には一席ぶつのを忘れない。「紳士諸君、我々は自由な英国臣民として、現政府が犯している、労働者の顔を泥靴で踏みにじるが如き侮辱を絶対に許してはならんし、許すつもりもないぞ——」私は酒場の入口から顔だけ突っ込んで、合図の口笛を鳴らした。H・Mは演説をやめ、ビールを鯨の如く一気に飲み干すと、誰彼構わず握手をして、歓声に見送られながらふらふらと出てきた。

夜霧の立ちこめた通りに出ると、卿の表情は一変した。コートの襟を立てて顔を埋めた姿は、私のように卿をよく知っている者でなければ、神経質な人間に見えたに違いない。

「お得意の手がうまくいったようですね。何か摑めましたか？」

卿は、イエスの意味らしき言葉を低い声で唸った。二、三歩よろめくと、大きな音を立ててハンカチで洟をかんだ。「うん、ダーワースのことがな。ほかにもわかったことがある。『人物を知りたければ、旧知を訪《おとな》うべし』じゃ。パブに張り付いてな。あの家には時々女が訪ねてきたそうだ……

なぜこのことに早く気がつかなんだか。ダーワースの家にいた時に、ひょっとしたらと思い始めたんだが、お恥ずかしい話、すんでのところで慚愧《ざんき》に堪えんへまをやりかけた……まあ、取り返しがつかないわけではないのが救いだな。運が味方してくれれば、明日の夜、いや、もそっと後かな——こちらとしては明日の夜と願いたいが——世にも冷静沈着、頭脳怜悧な犯人に引き合わせてやれるぞ……」

「女なんですか？」

「そうは言っとらん。今は何も訊くな。わしら以上にあの家のことをよく知っておる奴がいるんだ。ダーワースが殺された理由の一つもそれだ。ジョゼフは厄介払いされたんだ。そして次は……」

H・Mは木蓮荘の向かいの舗道で足を止めた。巡査が街灯の下を行ったり来たりしており、門扉は傾き、隙間から雑草だらけの煉瓦道が見える。その眺めは夜目にも荒涼として不吉だった。H・Mが指さした。

「あの家は以前ダーワースの持ち家だったんだ」卿はこともなげに言った。

「と言いますと――？」

「スウィーニーという女が住む前は長い間空き家だったが、売家の札を出していなかったから誰も買わなかったんじゃ。しかし、噂好きの年寄りが、以前ダーワースらしい人相の男があの家に出入りしていたことを覚えておった。ホースフェイスに訊いたところ、よっぽど変わった骨質でない限り、掘り出された遺体はどんなに年月が経っていても骨で身許がわかるそうじゃ。あそこにエルシー・フェンウィックが埋められているとしても、わしはいっこうに驚かんな」

その時、ハザー・ストリートの角を曲がって、一台の警察車輌が、サイレンを鳴らしヘッドライトを光らせて、猛スピードでやってきた。H・Mと私は、同じ衝動に駆られ、同時に道路を横切った。ちょうど渡り切った時、車は舗道の縁石をこすりながら停まり、三人の私服警官が飛び出した。マスターズは煉瓦道を走ってきて、彼らのために門を開けていた。「マスターズ警部！」私服警官の一人が発した声には切迫した響きがあった。

「どうした？」

「ここにおいでだと聞いたのですが、こちらには電話がないので連絡できませんでした。すぐ本庁にお戻りください」

マスターズは、門扉の鉄柵を握ったまま、その場で凍りついていたが、数秒後にやっと口を開いた。

「まさか――また――何かあったのか？」

「わかりません。パリから電話があったんですが、通辞部の連中は帰った後でした。相手が早口のフランス語で、交換手は半分聞き取るのが精一杯でした。九時にかけ直すと言ってました。もう八時半です。殺人に関する重要な話らしいです……」

「いつも通り、写真、家宅捜索、指紋だ。頼んだぞ」マスターズは手短に言い残して、帽子をひっかぶると車へ急いだ。

18　魔女の告発

それはベニング夫人があの驚くべき告発をする前夜のことだった。その告発までの約十五時間に、私はまったくの偶然から、この事件の謎にほとんど解決を与えるような地点にいたのだ……

事実を述べることに縛られないのなら、ここで私は、あの電話に間に合わせるべく必死に町へ戻ったとか、不眠不休で翌朝まで徹夜の情報照会を行なったとか、嘘八百を並べたかもしれない。しかし、現実の殺人事件は、すべてが「お前が犯人だ[*25]」に向かう動きばかりではない。捜査の合間には、日常生活の諸事がいつも通りに続いていることを思い知らされる時もあれば、個人的懊悩や種々雑多な心配事に苛《さいな》まれ、既に曇っている鏡に空しく息を吹きかけているような時もある。その晩の私が恰好の例で、私は姉のアガサと夕食の約束をしていた。姉は、妖女ゴーゴンをいくらか穏やかにしたような女性で、家族の誰ひとり、姉との約束を破るという愚挙に及ぶ者はいなかった。実際、その時私の頭を占めていたのは――しまった、こんなに遅くなったと気づいた時には――着替えを端折《はしよ》って駆けつけても一時間の遅刻だ、という思いだった。約束をすっかり忘れていたのだ。しかし、行かなければもっと面倒なことになる。

マスターズがロンドンの街中まで乗せてくれた。警部と私は翌日の十一時にH・Mのオフィスで会う約束をした。卿はブルック・ストリートの自宅へ送ってもらい、私はピカデリーで降ろしてもらってケンジントン行きのバスに乗り、姉の屋敷の通用口から入った。誰が招かれているかわからないので、一応身なりを調え応接間に顔を出すと、意外なことに、ゲストはアンジェラ・ペイン一人だった。姉の取り巻きの中では比較的若い方で、私の妻となる予定の女性である。彼女は、いかにも洗練された応接間の暖炉のそばに腰を下ろし、これまで気の置けない晩餐の席で多くの客の目玉をもう少しで飛び出させそうにしてきた翡翠《ひすい》の煙草用パイプをくわえ、興奮からか妙に落ち着かない様子だった。アンジェラは私と違ってとても現代的で、襟足がすっかり見えるほど髪を短くしていた。

部屋に入った瞬間、自分が殺人事件のニュースを背負ったカモであると私は覚《さと》り、二人の遠慮ない聞き上手からの質問攻めを覚悟した。ごく内輪の晩餐であるのもきっとそのせいだ。アガサは私の遅刻を話題にすらしなかった。しかし、席に着いて、奇術師がステージに立って大小さまざまな壺から注ぎ出してみせる液体と大差ない、具の少ない澄んだスープが出されるや否や、攻撃の火蓋が切られた。私はスウィーニー夫人の問題が頭から離れず、のらりくらり攻撃をかわしていたので、アガサはアンジェラに向かって、私への当てつけたっぷりに言った。

「もちろん弟は私たちになんか話すことはできないんでしょうけど、礼儀として今夜遅くなったいきさつぐらい説明したっていいはずよねえ……」

アンジェラが食卓の燭台の間に爆弾を放ったのは、魚料理が供されている時だった。彼女が検視審問はいつなのと訊くので、明日だと答えると、こう畳みかけてきたのだ。「そうすると、お気の毒なダーワースさんの奥様も出てくるのね？」

これには姉でさえ驚いた。「ダーワースさんは結婚していたの？」

「あら、私、奥様を知っているわよ」アンジェラは勝ち誇ったように言った。

思わぬ展開に俄然興味が湧いた私は、出されたソーテルヌワインを断って、アンジェラの話に集中した。「そうね――綺麗な方よ。好みにもよるでしょうけど。痩せて背が高くて、髪はブルネット。噂では、若い頃は貧しくて、サーカスやアメリカのワイルド・ウェスト・ショーに出ていたとか……それから女優に転身！　確かにあの方なら――」

「あなた面識がおありなの？」

「うーん、どうかしら……」アンジェラは今やアガサ相手に話していた。「私が存じ上げていたのはもう何年も前だから、今はきっと太っておられるわね。覚えていらっしゃらない？　冬のニースのこと――二三年か二四年だったと思うけど――レディ・ベローズにひどいアルコール中毒の発作が出た年だわ。それとも、あれは違う人だったかしら？　劇場の二階バルコニー席の手すりから落っこちて、平土間の失礼な連中がやんやの大喝采を送ったことがあるじゃない、あの年よ。とにかく、イングリッシュ・レパートリー劇団の公演だったわ。新聞がこぞってベタ褒めだったでしょ。シェークスピアを蘇生させたとか」アンジェラの説明を聞くと、まるで溺れたシェークスピアが人工呼吸で息を吹き返したかのようだ。「それから愉快な王政復古もの。作者はウィッ――ウィチャリーでしたかしら」

「しゃっくりしてる場合じゃなくてよ、アンジェラ」と我が姉はにべもない。「それで？」

「あの方は『十二夜』それとも『率直な男』でしたかしら、とにかく演技が素晴らしいと評判を取ったの。私はどちらも見ていないんだけど。私が見たのは、中年の女教師かなんかの、ずんぐりした野暮ったい役だったわ、アガサ……ケン、あなた聞いてるの?」

もちろん聞いていた。

「スウィーニー夫人だ——」いや、スウィーニー夫人と名乗っている女と言うべきか——

その晩の義理も無事務め上げ、強引な手段に訴える必要もなく釈放されると、私はこの謎を解き明かしてやるぞという意気込みで、歩いて自宅に帰った。スウィーニー夫人がグレンダ・ワトソン・ダーワースだったとしたら——どうもそうらしいが——多くのことが遠い過去に遡って延びる一本の線上で説明できる。グレンダ・ワトソンの性格は多面的で、その時々で変わるにせよ、利に敏《さと》いところはずっと変わっていない。彼女は、ダーワースが金持ちの妻を毒殺しようとして失敗した時から、偶然にせよ故意にせよ、ダーワースから離れたことはなかった。ダーワース夫妻が一見幸せそうにイギリスへ戻ってきた時も、彼女はエルシー・フェンウィックに付き添っていた。エルシーの失踪にグレンダは一役買った可能性がある。いや、そうだったとしか考えられない。ダーワースはブリクストンの家を買う。そしてそこに——例えば更地《さらち》に戻した井戸に——埋められているものが、恐喝の豊かな鉱脈になったのだ。控えめな協力者だった女が、突然ダーワースに牙を剝いてこう言う。「私を黙らせるにはお金が要るわよ!」あるいは「結婚してくれたら黙っててあげる」かもしれない。かつては奥様付きのメイドだった女が、ダーワースの金でリビエラに家を買ってそこに納まり、芝居に血道を上げ、存分に生活を楽しみ、やがて時機を待つ。そこには強い忍耐力が窺える。法律上の問題がなくなるまで、結婚もせず、ダーワースの首に掛けた輪を締めもせずに、じっと待ったのだ……

やがて彼女は、世間のお人好しどもからたんまり巻き上げる計画と、新趣向の演出を携えて、再び表舞台に登場する。ところで、彼女は現在もダーワースの首根っこを押さえていたのだろうか？　むろん、そのはずだ。たとえエルシー・フェンウィックの遺骨が発見されなくても、ダーワース自身の経歴が、「恐れながらと訴え出れば……」という彼女の共犯者証言の脅迫に耐えられるはずがない。ユージーン・アラム[*26]が、ダニエル・クラークを洞窟で刺殺した十四年後に、二、三本の骨を証拠に絞首刑になった例もある。

するとどうなる？　私はこの時、パイプをくわえてぶつぶつ言いながら、すれ違う人たちの好奇の目に曝されたまま、いつの間にかハイド・パークの柵沿いを早足で歩いていた。するとどうなるのだ？　如才ないダーワースの表の顔の陰で、グレンダ・ワトソンが頭脳の役を担っていたように思われる。彼女はダーワースの才能を利用して金儲けを企む。そうして、ダーワースは騙されやすい金持ちをカモにし始めた――それが始まったのはいつだ？　四年前、ダーワースがパリでグレンダ・ワトソンと結婚した直後だ。スウィーニー夫人がブリクストンに近所との付き合いを避けながら住み始めた時でもある。彼女の目当ては金だから、ダーワースの妻の役を実演できなくても不満はない。それに……ダーワースの魅力は主に女性に対して発揮されるので、ロマンチックな独身男性という役を振っておいた方が役に立つ。

彼女はこの地味な役回りで満足していたのだろうか？　その時私は思い出した。違う、満足してはいない。我々の聞いた話では、彼女はブリクストンを長い間離れることがたびたびあった。ダーワースはいかさま心霊術を数か月休み、スウィーニー夫人はニースのヴィラ・ディヴリで才能溢れるグレンダ・ダーワースに戻る。こうして彼女とダーワースは徐々に財産を築き上げ、万が一警察の手が入った時のために、ジョゼフという間抜けな身代わりまで用意していたのだ。

しかし、この考えも我々の役には立たなかった。フラットに戻った時、ずっと歩いていたせいで私は二マイル競走の選手のように汗だくになっていた。すぐにでもマスターズに連絡しようという衝動に駆られたが、辛うじて思いとどまった。私の考えは当たっているかもしれないが、犯人の正体に関する限り、既に困惑するほど大勢いる容疑者リストにもう一名加えるだけだからだ。それに彼女の場合、殺人の動機が思いつかない。

金の卵を産むガチョウの寓話もある……

私はベッドに入った。翌朝寝過ごしたのは無理からぬことだろう。

翌《あく》る九月八日の朝はからりと晴れ渡り、さわやかな空気には秋の気配があった。十一時の約束に間に合うなど論外、起きたのが十一時近かった。朝食を慌ただしく済ませ、ホワイトホールへ急ぐ道すがら、新聞にざっと目を通すと、ほとんどの頁に「黒死荘の二重惨劇」の文字がさまざまに形を変えて躍っていた。河岸通り《エンバンクメント》へ曲がる時に、近衛騎兵旅団本部《ホース・ガーズ》の時計塔の金時計が半を打った。そして、陸軍省の背後にある庭園近くに紫色の幌付き大型車が停まっているのが見えた……

片方の目は新聞に向けていたので、本来ならそんな車に目が行くこともないのだが、その時、大型車の後部座席で誰かが急いで身を隠した気配がしたために気づいたのだ。車の後ろをこちらに向け、後ろの窓から私の方を覗いている目があった。それには構わず私はH・Mの部屋に続く小さな入口へ向かい、ドアに手を掛けようとしたその時、中からマリオン・ラティマーが笑いさんざめきながら出てきた。その後ろにはハリディの姿があった。

二人の心に暗いものがのしかかっている様子は、まったく窺えなかった。マリオンの顔は生き生きと輝き、ハリディもここ何か月もなかったような良い血色をしている。磨き上げた靴から砂色の口ひげに至るまで完璧な身繕いで、半眼に閉じたまぶたの奥にも以前の輝きが戻っていた。彼は傘を振り上げて威勢のいいお辞儀をした。

「これはこれは！」続けて挨拶と思しき奇声をひとしきり発してから、「驚きだな。第三の殺人者御登場だ。本当にそんな顔つきだぜ。早く行ってあと二人の殺人者に会ってこいよ。お友達のH・Mはご機嫌うるわしいが、かわいそうなマスターズの方は手当たり次第に人を殺しかねない雲行きだぜ。ははは。僕かい？　欣快至極さ」

私が、二人ともたっぷり油を絞られただろうな、と応酬すると、マリオンは噴き出したいのをこらえ、ハリディの脇腹を小突いた。「およしなさいな、ほかの人もいるのよ！——きっとあなたも今夜のヘンリ卿のパーティーに招《よ》ばれますわよ、ブレークさん。ディーンは伺います。場所は黒死荘ですって」

ハリディは断固とした口調で言った。「これから車を飛ばしてハンプトン・コートへ行く。そこで昼食だ。今夜のことなんて知るもんか！」彼は傘を振り回した。「さあ、来いよ、お姐《ねえ》さん。僕は逮捕されずに済みそうだ。さあ来るんだ」

「何も心配ないんですって」マリオンは、灰色にくすんだロンドンの路傍の石ころ一つ一つが彼女には喜びの対象でもあるかのように、通りを見渡した。「ヘンリ卿に会うと元気が出ますわね。変わった方で、私には服を脱いじゃう女優の話ばかりするんですよ。でも、あの方は――あなたに申し上げる必要はありませんね、卿を信じていらっしゃるんですから。万事うまくいっているそうです。テッドの行方も含めて何もかも話してくださるって……では私、失礼します。ディーンたら、手に負えなくて……」

私は二人が通りを渡るのを見送った。ハリディは傘を振り回していた。ロンドンの美観について講釈する指示棒代わりに使っているのだろう、黄色く変わりつつある街路樹の向こうを指したり、欄干越しに見える、靄《もや》のかかったテムズ河が陽の光に輝く光景を指したりしていた。紫色の車は目に入らぬ様子で、二人は仲良く笑いながら歩いていった。

H・Mのオフィスに上がっていくと、そこにはまったく異なる光景があった。H・Mは、今日はネクタイを締めずいつもの椅子に窮屈そうに坐って両足を机の上に投げ出し、眠そうに葉巻をくゆらせていた。マスターズはというと、睨みつけるように窓の外を眺めていた。

部屋に入るなり私は言った。「ニュースがあるんです。ビッグニュースかもしれませんよ。いいですか、まったくの偶然から、昨夜正体がわかったんです、あのスウィー――」

H・Mは葉巻を口から離した。

「おい」卿は大きな眼鏡越しに葉巻を眺めて言った。「もしわしが予想している通りのことを言ったら、ひどい目に遭わされるぞ。そこにいるハンフリー・マスターズ警部殿からな。そうじゃろう、マスターズ？――フランス人というのは奇妙な奴らだよ。この部屋でぼそっと呟くだけでも名誉毀損で訴えられそうなことを、新聞に堂々と書き立てるんだからな。見ていてわしらアングロ・サクソンは胆を冷やす」卿は新聞を振ってみせた。「さて、ここに取り出《いだ》したるはラントランジジャン紙。耳の穴をかっぽじって謹聴、謹聴！『黒死荘の怪事件。恐るべき謎！しかし我らが治安の守り手ラヴァアジエ・ジョルジュ・デュラン氏にかかれば赤子の手を捻《ひね》るが如し！』ここにご紹介できて光栄至極！――何ならこいつの説を聞かせようか？」とH・Mは横目で尋ねた。「治安を預かるお役人までがこの事件の謎解きに挑戦してきた。いいか、こいつが今度の厄介事の張本人なんじゃ……」

その時机のブザーが鳴った。卿が別のブザーを押して答え、両足を机から下ろすと、表情は一変していた。

「総員配置につけ。ベニング夫人のお出ましだ」

マスターズはくるっと振り向いた。「ベニング夫人？　何の用ですかな？」

「おおかた殺人の告発でもしたいんじゃなかろうかな」

その後は誰も何も言わなかった。擦《す》り切れた敷物を鈍い陽の光が照らし、そこに埃が舞っている。ベニング夫人と聞いただけで、みんな背中にぞくっとするものを感じていた。彼女はここにいて、しかもどこにでもいる。姿は見えなくとも、存在を感じるのだ。何分にも思える長い時間、我々は待った。やがてホールの階段にコツンという音が聞こえ、間があり、またコツンという音。とうとう杖に頼る決心をしたらしい。私は通りに停まっていた紫色の幌付き自動車を思い出した。そしてディーンとマリオンが我が世の春とばかり浮かれて歩いていくのをじっと見ていたのが誰だったかを、その時に知ったのだ……杖の音が近づいてきた……

ベニング夫人に会った人は誰でも哀れを催すが、それは老齢による衰えに対するものばかりではなかった。マスターズがドアを開けてやると、夫人はにこにこしながら入ってきた。一昨夜は六十歳ほどかと思ったが、今はずっと老けて見えた。ヴァトー画中の侯爵夫人然とした雰囲気を引きずってはいたが、だいぶお粗末なものになっていた。唇には口紅とつや出しのクリームが塗りたくられ、ペンシルで引いた眉の線はふらふらしている。両の目だけが生き生きと輝き、笑みを湛えながら、あたりを落ち着かなくさまよっていた。

「みなさん、お揃いでしたのね」その声は少し嗄《しわが》れ上ずっていた。話を続ける前に、遠慮がちな咳払いをする。「それはようございました。好都合です。坐ってもよろしいかしら？　あら、恐れ入ります」ウェーブのかかった白髪が覗く大きな帽子ごと頷いたが、その帽子は顔の皺隠しにもなっていた。「ヘンリ卿、亡き夫からお噂はかねがね。こうして会っていただき、本当にご親切ですこと」

「それで、奥さん？」H・Mは早いところ本題に入らせようと、語気鋭く切り返したが、夫人はにこにこして目を瞬かせるばかりなので、追い討ちをかけた。

「確か、お話しになりたいことがおありでしたな？」

「ヘンリ卿。それにあなた——それからあなたも——」次の言葉をためらったのち、彼女は杖から片方の手を離して机にそっと指をかけた。「みなさんは目が見えませんの？」

「目が見えないですと、奥様それは？」

「あなたのような——それからあなた方も——頭のいい方がわからないとおっしゃるの？　私の口から申し上げねばなりませんか？　なぜテッドがあんな風に慌てふためいてロンドンを離れ、母親の許へ飛んでいったか本当にわかりませんか？　恐怖から、それとも自分が話したくないことを話さなければならないからでしょう？　あなたはテッドが推測したこと、そして今はもうはっきりと知っていることが何か、わからないのですか？」

H・Mの眠たそうな目が二、三度瞬くと、大きく見開かれた。夫人はいきなり卿の方へ身を乗り出した。声は低いままだったが、ダーワースの気味の悪いおもちゃの一つ、奇怪なびっくり箱の蓋がぱっと開いて喋り始めたようだった。

「マリオン・ラティマーは気が狂っているんです」

誰も言葉が出ない……

「私は知っています！」彼女の声に棘《とげ》が増え、目は我々を睨《ね》め回した。「あなた方はいいように騙されてしまう。あなた方はこう考えるでしょ。この娘《こ》は若くて綺麗で、殿方の冗談にホホと笑い、水泳や飛び込みをし、健康な二本の足でテニスもする。だから、ここに——この頭の中に、汚らわしい考えなんかありっこないってね。そうでしょう？　そうなんでしょう？」

彼女はそう尋ね、再びあたりを見た。「でも私に対してはそうじゃない。何のためらいもなく、私には卑しい考えがあると信じてしまう。どうしてでしょう？　私が年寄りで、あなた方には見えないものが見えて、それを信じているからよ。それが理由なの。理由はそれだけ。

　メリッシュ家の者はみんな狂気に犯されています。あの娘《こ》の母親サラ・メリッシュは、エジンバラで監視下に置かれているということを話しておくべきでしたね……私の言うことを信じないというのであれば、明々白々な証拠はどうかしら？」

「ふむ。どんな証拠かな――？」

「昨日の朝、テッドの部屋で聞こえた声よ！」彼女が笑みを浮かべたまま何度も頷くのは、どうやらＨ・Ｍの顔に浮かんだある表情に気づいたかららしい。「なぜあなた方はあれが外から来た人間だと簡単に決めてしまうのですか？　外の人間があんな時間にバルコニーにいるのはおかしくないかしら？　いいこと、バルコニーは家を取り巻いているの。マリオンの寝室の前もね……メイドが声に騙されたのは無理もないことでしょう？　ヘンリ卿、メイドはあの声を――あんな風に話す声を聞いたことがなかったんですもの。あれがマリオンの本当の声なんですよ。それ以外に『きっと疑ったことは一度もないでしょう？』という言葉の説明がつきますか？」

　私の背後で荒い息遣いが聞こえたかと思うと、マスターズが私の脇を大股で擦り抜け、Ｈ・Ｍの机に歩み寄った。

「奥さん」彼は言った。「奥さん、あなた――」

「黙っておれ、マスターズ」Ｈ・Ｍは穏やかに言った。

「それから、あなたのところの単細胞の巡査部長さん、あなたが前に私たちをスパイしに寄越されたマクドネルさんだけど」ベニング夫人は机の上で指を上下に動かしながら話を続けた。「あの人は昨日の午後、マリオンの都合の悪い時間に行ってしまったのよ。それを彼女は手もなく追っ払った。なんて頭の切れる娘《こ》かしら！　外出したかったからなの。やらなければならないことがあったのよ」

　ベニング夫人はクスクス笑い、頭をぐいと上げた。

「検視審問は今日の午後でしたわね、ヘンリ卿？　私は自分の務めを果たしましょう。証言台に立って、あの気の毒なマリオンがロジャー・ダーワースとジョゼフ・デニス殺害の犯人だと告発します」

　切り口上で述べられた言葉に続いた沈黙を破ったのは、Ｈ・Ｍの思いやりある声だった。

「奥さん、とても面白いお話だが、今日の午後は無理ですな。言い忘れとったが、審問は延期されましてな――」

　夫人は再び、猛獣が獲物に飛びかかるように身を乗り出した。「まあ、あなたは私の言うことを信じてくださるのね？　そのお顔でちゃんとわかりますわ、ヘンリ卿……」

「面白いですな。わしには心変わりとも聞こえるんじゃが。わしはその場にいなかったし、後で報告書を読んで知っただけじゃが、確か奥さんは、ダーワースは幽霊に殺されたんだとおっしゃっていたんじゃないですかな？」

夫人の小さな目がガラスのかけらのようにキラリと光った。こういった物言いは狂信者を刺激する。「考え違いをなさらないでくださいまし。もし、霊魂がダーワースさんを殺そうとしたのなら――」

季節外れの眠たげな蠅が一匹、H・Mの机の端を飛び回っていた。夫人の黒い手袋をはめた手がさっと突き出されたと思うと、次の瞬間、彼女は死んだ蠅をそっと敷物の上に払い落としていた。それから両手をポンポンと叩くと、H・Mに微笑みかけ、落ち着いた声で話を続けた。「私は確かにそう考えていました。でもあの不幸な愚か者が殺されたと知った時、わかったんです。霊魂は殺す力を持ちながらも、人間が殺人を犯すのを脇に立って見ていただけなんだって。ある意味では、霊魂の指示によるものと言えるでしょう。霊魂は本来実行役ですが、あの時は人間に代わりにやらせたのです」彼女はゆっくりと身を起こし、机越しに上半身をH・Mに寄せていった。H・Mの顔を覗き込むようになるまで近づくと、憚ることのない真剣な目つきで卿を見つめた。「あなたは信じてくださいますね？　私の言うことを信じてくださいますでしょう？」

H・Mは額を拭った。「今思い出したんじゃが、あの時、ラティマー嬢とハリディ君は手を握っていたんじゃなかったかな……」

夫人は抜け目ない指揮官であり、多くを語らぬことの価値を、そして自分の話がもたらした効果を心得ていた。H・Mの顔をしげしげと眺め――カードゲームでは概してとても不利な行為と考えられている――満足げな表情を浮かべた。冷たい勝利の輝きが彼女から発せられていた。やがて夫人は立ち上がり、それに合わせてH・Mと私も立った。

「ではごめんあそばせ、ヘンリ卿」ドアまで歩いて、夫人は穏やかな口調で言った。「これ以上、お邪魔はしませんわ。それから――二人が手を握っていたことですが」彼女は再びクスクス笑い、片手を上げ、駄目駄目とばかりに人差し指を振った。「私の甥にだって、彼女がそう言ったら調子を合わせてやるくらいの騎士道精神の持ち合わせはございましょう？　紳士の作法とすればごく基本ですわ。ひょっとすると、すっかり丸め込まれているのかもしれませんわね」彼女の顔には、媚《こび》を含んだ狡《ずる》そうな笑いが浮かんだ。「わかるもんですか。あの娘がいなければ、私の手を握っていたかもしれませんわ」

ドアが閉まり、杖の音が廊下をゆっくり遠ざかるコツ、コツという音が聞こえた。

「じっとしておれ！」マスターズが飛び出しかけると、H・Mが制した。その声は、訪問客がもたらした不快な沈黙の中で雷のように轟いた。「じっとしとれよ。追うことはない」

「まさか、あの婆さんの言う通りだとおっしゃるんじゃないでしょうな？」

「わしが言いたいのは、どうやら急がねばならんということだけだ。坐って葉巻でもやって、気を静めんか」H・Mは両足を机の上に乗せ、気怠《けだる》そうに葉巻の煙を輪にして吐いていた。

「ところで、マスターズ。お前さん、あの娘を怪しいと思ったことはないのか？」

「正直に言いますと、その考えは一度も浮かびませんでした」

「そりゃいかんな。だが、容疑から一番遠くにいるという事実だけで、あの娘が犯人だということにもならん。それで犯人がわかるんなら苦労はせんよ。『一番犯人らしくない人物を探せ

――よし、囚人護送車の手配だ』てな具合だ。躓《つまず》きの石はそこにある。それらしくないとなると、いっそう頑固に信じてしまうもんだ。それにな、この事件では、犯人は一番それらしい人物だからな……」

「誰です、一番それらしい人物というのは?」

H・Mはクックッと笑った。「厄介なのはそこなんじゃ。まだ見えとらん。だが、今夜のささやかなパーティーの席で……そういえば、お前さんはまだ知らなかったな、ケン? 十一時きっかりに黒死荘で男だけのパーティーをやる。来てもらうのは、君とハリディ君とビル・フェザートンだ……マスターズには別行動を取ってもらう。後でちょっと頼むことがあるんだ。ほかにも人手が要るが、これはわしの課で都合する。シュリンプなら打ってつけなんじゃが、つかまるかどうか」

「わかりました」警部は力なく同意した。「何でもおっしゃってください。犯人にお引き合わせ願えるなら、何でもやらせていただきます。まったく悪夢のような事件で、誇張ではなく気が狂いそうですな。ことに、スウィーニー夫人にしてやられた後はもう――」

「じゃあ警部はもう知っているんだね?」私は横合いから口を出し、急いで自説を披瀝した。

マスターズはうんうんと頷いた。

「手がかりの糸を摑むたび、口にのぼる端からプッツリ切れてしまう。細い糸だろうが容赦なしです……ええ、知っています。デュラン氏の脳波のおかげでね。昨日私が呼び戻されたのは、彼がパリからかけてきた長距離電話のせいなんです。ちなみに料金はこっち持ち。彼はグレンダ・ダーワースのことを調べて、彼女がニースを長期間留守にすることがあるのを突き止めたんです。正直、それを聞いた時には血が沸き立つ思いでしたよ……」

H・Mは口から外した葉巻を振り回すと、感心したように言った。「なんとな、マスターズはフランス語で言う『生の喜び』を満身に詰め込み、身体検査役の女性を連れて、大急ぎで木蓮荘に取って返した。さあ年貢の納め時だ、とばかり勝利の雄叫びを上げてスウィーニー夫人に跳びかかると、どうも様子がおかしい。詰め物も鬘《かつら》もしていない……」

「いまいましい。あの女は若くないですよ。変装なんてちっとも必要ないですな」マスターズは不満の声を上げた。

H・Mはラントランジジャン紙をこちらに押しやった。『ダーワース夫人』とキャプションのついた大きな写真がある。「ここに身長体重が出ておる。写真は八年前のものだが、八年経ったって、茶色の目が黒くなったり、鼻や口や顎の形が変わったり、身長が四インチも伸びたりはせんものだ……なあ、ケン、マスターズは怒り狂ったが、その時のスウィーニー夫人の剣幕の足許にも及ばんだろう。しかし、マスターズがもっと荒れたのは今朝、親愛なるデュラン殿が料金スコットランド・ヤード持ちで電話をかけてきた時だ。あいつめ、こう抜かしおったそうだ。『ああ、私は悲しいです。警部さん、気の利いた思いつきでしたがうまくいきません。今朝マダム・ダーワース本人が、パリにある別邸から電話をかけてきて、私のことを〈底なしの間抜け〉と呼びました。本当に残念です』それで電話が切れたと思ったら、今度は交換手が出て『通話料は三ポンド十九シリング四ペンスになります』だとさ。ホーホー」

「いいでしょう、お好きにどうぞ」マスターズは渋い顔で言った。「せいぜい肴《さかな》にしてくださ い。でも卿だって、エルシー・フェンウィックがあの家の近くに埋められているとおっしゃったじゃないですか。それに――」

「だから、埋められておる」

「え、とすると――?」

「今夜わかるさ。今度の騒ぎはみな手がかりなんじゃ。お前さんが思っているような手がかりではないというだけでな。導く先はパリやニースではなくロンドン、さらに、これまで会って話をしていながら、僅かな嫌疑以上のものはかけられなかった人物に行き着く。そう、怪しいとは思われたが大したことにはならなかった。そいつが短剣を使い、炉の中に遺体を突っ込み、この事件の最初からずっと、これ以上望めないような最高の仮面をつけて、その下で我々のことを嘲笑《わら》っていたんじゃ……

今夜わしは、ダーワースが殺されたのとまったく同じ手口で、ある人物を殺させるつもりだ。君らにも立ち会ってもらう。襲撃は君らの肩越しに行なわれるが、おそらくそれとは気づかんだろう。関係者全員が揃うかもしれん、ルイス・プレージも含めてな」

H・Mはそう言うと大きな頭を持ち上げた。背後からの淡い日差しがその巨体を、もの憂げで、しかし抗いがたく不吉な影絵に浮かび上がらせた。

「犯人だって、そういつまでも嘲笑《わら》ってはおれんさ」

19　仮面をつけた人形

小さな石室の上には皓々と輝く月が出ていた。底冷えのする夜で、寒さのあまり物音は鋭く響き、吐く息はキラキラ輝く空気の中で白い煙となって漂った。月は、黒死荘の裏庭を囲んで黒々とそびえる建物の隙間にも輝く触手を伸ばし、地面に落ちる影にくっきりとした輪郭を与えている。我々の進んでいく先には、捻《ねじ》れた枯木の影が横たわっていた。

開け放たれた石室のドアの向こうから、何者かがこちらを見ていた。青ざめ強張った表情だが、ウィンクしているように見える。

私の脇を歩いていたハリディは、喉まで出かかった驚きの声を抑え、咄嗟に上半身を退《ひ》いた。フェザートン少佐が何やら低い声で呟く。三人はしばらくその場に釘付けになった。

はるか遠く、シティの大時計がくぐもった音で十一時を打ち始めた。石室の戸口にも窓にも、炉火の輝きがあかあかと映っている。身じろぎもせず、膝の上で両手を合わせ、何者かが暖炉前の椅子に背筋を伸ばして腰掛けていた。顔を一方の肩に向けて捻《ねじ》り、青白い顔には気味の悪い薄ら笑いを浮かべ、口ひげを垂らし、突き出た目を覆う眼鏡の上で片方の眉が吊り上がっている。額には玉の汗が噴き出しているようだった。

その人間が確かにこちらを見て、にやりと笑ったのだ……

突如目の前に現れたものは悪夢ではなかった。不気味な反響を返す母屋の廊下を過ぎ、暗い裏庭を回って、枯木の残る壊れた四阿《あずまや》のそばを通った後に我々が出会ったものは、この夜や月と同じく現実のものだった。

「あれだ」ハリディは大声で叫んで指さした。「あれとそっくりな気味の悪いものを、一人でここに来た夜に見た……」

その時、大きな影が石室の暖炉の前を横切ると、誰かが戸口から外を覗き、我々に声をかけた。青白い顔の人物はその陰に隠れてしまった。

「上出来じゃな」H・Mの声がした。「そうじゃないかと見当はついていた。今朝あんたが話したことを聞いた後でな。それでわしの人形をこさえる時に、ジェームズのマスクを使わせてもらったんじゃ。あれが、今夜の実験に使う人形だよ……さあ、入った入った!」卿は苛立たしげに言い足した。「この部屋は隙間風がひどくてかなわん」

毛皮襟のコートを着込み、年代物のシルクハットを頭に載せたH・Mの象のような巨体は、室内の不気味でグロテスクな印象をいや増していた。暖炉は盛大に焚かれ――盛大すぎるきらいはあったが――火がごうごうと音を立てて黒い煙突を昇っていった。暖炉の前にはテーブルが置かれ、テーブルの周りには台所用椅子が五脚、そのうち一脚だけに完全な背もたれが付いていた。その椅子には、背もたれと脇のテーブルを支えにして、キャンバス地に砂を詰めた急ごしらえの等身大人形が据えてある。古い上着とズボンを着せ、頭にかぶせた小粋なフェルト帽で、色を塗ったマスクを本来顔がある位置に固定していた。それが与える効果は馬鹿陽気な恐怖とでも言うほかになく、両方の袖口に縫い付けた白い木綿の手袋が合掌の形にしてあることで、いっそう強調されていた……

「どうだ、うまいもんだろう?」H・Mは得意満面だ。読みかけの本にしおり代わりの指を突っ込み、自分の坐る椅子はテーブルの反対側に動かしてあった。「子供の頃、十一月五日のガイ・フォークスの人形を作らせたら、ロンドンでわしの右に出る者はいなかったぞ。今回は、丁寧に作る時間がなくてな。おまけにこの先生、えらく重いときてる。大人の目方くらいあるぞ」

「兄のジェームズだ――」ハリディが言った。彼は片手で額を拭い、何とか笑顔を作ろうとしていた。「リアリズムにご執心ですか? これで何をしようってんです?」

「殺されてもらう。テーブルの上に例の短剣があるだろう」

私は組んだ手を暖炉に向けて坐っている人形の、突き出た眼鏡の奥のぎょろりとした目や、口ひげの下のウサギのような薄笑いから目を移した。テーブルの上には、先夜と同じように真鍮の燭台に蠟燭が一本燃えていた。そのほかに、紙が数枚と万年筆が一本。そして、骨製の柄《つか》から刃先まで煤《すす》けた、ルイス・プレージの短剣があった。

「こりゃなんだ、ヘンリ?」フェザートン少佐が咳払いをして言った。普通の山高帽にツイードのコート姿の少佐はやや奇妙に見えた。いつもほど威張ったところがなく、酒焼けで顔が赤い喘息持ちの愚痴っぽい老人にしか見えない。少佐は咳き込んでいた。「せっかく来てみりゃなんだ、ただの子供騙しじゃありゃせんか。人形だの何だのと。いいか、わしゃもうちっと筋の通ったことが好みだ――」

「床の染みは気にせんでいい」H・Mは少佐を見つめて言った。「壁の染みもご同様。もう乾いておるからな」

我々は一斉に床と壁を見たが、すぐ薄笑いを浮かべた人形に視線を戻した。部屋の中に、不気味さでこれに勝るものはなかった。暖炉はすさまじい熱を放ち、赤く照らされた壁にゆらゆらと動く影を投げている……

「誰かドアに閂《かんぬき》を掛けてくれ」H・Mが言った。

「これはどういう趣向です?」ハリディが尋ねる。

「誰かドアに閂を掛けてくれ」H・Mは眠たそうに繰り返した。「ケン、お前さんがやってくれ。しっかりとな。ドアが直ってるのにお気づきじゃなかったか? ふふ、うちの課の若い者が今日やってくれたんだよ。下手くそな仕事だが、これで間に合う。さ、急いでくれ」

差し錠の方は、あの晩無理に曲げてしまったのでいっそう固くなっていた。ドアを閉め、差し錠を思い切り引いて受け筒に差し込む。ドアに渡す鉄の横木はドアの上部に縦に置かれていたので、横にして下ろし拳固で何回か叩いて、ドアに付いている鉄の受け金にしっかりとはめ込んだ。

「さて、さる物語の幽霊が語ったように、『今夜は閉じ込められたよ』と相成《あいな》りました」

H・Mの言葉に、それぞれ理由は異なるものの、誰もが戦慄した。H・Mはシルクハットをあみだにかぶって暖炉のそばに立っていた。火影《ほかげ》が眼鏡に映っているが、大きな顔は筋肉一つ動かず、口は不機嫌そうにへの字に結ばれ、小さな目だけが我々を順繰りに見ていた。

「君たちの席だが、ビル・フェザートン、あんたは暖炉の左側に坐ってくれ。暖炉から少し椅子を離してな——そう、それでいい。おい、ズボンなんかどうでもいいだろう。わしの言う通りにしてくれ！　ケン、君はその隣だ……ビルから四フィートくらい離れてな。そうだ。その隣が人形、テーブルの横に坐っているが、暖炉を正面に見て、ちゃんと我々の話に加わっているように向きを変える。テーブルの反対側にハリディ君。わしがここに坐ると半円形ができあがるという寸法だ、こうしてと」

　卿は自分の椅子をハリディの向こう側へ引きずり、我々の作る列が一目で見渡せるように、暖炉の煙出しの隅に横向きに置いた。

「うむ。さてと。これで一昨夜と同じになった。まだ一つ足りんものがあるがな……」卿はポケットをがさごそやって派手な色の箱を取り出すと、中身を暖炉に放り込んだ。

「おい！」フェザートン少佐が怒鳴った。「そいつはいったい——！」

　火花がはじけたと思うと緑色がかった炎が上がり、やがて濃い煙が立つと、胸が悪くなるような香《こう》の匂いが溢れ出し、床の上にゆっくりと渦を巻き始めた。その匂いは毛穴にまで染み込んでくるように感じられた。

「こうする必要があるんじゃ」H・Mは素っ気なく言った。「こいつはわしの趣味じゃない。犯人の趣味だからな」

　そして、ふうふう言いながら腰を下ろし、一同をさっと見渡した。

みんな押し黙ってしまった。私は右肩越しに隣の人形を見た。人形は耳のあたりに黒い帽子を小粋に傾《かし》げてかぶり、暖炉の火に流し目をくれていた。この気味悪い人形が生きていたら、という思いが頭をよぎり、背筋が寒くなった。人形の向こうにはハリディがいて、むっつり黙り込み皮肉そうな笑みを浮かべている。テーブルの上では人形とハリディの真ん中で蠟燭が燃え、香の煙が立ち上るたびに瞬いた。人形のあまりの馬鹿馬鹿しさが、かえってその存在を恐怖の地平に近づけていた。

「さて、ここに極めて快適に閉じ込められたわけだから」H・Mの声が石室の中で反響した。「おとといの夜何が起こったのかを語って聞かせよう」

ハリディは煙草に火を点けようとしたが、マッチの軸が折れたのであきらめた。

「諸君は」H・Mは眠そうな声で先を続けた。「あの時自分がいた場所にいると思ってほしい。そして、ほかのみんながどこにいたかを思い出してほしい。まず、ダーワースから始めよう。人形はあやつの代わりだ」H・Mはポケットから懐中時計を取り出し、テーブルにのしかかるようにして時計を置いた。「今夜ここにある人物が来ることになっているんだが、まだ時間があるようじゃな……

ダーワースの行動の一部についてはもう知っておるな。ケンと少佐には昨日話したし、ハリディ君とミス・ラティマーには今朝済ませた。ダーワースに協力者がいたことと、もともと何が企てられていたのかについても話してある……

では、ダーワースの猫殺しから話を始めよう。わしがいろいろ考え始めたのもそのあたりからだからな」

「話の腰を折る気はないんですが」ハリディが言った。「誰が来ることになっているんです？」

「警察じゃよ」

ややあって、H・Mはポケットからパイプを取り出して話を続けた。

「ダーワースがルイス・プレージの短剣を使って猫を殺したことは、猫の喉の刺し傷と裂傷からはっきりしている。これはこれでよし。それから彼は、後で撒き散らすために猫から血を採った。自分の体にも少し血がついたが、コートを着て手袋をはめていたし、暗がりのことでもあり、気づかれずに済む。フェザートン少佐とテッド・ラティマーが来て彼を外に連れ出し、急《せ》き立てるようにしてこの部屋に閉じ込める以外は、誰にも会わないんだしな。さて、問題は『あの短剣をどうしたのか』だ。どうじゃな？

奴にできることは二つしかない。（一）自分で石室に持ち込む。（二）協力者に渡す。このどちらかだ。

まず二番目の可能性について考えてみよう。協力者に渡したとすると、その協力者はテッドかフェザートンということになる……」ここでH・Mは抗議を期待するかのように、眠そうなまぶたを少し開いた。

誰も黙ったままで、テーブル上の懐中時計が時を刻む音だけが聞こえていた。

「なぜなら短剣を渡せるのは、その時ダーワースと一緒にいた二人に限られるからな。しかし、ダーワースがそんな間抜けな真似をしたとは考えられん。わざわざ母屋まで持ち込んでまた持ち出すために、なぜ協力者に短剣を渡さなくちゃならん？　もう一人の、協力者じゃない人物に、短剣を渡す現場を見られる危険もあるし、もっと危険なのは、協力者が血だらけの短剣を持ってうろうろしているところを、居間にいる連中に見られることだ。そうなると万事休す、計画は水の泡だ。そんなことをしたはずはない。従って、ダーワース自身が短剣を石室に持ち込んだと考えるのが道理だ。

実は、奴が自分で短剣を持ち込んだことをわしは別の理由から知っておるのだが、その理由についてはもそっと後で触れることにしよう。今は明白な理由に限って論じておるからな……さて、誰か意見はないか？」卿は急に鋭い顔つきになった。「今の話から思いついたことはないか？」

ハリディは懐中時計を無表情で見つめていたが、目を上げてH・Mに顔を向けた。

「それじゃあ、マリオンの首筋に触れた短剣はどうなるんです？」

「うむ。よろしい。よい質問だ。あれはどうなる？　この一見辻褄の合わないことが大きな問題を解く鍵になるんだ。誰かが暗闇の中をうろついている。その人物は別の短剣を持っていたのだろうか？　そうだとすると、その人物はとても奇妙な持ち方をしていたことになる。不自然な持ち方と言ってもいい。天地開闢《てんちかいびゃく》以来、そんな風に短剣を持ち歩いた奴はいないだろう。いいかな、マリオンの首筋に触れたのは短剣の刃先じゃなくて、握りと鍔《つば》だ。するとその人物は短剣を鍔よりも下の部分、つまり刃を握って持っていたことになる……それじゃあ訊くが、そんな風に持つのが自然なものは何かね？　形は短剣に似ていて、短剣のことが念頭にあると、暗闇では短剣と間違いかねないものは何だね……？」

「さあ？」

「十字架じゃよ」[*27]Ｈ・Ｍは言った。

「するとあれはテッド・ラティマー――？」私は言った。沈黙の後では、その声は石室に雷鳴が轟いたように聞こえた。「テッド・ラティマーが――？」

「前にも言ったように、わしはじっと坐って考えてみた。テッド・ラティマーの心理面の謎をつらつら考えたんじゃ。彼が小さな十字架を抱えて家に帰ったという話を聞く前と聞いた後でよーく考えたんじゃ……


あの半分頭のいかれた若者は、仮に殺人を犯したとしても、殺人の事実そのものより、もっと急いで、もっと深く見えないところへ隠したいものがあった。それがあの十字架じゃ。自分の知性に自惚れているあの若者は、敬いあるいは神聖視しているから十字架を持っているのだ、と人に思われようものなら、我慢できない恥辱だと考えただろうし、躍起になって否定しただろう……それが現代人の軽佻浮薄、本末転倒した、困ったところなんじゃがな。連中はキリスト教会のような偉大なものに嘲笑を浴びせる一方で、占星術を信じる。天国はありがたい場所だと説く牧師は信じんくせに、星を見れば電光板のニュースのように未来がわかるという、もっと奇天烈なことは信じようとする。神を熱心に信じるのは頭の古い田舎者だと考えながら、この世から離れられない危険な心霊が数限りなく存在するという考えは平気で受け入れる。心霊が科学的専門用語で守られているというだけの理由でな。

ちと脱線したようじゃな……肝心なのは、テッド・ラティマーはダーワースが祓《はら》い清めようとしていた、この世を離れられない心霊の存在を盲信していたということだ。彼は既に恍惚と忘我の境地に至っていた。この屋敷には危険な心霊の影響が集中していると信じていたんだ。彼は何とかしてその間に入り、実際に会ってみたいと思う。居間を離れることは禁じられていたが、彼はどうしても『安全な』部屋を出て、心霊たちの中に入っていきたいという気持ちが抑えられない……そしてテッド・ラティマーが立ち上がって円座から脱け出した時、昔から悪霊に対する武器として知られているものを手にしていた。それが十字架じゃ」

フェザートン少佐が嗄《しわが》れ声で尋ねた。

「テッドが協力者だというのかね？　出ていったのは彼だと？」

「十字架の話からはそう思えんか？　確かに彼は出ていった。だがな、テッドは出ていく足音をあんたに聞かれたが、聞かれなかった人物もいたんじゃ」

「じゃあ二人いたのか――」ハリディは無表情に言った。「なぜテッドは自分が出ていったことを我々に黙っていたんでしょう？」

H・Mは再びテーブルにのしかかるようにして今度は懐中時計を取り上げた。何かが起こりつつあった。時計が忙しく時を刻む音と共に、何かの力が凝集しつつあった……

「それは、あることが起こったからじゃ」H・Mは静かに言った。「テッドでさえ、ダーワースが幽霊に殺されたのではないと考えるようなことを見たか、聞いたか、あるいは気づいたかしたんじゃ……それ以外にその後の彼の取り乱しようが説明できるかね？　彼は絶望していたんじゃよ。その絶望の中でも自分の信念を叫んだんだ。マスターズがダーワースの降霊室に張り巡らされた電線を引きちぎり、愛するジェームズの幽霊のはらわたの詰め物を引き裂いた時、ベニング夫人はどう感じたと思う？　テッドはそれでもまだダーワースを信じていた。しかし、同時に心の底ではもう信じていなかったんじゃ。いずれにせよ――そして『真理』が何を意味するにせよ――『真理』はダーワースより偉大だと彼は考えていた。だから、犯人の策略が世間の目に『真理』の正しさを印象づけるのに役立つなら、ダーワースが幽霊によって殺されたとみんなに信じさせておく方が好都合だったのだ……彼は、この事件は世間の連中に『真理』への開眼を迫るもので、それに比べたら人間の命一つなど物の数ではない、と繰り返し吹聴していたと聞いておるぞ。彼はヒステリックになってそう力説していたんじゃないのか？　わしはそう考えていたぞ」

「それじゃいったい」ハリディは、急に喉が詰まったような声になっていた。「テッドが見たか、聞いたか、あるいは気づいたかしたものとは何だったんです？」

H・Mがゆっくりと立ち上がると、暖炉の火で照らされた部屋を圧するように巨大に見えた。「それをわしに教えてほしいかな？」卿は尋ねた。「そろそろ時間だ」

息苦しいほどの暖炉の熱は、同時に眠気を誘うようでもあった。部屋にたなびく香の煙と揺らめく炉火や蠟燭の灯りのせいで、人形の顔のマスクは皮肉な笑いを浮かべながら座興を楽しんでいるように見える。ロジャー・ダーワースが、自分の死に場所の幽霊屋敷に現れ、キャンバスと砂の体の後ろから我々の話を聞いている気がした。

「ケン」H・Mが言った。「ルイス・プレージの短剣を持ってみてくれ。ハンカチはあるか？よし。ダーワースの遺体の下にハンカチがあったのを覚えているだろう？……短剣で人形を三回、ひっかくようにして強く傷をつけてくれ。しっかり力を入れて服を引き裂くんだぞ。場所は左の腕、腰、太腿だ。さあやってくれ！」

人形は九十キロ近くあっただろう。私がH・Mの指示通りにすると、生きているようにがくりとテーブルにのめっただけで、ほかは少しも動かなかった。顔のマスクは小粋にかぶった帽子の下でいくらかずれ、ちょうどうつむいた恰好になった。人形の体から砂が噴き出し、私の手にかかった。

「今度は服を少し切れ。ただし、キャンバスには穴を開けるなよ……そうだ――どこでもいい――五、六か所切れ。よし！　これであの晩ダーワースが自分にしたことと同じになった。お次はハンカチで握りについた指紋を拭き取って、そのハンカチを床の上に落とす……」

ハリディが小声で言った。

「誰か部屋の周りを歩いています」

「短剣をテーブルに戻せ、ケン。さて、諸君には暖炉の方を見ていてもらおう。わしを見てはいかんぞ、まっすぐ前を見ているんだ。犯人はもうそこまで来ておる……

今度は血が出ないから、それに気を取られることもない。ちょっと砂がこぼれるだけじゃ。今さらだが、わかってさえいればと悔やまれる。この犯罪の巧妙なところは、ルイス・プレージの短剣がまさにあのような、つまり千枚通しのような形状の短剣だったこと、そしてダーワースがそうしたように、あらかじめ人々の頭からルイス・プレージの短剣のことが離れないように仕向けたこと、それに猫の血と破いた服の派手な見せかけ、そういったものにあるんじゃ。付け加えるなら、燃えさかる炉火と強い香の匂いもだな。そのせいで鼻が利かなくなったんだからな……暖炉の方を見ておれと言っただろう。わしを見てもいかんし、隣や人形を見てもいかん。暖炉の火を見ているんだ……そうすれば、すぐに事件の謎が解ける……」

部屋のどこかから、もしくは石室のすぐ外からかもしれない、軋むような音と何かをひっかくような低い物音が聞こえた。私はずっと人形が気になっていた。触ろうと思えば触れるほど近くにあり、何だか断頭台のそばに立っているような気がした。暖炉の火はパチパチ音を立て、脈を打つように明滅を繰り返す。H・Mの懐中時計が休みなく時を刻む音が聞こえている。軋みがだんだん大きくなってきた……

「おい、わしゃもう辛抱たまらん！」フェザートン少佐の嗄れ声が聞こえた。横目で見ると、少佐の目は飛び出しそうに見開かれ、顔色は赤くまだらになって、今にも発作寸前の気配だ。

「いいか――」

その時だった。

H・Mはパンと強く拍手《かしわで》を打った。続けて何回打ったかわからないが、同時に、人形が前方に身を起こすように動いてテーブルの上の蠟燭をひっくり返した。人形は瞬時動きを止めたかと思うと、ぐらりと揺れ、ついにはドサッと音を立てて床に突っ伏した。キャンバス地の袋が飛び出し、黒い帽子は暖炉の近くまで飛んでいった。ルイス・プレージの短剣が、金属音と共にすぐそばの床に落ちた。

「何があったんだ――！」ハリディは叫んだ。彼は立ち上がり、暖炉の炎で照らされた部屋の中を見回した。我々は総立ちになった。

それまで、我々の中に動いた者はいなかった。人形に触れた者もいなかった。しかし、部屋の中には我々以外いないのだ。

再び席に着いた時、私の膝はがくがく震えていた。袖で目をこすり、慌てて片足を引っ込める。倒れた人形が足にもたれ、背中からこぼれた砂で床がざらざらしていたからだ。背中には複数の傷があった。一つは肩胛骨を掠め、一つは肩先、一つは背骨のすぐ脇、最後の一つは左の肩胛骨の下、人形に心臓があれば貫通したはずの傷だ。

「まあ、落ち着くんじゃな」H・Mがのんびりと、宥《なだ》めるように言った。卿はハリディの肩を摑んだ。「自分の目で見るんじゃ。そうすればわかる。血も、目くらましの手品道具もない。ルイス・プレーダーワースがしようとしていたことなど頭から追い出して人形をよく見るんだ。ルイス・プレージなんて奴も短剣のことも聞いたことがない、何が起こりそうだという予断を押しつけられていない、そのつもりで見るんだ……」

ハリディが震えながら前に出てしゃがみ込んだ。

「見ましたが？」彼は卿に助け船を求めた。

「例えば、致命傷になった傷、心臓を貫通した傷を見るんだ。ルイス・プレージの短剣を拾って傷口に当ててみなさい……ぴったり合ったな？　そうじゃろう、そうじゃろう。じゃあ訊くが、なぜ合うんだ?」

「なぜって――?」

「なぜかというと、傷口が円《まる》いからだ。穴が円いからじゃよ。そして短剣が同じ大きさだからだ……しかし、短剣を見ていない、短剣なんて考えが頭になかったら、その傷はどんな風に見える? 誰か答えてみんか? ケン、どうだ?」

「そうですね。銃弾の痕のように見えます」私は言った。

「でも、あいつは撃たれたんじゃない!」ハリディが叫んだ。「撃たれたのなら傷口から弾丸が見つかるはずだが、警察医は何も見つけていない」

「とても特殊な弾だったからだよ、かぼちゃ頭君」H・Mは穏やかに言った。「岩塩でできていたんだ……血液の温度なら四分から六分で溶けてしまう。冷たくなっていく死体の場合はもっとかかるだろうが、イギリスで一番熱い暖炉の前に転がっていたんだからな……岩塩の弾丸は別に目新しいもんじゃないんだ。フランス警察なんぞ少し前から使っている。防腐効果もあるし、泥棒を撃ったって、後で弾を摘出しなくていい。何しろ溶けちまうんだからな。しかし、心臓を貫通したら、撃たれた奴が即死するのは、鉛の弾と変わらん」

卿は体を回して向きを変え、腕を上げて短剣を指さした。

「ルイス・プレージの短剣が、もともと三八口径のリヴォルヴァーの弾丸とぴったり同じ大きさだったかどうかは、わしにだってわからん。ダーワースは同じ大きさになるまで短剣を削ったんじゃ。一ミリの違いもなくな。ダーワースは家の旋盤で岩塩弾も作った。奴は材料の岩塩を、テッドが何の気なしにマスターズとケンに話して聞かせた、例の岩塩彫刻から失敬したんだ。岩塩弾を発射するのは――わしならそうするが――空気銃でもいいし、普通のピストルに消音器を付けたものでもよかった。どちらも音がしないからな。しかし、石室に強い香が焚かれていたことから考えて、犯人は普通のピストルを使ったと思う。硝煙が出て匂いを消す必要があったんじゃ……最後に、犯人はどこから撃ったのか？　大きめの鍵穴からでも撃てたが、何を隠そう、三八口径の銃身は、石室の四方に付いている窓の鉄格子の間にぴったり入るときている。誰かも言っていたように、この部屋の窓は、屋根のすぐ下の高いところにある。もし――もし仮に――誰かが屋根に登って……」

その時、外の裏庭で突然叫び声がし、次いで悲鳴が上がった。「気をつけろ！」とマスターズの声が叫んだ。H・Mがテーブルを押しのけ、巨体を揺らして戸口に向かおうとした時、大きな銃声が二発轟いた。

「さっきのはダーワースの計画の再現だが、今の銃声は犯人のだ」H・Mは怒鳴った。「ドアを開けろ、ケン。犯人は網から脱け出したらしい……」

私は差し錠を力任せに捻《ねじ》って抜き、鉄の横木を押し上げてドアを開けた。庭は飛び交う光の悪夢だった。何者かが我々の脇を掠めて、身を屈めるようにして逃げていった。その人物は低い影となって月光の下を石室のドアの方へ走ってきたが、我々が戸口からよろめくようにして出てくるのを見て踵《きびす》を返したのだ。それから針の束のような強い閃光が走り、すぐ目の前で銃声がした。白く流れる硝煙の中に、ジグザグに走って逃げる犯人を、丸目ランタンを手に追いかけるマスターズの姿が見えた。H・Mの怒号が他の叫喚を圧して轟く。

「馬鹿者！　身体検査をしなかったな――」

「逮捕のことなんか」マスターズは喉を詰まらせながら叫び返した。「言わなかったじゃないですか……あなたはただ……前に回れ！　追い詰めろ！　これでもう――庭の外には――出られん……袋の鼠だ……」

いくつかの人影が、懐中電灯の長い光をきらめかせて石室の横手へ突進していった。

「よし、もらったぞ！」闇の中から叫び声がした。「隅に追い詰めたぞ――」

「いいえ」細いがよく通る声が暗闇から聞こえた。「おあいにくさま」

誓って言うが、私は、あの女が最後の弾を自分の額に撃ち込んだ時、リヴォルヴァーの閃光で照らし出された顔に、勝ち誇るかのような哄笑が張り付いていたのを確かに見た。何かが力ない塊《かたまり》となって地面に沈んでいった。背にした塀のすぐ近くには、ルイス・プレージが埋められている捻《ねじ》れ木があった……裏庭はしばらくの間静まり返って、白い硝煙が月の光の中に漂うばかりだった。やがて人々が気重そうに近づいてくる足音が聞こえた。

「灯りを貸してくれ」H・Mが重々しい声でマスターズに言った。「諸君」H・Mは、苦い色で潤色した大げさな態度で一同に語りかけた。「近寄って、歴戦の老兵から安らかな眠りを奪った稀代の妖婦を見てやってくれ。この灯りを持て、ハリディ君――臆することはない！」

ハリディの手にした丸目ランタンが、塀際のぬかるみに横向きに倒れている白い顔を照らした。開いた唇は冷笑の跡を留《とど》めていた……

ハリディは驚いて、覗き込んだ。「でも――でも、誰ですか、これは？　誓ってもいい、こんな女は見たことがありません。この女は――」

「いや、会っておるさ」とH・M。

私は新聞の写真を思い出した。チラッと見ただけの、しかもぼやけてはっきりしない写真だ。私は自分が何を言っているのかわからないまま話し出していた。

「あれは……あれはグレンダ・ダーワースです、H・M。彼の二度目の妻の。でもあなたの話は――ハリディが言うことが正しいです――僕たちは彼女に会ったことがありません……」

「いや、会っておるさ」H・Mは繰り返した。そして大きな声をさらに張り上げた。「君らはずっと気づいていなかったが、この女はジョゼフに変装していたんじゃ」

20　真犯人

「わしは自分を責めずにはおれんよ」オフィスに隣接した洗面所で使用禁止のガスコンロにやかんをかけながら、H・Mはぼやいた。「なぜあと一日早く真相に辿り着けんかったか、とな。返す返すも残念なのは——かぼちゃ頭諸君、口にするまでもないことだが——わしが君らの知っていたことを全部知ってさえいたら、ということじゃ。マスターズと事件のおさらいをする機会が持てたのが、やっと昨日の夜から今朝にかけてだ——いや、もう昨日じゃな。それが済んだ時には、悔しくて自分を蹴飛ばしてやりたいくらいだった。うむ。神様の向こうを張ろうとした罰《ばち》が当たったのかもしれんな」

午前二時になろうとしていた。我々はひとまずホワイトホールに戻り、夜警を起こして、よろよろした足取りで階段を上がり、この「フクロウの巣」へやってきたのだ。夜警の男が我々のために火をおこしてくれて、H・Mは事件解決祝いにウィスキーパンチを振る舞うと言って譲らなかった。ハリディ、フェザートン少佐、私の三人が、H・Mの机の周りのくたびれた革張りの椅子に坐っていると、沸かした湯を持って卿が戻ってきた。

「ジョゼフがグレンダ・ダーワースだという肝心要の手がかりさえ摑めば、あとは雑作なかった。問題は、枝葉に惑わされて、その手がかりに行き当たったのが昨日の夜だったことだ。ほかにも邪魔が入ったが、今はそれが何かわかっておるしな……」

「じゃがな」ぶつぶつ言っている少佐は、葉巻に火を点けるのに悪戦苦闘していた。「あんな話はあり得んだろう？　わしが知りたいのは——」

「すぐに話して進ぜるよ」H・Mは言った。「人心地ついたらすぐにな。お湯はアイルランド人が言うところの『カンカンに熱く』なくちゃいかん——ちょっと待てよ——砂糖を入れて、ほい、できた！……」

「ほかにもいろいろありますよ」ハリディが言った。「あの女がどうして裏庭にいたのか。今夜窓越しに発砲したのは誰か。そもそも犯人はどうやって屋根に登ったのか——」

「こっちが先じゃ！」H・Mはグラスを差し出した。一同がパンチを味わうと、H・Mは「こりゃいける」と自画自賛し、いっそう機嫌がよくなった。卿はデスクランプの光が直接目に入らないように坐ると、両足を机に乗せて大きくため息をつき、グラスを手に話し始めた。

「おかしかったのは、ケンとパリ警察のデュランが、偶然解決に行き当たっていたことなんじゃ。のっぴきならん証拠もすぐ目と鼻の先にあった。あとはオツムを働かせてそれを正しい人物に当てはめればよかったんだ。ところが二人はスウィーニー夫人に目が行ってしまった。無理からぬことだがな。何しろジョゼフは短剣を背中に突き立てられ、黒焦げで死体置場に横たわっていたんだからな。

本質的に、あの考えは少しも間違ってはいなかった。つまり、グレンダ・ダーワースは、人の財布から絞れるだけ絞り取ろうとするしたたかな女で、ダーワースの背後に潜む黒幕である。

自分たちのゲームに役立つとあれば、駅馬車を襲うチェロキーインディアンの役を演じるように、手荒な仕事も躊躇なくこなしただろう、という考えだ。問題は、スウィーニー夫人の背後にいる人物に目を向けなければならなかった、ということなんじゃ。なぜか？　スウィーニー夫人は事件の中心にいなかったからだ。彼女は、人々の動きを油断なく見張り、見咎められずに戦略的な手を打つ立場にはいなかった。家にいて、頭の弱い子の面倒を見る立派な家政婦以上のことはしていなかった。しかし、ジョゼフの方はどうか――今言ったような位置を占める容疑者を探すとすれば、ジョゼフは最前列に躍り出る。霊媒である彼は、いつも出来事のただなかにいた。連中としても、ジョゼフにはいてもらわなければならなかった。なくてはならない存在だったんだ。奴が知らない出来事は一つもなかった。そしてな、ケン、お前さんはあの時真相を手にしていたんだぞ。グレンダ・ダーワースが当たり役を演じた芝居の演目を、女友達がわざわざ教えてくれた時じゃ……何だったか覚えておるか？」

「一つはシェークスピアの『十二夜』、もう一つはウィチャリーの『率直な男』でした」

ハリディがヒューと口笛を鳴らし、「ヴァイオラだ！」と叫んだ。「ちょっと待ってください、男装して主人公の公爵に付き従うヒロインがヴァイオラじゃなかったかな――？」

「ふふ。わしは『率直な男』の方に目を通しておったんじゃ」H・Mは、クックッと笑いながら認めた。「今夜石室で君らを待っている時にな。あの本はどこへやったかな？」卿はポケットをがさごそやり始めた。「この芝居でヒロインのフィデリアが同じことをする。娯楽ものとしては珍しくよくできた芝居でな。登場人物が一六七五年のスコットランドのジョークを連発するのを知っておったか？　後家さんのブラケイカーは、メイドを『スコットランドの湯たんぽ』と呼ぶんだぞ。へっへっへ。失敬、気にせんでくれ……ともかく、二つの芝居の役どころは偶然の一致と呼ぶにはあまりによく似ている。かぼちゃ頭諸君にもう少し学があったら、グレンダの正体にずっと早く気づけたのにな。しかし――」

「本題に戻ってくれ」少佐が唸り声を上げた。

「よろしい。さて、我々が知るのが少々遅すぎたことは認めなければならん。だから、話を戻して事件を順に辿ることにしよう。最初にジョゼフに注目していればいろいろわかったこともあるだろうが、我々はグレンダ・ダーワースがジョゼフであることを知らない、それこそ何も知らない、という想定で始めるぞ。じっと坐って事実を考えるんじゃ……

　我々は、ダーワースには協力者がいて、その人物がルイス・プレージの幽霊による襲撃の芝居を打つのを手助けすることになっていた、という結論に達していた。その人物は計画通り博物館へ行って、短剣を盗んでくる。その際ルイス・プレージを真似て首を不自然に動かし、係員の注意を惹いた。そうすれば新聞が派手に取り上げてくれて、自分の計画にお誂《あつら》え向きの宣伝になると考えたんだ。我々は、実際の殺人がどのように行なわれたかについても結論を出した。何者かが屋根に登り、窓の格子の間から岩塩の弾丸を撃った、とな。もしダーワースが旋盤を綺麗に掃除していて、テッドが岩塩の彫刻のことを何気なく話さなかったら、この問題につかえて先に進めなかっただろうな。いやはや！」H・Mは低く唸ると、パンチをあおった。

「わしはあの時、君らも気がつくんじゃないかと冷や冷やしていた」卿は我々をじろりと見た。

わしはこの事件から手を引いていた
だろうな。君らを助けるのにやぶさかではないが、それもこの老兵の好きなようにやらせてくれたらの話じゃ。そうでなくては舞台には上がれん。ふむ。わしはマスターズにさえ、あの白い粉を舐めるなと言わねばならんかった。舐めれば塩とわかるだろうし、そうすりゃあいつの頭だって回転し始めるだろうしな。ふん!

さて、我々が知っているのはそれで全部だ。ここから犯人捜しを始めるぞ。

周囲を見回してみよう。すると一人の人物が我々をじっと見ているのに気づく。ダーワースの協力者になるのを拒みそうもなく、ほかの誰より協力者に相応しい人物、つまりジョゼフだ。ではなぜ我々は彼を怪しいと思わないのか、スポットライトの下に引きずってこないのか?

第一の理由は、頭の鈍そうな麻薬中毒者であり、ダーワースの言いなりで、殺人の後もモルヒネに酔っていたこと。

第二の理由は、ダーワースはジョゼフをいざという時の身代わりや、活動の隠れ蓑に利用していて、ジョゼフ自身は何も知らないと聞かされていたこと。

第三の理由は、ジョゼフには一見完全なアリバイがあり、事件の間ずっとマクドネルとトランプをしていたこと」

H・Mはクックックッと笑い、ヘラクレス的努力の末パイプに火を点けた。しかし、さもうまそうに一服吸った後は、再び無表情になって虚空を見ていた。

「実に巧妙な設定だよ。最初は明らかに疑わしいと思わせておいて、思わせぶりな言葉や事実でそれを塗り潰し、人々は口を揃えて『ジョゼフはかわいそうだ。はめられたに違いない』と言う。ああ、わかっておるよ。わしもそう考えたさ。ほんの数時間だがな。それからわしはちょっと待てよ、と考え始めた。報告書を丁寧に読んで、おかしなことに気づいた。居間に坐っていた連中はもう一年近くジョゼフのことを知っているが、あの夜の前にジョゼフが麻薬中毒ではないかと疑った者は一人もいない。むしろその事実を聞かされると一様に驚いていた。一年間ジョゼフとダーワースがそのことを隠し通すのは、難しいだろうが確かに不可能ではないかもしれん。しかし、ジョゼフを麻薬漬けにしておく必要はなかったはずだ。降霊会の前に、なぜジョゼフに多量のモルヒネを注射する？　眠らせるためだとしたら、ひどく金がかかるし、危険で手のかかるやり方だ。薬局に行けば、同じ効果のある安くて合法的な薬が手に入る。危険な副作用もない。そんなことをして何の得がある？　わけのわからないことを喋り、いつへまをして仕掛けを台無しにするかわからない麻薬中毒者を一人こしらえるだけじゃないか？　ジョゼフが暗示にかかりやすい体質なら、普通の催眠術で十分ではないか？　ごく普通の目的を達成する方法としては、麻薬は胡乱《うろん》で回りくどい。ついでに言うと、ダーワースが降霊室の仕掛けを操作している間、霊媒席で大人しくさせておくだけなら、この頭の鈍い少年は眠らせる必要すらなかっただろう。

　わしは自問した。『ジョゼフが麻薬中毒者だという話はそもそもどこから出てきたのか？』発信源はこの事件の捜査を任されていたマクドネル巡査部長で、ジョゼフが麻薬の影響を見せつけてぺちゃくちゃ喋り出すまでは、誰にも裏付けられてはいなかったのだ。

そこでわしは思った。この事件では、辻褄の合わないこと、腑に落ちないこと、怪しいことをいろいろ聞いてきたが、ジョゼフの話が一番ひどいとね。最初彼は、ダーワースから注射器とモルヒネをくすねて自分で注射していたと言った。これはどう考えてもありえない話だと、君らも思うだろう……」

フェザートン少佐が口ひげを撫でながら、横やりを入れた。

「いい加減にしろよ、ヘンリ。おぬしがそう言ったんじゃぞ、この部屋で。何だっけな、確か、ジョゼフはダーワースの黙認の下《もと》で麻薬を使用していたんだ、とかな」

「その話のおかしなところがあんたにはすぐにわからんのか？　自分の間違いを蒸し返されるのが大嫌いなＨ・Ｍは、まず質問で応酬した。それから、「わかった、わかった。認めるよ、わしもしばらくは思いつかなかったさ。だが、あの言葉に引っかからなかったか？　ダーワースは自分に危害を加えるかもしれない人物がいるから、目を光らせているように頼んできた、というジョゼフの言葉だ。これは、ジョゼフがケンとマリオンとハリディに言ったことだ。あくまでジョゼフの話なんだ。ところで、これから見張りをさせる人物にモルヒネ注射を認めるなんて、こんな馬鹿げた話はないだろう？　どう考えても、この話は胡散臭い。眉唾も甚《はなは》だしい……だが、別の解釈もある。あまりに単純な解釈なんでわしもなかなか思いつかなんだがな。つまり、ジョゼフは麻薬中毒ではないんじゃないか？　ほかの奴らが言っていることが正しくて、裏付けるものはないのにジョゼフ自身の話を我々はあまりにたやすく受け入れてしまったのではないか？　あの時は実際にモルヒネを射ったと認めるとして——実際の症状までは偽装できないからそうする必要があるが――、中毒者特有の症状である、手が痙攣したり、焦点が合わなかったり、体がひきつったり、べらべら喋ったりすることは、上手な役者なら演技で表現できる。しかもそれは、人は本当の中毒者でもなければ、自分を麻薬中毒だとは認めないはずだという、我々の直感的信念によって裏書きされてしまう。手際のいい心理学だ。よく考えたもんだよ。

何度も言うが、わしはなおもずっと坐って考えていた……

さらにわしは自問した。『この仮説が有効だとして、これを支持する証拠はあるだろうか？』それは、例えば、ジョゼフは頭の弱い少年という見せかけとは懸け離れた人間で、一挙に危険な性格を帯びることを示すものになるはずだ。

ジョゼフの話をもう一度考えてみよう。彼は、ダーワースがあの連中の誰かに狙われて怯えていたと言った。しかしほかの誰の証言でも、ダーワースは石室に籠って徹夜の勤行《ごんぎょう》をすることに怯えている素振りはまったくなく、彼が恐れていたものが何であれ、それはこの世に由来するものではないということになっていた。まあこれは大目に見てやれんでもないが……そしてわしは、ダーワースが協力者を使って襲われたように見せかける計画だったことを知った。その協力者が居間にいたうちの一人なら、わざわざジョゼフにその連中の見張りを頼むと思うかね？　ジョゼフが協力者の行動を見咎め下手に騒ぎでもしたら、仕掛けが台無しになるかもしれんじゃないか。モルヒネの話、見張りを頼んだ話、どっちから考えても、ジョゼフの言っていることは眉唾だ。だが、彼こそが協力者であり、手伝う振りをしてダーワースを殺し、殺人の前ではなく後にモルヒネを自分に射ってアリバイを作ったのだとしたら、自分の身を守るためにそんな作り話をしたのも筋が通る。

今や危険な容貌を呈し始めたこの人物をもっとよく眺め、彼を容疑者から外した二つ目の理由を考えてみることにしよう――つまり彼はダーワースの隠れ蓑であり、手違いがあった時に泥をかぶる役割でしかなかった、という話だ。我々にこの話をしたのは誰だったかな？　かねて内偵を進めていたマクドネルと、その通りだと認めたジョゼフだけだ。我々はそれを鵜呑みにした……いやはや何とも素直に信じ込んで、ジョゼフはボーッとうろついているだけ、ダーワースが一切合財を行ない、ジョゼフは蚊帳の外だと思っていた。

その時わしは思い出した――石の植木鉢のことをな」

パイプや葉巻の煙が、ボウルのウィスキーパンチから上がる湯気と混じって部屋に立ちこめていた。デスクランプの光の向こうで、H・Mの顔に暗い皮肉な薄笑いが浮かんでいる。流しのタクシーが河岸通り《エンバンクメント》で鳴らす警笛が、夜明け間近の静寂を突き破って響く。ハリディがぐっと身を乗り出した。

「それこそ僕の訊きたいことなんです！　その植木鉢のせいで危うく頭が粉々になるところでした。マスターズ警部は古臭い手だと言って呑気に構えていました。ですが、こっちはその古臭い手で命を落とすところだったんです。それをやったのがジョゼフの奴――というかグレンダ・ダーワースだったとなると――」

「ああ、彼女の仕業さ」H・Mは億劫そうに体を動かした。「すまんがフラハティ神父の妙薬をもそっと注いでくれんかね？　うむ、ありがとう……あの時のことを思い出すんじゃ。君とケンとマスターズは階段の脇に立っとったな？　階段に背を向けて。そこへ少佐とテッド・ラティマーがやってきた。ジョゼフはその少し後ろだ。そうだったな？　じゃあ訊くが、床は何でできていた？」

「床ですか？　石でした。石か煉瓦だと思いますが、多分石でした」

「いや、わしが言ってるのは、その時あんたが立ってた場所だよ。ホールの奥の方、古い床が剝がされてないところだ。厚い板だったろう？　ぐらぐらして、歩くと階段がガタガタ動くような」

「そうでした。今思い出しましたが、マスターズが歩くと階段がミシミシいいました」私が答えた。

「階段の踊り場はハリディ君の真上だった。そうじゃな？　そして踊り場には手すりがあったな？　よしよし。それはアン・ロビンソンの古いトリックだよ。よく古い家のホールで、踏み板のぐらぐらする階段があるじゃろう？　階段につながる決まった場所を踏むと、その踏み板が震え、踊り場の手すりがガタガタ揺れる、そんなのにお目にかかったことはないかな？　その手すりに、わずかな振動でもバランスが崩れるようにして、重い物を置いておくとどうなる――」

しばしの沈黙の後、卿は言葉を継いだ。

「テッドと少佐はあんたの前を歩いていった。ジョゼフは三、四歩遅れてついてきている。その時彼はわざとその床板を踏んだんだ……

ジョゼフ坊やを仔細に見れば見るほど、何も知らずに紐の先で踊っている気の毒な操り人形とは思えなくなってくる。見てくれはどうか？　いやに痩せているし、あの年頃の男にしては上背もない。どちらかというと小柄だ。首回りには細かい皺があり、赤い髪は短く、そばかす鼻ぺしゃ、口だけがちょっと大きい。力のない声は、小さい男の子のようにか細い。そしてとりわけ――思い出してほしいんじゃが――遠目にもすぐわかる派手なチェックの服。体重はおよそ九十ポンドで、若者というより子供だ……

もう一つ妙なことがある。植木鉢が落ちてくる直前にマスターズが目にしたんだが、君らはどうだった？　ジョゼフは両手で顔を撫でたり触ったり、奇妙な仕種をしていたそうだ。それが、懐中電灯の光が向けられた途端にぴたりとやんだ……

そこでわしは考えた。待てよ、変装しているんじゃないか？　とな。ジョゼフは帽子もかぶらずに雨の中に出ていた。あいつが恐れていたのはひょっとして……」

「ひょっとして？」

「そばかすが雨で流れ落ちていないか、ということだったんじゃないかとね。しかし、この段階では推理のほんの土台で、目鼻もついちゃいない。わしはじっと坐って考え続け、裏庭の捻《ねじ》れ木に思い当たったんじゃ。あの木のことは知っとるな？　マスターズが、ごく身の軽い奴なら、塀の上から木の上、そして木から石室の屋根まで易々と移動できるんじゃないかと言ったのに対し、マクドネルは、木が腐って脆《もろ》くなっていると一蹴し、実際に試した時に折れた枝を見せた。それで、普通の目方の人間が乗ったら折れるかもしれない、と決着したんだ。あえて『かもしれない』とわしがこだわるのは、マスターズはマクドネルの言ったことを鵜呑みにしたからだ。あの屋敷にはたった一人、枝を折らずにあの木に登れる身軽な人間がいたんじゃ。潔白と見なされていたジョゼフ坊やさ。

ところでジョゼフに、それだけのことをする、さらに言えば、窓から狙い撃ちしてあの位置にきっちり傷を与えるだけの、技能と身軽さがあるだろうか？　相手は、頭の鈍い麻薬中毒の子供じゃないか？　しかし当座は、ジョゼフは見かけ通りの人間ではなく、誰かが変装しているのだと考えることにしたんだ。わしは自問を続けた。『ポップコーンがフライパンで威勢のいい音を立てているうちに、ほかのことも考えてみよう。奴がダーワースを殺したとして、動機は何だ？　奴はダーワースと組んでベニング夫人たちを騙してきた——なぜ今さらコンビを解消して、ダーワースを撃ち殺す必要がある？　いかにも間抜けな話だ。あの殺人は過失なんかじゃない。最後の二発は、顎ひげを生やしたぺてん師を必ず屠《ほふ》ってやろうという意図で撃ったものだ。自分の金づるをなぜ殺す？　ダーワースを殺したところで、遺産はダーワース夫人に行くだけなのに……』

夫人！　この老いぼれの頭に、その時、天の啓示のように閃光が走ったと聞くと、君らはびっくりするかもしれん……さて、ダーワースがひと芝居打とうとした目的はそもそも何だったか？　協力者には『心霊学が正しいことをあまねく世に知らしめるためだ』とか『自分の名声を轟かすためだ』とか嘘八百を並べたかもしれん……もちろん、そんなものじゃありゃせん。

まったく違う。わしは自分にこう言った。『ダーワースはマリオン・ラティマーにのぼせ上がり、結婚を申し込むつもりでいた。しかし、ニースには妻がいる――しかも、頭の切れるしたたか者で、時機を待って否応なくダーワースに結婚を強いた女傑だ。過去の不行状まですっかり知っている彼女は今回のダーワースの計画をどう思うだろうか』」

H・Mは眠たげにパイプを動かして、宙に誰かの姿を描くかのような妙な跡を残した。

「写真で見ると、すごく婀娜《あだ》っぽい女性だ。かなり痩せている。年は三十をちょっと出たくらい。そろそろ小皺も出ようかという年頃だが、まだあまり目立たない。背は高くない。ハイヒールを履けば別だがな。おい、君らは結婚しとるか？　ハイヒールを脱いだ女房殿を初めて見た時には、その小ささに面食らったろう？　うむ。不思議なもんじゃ。黒い鬘《かつら》をつけるだけでも顔の感じが違ってくるし、化粧でも違う。最初わしは心の中でこう言ったよ。『わしならあの女に、精々気をつけろと忠告するがな。なぜかって？　我らがえびす顔のダーワースは既に妻を一人始末しているからだ。毒殺か喉笛をスパッとやったか、方法まではわからんがな――そして今、ダーワースの欲望が、月下の花とも言うべき佳人にぴたりと狙いをつけたとなると――わしがダーワース夫人なら、時々ベッドの下を覗いてみるし、月のない晩に路地裏なんか決して歩かんぞ』」

H・Mはゆっくりパイプを吸うと、我々を見据えた。「『ただし、こっちから先手を打つなら話は別だがな』とね」

卿はパイプを我々の方に突き出した。「グレンダ・ワトソンが十五歳の時にどんな仕事をしていたか、君らの誰かに話してくれた人がいたっけな。旅回りのサーカスだか見せ物だかの。ああ、ケン、お前さんか。塀や木に登ったり中口径のピストルを扱ったりが彼女にとって骨の折れることだったら、むしろその方が驚きじゃな……多芸多才、まったくすごい女だ。才能もお色気もある。そうでなきゃ、ダーワースの金のおかげとはいえ、ニースの劇団で主役を張ったって、人気が出るもんじゃないだろう。ジョゼフになった時はセックスアピールを殺していなけりゃならなかったが、一度にそう長くジョゼフを演じていたわけではないからな……だが、髪を短くして赤く染めなきゃならなかったのは気の毒だったな。もっとも、気晴らしに出かける時にはふさふさした黒い鬘をかぶっていたんだが。木蓮荘に怪しい女が出入りするのを見かけたという話があったのを覚えとるか？　いいかな、グレンダ・ダーワースとして、あと一つどうしてもやり遂げなきゃならんことがあったんじゃ。それは――」

「お説ごもっともじゃがな！」フェザートン少佐が痺れを切らして怒鳴った。「この説には先の展望がありゃせんぞ。この話にはおぬしにもどうやったって言いくるめられん欠点がある。あの女にはアリバイがあったんじゃ。石室へダーワースを殺しに出かけたとされている時刻には、信頼できる人物の監視下にあった……おぬしだって、この事実を避けて通ることはできん。それに、あの時わしらは、彼女とマクドネル巡査部長がいた部屋と、廊下を挟んで真向かいの部屋にいたんじゃ、それこそひと言も発しないでな。だが物音は聞こえなんだぞ……」

「そりゃそうだったろうさ」H・Mは落ち着き払ったままだった。「そのはずじゃ。お前さんたちは、あの部屋から囁き声一つ聞かなかった。それがそもそもわしに疑いを抱かせたんじゃ。

さて、ほどよく潤滑油が回って働きのよくなった諸君のオツムに、いろいろと奇妙な暗合があったことを考えてもらおうか……最初は、新聞社のカメラマンが石室の屋根に登るのを許されたこと。これはやめさせるべきだったし、実際あの時にはそうできたはずじゃ。犯人の足跡があったって、あれじゃ滅茶滅茶になっちまう。第二に、塀に登ってあの腐った木を試した奴がいて、やはり塀の上にあったかもしれん足跡を駄目にしてしまったこと。三番目に、マスターズが手を回したはずなのに、この事件が幽霊殺人として、奇怪千万、超自然以外の何ものでもない、という論調で大々的に新聞報道されたこと……」

その時ハリディがゆっくりと椅子から立ち上がった……

「四つ目は、ダーワースの動静に目を光らせているように言いつかった頭のいい人物なら、ブリクストンの家にいる『ジョゼフ』が、実は蠱惑《こわく》的なダーワース夫人であることを見抜くのは、我々よりもずっと簡単だったはずだということ。我々が薄々感づくずっと前にな」

H・Mの声は次第にはっきりしてきた。「五番目だが、かぼちゃ頭諸君、ビル・フェザートンの家で降霊による自動筆記が開かれたことを覚えておるな？　あの集まりに『ジョゼフ』が出席していなかったのを忘れておらんだろうな？　あの時、『エルシー・フェンウィックがどこに埋められているか知っているぞ』と書いた紙がほかの紙の間に紛れ込んでいるのを見て、ダーワースが縮み上がったのを覚えておるな？　ダーワースは、自分の妻以外であの秘密を知っている人間が——奴にしてみれば、正体を隠した危険きわまりない人物だ——この場にいると感づいたからこそ、ああも怯えたんじゃよ。『ジョゼフ』が紙切れを忍ばせたからって、ダーワースが驚くはずがない。ダーワースは、『ジョゼフ』がその秘密を知っているということを承知していたんだからな。そうだろう?」H・Mはいきなり机越しに身を乗り出してきた。「ダーワースにその紙切れを摑ませることができた唯一の人物、座興の素人手品の名人だと自ら認めていた人物は誰か、明らかじゃな?」

水を打ったように静まり返った重苦しい沈黙の中に、ハリディが拳で額を叩く音が響いた。

「まさか、マクドネルの奴だと言うんじゃないでしょうね――」

H・Mはまたも眠そうな声に戻って続けた。

「バート・マクドネルはもちろん殺人は犯していない。従犯ではあるが、さほど重要な役ではない。もしマスターズが、思いもかけず黒死荘に現れなかったら、グレンダにとって彼はまったく用無しだったはずだ。あれが手筈違いになったんじゃ。マクドネルは暗闇の中で計画に狂いが生じないように見張っていることになった。マスターズを見かけたら、マクドネルはジョゼフの姿をマスターズの目から隠さなければならなかった。あまりに緊張していたので――そうだったな?――危うくへまをするところだった。マスターズに、自分がジョゼフを尋問するから警部は母屋の二階で見張った方がいいのでは、とまことしやかに進言したのは誰だった?君らが知性の閃きを見せて真相に近づくたびに、わざわざ間違った方向へ誘導したのは誰だった?裏庭の捻《ねじ》れ木はどんな人間が乗っても折れてしまうと言い切ったのは誰だった?その理由を誰も疑問に思わなかったが、あの木はルイス・プレージを埋めた目印としてのみ存在すると言ったのは誰だった?」

H・Mは我々の顔に浮かぶ表情を見て取り、苦い顔をした。

「あいつだって根っから悪い奴じゃないさ。あの女に利用されたというだけのことじゃよ……あいつは、あの女がテッド・ラティマーを殺すつもりでいることを知らなかった。まさかテッドに派手なチェックの服を着せて炉に放り込むとは、夢にも思わなかったさ――」

「何ですって?」ハリディが叫んだ。

「うむ。まだ君らには話していなかったか」H・Mは穏やかな口調で言った。「そうさ。ジョゼフは姿をくらます必要があった。グレンダ・ダーワースは、最初の殺人で打ち止めにするつもりでいた。ジョゼフとしては姿を消して、警察には好きなように思わせておけばいい。そして再びグレンダ・ダーワースとして姿を現し、二十五万ポンドの遺産を相続するつもりでいた。しかしあの晩、テッドは居間を脱け出した時にジョゼフを目撃してしまった。それで、命を落とす破目になったんじゃ」

21
終局

ハリディは立ち上がって、部屋の中を歩き回った。それから我々に背を向けて暖炉の火に見入った。「これは、マリオンにはひどく応えるでしょう……」

「すまなんだな」H・Mはぶっきらぼうに言った。「今日の昼、君ら二人にはどうしても話せなかった。今夜の捕物に差し支えるし、こうも思ったからじゃ。『何とも幸せそうじゃないか。この二人は今まで随分辛い目を見てきた。ダーワースがいなくなったと思ったら、それに負けないいかれた鬼婆の伯母がしゃしゃり出て、あまつさえ、二人が幸せに浸っているのを見て、その片方を殺人で告発しようという肚づもりだ。今日一日このままにしておいて何が悪い？この二人の雲一つない幸せに水を差し、せっかく開いた愁眉をまた曇らせるのは詮ないことじゃないか？』とな」

卿は掌を開いて指を広げ、むっつりとした表情でそれを眺めた。

「そうだ。テッドは死んだよ。彼は背恰好や体つきがジョゼフとよく似ていたじゃろう？だから好都合だったんだ。ワトキンズという何でも屋が地下室の窓から犯行を目撃した時、計画は危うく頓挫するところだった。ところが、君らも知っているように、あれで我々は、殺されたのがジョゼフだと確信した。ワトキンズには床に転がっている男の背中しか見えなかった。

派手なチェックの服しか見なかったんだ。わしは服に注目しろと君らに言ったな？　ワトキンズもジョゼフがいつもあの服を着ているのを知っていたんじゃ。加えて、窓ガラスは汚れ、灯りは蠟燭一本だけだ。あの状況では誰だってジョゼフだと思い込む……何とも頭のいい女だ。そもそも遺体に灯油をかけて炉に入れる必要はなかったはずで、あれはやらずもがなの非道だ──遺体の身許がわからないようにしたいと思わなければな。そのため現場に駆けつけた者が見たのは、黒焦げの遺体とジョゼフの服の切れっ端、靴ぐらいになってしまった。あの女は絶好の機会を、しめたとばかり利用したんだ。なぜ彼女はテッドにクロロフォルムを嗅がせたと思う？　それはな、テッドをジョゼフの服に着替えさせてから短剣で刺し殺すつもりだったからだ。テッドが炉の中に突っ込まれるまでに時間がかかったのは、それが理由じゃ」

ハリディは身を翻した。「それで、マクドネルの奴は？」

「まあ、落ち着け。肩の力を抜かんか……わしは今夜彼に会った。黒死荘へ行く足で会ってきたんじゃ。あいつの父親とは知り合いでな。グロスビーク老とは古い馴染みなんじゃ」

「それで──どうでした」

「彼は、殺人になるとは夢にも思わなかった、誓ってもいいと言っておった。ダーワースが殺されることになるとは知らなかったとな。そうさな、最初から話した方がいいか。

わしはマクドネルに『今日は非番か？』と尋ねたんじゃ。彼は、はいと答えた。住まいはどこかと尋ねたら、ブルームズベリーに部屋を借りていると言う。わしに一杯飲ませてくれんかと言うと、奴《やっこ》さん、何か変だなとは思ったはずじゃ。一緒に奴のフラットへ行って、ドアの鍵を開け灯りを点けると、奴はいきなり『お話を伺いましょう』と切り出した。わしは言ってやった。『マクドネル、わしはお前さんの親父さんのことをさんざ考えて、こうしてやってきたんじゃ。あの女はお前をいいように操っているだけだ。お前だってそれはわかっている、そうじゃな？——あの女は人の血を吸う悪鬼、悪魔の化身みたいなもんだ。あの女がテッド・ラティマーを木蓮荘で焼き殺したとあっては、そのこともわかったはずだ、そうじゃな？』」

「あいつ、どうしました？」

「何も。突っ立ってわしをじっと見ていた。おかしな顔色だったがな。それから両手で顔を覆うと、坐り込んでついにはこう言ったよ。『ええ、知っています。今さらですが』」

二人とも黙り込んだ。わしはパイプを吹かしながら奴を見ていたが、しばらくして『わしにすっかり話したらどうだ？』と水を向けた」H・Mはげんなりしたように大きな手で額を拭った。「奴が『そんなことをする必要がありますか？』と抜かすから、わしはこう言ってやった。『お前のお友達のグレンダは、テッド・ラティマーを殺した後、女の身なりに着替え、ドーヴァー＝カレー定期船でドーヴァー海峡を渡り、深夜パリに着いた。足がつきそうなものは全部、あの家で処分してあった。今朝にはダーワース夫人としてパリに姿を見せた。わしの差し金じゃが、ダーワースの弁護士が彼女に電報を打って、ダーワースの遺産の件で相談があるからこちらへお越し願いたいと要請すると、今夜九時半ヴィクトリア駅に着くと返電が来た。今もう八時十五分前だ。彼女と連絡を取ることはできん。彼女が駅に着いたら、マスターズが出迎え、スコットランド・ヤードへ同道することになっておる。その後、彼女を黒死荘まで連れてきてもらって、わしの催す実験に付き合ってもらう。あの女はもうお終いだよ。今夜にも逮捕状が執行される』

あいつは両手に顔を埋めて長いことじっとしていた後、『彼女が有罪だと証明できますか?』と訊いた。わしは答えた。『できるのはお前が百も承知だろう?』すると、彼は二度、三度頷き、『ええ、僕たちは二人ともお終いです。じゃあお話ししましょう』と言った。そして一切を告白したんじゃ」

ハリディは大股で机に歩み寄った。「それであなたはどうしたんです? あいつは今どこにいるんです?」

「まず彼の話したことを聞いた方がよくはないか?」H・Mは穏やかに言い聞かせた。「そこに坐るんじゃな。あらましを話して進ぜる……

大体のことは君らも知っている。ダーワースと組んで、お人好し連中から金を巻き上げる計画を考えついたのはグレンダだ――もっともマクドネルには、ダーワースに言われて仕方なしにやったといつも言っていたらしいが――そして二人は、長い休みを時々入れながら、およそ四年間にわたっていろんな奴らを騙してきた。ダーワースは女性を引っかけるために、ロマンチックな独身者という押し出しで、彼女は頭の弱い霊媒役。これは、ダーワースの取り巻きのご婦人方から疑われないためだ。しばらくは万事順調に運んだが、予想外のことが二つ持ち上がった。一つは、ダーワースがマリオンにのぼせ上がったこと。二つ目は、この七月にマクドネルがダーワースの行動を探れと命令され、ジョゼフの正体を見破ったことだ。

それはまったくの偶然だった。ある時、マクドネルは上品な服装で木蓮荘から出てくる怪しい女性を見つけ、跡を尾けた。何が起きたのかは奴の話を聞いてもはっきりしないが、彼女が手練手管の棚卸しをして口封じにかかったのは想像に難《かた》くない。というのも、その後すぐにマクドネルは休暇を取って、ダーワース夫人と二人、ニースの屋敷でよろしくやっていたんだからな。口説き上手のグレンダが本気でお色気攻勢に出たんだ。ひとたまりもあるまい。実際、あの女は魅力的だったよ。そういえば、あいつはこの話をしていた時に『彼女がどんなに美しいかあなたにはわかりませんよ。あの扮装をしている時しか見ていないんですから！』と繰り返し言うんだ。それを言い訳のように訴えるのを聞いていると、薄ら寒い思いがしたな。殺人の話をしている最中に、抽斗から彼女の写真をごっそり持ち出す有り様だ。だが、わしにはピンと来るものがあった……

何にピンと来たかわかるか？　なぜグレンダがこうも苦労してマクドネルを手なずけ、自分の言いなりになるように仕立て上げたか、ということにだよ。その頃には、グレンダはダーワースが危険な火遊びに手を染めていたことに気づいていた。ダーワースは、ベニング夫人たちから金を巻き上げ、二人のために黒死荘の因縁話を利用するんだと口では言っていたが、グレンダの方は、マリオン・ラティマーへの恋着はとうにお見通し、それで彼女は肚を括ったのさ――」

「ダーワースの裏をかいて先制攻撃をしよう、と？」ハリディが苦々しげに言った。「大した女だ。ダーワースが彼女のコーヒーに砒素を入れかねないからって、その仕返しをした上、二十五万ポンドも手に入れようとはね……マリオンに聞かせてやらなきゃ。きっと喜ぶでしょうよ、自分が原因で――」

「気を悪くせんでくれ」H・Mが言った。「だが、まあそんなところだ。ダーワースが今度の計画を話した時、彼女は真に受ける振りをしていた。一方でマクドネルには、自分が苦しんでいると繰り返し聞かせた――ダーワースの強引さに逆らえず、これまで言いなりになってきたの。なぜって？　怖かったのよ。ダーワースは最初の奥さんを殺しているし、従わないと私も殺される――という具合にな」

「マクドネルはその話を信じたんですか？」ハリディは吐き捨てるように言った。「とんだお目出た野郎だ」

「そう言えるか？」H・Mの声は静かだった。「お前さんだって、この半年間もっと馬鹿げたことを信じてこなかったか？……まあ、気を平らかにな。先を続けるぞ。その頃ダーワースが事に及ぼうと決心しそうな危険はあった。最初の妻を始末したように、今度は自分が、例えば、寝ている間に枕を押しつけられて、死骸をどこかに埋められたりするかもしれない。グレンダにも読み切れないことだった。あの二人は、うわべは優しく穏やかに、内実危険きわまりないゲームを互いに仕掛けていたんじゃな。仮にマリオン・ラティマーがダーワースに色よい返事をしていたら、ダーワースは実行に及んだかもしれん。それがグレンダには心配の種だった。自分が先にグサリとやるまでは、ダーワースの色恋沙汰が進展するのは願い下げだ。ダーワースの方は、まさか彼女がその手の実力行使に出ようとは思っていない。せいぜい昔のことをばらすと脅すくらいだと高を括っていた。

だから、ダーワースが黒死荘の幽霊襲撃を思いついた時には、彼女は小躍りしたに違いない。『これでようやく仇敵とおさらばだわ』とほくそ笑んだだろうな。一方で、彼女はその仇敵ダーワースにしなだれかかって言う。『まさかあなた、私までひどい目に遭わせたりしないわよね?』ダーワースは、彼女が青酸を呑み込んで土の中に埋められている甘美な光景を脳裏に浮かべ、優しく髪を撫でる。『当たり前だろう』『ならいいの』グレンダは彼の上着のボタンをいとおしそうにいじりながら言う。『そんなことをしたら、あなたのためにもならないものね』『おいおい、お前』ダーワースは優しく言う。『そんな言葉は似合わないぞ。サーカスで育ったことや、シェークスピアで理解できた役がドル・ティアシートとペトルーキオの妻[*28]だけだったことなんか忘れてしまうんだ。なぜそんなことを言う?』『なぜって』彼女は目を上げて、あの色っぽい目だぞ、こう言う。『私のほかにもあなたがエルシー・フェンウィックを殺したことを知っている人がいるみたいだから……もし私の身に何かあったら――』

わかったかな?」H・Mは我々に訊いた。「彼女はダーワースをしっかり脅して、おかしな真似をしないようにしたんじゃ。ダーワースは彼女の言うことを完全には信じないまでも、心配にはなったはずじゃ。あのことを知っている者がいたら、ラティマー嬢に対する計画も――失敬――何もかもおじゃんになってしまう。そして、この性悪妻がどっかで口を滑らせていたら、自分は十年以上も前の殺人で裁判にかけられるかもしれない……」

「じゃあ何か?」さっきから口ひげを引っ張っていたフェザートン少佐が唸った。「わしの家で――よりによってわしの家で――あの女はマクドネルを使って、あの紙をダーワースの紙の中に滑り込ませたのか？　ええ？」

「その通り」H・Mは頷いた。「『まさか、ジョゼフがいないところで！』ダーワースの怯え方は尋常じゃなかっただろう。この中の一人が――計画の標的の一人が――すべてお見通しで、自分のことを陰で嘲り笑っているんだからな。いきなり後頭部をがつんとやられたような気分だったろうな。自分の熱心な信者の中に、自分と同じように、見かけは虫も殺さぬ風でいて、その実いつ牙を剝くともわからぬ偽善者がいるんだからな。その時彼の脳裏に閃いたのは『黒死荘の計画を一刻も早く実行に移さねば』という考えだった。なぜか？　何者かが彼の計画を邪魔しようとしているが、ダーワースは、マリオン・ラティマーを陥落させるとどめの一撃を繰り出したかったからだ。ところで、いったい誰があの紙切れを忍び込ませたのか？　冷静に考え直し、あの場には部外者がいたことを思い出す。してみると、きっとそいつがやったんだろう……しかし、そう見当をつけてテッド・ラティマーに訊いてみても、その男は大学時代の友人で心配は要らないという答えが返ってきただけだった。疑いは残るものの、彼としてはそれ以上何もできない――ここで念を押す必要はないと思うが、マクドネルがテッドに出くわしたのも、うまく立ち回ってフェザートン宅に招待されたのも、偶然じゃない。ダーワースの死が偶然でないのと同じようにな……

　こうしてダーワースは自ら仕掛けた罠に自らはまっていった。それからの仔細は知っとるな。マクドネルは、グレンダがダーワースを殺そうとしていることは誓って知らなかったそうだ。

彼女はマクドネルに、この計画を手伝ってくれたら解放してやるとダーワースが約束してくれた、と出鱈目を並べた。そういうわけで、一昨晩、グレンダの話を信じ込んだマクドネルは熱に浮かされたようになって裏庭に控えていた。本来不必要な存在で、グレンダの計画には入っていない、だが、万一の用心に利用されたんじゃ。しかし君らは、マクドネルが計画の完遂になくてはならない存在になったことを知っとるな。奴はマスターズを見てショックを受けた。その後の頭の回転が早かったことは認めねばならん。マクドネルは、自分がそこにいる説明をしなくてはならない。どう考えても不自然だからな。それで、事実をかなり枉《ま》げて説明した。覚えているだろう？　ジョゼフはダーワースの手駒にすぎないと言い張ったんじゃ」

「ジョゼフが麻薬中毒だと言ったのはなぜなんです？」ハリディが訊いた。

「グレンダの指示じゃ」H・Mは素っ気なく言った。「誰かに訊かれたらそう答えろと言われていたんじゃ。マクドネルはその時は何のことかわからなかった――だが、後で何のためかわかった。わかりすぎるほどにな……

彼が今夜わしに語ったことをそのまま繰り返せたら楽なのにな。彼はマスターズを部屋から追い出そうとして難渋したそうじゃ。彼はグレンダに、警察が来ているんだから、インチキ幽霊の襲撃なんて気違いじみた計画はやめるように強く迫った。しかし彼女は聞き入れない。それどころか、彼女は危うく自分の計画をばらすような真似までした――マスターズの話にあったんじゃが覚えておるか？　マスターズの目の前で、大胆にも、彼女とマクドネルがいた部屋の窓に打ち付けてある板が外せるか確かめて回ったそうだ……」

「そうとも。黒死荘の周りには、屋敷の窓から三フィートも離れていないところに塀があるのを忘れたか？　しかも高窓だから、身軽な者ならそこからひと跳びで塀の上に乗れる。実際彼女はそうやって足跡を残さずに屋敷の裏手に回ったんだ。塀の上を歩いたんじゃよ。もう彼女が何をしたのかわかっただろう？　マスターズが二階を探っている間に、マクドネル一人を部屋に残して脱け出す。実際にピストルを撃つのには三、四分しかかからない。彼女とダーワースはその前の晩に全工程を予行演習したそうじゃ。ハリディ君、お前さんは偶然そこに行き合わせたんだ。お前さんにどんな幽霊ごっこを仕掛けたかわからないが、どうやら成功したらしいな……

ところがここに、いっそう事態をこんがらかす奴が現れおった。おかげでわしらも苦労させられた。テッド・ラティマーじゃよ。彼は居間をこっそり脱け出した。彼の行動はきっとこういうことだったと思う。母屋の中を抜けるのはやめて――ケン、彼はお前さんが台所で手記を読んでいる灯りを見たのかもしれん――玄関から外に出て母屋を回れば、見咎められずに済むと彼は考えた。そして、玄関ドアを開けステップに足を乗せた時、彼の妙ちきりんな頭に変てこりんな考えが浮かんだんだ。待てよ、家の中にいる悪霊たちの間を堂々と歩いていかないと自分の高邁《こうまい》な信念に悖《もと》るのではないか、とな。うへえ！　それで彼は踵《きびす》を返し、ホールへ引き返した。玄関ドアの掛け金をかけ忘れたままでな。

彼が裏庭に向かって台所のドアの前を通った足音は、ケンには聞こえなかったんだと思う。

そして母屋の裏口のドア――裏庭に面したドアじゃな――を開けた途端、テッドは見たんじゃ……さて、何をだと思う？

はっきりとはわからん。テッドは死んでしまったし、グレンダはマクドネルに話さなかったからな。多分、石室の窓灯りで、ジョゼフが消音器付きのピストルを持って屋根から窓のところへ下りてくる姿を見たんだと思う。消音器というのは知っての通りまったく音を立てないわけじゃない。あれは、掌をこう窪ませて、素早く叩き合わせたような音を出すんだ。テッドは悪霊を目にしたようなものだった。見ているものを自分に信じ込ませようとしたが、それでも信じられなかった……

彼は成り行きを見て自分の行動を決めるつもりだった。しかしグレンダの方は彼が戸口にいるのに気づき、以来テッドは彼女につけ狙われることになったんだ。姿を見られたかどうか彼女ははっきりわからなかった。でも、血も凍る瞬間だったのは間違いない。

その間にどんなことが起こっていたか？　マスターズが二階から下りてきた。彼が最初二階に上がった時、玄関ドアが開いていて風が吹き込んでいたのでドアの掛け金をかけたのに、今下りてきて見ると、テッドの仕業じゃが、ドアが再び開いている。あの時、ジョゼフとマクドネルが一緒にいるはずの部屋にマスターズが駆け込んでいたら、二人は万事休すだったろう。しかしマスターズは玄関ドアが開いているのに気づいて、狂ったように駆け出した。が、もちろん母屋の横手に足跡はない。彼が母屋の横手を回って裏庭に向かった時、ジョゼフは仕事を終えて、マスターズとは反対側の横手の塀伝いに戻っているところだったんだ。そしてマスターズはダーワースの呻き声を耳にする……そうやって苦悶している時でさえ、ダーワースが自分の協力者に裏切られたと気づいていたか疑わしいとわしは思う。気づいていたなら、もっと大声で喚いていただろうな。

一方、裏口に立っていたテッド・ラティマーは、マスターズが母屋の横手から駆けつける足音を聞く。同時にダーワースの呻き声も耳にする。その呻き声が何を意味するのかわからないが――もっともその時の彼に、はっきりわかることが一つでもあったか疑わしいが――マスターズの駆け寄る足音を聞いて、もし何か忌まわしい出来事が起きていたら、自分の立場は極めてまずいと考える。それで大急ぎで居間へ戻り、その直後にダーワースが鐘の針金を引っ張ったんだ。

その間にグレンダはマクドネルのいる部屋に戻っていた。彼女はピストルと消音器を、前の晩にダーワースと一緒に作った床下の隠し場所に入れた。マクドネルはその時、表向きはラミーをしていることになっていたので、カードを机の上に並べた。彼女が入ってきて彼の正面に坐った時の様子というのが、あの女の正体を如実に語っておるよ。彼女の顔は赤く上気し目は爛々と輝いていたそうだ。彼女は上着の袖をまくり上げ、彼が麻痺したように固まっているのを尻目に、おもむろにモルヒネを射った。そして『ねえあんた、あたししくじっちゃった。本当に殺しちゃったみたい』と言って、にっこり笑ったそうだ。

あの男が気も狂わんばかりになって部屋を飛び出したのも無理からぬことじゃな。マスターズが事件の後で最初にマクドネルを見た時、あの男はカード片手に半狂乱だった。あんな姿は見たことがないとマスターズは言っていたよ。

その後は君らも知っての通りだ。よくわからんのは、テッドがその気になっていたら、自分の見たことをどう説明したかということだ。実際に言ったことならもちろんわかっておる。彼は沈黙を通し、あれは幽霊殺人だと喚き立てた。たとえ作り事でも、幽霊による殺人の方が、ありきたりの射殺より宣伝効果があるという考えが頭から離れなかったんじゃな。だが彼は不思議に思ったはずだ。誰もが口を揃えて、ダーワースは短剣で殺された、と言ったからな……彼が最初にした質問は『凶器は？　ルイス・プレージの短剣ですか？』だったな？　そして彼は黙り込み、口を開いた時には、超自然的殺人説を声高に主張していたんじゃ。

その後のことは永久に想像の域を出ない。何しろ、テッド・ラティマーがどのようにブリクストンまでおびき出されたかを語ることのできる人物は二人とも死んでしまったからな。グレンダは素早く行動する必要があった。気まぐれなテッドがいつ何時変節して真相を話さないとも限らない。ジョゼフが何をしていたのか仄《ほの》めかすだけで、グレンダは万事休すだからな。必要とあれば、その晩のうちにテッドの口を封じる覚悟もした。それで彼女はマスターズに自分を家まで送らせた――ジョゼフはとても眠そうにしていた。射ったモルヒネの量より眠そうだっただろう？　彼女は、実際は家には帰らなかった……

この時彼女に一世一代の妙案が浮かんだ。もうわかるな。ジョゼフが姿を消すことは計画の一部だったが、もし、殺されたと考えられるようにしたらどうだろう？……肝心なのは、彼女がテッドに近づき、うまい話をでっち上げて木蓮荘へおびき出すまでの間、彼の口を封じておくことだ。

そういうわけでグレンダはテッドを待ち伏せた――おそらくは黒死荘の近くで。ところが、テッドの取り調べは二番目だったにもかかわらず、彼は先に帰ることを拒んだ。引き揚げたのは、みんなが喧嘩を始め、ばらばらに帰った時だった。

待ちぼうけは食らったものの、グレンダは警察の捜査員が撤収するまで留《とど》まり、その間も、結構な思いつきの細部を練り直していた。残った人々が台所に固まっていたので、例の短剣をくすねる絶好の機会まで転がり込んだ。

そうこうしているうちに、彼女はテッドが帰るのを見逃した。彼は喧嘩の腹立ち紛れに歩いて帰ってしまったんだ。しかし、そんなことでへこたれる玉じゃない。そこがこの女の驚くべきところじゃな。彼女は、持ち前の機智と機転を利用して、ジョゼフとして何度も訪れたテッドの家へ行き、彼が一人でいるところをつかまえ、頭がいつものようには働かないのにつけ込んで、次の日に会おうと約束した。もし彼女がぐずぐずしていたら、そして彼の方でも、明けて次の日、真相を話さないでいることに利点を見つけられなかったら、その決心を翻したかもしれない。警察は彼を怪しみ始めていたし、嫌疑がかかったらその圧力で知っていることを喋ったかもしれないからな」

「彼女は何と言って説得したんでしょう?」ハリディが訊いた。

「神のみぞ知るだな。次の日、姉のマリオンに残したメモに『調査で出かける』とあったところから考えて、ジョゼフは、あれは幽霊殺人ではない、明日木蓮荘へ来てくれれば証拠を見せる、と言った公算が大きいな。『きっと疑ったことは一度もないでしょう?』という言葉は、ジョゼフが降霊会メンバーの誰かを告発しようとしていたことを示していると思われる。テッドが不幸にも裏口で目撃したことについては、自分はダーワースを助けようとしていたんだと主張しただろうな。ダーワースは刺し殺されたことになっていたので、自分は無実だとテッドを言いくるめるのはさほど難しくなかったんだろう——ジョゼフは刺殺現場の石室内にはいなかったんだし。『ピストルだって? うわあ、馬鹿らしい。見間違いに決まってるよ。僕はダーワースさんをずっと見張っていたのさ。それなのにむごたらしく殺されちゃったんだ、あいつに……』さて、誰を犯人に挙げたと思う? わしはベニング夫人に五ポンド賭けるよ。『僕は窓越しにずっと見ていたんだ』

ジョゼフと言うかグレンダと言うか、この女の話をしていると男と女がこんがらかってかなわんが、ご寛恕願いたい……

何の話をしていたかな? ああ、そうじゃ。テッドの行方をくらますことについては、慎重にも慎重を期して事を運んだに違いない。なぜか? テッドの失踪と木蓮荘との関係を一切気《け》取《ど》られてはならんからだ。身許不明の遺体が人相や身体的特徴が確認できない状態で炉から発見されたとする。聞き込みでその前にテッドが近所をうろうろしていたことがわかったら、疑り深い連中は『おい、変だぞ! 炉の中の遺体は本当にジョゼフか?』と言うだろうからな。

わしはここでもグレンダにシャッポを脱ぐよ。実に抜け目のない女だ。テッドをブリクストンまで呼びつけていきなり殺すような真似はしない。ラティマー家の内情に通じていることを利用して、見事な偽の足取りを敷いたんだ。精妙で手際のよい計画の下《もと》に、手がかりはあまり声高ではなく、テッドがスコットランドに逃亡したことを示唆している。スコットランドにいる多少ねじの緩んだ母親が、息子はこちらに来ていません、かくまってもいません、と言えば、警察は十中八九、彼はそこにかくまわれていると考えるからな。そこまでした目的は何かというと、発見された遺体がジョゼフだと誤認されるまで木蓮荘から嫌疑を逸らしておきたかったからだ。そのうち警察はテッドの捜索に乗り出して、結局は国外に逃亡したんだろうと考える、それはつまり彼が犯人だからだ、となるわけじゃ。

彼女はまずテッドと偽って電話をかける。場所はわからんが、ユーストン駅の近くでないのは確実じゃな。わざわざ曖昧な言葉を選んでな。もし偽のテッドがエジンバラに行くと言ったら、調べられてそうでないことがすぐわかってしまう。あの女はわしらがどんな風に考えるかを知っていてそれに賭けた……驚きだが、そうしたんじゃ。皮肉なことだが、マクドネルまでが騙されてしまったんだ。彼はテッドの母親に電報を打ち、母親からはマリオン宛に、テッドはこちらに来ていない、もし来たらかくまうという返電が来た。

午後五時になり、グレンダはいよいよ計画を実行する。テッドの身柄は目立たないところに隠してある。「スウィーニー夫人は出かけていて留守だ……」

「ところで」私は口を挟んだ。「スウィーニー夫人はどんな役回りなんです？　何が起きているか知っていたんですか？」

H・Mは下唇をつまんで言った。

「彼女は問い詰めても知らなかったとしか言わんだろう。それはこういうわけだ。ダーワースがジョゼフをあの女のところへ連れていったのは、本当のことじゃ。スウィーニー夫人は、昔霊媒をやっていた。マスターズが調べ上げたところ、彼女は一度刑務所行きになるところをダーワースに助けてもらったことがある。それでダーワースには頭が上がらないんだ。ダーワースがグレンダに首根っこを押えられているのと同じようにな。ダーワースはブリクストンの家に自分の自由になる名目上の家主が欲しかった。そこでダーワースとジョゼフは二人がかりで彼女をさんざん脅したんだ。最初のうちはジョゼフは男だと信じ込ませようとしたんだろうな。だが、一つ屋根の下に三年間も住んでいて怪しまれない方がおかしい。スウィーニー夫人はすぐに感づいたはずだ。するとグレンダが言う。『ねえ、おばさん。あんたはもうやばい仕事に足を突っ込んでいるんだよ。ダーワースがひと言漏らせば、あんたは刑務所行きだろ。ここで見たことは忘れちまうんだよ。いいね？』スウィーニー夫人が話さないと本当のところはわからないがな。だが、グレンダが死んだとなると……ダーワースはブリクストンの家にいつも誰かにいてほしかったんだ。まあ理由を考えれば無理もないが。自分の脅しが利く女性なら、もってこいの家政婦だったわけじゃな」

「グレンダが殺したのはテッドで、死体をジョゼフに見せかけたのをスウィーニー夫人は知っていたでしょうか？」

「知っていたに決まっとる。ジョゼフが死んだと信じていたら、彼女は説得に応じていきさつを話していたかもしれん。彼女の言葉を覚えているか？『怖いんです！』と言っただろう？

本当に怖かったのさ。テッドを始末した後、スウィーニー夫人が外出から帰ってくるのを待ち伏せて始末することまで、グレンダの計画に入っていたとしても、わしは驚かんな。夫人にとって幸運だったのは、ワトキンズが窓から覗いていたことに気づいたグレンダが風を食らって逃げ出し、夫人自身も六時過ぎまで帰らなかったことだ。それで命拾いしたわけじゃ……」

静まり返った通りにビッグ・ベンが四時を打つ大きな音が響いた。H・Mは冷えてしまった飲みさしのパンチと火の消えたパイプを恨めしそうに見ていたが、部屋の寒さに小さく身震いすると椅子から立ち上がり、巨体を揺すって暖炉の前へ行き、燃える火を見つめた。

「まったく疲れたわい。眠れと言われれば一週間でも眠れそうだ。さて、これで全部話したかな……今夜わしの演出でちょっとしたショーをお目にかけたな。わしの友人でシュリンプと呼んでいる奴がおるんじゃ。こまっちいがなかなかいい奴で、最近は堅気《かたぎ》の商売で糊口を凌いでいると言っておるが、今夜はこの男に助けてもらった。シュリンプは銃の名人で、身軽だから黒死荘の捻《ねじ》れ木を登るくらい朝飯前。あれは全部取り決め通りだったんじゃ。彼に頼んで事前に母屋の家捜しをしてもらったら、グレンダがいた部屋の床下からピストルと消音器が見つかった。見つからなかったら、代わりを用意して使うつもりだった。十一時ちょいと過ぎにマスターズと部下の一行が、グレンダを粛々と黒死荘に連行してきた。彼女としても断るわけにはいかんしな。いずれにせよ、堂々と連行されたそうじゃ。一行はまず事件当夜グレンダがいた部屋に赴き、マスターズが床下から銃を取り出した。彼女は黙ったまま。マスターズも無言だ。一行はやはり粛々と裏庭に移動、グレンダの見ている前で、シュリンプがマスターズから銃を受け取り石室の屋根に登った……シュリンプが窓からピストルを撃つのを見てあの女はどんな思いがしたかな。それはわからんが、少なくともその後何をしたかは君らもご存じだ。身体検査をしておかなかったとは、警察の間抜けさに呆れるわい。下手すりゃあの女以外にも死人が出るところだった」

時間が経って嫌な臭いのし始めた煙草の煙が、灯りの周りに漂っていた。私は口も利けないほど疲れていた。

「まだお聞きしていませんが」ハリディがきつく睨んで言った。「マクドネルはどうなりました？『あいつは無罪だ』なんて到底承服できません！　グレンダと同罪ですよ……まさか逃がしてやったんじゃないでしょう？」

H・Mは消えかけた暖炉の火をじっと見ていた。その背中がぐいと動くと、怪訝そうに目を瞬かせながら我々の顔を見回した。

「逃がして――？　そうか、お前さん、知らなんだか」

「何をです？」

「そうだな。知ってるはずがないか」H・Mは沈んだ口調で言った。「我々はあのおぞましい裏庭に長居せんかったからな――あれを見なかったか……逃がしてやった？　それはちょっと違うな。わしはこう言ったんだ。『そろそろお暇《いとま》しよう――』これはマクドネルのフラットでの話じゃ。『ところで、お前さんは警察支給のリヴォルヴァーを持っておるな？』と訊くと、彼は『ええ』と答えた。『わしはもう行くが、お前さんが縛り首を免れる可能性があると考えていれば、こんな忠告はせんのだぞ』彼は『ありがとうございました』と言ったよ」

「自分でけりをつけろと言ったのですか？」

「そうするだろうとばかり思ったよ。あの時の様子からして……わしはこう言ったんだ。『わしにした話を法廷でするわけにはいくまい？　こそこそ隠れていたようにしか思われんぞ』彼もわかってくれたと思ったんじゃが。

　ところがグレンダというのは驚くべき女だった。マクドネルの馬鹿者が何をしたと思う？　あいつはグレンダの召し捕り部隊に加わったんだ。マスターズに聞いた話では、言葉を交わせるほど近くには寄れなかったそうだがな。その時はまだマスターズもマクドネルのことを知らなかった。我々はあの時、警察の連中と一緒に黒死荘にいた。あの二発の銃声の意味がわからんか？　シュリンプが実演を終えると、裏庭に大勢立っていた警官隊の中からマクドネルが銃を構えてするするっと前に出てきた。そして言った。『グレンダ、そこの角にタクシーを待たせてある。早く行け。俺がこいつらを押さえておく』こんな馬鹿がおるか？——あいつは氷のように冷ややかな表情で、警官隊に銃を向けた。それが最後の大見得だった……」

「じゃああの二発は——マクドネルの発砲——？」

「いいや。あの女は動けなくなっているマスターズの部下たちを尻目に、マクドネルの方へ近づきながら、隠し持っていた銃を取り出した。彼女はマクドネルに『ありがと』と言った。それから彼の頭に二発撃ち込んで駆け出したんだ。

あの女は自分に相応しい死に場所を選んで死んでいった。彼女もルイス・プレージも——あそこが死に場所だったんじゃ」

訳註

＊1　「脱出王」として名高いアメリカの奇術師、ハリー・フーディニ（一八七四―一九二六）は、亡き母親と交信したいという思いから当時流行の心霊術に傾倒していった。しかし、望みを叶えてくれる本物の霊媒には出会えず、むしろ奇術師としての知識と才能は、霊能力者という触れ込みの人物のトリックを暴くことに生かされ、インチキ霊媒の摘発に貢献した。ここで作者が、フーディニのことを「皮肉屋（cynical）」と呼ぶのは、本物の霊能力者に会いたいと願いながら、一方で霊能力者のいかさまをことごとく暴かずにはいられない心的態度を評したものと思われる。

＊2　西洋の剣は、blade（刀身）と hilt（柄《つか》）からできている。柄には grip（握り）のほかに、日本刀の「鍔《つば》」に当たる guard が含まれるのが日本刀との大きな違いである。guard は日本刀の鍔とは形状が異なり、装飾付きの凝ったものもあるが多くは棒状で、その場合柄全体の形状から cross-guard と呼ばれる。ここで述べられている短剣は、手製で刀身が独特の形状であることがのちに明かされるが、現在のサバイバルナイフのような作りではなく、粗い作りながら、cross-guard を具えていると推測される。

＊3　印刷技術の発達が生み出した新しいタイプのバラッドで、ブロードシートと呼ばれる片面刷りの大判紙に歌を印刷し、それを二つ折りや四つ折りにしたものが路上で歌って売られた。それまでの、主として農民の間で歌い継がれてきた、叙事詩的性格を持つ物語性に富んだ口承バラ

ッドとは異なり、この新しいタイプのバラッドは、その時々の政治的、社会的事件を文字にして人々に伝えるという、ジャーナリスティックな性格の強いものだった。ここで述べられているように、犯罪や罪人の処刑を扱ったものが多く、人気もあった。

＊4　アントワーヌ・ヴァトー（一六八四―一七二一）。十八世紀フランスのロココ様式を代表する画家。フェート・ギャラント（雅《みや》びやかな宴の意）の画家と呼ばれ、田園に集う男女の愛劇を描いた作品や、イタリア喜劇、オペラに題材を取った作品が多い。代表作は『シテール島への巡礼』『舞踏会の喜び』『ヴェネチアの祝宴』等。確かに、男女を問わず、画中の人物の鼻は立派である。

＊5　原文ではCircumlocution Office。チャールズ・ディケンズが『リトル・ドリット』（一八五五―五七に連載）の中で、市民に煩雑な手続きを要求するだけで自分たちは何もしないお役所仕事を揶揄して作った役所名。ここを訪れる市民は、求める情報は得られず、申請が通ることもない。

＊6　『旧約聖書』「詩篇」九十一篇五～七節。

＊7　当時、多くの町にはコレラ等の伝染病の患者を隔離する施設があった。後の処理が面倒でないように、墓地や廃水池の近くに作られることが多かった。

＊8　シェークスピア『マクベス』第五幕第一場、マクベス夫人の台詞。

＊9　ルイス・キャロル『不思議の国のアリス』の A Mad Tea-Party を下敷きにして、マスターズがダーワースの信者を揶揄した表現。

＊10　イギリスでは、一八八二年に制定された既婚女性財産法によって、女性が結婚後も自分の財産を所有し、自由に使うことができるようになった。それまでは、婚姻によって女性の法的主体は消失し、財産は夫のものとなっていた。女性は遺言を書くことも、夫の同意なしに財産を処分することもできなかったのである。読み進めれば読者諸賢はすぐに理解されると思うが、ダーワースの最初の結婚をこの法律の成立以前とすると時間的に辻褄が合わなくなるので、作者に記憶違いがあったと思われる。

＊11　作者は、Psychical Research Society と記しているが、一八八二年に設立された The Society for Psychical Research のことと思われる。この協会は心霊現象や超常現象を科学的に研究することを目的としており、支持者には著名な学者や作家も多い。アーサー・コナン・ドイルも会員だったが、協会が精力的にトリック暴きを行なったために、心霊を信じる彼は耐えられずに退会している。

＊12　モンテ・クリスト伯は、アレクサンドル・デュマの小説『モンテ・クリスト伯』の主人公。マンフレッドは、バイロン卿による劇詩『マンフレッド』の主人公。共に、ロマン主義文芸作品の（やや通俗的ながら）代表的な悲劇的人物。

＊13　Last straw that broke the camel's back.「駱駝の背骨を折った最後のひと藁」、つまり「我慢などの限界を超えさせるもの」。It's the last straw that breaks the camel's back.「駱駝の背骨を折るのは最後に載せた藁一本である」という諺から。

＊14　フリート街は一九八〇年代までイギリス新聞界の中心地だった。The Daily Telegraphのような大新聞を始め、主だった新聞社が移転した後も、フリート街といえば「英国新聞界」と同義である。

＊15　原文は、"Guinness is Good for You"となっており、これはギネス・ビールが一九二〇年代から行なっていたキャンペーンの宣伝文句である。"A Guinness a Day"（「一日一杯のギネスを」）と共に、同社の宣伝ポスターに多く用いられていた。

＊16　ジョゼフ・フーシェ（一七五九―一八二〇）。革命期フランスの政治家。天才的な策謀家、謀略家であり、ロベスピエールの恐怖政治の時代から革命に身を投じ、王政復古後に国外追放されるまで、自ら組織した秘密警察の情報収集能力を武器に政権中枢を渡り歩いた。

＊17　十九世紀前半に活躍したアメリカの政治家の名前を取って作られた葉巻。政治家ヘンリ・クレイ（一七七七―一八五二）は若くして下院議長に選ばれ、ジョン・クィンシー・アダムズ大統領の政権下で国務長官を務めた。奴隷制に反対する立場を採り、ラテンアメリカの独立運動を支持した。この葉巻は、クレイがキューバのスペイン支配からの解放に深く関わったことから、最初はキューバで作られたが、現在は主にドミニカ共和国で生産されている。

＊18　フー・マンチュー博士は、イギリスの作家サックス・ローマー（一八八三―一九五九）が創造した架空の怪人で、秘密結社の黒幕。東洋人による世界征服を目指す。天才的頭脳の持ち主で、突拍子もない殺人手段を考案するなど、黄禍論の影響下に生まれたマッド・サイエンティストと言えなくもない。シリーズ・キャラクターであり、一九二〇年代から何度も映画化されている。本書が書かれた頃サックス・ローマーはイギリスでは売れっ子作家であり、後段H・Mが荒唐無稽なトリックを用いた密室物をこき下ろす場面があるが（第十五章）、フー・マンチュー・シリーズ及びその亜流を意識したものかもしれない。

＊19　ウイジャ盤は降霊術で用いる文字盤で、アルファベットや数字、Yes/Noなどの文字が書かれたボードの上を、プランシェットと呼ばれるガイドを動かすことで霊と交信する、とされる。

＊20　『不思議の国のアリス』の中の詩「ウィリアム父さん」の一節。

＊21　フランスの諺の一部。正しくはSi jeunesse savait, si vieillesse pouvait.「若者に分別がありさえすれば、そして年寄りに行動ができさえすれば」。

＊22　ヘンリ・アーヴィング卿（一八三八―一九〇五）。ヴィクトリア朝を代表する舞台俳優で、舞台俳優として初めてナイト爵位を得た。彼の演技に感動したブラム・ストーカー（もちろん、あの『ドラキュラ』の作者）は、招かれて彼の劇団の世話人及び劇場（ライシーアム劇場）支配人となった。ドラキュラ伯爵のモデルは、ワラキア公ヴラド・ツェペシュとされているが、実際のモデルはヘンリ・アーヴィングだったという説がある。

＊23　ド・クインシーがThe Note Book of an English Opium-Eaterの"Three Memorable Murders"の中で述べている三つの殺人のうち最初の二つは、一八一一年の十二月にロンドンのイーストエンドで実際に起きた「ラトクリフ・ハイウェイ殺人事件」を扱っている。ここでH・Mが言及しているのは、犯人ジョン・ウィリアムズが行なった二件の民家襲撃殺人のうち二件目についてのくだり。最初の虐殺事件から十二日後の犯行で、犠牲者は、The Kings Armsというパブを営むジョン・ウィリアムソン、その妻エリザベス及び従業員のブリジット・アンナ・ハリントンの三人。夫妻の孫娘キャサリンは犯行時に自室で熟睡していて難を免れ、二階に間借りしていた職人のジョン・ターナーは二階の窓からシーツを切ってつないだものをロープ代わりにして通りへ逃れ、それがキャサリンの救出及び犯人逮捕につながった。作者の描写はやや正確さに

欠ける部分もあるが、「家人が殺され、一人だけ難を逃れて家の中に隠れている」哀れな男、とは、このジョン・ターナーを指す。

＊24 ガス灯の火口に発光剤を染み込ませた筒状の網をかぶせたもので、熱せられると明るく青白い光を発する。

＊25 "Thou Art the Man"『お前が犯人だ』（一八四四、創元推理文庫『ポオ小説全集4』所収）は、エドガー・アラン・ポオによって書かれた、短編推理小説。

＊26 ユージーン・アラム（一七〇四―五九）。イギリスの著名な言語学者。しかし、彼を有名にしたのは、友人ダニエル・クラークを殺害した十四年後に、「聖ロバートの洞窟」で見つかった骨が証拠となって絞首刑になったことである。トマス・フッドのバラッド "The Dream of Eugene Aram, the Murderer" (1829) とブルワー＝リットンの *Eugene Aram* (1832) がこの事件に取材している。

＊27 ＊2参照。

＊28 ドル・ティアシートは『ヘンリ四世』第二部の登場人物で、仲の良いクイックリー夫人の営む居酒屋に出入りしている売春婦。ペトルーキオの妻とは、『じゃじゃ馬ならし』のヒロイン

の「じゃじゃ馬」、パドヴァの商人バプティスタ・ミノーラの長女カタリーナ・ミノーラのこと。H・Mによるグレンダの人物分析がよくわかる選択である。

H・M登場

戸川安宣

ジョン・ディクスン・カーは一九三〇年、ハーパー・アンド・ブラザーズ社から『夜歩く』を刊行し、デビューを飾った。この後もカーはアメリカではハーパー・アンド・ブラザーズ（のちのハーパー・アンド・ロウ）、イギリスではヘイミッシ・ハミルトンからほとんどの作品を上梓しているが、アメリカのモロウ、イギリスのウィリアム・ハイネマンからオファーがあって、名義を変えて作品を提供することにした。こうして一九三三年の *The Bowstring Murders*（『弓弦城殺人事件』）は姓と名をひっくり返したカー・ディクスンの名義で発表された。カー研究の第一人者で、本書の「序」の筆者であるダグラス・G・グリーンによると、カー自身はこの作品をChristopher Street名義で出版するつもりだった。それをモロウが独断でカー・ディクスン名義で出してしまったという。カーはもちろん、カー名義の本を出していたハーパーやハミルトンもこれに怒り、モロウと話し合った結果、モロウ社側は再版以降、筆名を変更する代わりにカー・ディクスンとあまり違わない名前にして欲しい、と要求した。それを受けてカーはCartwright Dixonという筆名を提示したが、モロウはまたも無断でカーター・ディクスンと変えてしまった。何とも乱暴な話だが、カーも渋々ながら追認せざるを得なかったようだ。そんな経緯があって、第二作に当たる『黒死荘の殺人』からカーター・ディクスン名義が用いられ、『弓弦城』もハイネマンから出たイギリス版からこの名前が用いられたという。（ダグラス・G・グリーン、*John Dickson Carr: The Man Who Explained Miracles*, 1995, Otto Penzler Books。邦訳は『ジョン・ディクスン・カー〈奇蹟を解く男〉』国書刊行会、一九九六年）

『弓弦城』ではジョン・ゴーントが探偵役を務めているが一作きりで退場し、代わって第二作『黒死荘』から登場するのが、ヘンリ・メリヴェール卿――H・Mであった。

ここでまず、H・Mの登場する作品を列記してみる（＊は創元推理文庫）。

1 *The Plague Court Murders* 1934 黒死荘の殺人（本書）＊
2 *The White Priory Murders* 1934 白い僧院の殺人＊
3 *The Red Widow Murders* 1935 赤後家の殺人＊
4 *The Unicorn Murders* 1935 一角獣の殺人＊
5 *The Punch and Judy Murders* 1937（英題名 *The Magic Lantern Murders* 1936）パンチとジュディ
6 *The Peacock Feather Murders* 1937（英題名 *The Ten Teacups*）孔雀の羽根＊

7　*The Judas Window*　1938（米ペイパーバック版題名*The Crossbow Murder*）ユダの窓
8　*Death in Five Boxes*　1938　五つの箱の死
9　*The Reader Is Warned*　1939　読者よ欺かるるなかれ
10　*And So to Murder*　1940　かくして殺人へ
11　*Nine—and Death Makes Ten*　1940（英題名*Murder in the Submarine Zone*、英ペイパーバック版題名*Murder in the Atlantic*）九人と死で十人だ
12　*Seeing Is Believing*　1941（英ペイパーバック版題名*Cross of Murder*）殺人者と恐喝者＊
13　*The Gilded Man*　1942（英ペイパーバック版題名*Death and the Gilded Man*）仮面荘の怪事件＊
14　*She Died a Lady*　1943　貴婦人として死す
15　*He Wouldn't Kill Patience*　1944　爬虫類館の殺人＊
16　*The Curse of the Bronze Lamp*　1945（英題名*Lord of the Sorcerers*）青銅ランプの呪＊
17　*My Late Wives*　1946　青ひげの花嫁
18　*The Skeleton in the Clock*　1948　時計の中の骸骨
19　*A Graveyard to Let*　1949　墓場貸します
20　*Night at the Mocking Widow*　1950　魔女が笑う夜

21 *Behind the Crimson Blind* 1952 赤い鎧戸のかげで
22 *The Cavalier's Cup* 1953 騎士の盃

そして次の二短編にH・Mが登場する。

The House in Goblin Wood 1947 妖魔の森の家（『妖魔の森の家』＊所収）
Ministry of Miracles 1956（米題名 The Man Who Explained Miracles、単行本収録時に All in a Maze と再改題） 奇蹟を解く男（『パリから来た紳士』＊所収）

さて、そのヘンリ・メリヴェール卿（H・M）はどのような人物だろう。

カーはH・M登場の第十二作『殺人者と恐喝者』の中で、ヘンリ卿に自伝を語らせている。これがH・Mならではの常軌を逸した内容で、しかも口述中に殺人事件が飛び込んでくるから、読者は断片的にその内容を窺い知ることしかできないが、ファンとしては興味深いものであることは間違いない。そこで本書で紹介されたH・M像に、『殺人者と恐喝者』中の情報を加味すると以下のようになる。

一八七一年（和暦で言うと、明治四年）二月六日、サセックス州はグレート・ユーボロに近いクランリー・コートに生まれた。母は結婚前の名前をアグネス・ホノーリア・ゲイルといい、グレート・ユーボロの牧師ウィリアム・ゲイル夫妻の娘だった。父は八代男爵ヘンリ・セント・ジョン・メリヴェールである。『黒死荘』の事件は一九三〇年とあるから、このときH・Mは五十九歳だったことになる。

「身長は五フィート十インチほど」で「おまけに猫背」の、「大きな口に丸い大きな鼻」をした「象のような巨体」――別の作品では、「二百ポンドの巨体」とあり、また「大きな禿げ頭」と形容されている。

「長くて天辺がやたら大きく、長年使っているため元の色が判然としないほどくたびれていた」、「王党主義の遺物」のシルクハットと、「虫食いだらけの毛皮襟が付いたロングコート」を愛用している。「けちをつけられないように突拍子もない由緒までこしらえて」、「この二つを卿は後生大事に慈し」んでいた。その来歴は、「(一)ヴィクトリア女王の下賜品、(二)一九〇三年の第一回自動車レース優勝の賞品、(三)故ヘンリ・アーヴィング卿の形見」ところころと変わる(彼の帽子がヴィクトリア女王からの下賜品だという話は『一角獣の殺人』にも出てくる)。

「英国防諜部長をしていた時代」に、「マイクロフトというあだ名で呼ばれ始めた」。「あだ名の名付け親はジョニー・アイルトン」で、もちろんシャーロック・ホームズの兄の名前からとられている。なお、本書中で「ディオゲネス・クラブの窓際に立ったシャーロックとマイクロフトが、通りを行く一人の男について推理を競い合う素晴らしい場面」とあるのは、『回想のシャーロック・ホームズ』所収の「ギリシア語通訳」の挿話である。ただし、「当のH・Mは、このあだ名にあまりいい顔をしない、むしろ大いに憤慨していた。二番煎じはご免だ」というのだ。
「並外れたものぐさで、無類のお喋り好き、いつも眠そうな目をして、突き出た腹の上に両手を組み、両足を机の上に投げ出しただらしのない恰好でニヤニヤ笑いを浮かべている男。趣味は三文小説を読むこと、最大の不平の種は、世間にまともに扱われないこと。法廷弁護士と医師の資格を持ち、悪魔も逃げ出す言葉遣いで話す。それが准男爵ヘンリ・メリヴェール卿で、戦闘的社会主義者として鳴らした人物だ。どうしようもないうぬぼれ屋で、ネタの尽きない猥談の名手でもある……」

ホワイトホールのH・Mの部屋には「メフィストフェレス然としたジョゼフ・フーシェの大きな肖像画が掛けてある。その両脇にH・Mが文才を認めるただ二人の小説家、チャールズ・ディケンズとマーク・トウェインの小さな写真が掛けてあるのが、何ともちぐはぐだった」

本人の語るところによると、卿は十六歳の時、「初めての真剣な恋愛」を経験した。その相手は「現在の国務大臣の奥方」だというのである。

また「議会に打って出た」ことがあり、そのときは本書に登場するマクドネル巡査部長の父が対抗馬であったが、H・Mは「見事落選」した。

「ナポレオンは一度に五つか六つの仕事ができた。わしだって、一度に二つぐらいのことはできる」と『殺人者と恐喝者』の中で豪語している。

そして「君らを助けるのにやぶさかではないが、それもこの老兵の好きなようにやらせてくれたらの話じゃ。そうでなくては舞台には上がれん」と、まことに勝手気ままな人物だ。

「コーナーを掠めて曲がる時に必要以上のスピードを出す」から、「H・Mはバスが嫌い」だという。そのため、バスに行き合うと、「車の窓から顔を覗かせて、舌を出してブーッと返礼する」というお茶目な面を持つ。

カーによると、H・Mのモデルは彼の父ウッダ・ニコラス・カーだという。H・Mは体型的にはフェル博士と選ぶところがないが、性格的には大いに羽目を外した型破りな人物で、中期以降の作品では毎回何をおっ始めるのか、読者はハラハラしながら、しかし愉しみにその登場を待っているのだ。

本書の語り手、ケン（ケンウッド）・ブレークについては、「あなたは確か、医学の心得がありでしたな」とマスターズに言われたり、「前回の事件では、あなたの虫の知らせが逮捕に結びついたんですよ――」とあって、これが初めての登場とは思えない。

現在三十八歳で、H・Mの下で働いていたのを一九二二年に退職した、という設定になっているが、中期以降の作品を読むと元の職に戻っているようだ。

本書は最初期の作品だけに、キャラクター設定の上で、カーの構想が充分固まっていなかったことが、随所から窺える。

H・Mにしても、戦闘的社会主義者という設定は長続きしていないが、これがワトスン役のケン・ブレークとなると、このあと何作かの長編に登場するたびに人物造形が微妙に変わっている。本書で「私の妻となる予定の女性」と紹介されるアンジェラ・ペインとはふたたび相まみえることはなく、『一角獣の殺人』でともに事件に巻き込まれるイヴリン・チェインと『パンチとジュディ』で結婚することになる。

「私はこれから述べることに細心の注意を払い、誇張したり誤った方向に導いたりしないようにと自らを戒めている。少なくとも、読む者が我々の轍を再び踏むことがないようにと念じて。そうすれば、あなた方には、自分の知恵を存分に働かせ、一見不可能とも思える犯罪に解決を与える十分な勝機があるだろう」と第6章の冒頭にあるが、これは著者カーから読者への挑戦状とみるべきだろう。

H・Mとほとんどの作品でコンビを組むハンフリー・マスターズは、スコットランド・ヤード犯罪捜査部の首席警部だ。

「幽霊狩人マスターズ」と紹介され、「タフな偉丈夫のくせに垢抜けたところもあり、いかさまカード師のように如才なく、奇術師フーディニも顔負けの皮肉屋」で、「第一次大戦後、イギリスを心霊ブームが席捲した際、部長刑事だった彼は、インチキ霊媒の摘発を主な仕事にしていた。それ以来、その方面への興味が高じて――本人は弁解しきりだが――ついには道楽の域に達した。ハムステッドのささやかな自宅にしつらえた工房では、喝采する子供たち相手に室内奇術の新工夫をこしらえ、本人はすっかりご満悦だ」とある。

「大柄で恰幅がよく、穏和だが油断のない顔つきで、地味な黒っぽいコート姿、祝賀の日の旗行列が通るのを見ているかのように山高帽を胸に抱えていた。白髪交じりの髪を丁寧に撫でつけて薄い部分を隠している。最後に会った時からすると顎の肉はたるみ、表情にも老いが窺えたが、目には若々しい光があった」

マスターズのキャラクターなどはカーの人物設定がその後の作品で変化した好例で、本書では幽霊狩人という役回りを与えて、怪奇現象にまつわる事件を専門に扱わせようとした気配が濃厚である。不可能犯罪捜査課のマーチ大佐の先駆け的存在に仕立てようとしたのではないか、と思われるが、どうもうまくいかなかったようだ。『殺人者と恐喝者』などでは地方の警察から援助を求められたH・Mが、スコットランド・ヤードに支援を求めるならマスターズに頼め、と名指しで助言している。徐々に殺人事件全般を担当する、ヤードの代表的な警部、という役回りにせざるを得なかったのだろう。

さて、本書は前述したようにカーター・ディクスン名義の第二作であり、H・Mの登場する第一作である。

カーは『弓弦城』の出来に満足していなかったようで、探偵役を代え、面目一新と臨んだ『黒死荘』以下の作品で自身の新生面を披露しようと意気込んだ様子が窺える。そうしてみると、初期作品のタイトルを《The＋凶行の舞台＋Murders》と統一しただけでなく、『黒死荘』以下の三作にはその凶行の舞台に黒、白、赤という色彩を潜ませたのではないか、とぼくは睨んでいる。

そういう意味で、『プレーグ・コート』よりも『黒死荘』、『修道院』よりも『白い僧院』という邦題の方が、カーの意図に近いように思うのだが、如何であろう。

初期のカー作品は、濃密な情景描写を特色としていた。したがってバンコラン作品のパリ、フェルおよびH・M作品のロンドンの描写は精緻を極め、それによって醸し出される事件の舞台のおどろおどろしさが特色となっている。本書はその顕著な一例で、お化け屋敷、心霊実験、黒死病の蔓延した時代からの不気味な言い伝え等々、カーの怪奇趣味が全編に横溢しており、純粋ホラーに近い『火刑法廷』を除くと、その怪奇味は本書で頂点を極めた、と言っても良いだろう。

そしてミステリとしての仕掛けは、その殺人方法、密室のトリック、犯人の隠し方、どれをとっても独創性が高い。カーの最高傑作と賞しても過褒《かほう》ではあるまい。

カーの密室もの――特に初期の作品は、密閉された部屋への出入りの方法に力点が置かれていない。それよりも、そこで行われる殺人の方法に、創意が凝らされている点を見逃してはならない。『夜歩く』では衆人環視の部屋の中での首切り殺人がテーマだし、本書では厳重に施錠された室内で、被害者が曰く付きの凶器によってめった刺しにされる。密室というと、どのように密閉された部屋へ入ったのか、部屋から脱出したのかという点に注意が向かいがちだが、そこでの殺害方法を組み合わせて謎をいっそう複雑にしている。その多重な謎の設定が、怪奇な雰囲気描写と相俟って、カーならではの世界を構築しているのだ。

本書ではさらに、真犯人の《隠し方》に工夫が凝らされていて、読み達者の読者であっても、真相を言い当てるのは至難の業ではないだろうか。

（文中、本書からのものを除き、引用はすべて拙訳による）

検印
廃止

黒死荘の殺人

2012年7月27日　初版
2023年5月19日　6版

著　者　カーター・ディクスン

訳　者　南條竹則《なんじようたけのり》・高沢治《たかさわおさむ》

発行所　（株）東京創元社
代表者　渋谷健太郎

162-0814/東京都新宿区新小川町1-5
電　話　03・3268・8231-営業部
　　　　03・3268・8204-編集部
URL　http://www.tsogen.co.jp
暁印刷・本間製本

乱丁・落丁本は、ご面倒ですが小社までご送付ください。送料小社負担にてお取替えいたします。

ISBN978-4-488-11833-4　C0197